젊은 예술가의 초상

젊은 예술가의 초상

제임스 조이스 지음 | 여석기 옮김

문예출판사

A Portrait of the Artist as a Young Man

James Joyce

그리하여 그는 생각을 미지의 예술에 돌리다.
— 오비디우스 《변신이야기》 8권 18행

차 례

1장___9

2장___94

3장___158

4장___224

5장___261

작품 해설___393
제임스 조이스 연보___403
옮긴이의 말___412

1장

옛날 옛적 대단히 즐거웠던 적 이야깁니다. 음매소가 한 마리 길을 내려오고 있었습니다. 이 길을 내려오는 음매소는 터쿠 아기라는 귀여운 어린이를 만났습니다…….

아버지가 이 이야기를 들려주었다. 외알박이 안경 너머로 그를 바라보았다. 아버지는 텁석부리 얼굴을 하고 있었다.

그가 터쿠 아기였다. 음매소는 베티 번이 살고 있는 길 쪽에서 왔다. 베티는 레몬 과자를 팔고 있었다.

피었네 피었네 찔레꽃이 피었네,
푸른 들에 피었네.

그는 이 노래를 불렀다. 좋아하는 노래였다.

피어네 푸연 찌예꽃이 피어네.

자리에서 오줌을 싸면 처음엔 따뜻하지만 곧 식어서 차갑다. 어머니가 유지를 깔아주었다. 이상한 냄새가 났다. 아버지보다 어머니 냄새가 좋았다. 어머니는 아버지 춤에 맞춰서 뱃사공의 혼파이프 곡조를 피아노로 쳤다. 아버지가 춤을 춘다.

트랄랄라 랄라,
트랄랄라 트랄랄디,
트랄랄라 랄라,
트랄랄라 랄라.

찰즈 할아버지와 댄티가 손뼉을 친다. 두 사람 모두 아버지 어머니보다 나이가 많았다. 그 중에서도 찰즈 할아버지가 댄티보다 손위였다.

댄티 양복장 속에는 솔이 두 개 있었다. 밤색 벨벳 천으로 등을 씌운 쪽은 마이클 대비트(1846~1906, 아일랜드 독립 지사 파넬의 동지)를 기념하는 것이고, 초록빛 벨벳 천을 씌운 쪽은 파넬(1846~1891, 아일랜드 독립 운동의 가장 유명한 투사)을 기념하는 것이었다. 댄티는 그가 휴지를 가져다 줄 때마다 은단(銀丹) 한 알을 주었다.

밴스네는 7번지에 살고 있었다. 역시 아버지 어머니가 있었다. 아일린의 아버지와 어머니였다. 어른이 되면 난 아일린에게 장가들 거야. 그는 테이블 밑에 숨었다. 어머니가 말했다.

"얘, 스티븐, 잘못했다고 말해."

댄티가 말했다.

"얘야, 말 안 하면 독수리가 날아와서 눈을 빼어 간다."

눈을 빼어 간다
잘못했다고 말해
잘못했다고 말해
눈을 빼어 간다.

잘못했다고 말해
눈을 빼어 간다
눈을 빼어 간다
잘못했다고 말해.

넓은 운동장은 아이들로 와글거렸다. 다들 환성을 올리고 사감 선생님들도 소리를 높여가며 그들을 응원했다. 초저녁 하늘은 파리하고 날씨는 쌀쌀했으며, 공 차는 아이들이 쏜살같이 뛰어가 공에 부딪칠 때마다 매끈매끈한 가죽 공은 희미한 광선 속을 육중한 새처럼 날았다. 그는 사감 선생님의 눈이 미치지 못하게, 난폭한 발들이 닿지 않도록 자기 반 아이들의 뒤꽁무니에 붙어다니면서 이따금씩 뛰어다니는 시늉만 했다. 뛰노는 아이들 틈에 끼면 어쩐지 자기 몸이 작고 약하다는 것을 느꼈으며 게다가 시력이 약하고 곧잘 눈물이 어렸다. 로디 키캄은 그렇지 않았다. 제3급(상, 중, 하의 제일 아래 학급)의 주장이 될 것이라고 다들 말할 정도였다.

로디 키캄은 점잖은 아이지만 나스티 로치는 고약한 놈이다. 로치는 자기 번호의 서랍 속에 정강이 받이를 넣어놓고, 학교 식당에는 집에서 보내오는 음식 광주리가 있었다. 나스티 녀석은 커다란

11

손을 하고 있었다. 그리고 금요일날 먹는 푸딩을 "담요에 싸놓은 개"라고 불렀다. 언젠가 그 녀석이 물은 적이 있다.

"네 이름 뭐야?"

스티븐은 대답해주었다.

"스티븐 디달러스."

"그건 어떤 이름이지?"

스티븐이 대답을 못 하고 있으니까 나스티 로치는 또 물었다.

"네 아버진 뭐야?"

스티븐은 대답해주었다.

"신사야."

그러니까 나스티가 물었다.

"치안 판사쯤 되니?"

그는 자기 반 가장자리를 이리저리 살금살금 붙어다니면서 이따금씩 조금 뛰었다. 그런데도 손이 시려서 시퍼렇게 됐다. 두 손을 줄곧 허리띠로 졸라맨 회색 양복 옆주머니에 쑤셔 넣고 다녔다. 그 호주머니 가에는 허리띠가 둘려 있었다. 허리띠란 사람을 치는 데에도 역시 쓰이는 물건이지. 언젠가 누가 캔트웰을 보고 이런 말을 한 적이 있었다.

"이 녀석, 어물어물하다간 허리띠로 한 대 갈길 테다."

캔트웰이 대답했다.

"이눔아, 싸움하려거든 상대를 맞춰서 하라고. 세실 던더나 한 번 쳐보지. 그래야 좋은 구경거리가 될걸. 네가 도리어 엉덩이를 채이고 말 테니까 말이야."

얌전한 말투가 아니다. 어머니께선 학교에서 버릇 없는 애들과는 말을 하지 말라고 하셨지. 훌륭한 어머니.

입학식 날 이 성(학교가 있는 자리)의 현관에서 어머니가 작별을 할 때 면사포를 코 있는 데까지 접어 올리고 나에게 키스를 해주셨지. 그때 어머니께선 코랑 눈이랑 빨갛게 되어 있었다. 그래도 나는 어머니가 당장에 울 것만 같은 것을 모르는 체했지. 얌전한 어머니지만 울면 그리 얌전하질 못해. 아버지는 그때 용돈으로 쓰라고 5실링짜리 은전을 두 푼 주셨다. 그리고 말씀하시기를 필요한 게 있으면 집으로 편지를 하고, 또 무슨 일이 있더라도 남을 일러 바치는 짓은 하지 말라고 하셨지. 그러고는 성의 문간에서 교장 선생님이 검은 수단을 바람에 펄럭이면서 아버지 어머니와 악수를 하셨고, 아버지와 어머니를 태운 마차는 달려 나갔지. 두 분은 마차 안에서 손을 흔들면서 소리쳤겠지.

"잘 있거라, 스티븐, 잘 있어."

"잘 있거라, 스티븐, 잘 있어."

그는 꽉 짜인 스크럼 한가운데 휩쓸렸다. 이글거리는 눈과 진흙 투성이의 구두에 질려서 그는 허리를 굽히고 발과 발 사이로 내다보았다. 다들 기를 쓰면서 으르렁거리고, 발은 서로 비비대고 차고 짓밟고 했다. 그러다가 잭 로튼의 누런 축구화가 공을 바깥으로 내몰자 다른 축구화와 발이 와아 하고 뒤따랐다. 그도 뒤따랐으나 곧 발을 멈췄다. 뛰어가 봤댔자 소용이 없어. 얼마 안 있어 모두 휴가로 집에 가게 되겠지. 어서 저녁이 끝나거든 자습실 책상 안에 붙여 놓은 날짜 숫자를 77에서 76으로 고쳐야겠다.

추운 바깥에 있기보다 자습실에 있는 게 나을 거야. 바깥 하늘은 파르스름하고 쌀쌀하지만 성 안에는 불이 켜져 있거든. 해밀턴 로원(1751~1834. 아일랜드 독립 운동가)이 은장(隱牆)에다 모자를 던졌다는 게 어느 창이며 그때도 창가에 화단이 있었던가 하고 그는 생각해보았다. 언젠가 그가 성에 불려 갔을 때, 식당지기가 문짝에 패인 병정의 탄환 자국을 보여주면서 선생님들이 먹는 빵과자를 한 조각 준 적이 있었지. 성에 불이 켜져 있는 것이 보기에 흐뭇하고 좋았다. 어디선가 책에서 본 것 같아. 오라, 레스터 수도원도 이렇겠지. 그러고 보니 콘웰 박사의 국어 교과서에 재미있는 문구가 있더라. 보기엔 시 같았지만 낱말을 배우는 글귀에 지나지 않는 것이었어.

울지는 레스터 승원에서 죽었고
원장께서 매장해주셨다.
켕커는 식물의 병이고
캔서는 동물의 병이다.

난로 앞 양탄자 위에 두 손을 베개 삼아 드러누워서 이런 문구나 생각하고 있으면 얼마나 좋을까. 그는 찬물이 선뜩하게 살에 닿기나 한 듯이 몸을 부르르 떨었다. 마흔 번 잇달아 이겼다는 웰즈란 놈, 제가 가졌던 잘 익은 밤송이와 내 코담배 갑을 바꾸자고 하는 걸 들어주지 않으니까 네모진 시궁창에 나를 밀쳐 넣었지. 비겁한 녀석, 그때 그 물의 싸늘하고 미끈미끈한 느낌이라니! 큼직한 쥐가 한 마리 구정물 속에 뛰어 들어간 것을 누가 보았다고 했지. 어머니는 난로 앞에 댄티와 같이 앉아서 브리지드가 차를 날라다 주는 것을 기다리고 있었다. 어머니가 재받이 위에 두 발을 얹어놓고 있을라치면 유리알을 박은 슬리퍼가 어찌나 뜨거워지던지 아주 기분 좋게 따뜻한 냄새가 났다. 댄티는 이것저것 많이 알고 있었다. 모잠비크 해협이 어디에 있으며, 미국에서 제일 긴 강은 무슨 강이며, 달에서 가장 높은 산 이름은 무엇인가까지 나에게 가르쳐줬지. 아놀 신부님은 신부님이니까 댄티보다 더 알고 계시겠지만 아버지나 찰즈 할아버지의 말씀이 댄티는 영리하고 책을 많이 읽은 여자라고 하지 않았나. 그리고 댄티는 식사 후면 꼭 이상한 소리를 내면서 손을 입에 가져갔지. 그게 가슴앓이라는 것이었다지.

운동장 멀리서 외치는 소리가 들렸다.

"집합!"

그러자 중급반과 제3급에서도 누군가 외쳤다.

"집합! 집합!"

뛰어다니던 아이들이 얼굴을 시뻘겋게 하고 진흙투성이가 된 채 모여들었다. 그도 같이 끼어서 안으로 들어갔다. 다행이다 싶었다. 로디 키캄이 기름칠로 미끈미끈해진 공의 끈을 쥐고 있었다. 어느 아이가 마지막으로 한 번 차게 해달라고 졸랐으나 대꾸도 않고 걸어가버렸다. 사이먼 무넌이 그 아이에게 사감 선생이 보고 있으니 치우라고 했다. 그 아이는 사이먼을 돌아보면서 말했다.

"네가 왜 그런 말을 하는가 다 알고 있어. 너 맥글레이드의 서크〔아첨꾼의 속어〕지."

서크라니 이상한 말이로군. 이 아이가 사이먼보고 이런 흉을 본

것은 사이먼이 곧잘 사감 선생님의 겹친 옷소매를 뒤로 돌아서 졸라 매어주는데 그럴 때 사감 선생님은 언제나 성난 것 같은 시늉을 해보이기 때문이다. 그러나 아무튼 서크란 말은 듣기 싫어. 언젠가 위클로 호텔의 화장실에서 손을 씻은 일이 있었지. 그때 손을 씻고 난 다음 아버지가 쇠사슬을 당겨서 마개를 뽑으니까 더러운 물이 그 세면대 구멍으로 내려갔어. 그때 천천히 다 흘러 내려간 다음 밑바닥 구멍에서 난 소리가 바로 이것과 비슷했다. 서크. 하긴 소리가 더 컸을 뿐이지.

그 소리에 화장실 하얀 벽돌을 연상하니 선뜩하고 차가운 그리고 이내 뜨거운 감각이 살아 오른다. 마개가 둘이 있어 틀면 물이 나왔지. 찬물과 더운물이. 처음에는 차갑더니 이내 얼마간 더워지는 것을 알 수 있었다. 마개에 씌어진 글씨가 보였다. 정말 이상한 것이었다.

복도의 공기 역시 오싹했다. 이상하게 축축하다. 하지만 곧 가스가 켜지고 그놈이 타면서 낮게 흥얼대겠지. 언제나 같은 소리, 오락실에서 아이들의 말소리가 멎으면 그 소리가 들리는 것이다.

셈본 시간이었다. 아놀 신부가 어려운 문제를 하나 칠판에다 적으면서 물었다.

"자, 어느 쪽이 이길까? 요크〔요크와 랭카스터는 15세기 영국 왕위 싸움을 벌인 유명한 두 가문〕 이겨라! 랭카스터 이겨라!"

스티븐은 힘껏 해보았으나 원체 문제가 힘들어 어리둥절할 지경이었다. 윗저고리 가슴에 핀으로 꽂아놓은 백장미 표시의 조그마한 비단 배지가 떨리기 시작했다. 그는 셈본에 자신이 없지만 요크 편이 지지 않도록 힘을 기울였다. 아놀 신부 얼굴은 시무룩했으나 화를 내고 있는 것 같지는 않았다. 웃고 있는 것이다. 그때 잭 로튼이 딸각 하고 손가락을 울렸다. 아놀 신부는 그의 공책을 들여다보고 말했다.

"음, 됐다. 랭카스터 만세! 붉은장미 편이 이겼다. 자! 요크 편, 이번에는 정신 차려서 이겨라!"

잭 로튼이 이쪽을 넌지시 건너다 보았다. 감색 해군 외투를 입고 있어 그런지 붉은장미 표시의 조그만 비단 배지가 유난히 화려해 보였다. 스티븐은 얼굴마저 붉어지는 것을 느꼈다. 초급반에서 누가 1등을 차지하느냐, 잭 로튼이냐 스티븐이냐 하고 다들 내기를 하고 있는 게 생각났던 것이다. 몇 주일 동안 잭 로튼이 우등 자리를 차지하는가 하면 또 몇 주일은 그가 우등 자리를 차지하곤 했다. 다음 문제를 열심히 하고 있으면서 아놀 신부의 목소리가 들리면 그의 흰 비단 배지가 팔락팔락 흔들렸다. 그러자 갑작스레 기운이 탁 풀어지면서 얼굴이 싸늘해지는 것을 느꼈다. 이렇게 싸늘해졌으니 필경 얼굴이 창백해 있을 것으로 짐작됐다. 결국 문제는 풀지 못했지만 그것은 아무래도 좋았다. 백장미와 홍장미, 생각만 해도 아름다운 빛깔이다. 1등과 3등의 카드도 아름다운 빛깔들이지. 연분홍에 크림빛 그리고 연한 자주색. 연한 자주색, 크림빛 그리고 연분홍, 이 세 가지 장미는 생각만 해도 아름답다. 아마 들장미가 이런 빛깔들을 하고 있을 것이라 생각하니 푸른 들판에 핀 찔레꽃 노래가 머리에 떠올랐다. 하지만 푸른 장미야 있을 리가 없지. 하긴 이 넓은 세상의 어디쯤 있을는지도 몰라.

종이 울렸다. 그러자 아이들은 교실마다 열을 지어 복도로 나와 식당으로 향했다. 그는 자리에 앉아 쟁반 위에 놓인 버터 두 조각을 보면서 그 끈끈한 빵을 차마 먹을 생각이 나지 않았다. 식탁보도 녹아서 축축했다. 그러나 흰 앞치마를 두른 취사부가 부어주는 뜨겁고 묽은 홍차는 꿀꺽 삼켰다. 저 취사부의 앞치마도 축축할까, 그렇지 않으면 흰 것은 모두 다 차갑고 축축한가 하고 그는 생각해보았다. 나스티 로치와 소린은 자기네 집에서 깡통에 넣어서 부쳐온 코코아를 마셨다. 여기 홍차를 어떻게 마실 수 있담, 그거야 돼지에게나 먹일 것이지 하고 말하는 인간들이었다. 저희들 아버지가 무슨 벼슬자리에 있다지. 다들 그렇게 말하고 있어.

어느 아이고 그에겐 서먹서먹해 보이지 않는 아이가 없었다. 다들 제각기 아버지 어머니가 있고 거기다 복장도 다르고 음성도 달랐다. 빨리 집에 가서 어머니 무릎에 머리를 얹고 싶구나 하는 생각이 들었다. 그러나 될 리가 있나. 그래서 그는 오락이고 자습이고 기도고 다 끝나버리고 빨리 이불 속에 들어가게 되기만 바랐다.

더운 홍차를 한 잔 더 마셨다. 그러니까 플레밍이 물었다.

"어떻게 된 거야? 어디가 아프니?"

"나도 몰라."

스티븐은 대답했다.

"뱃속이 좋지 못한 거야. 얼굴빛이 파란 걸 보니. 하지만 곧 나을 거야."

플레밍은 말했다.

"응, 그래."

스티븐은 말했다.

그러나 아픈 것은 거기가 아니다. 그럴 수 있는지도 모르지만 아프다면 난 지금 가슴이 아픈 거야 하고 그는 생각했다. 일부러 물어봐주다니 플레밍은 정말 친절해. 그는 울고 싶었다. 식탁에 팔꿈치를 괴고 귓불을 닫았다 열었다 해보았다. 귓불을 열 때마다 식당의 소음이 들려왔다. 마치 밤 기차 같은 요란스런 소리를 냈다. 그리고 귓불을 닫으니까 소음은 기차가 굴 속에 들어갈 적 모양으로 뚝 그쳤다. 도키에 갔던 그날 밤도 기차가 이렇게 요란스런 소리를 내다가는 뚝 그치고 또 내다가는 그치곤 했지. 기차가 요란스레 소리를 내다가 뚝 그치고 다시 굴을 나와 소리를 내고 또 그치는 것을 들으면서 그는 즐거웠다.

그때 상급반 아이들이 식당 한가운데 깔아놓은 돗자리 위를 걸어 나가기 시작했다. 패디 래드니, 지미 머기니, 또 시가를 피워도 좋도록 되어 있는 스페인 학생, 털모자를 쓰고 있는 꼬마 포르투갈 학생들이었다. 그 다음엔 중급반 식탁의 아이들, 그리고 제3급 식탁의 순서였다. 하나 하나가 모조리 나름대로의 걸음걸이를 하고 있었다.

그는 오락실 구석에 앉아 도미노 놀이를 구경하는 척하고 있었다. 그러니까 한두 번 잠시 동안이지만 노랫가락을 흥얼내는 듯한 가스 소리를 들을 수 있었다. 사감 선생이 아이들 몇 하고 문간에 서 있고 사이먼 무년은 그 선생의 겹친 소매를 졸라 매어주고 있었다. 선생은 그 아이들에게 털라벡〔아일랜드 중부의 옛 도읍〕에 관한 이야기를 해주고 있었다.

그러고는 선생은 문간에서 나가버리고 웰즈가 스티븐에게로 오더니 말했다.
"애, 디달러스, 넌 자기 전에 어머니에게 키스하니?"
스티븐은 대답했다.
"해."
웰즈는 다른 아이들을 돌아보면서 말했다.
"이것 봐. 이 녀석은 말이야, 매일 밤 자기 전에 어머니에게 키스한대."
다른 아이들이 놀다 말고 돌아서면서 와 하고 웃었다. 스티븐은 다들 보는 바람에 얼굴을 붉히면서 말했다.
"안 해."
웰즈가 말했다.
"이것 봐. 이 녀석은 말이야, 자기 전에 저희 어머니에게 키스도 않는대."
아이들은 다시 와 하고 웃었다. 스티븐도 따라서 웃으려고 했다. 온 몸뚱이가 갑작스레 화끈하면서 얼떨떨해졌다. 이럴 때 어떻게 대꾸하면 좋지? 두 가지 대답을 다 해줬는데도 웰즈는 웃었어. 하긴 웰즈는 초등과 3년급에 있으니까 어떻게 대답하면 좋은지 알고 있을 것이 분명해. 웰즈의 어머니가 어떻게 생겼을까 하고 생각하려 했으나 선뜻 눈을 쳐들고 웰즈의 얼굴을 볼 용기는 나지 않았다. 웰즈의 얼굴은 좋아하지 않아. 마흔 번 잇달아 이겼다고, 제가 가진 잘 익은 밤송이를 내가 갖고 있던 그 참한 코담배 갑과 바꿔주지 않았다고 해서 바로 엇그제 나를 네모진 시궁창에다 밀쳐 넣어버린 놈이 바로 이 웰즈 아니었던가. 그런 짓을 하다니 녀석은 비겁해. 다들 그렇게 말하고 있거든. 그리고 그놈의 물이 차고 미끈미끈하던 생각. 게다가 큼직한 쥐 한 마리가 그 시궁창 오물 속에 덤벙 뛰어 들어간 것을 누가 보았다고 하지 않았던가.

시궁창의 차고 미끈미끈한 느낌이 온몸에 끈적끈적 달라붙었다. 그래서 자습 시간을 알리는 종소리가 나고 각 반의 아이들이 줄을 지어 오락실을 나가자 그는 복도와 계단의 싸늘한 공기를 의복을 통해 느꼈다. 어떤 대답이 옳을까 하고 그는 곰곰이 생각해보았다. 어머니에게 키스하는 것이 옳은가, 아니면 그게 옳지 않은 짓일까? 키스라니 그게 뭐지? 얼굴을 쳐들고 어머니에게 안녕히 주무세요 하면 어머니는 얼굴을 아래로 가져온다. 그게 키스한다는 것이 아닌가. 어머니는 입술을 내 뺨에다 갖다 대지. 어머니 입술은 부드럽고 내 뺨을 촉촉하게 적신다. 그러고는 쭉 하고 귀여운 소리를 내지. 왜 다들 양쪽의 얼굴을 맞대고 그런 짓을 하는지 몰라.

그는 자습실 좌석에 앉아 자기 책상 뚜껑을 열고 그 안에 붙여 놓은 숫자를 77에서 76으로 고쳤다. 그래도 크리스마스 방학은 아직 이만저만 먼 것이 아니다. 하지만 지구는 언제나 돌고 도니까 언젠가 한 번은 찾아오겠지.

그의 지리 책 첫 장에 지구 그림이 있었다. 구름 한가운데 있는 큰 공 덩어리의 그림이다. 플레밍은 크레용을 한 갑 갖고 있어 어느 날 저녁 자습 시간 중에 지구를 초록 빛깔로, 구름은 밤색으로 칠해 버렸다. 마치 댄티의 양복장 안에 있는 두 개의 옷솔과 비슷해. 파넬을 기념한 초록빛 벨벳 천으로 싼 솔과 마이클 대비트를 기념한 밤색 솔 말이다. 하지만 이쪽에서 플레밍더러 그런 빛으로 칠하라고 하진 않았어. 플레밍이 제멋대로 한 것이지.

그는 지리 책을 펴고 공부를 시작했다. 그러나 미국의 여러 곳 지명이 도무지 외워지질 않았다. 장소가 다 다르고 그것이 또한 각기 다른 이름을 갖고 있는 것이다. 이런 여러 장소는 여러 나라들 안에 있고, 그 여러 나라들은 여러 대륙 속에 있고, 그 여러 대륙은 이 세계 안에 있고, 이 세계는 우주 가운데에 있다.

그는 지리 책의 첫 장을 넘겨서 거기다 자기가 써놓은 것을 읽었다. 자기 이름과 있는 곳이 적혀 있었다.

스티븐 디달러스
초등과
클론고즈 우드 학원
살린스
킬데어 군
아일랜드
유럽
세계
우주

이것은 스티븐 자신이 쓴 것이다. 그런데 어느 날 저녁 플레밍이 그 맞은편 면에다 이렇게 낙서를 해놓았다.

스티븐 디댈러스는 내 이름
아일랜드는 우리 나라
클론고즈는 내가 사는 곳
그리고 천당은 나의 목적지.

그는 그 넉 줄을 거꾸로 읽어보았는데, 그때는 시(詩)가 되지 않았다. 그래서 첫 장을 아래로부터 위로 읽어 자기 이름 있는 데까지 왔다. 그게 나다. 그러고는 다시 위에서부터 아래로 읽어보았다. 우주 다음에는 뭣이 있지? 아무것도 없다. 그렇지만 그 아무것도 없는 데가 시작하는 앞에, 우주 둘레에 우주가 끝나는 곳이 있을 게 아닌가? 벽이 있을 리는 없겠지만 그 모든 것의 둘레에는 가늘디가는 선이 있음직하다. 모든 것이나 모든 장소에 대해 생각해보다니 이만저만 거창한 노릇이 아닌데 하느님이나 할 수 있겠지. 이건 정말 대단한 생각임에 틀림없을 것이라고 그는 생각해보려 했다. 그러나 하느님밖에는 생각에 떠오르지 않았다. God은 하느님의 이름이다. 마치 스티븐이 내 이름이듯이. Dieu는 프랑스 말로 하느님을 말하니까 이것 역시 하느님 이름이다. 그래서 누가 하느님에게 기도를 드리면서 Dieu라고 말할 것 같으면 하느님께서는 당장에 그 기도 드리는 사람이 프랑스인인 줄 아실 게다. 하지만 이 세계에 있는 말의 하나 하나에 하느님을 부르는 각기 다른 이름이 있고, 또 하느님께서는 기도 드리는 사람이 제각기 다른 이름으로 불러도 다 잘 아시겠지만 그래도 하느님은 언제나 같은 하느님이고 하느님의 진짜 이름은 God이다.

그런 식으로 생각하노라니까 그는 무척 고단해졌다. 자기 머리가 대단히 커진 것 같은 느낌이 들었다. 그 책의 첫 장을 넘기고 밤색 구름에 둘러싸인 초록빛 둥근 지구를 멍하니 들여다보았다. 그러고는 초록색 쪽에 편들 것인가 밤색 쪽에 편들 것인가, 그 어느 쪽이 옳은가 하고 생각해보았다. 왜 그런 생각을 하느냐고? 사실은 어느 날 댄티가 파넬을 기념한 옷솔에서 초록빛 벨벳 천을 가위로 도려내고는 파넬은 고약한 인간이라고 했기 때문이다. 지금도 집에서는 그 문제를 두고 말다툼이 벌어지고 있는 것이 아닐까 생각했다. 그게 정치라는 것이라지. 거기엔 당파가 둘이 있는데 댄티는 그 한쪽에 서고 아버지와 케이시 씨는 반대쪽 편을 들었는데 어머니와 찰즈 할아버지는 그 어느 편도 아니라지. 매일같이 신문에는 정치 이야기가 실리고 있다.

정치가 뭣인지 잘 모르고 우주가 어디서 끝나는지 잘 모르는 게 그에게는 안타까웠다. 자신이 보잘것없고 약하기만 한 것 같았다. 나도 언제쯤 시니, 수사법(修辭法)이니 하는 것을 배우는 아이들같이 될까? 그 아이들은 목소리가 굵고 큼직한 반장화를 신고 또 삼각법을 배우고 있다. 아직도 아직도 멀었어. 우선 방학이 되고 새 학기가 오고 그리고 또 방학이 된다. 그것은 마치 기차가 굴 속에 들어갔다 나오는 것 같고 식당에서 귓불을 열었다 닫았다 할 때의 식사하는 아이들의 요란스러운 소리 같았다. 학기, 방학. 굴, 나온다. 소리, 끊어진다. 얼마나 얼마나 앞의 일인가! 이불 속에 들어가 자는 게 낫지. 교내 성당에서 기도만 드리고 나면 취침이다. 그는 몸을 부르르 떨고 하품을 했다. 시트가 약간 따뜻해지고 난 다음에 이불 속에 들어가면 기분이 좋을 게다. 시트에 들어가면 처음엔 선뜩하지. 처음엔 얼마나 추울까. 생각만 해도 몸이 부르르 떨렸다. 그렇지만 이불은 이내 따뜻해지고 그땐 잠이 저절로 온다. 고단하다는 것은 기분 좋은 일이다. 그는 또 한번 하품을 했다. 저녁 기도만 올리면 취침이다. 그의 몸이 부르르 떨렸고 하품이 나올 뻔했다. 조금만 있으면 기분이 좋아진다. 그는 싸늘해서 몸이 부르르 떨리는 듯한 시트 속에서 따뜻한 기운이 조금씩 퍼지고 차츰 따뜻해져서 이윽고 온 몸뚱이가 훈훈해지는 것을 느끼면서 그렇게 훈훈한데도 어쩐지 몸은 조금씩 떨리고 하품은 여전히 나올 것만 같았다.

저녁 기도의 종이 울리자 그는 아이들 뒤를 따랐다. 자습실에서 나와 계단을 내려가 복도를 따라 성당으로 향했다. 복도엔 어슴푸레하게 불이 비치고 성당의 불빛도 희미했다. 얼마 안 가서 모두가 어두워지고 잠들고 말겠지. 성당은 밤 기운이 싸늘하고 대리석은 밤 바다의 빛깔을 띠고 있었다. 바다는 밤낮을 가림 없이 싸늘하지만 그래도 밤이 더 싸늘해. 우리 집 곁의 방파제 아래 바다는 어둡고 싸늘했지. 그러나 집에서는 펀치를 만든다고 주전자가 벽난로의 시렁 위에 얹힐 때가 아닌가.

교내 성당의 사감 선생님이 그의 머리 위에서 기도를 드리고 있었다. 거기 따라 그의 기억은 답창(答唱)으로 옮아갔다.

주여, 우리의 입술을 열게 하소서!
그러면 우리 입은 주를 찬송하오리다!
천주, 우리 구원을 바라 마음을 기울여주소서!

주여, 우리 구원에 빨리 오소서!

성당 안에서는 쌀쌀한 밤 내음이 났다. 그러나 그것은 성스러운 냄새다. 일요일 미사 때 성당 뒤에서 무릎을 꿇고 있는 늙은 농부의 냄새와는 다르다. 그 냄새는 대기와 비와 토탄(土炭)과 코듀로이 천의 냄새다. 하지만 신앙심은 대단히 깊다. 내 등 뒤에서 기도를 올리는데 나에게 입김을 불어가면서 한숨을 짓기도 했지. 클레인 사람들이라고 누가 말하더라. 거기 가면 조그만 오막살이들이 숱하게 있고 언젠가 살린스에서 마차를 타고 지나오면서 보니까, 어떤 아낙네가 아이를 안고 오막살이 문간에 서 있었지. 그런 시골집에서 연기가 자욱한 토탄 난로 앞에 앉아 난롯불만 비치는 어둠 속에서, 그 따스한 어둠 속에서 농군의 냄새, 대기와 비와 토탄과 코듀로이 천의 냄새를 맡아가면서 잔다. 얼마나 기분이 좋을까. 그건 그렇고 거기 나무들 사이의 길이라니 어둡기 짝이 없었지. 그렇게 어둡다가는 누구든지 길을 잃고 말지 별수 없을걸. 그때 생각만 해도 그는 무서워졌다.

성당 사감 선생님이 마지막 기도를 올리는 소리가 들렸다. 그도 바깥 나무 그늘 밑의 어둠을 향하여 기도를 올렸다.

주여, 비오니 이 집을 돌아보사 원수의 계교를 멀리 몰아 쫓으시고, 천사를 머물게 하여 우리를 지켜 평화롭게 해주시고, 성총이 항상 우리를 떠나지 말게 하심을 비나이다. 우리 주 그리스도로 인하여 아멘.

기숙사 침실에서 옷을 벗으려니까 손가락이 떨렸다. 그는 손가락에게 빨리 하라고 재촉했다. 가스등을 어둡게 하기 전에 옷을 다 벗고 무릎을 꿇고서 손수 기도를 드리지 않으면 죽어서 지옥에 떨어진다고들 하지 않나. 그는 긴 양말을 둘둘 벗고 재빨리 잠옷으로 갈아 입고는 떨리는 몸으로 침대 곁에 꿇어앉아 가스등이 어둡게 되지나 않을까 두려워하면서 부랴사랴 기도를 되풀이했다. 어깨가 줄곧 들먹거리는 것을 느끼면서 그는 중얼거렸다.

천주님, 아버지와 어머니를 축복하사 저를 위해 그들을 보호해 주소서!
천주님, 어린 동생과 누이를 축복하사 저를 위해 그들을 보호해 주소서!
천주님, 댄티와 찰즈 할아버지를 축복하사 저를 위해 그들을 보호해주소서!

그는 성호를 긋고 급히 침대 속으로 들어가 잠옷의 끝을 발로 잡아당겨 내리고는 싸늘한 흰 시트 속에 덜덜 떨면서 몸을 움츠렸다. 그러나 이젠 죽어도 지옥에는 가지 않겠지. 또 이 떨림도 멎고 말겠지. 누군가 침실 아이들에게 잘 자라고 하는 소리가 들렸다. 그는 잠깐 이불 밖으로 얼굴을 내밀었다. 침대의 사방을 둘러싸고 누런 커튼이 쳐져 있었다. 등불이 소리 없이 희미해져갔다. 사감 선생님의 구두 소리가 멀어졌다. 어디로 가는 것일까? 계단을 내려가 복도를 밟아서 가는 것일까, 그렇지 않으면 저편 끝의 자기 방으로 가는 것일까? 어둠이 보였다. 마차 등불같이 둥그런 눈을 하고 오밤중에 여기를 돌아다닌다는 검정개 이야기는 정말일까? 그게 사람 죽인 놈의 귀신이라지. 두려움의 전율이 한동안 몸을 스쳐갔다. 성의 컴컴한 현관 홀이 눈에 떠올랐다. 낡은 의복을 걸친 나이 많은 시녀들이 계단 위의 다림질 방에 있었다. 먼 옛날 이야기. 나이 많은 시녀들은 말이 없었다. 난롯불은 있지만 현관 홀은 여전히 어둡다. 그림자가 하나 현관 홀에서 계단을 올라온다. 원수(元帥)가 입는 흰 외투를 걸치고 있었다. 얼굴은 이상하게 파리하고 한쪽 손은 옆구리를 누르고 있다. 그는 이상한 눈초리로 나이 많은 시녀들을 건너다 본다. 시녀들도 그를 본다. 그들은 얼굴과 외투로 그것이 주인임을 알고 그가 치명상을 입었음을 알아챘다. 그러나 그들이 다시 내다보았을 때 거기에는 다만 어둠밖에, 컴컴하고 소리 없는 어둠밖에 없었다. 주인은 저 멀리 바다 건너 프라하의 전쟁터에서 치명상을 입은 것이었다. 전쟁터에서 한 손으로 옆구리를 누르고 서 있었다. 그리고 얼굴은 이상하게도 파리하고 원수가 입는 흰 외투를 걸치고 있었다.

 이런 것은 생각만 해도 몸이 오싹하고 기분이 이상해지는구나. 어둠이란 정말 오싹하고 이상하다. 이상하게 파리한 얼굴들이 보이고 마차 등불같이 둥그런 눈들이 보인다. 그건 사람 죽인 인간의 귀신이라지. 그리고 저 멀리 바다 건너 전쟁터에서 치명상을 입은 원수의 그림자라지. 저렇게 이상야릇한 얼굴을 하고서 도대체 무슨 말을 하고 싶다는 건가.

주여 비오니 이 집을 돌아보사 원수의 계교를 멀리 쫓으시고…….

방학엔 집에 간다! 얼마나 기분 좋을까. 다들 그렇게 말하더라. 겨울 날 아침 일찍 성문 바깥에서 마차에 올라 탄다. 마차가 자갈길을 굴러 나간다. 교장 선생님 만세!

만세! 만세! 만세!

마차가 성당 곁을 지나가면 모자를 벗어 든다. 그러고는 시골길을 즐겁게 달려간다. 마부가 채찍으로 보덴스타운 쪽을 가리킨다. 아이들이 와 하고 환성을 올린다. '재미꾼 농군 아저씨' 집을 지나간다. 와 하면서 환성이 잇따른다. 환성을 주고받으면서 클레인을 지나간다. 농사꾼 아낙네들이 문간에 서 있고 사나이들도 여기저기 보인다. 겨울 날씨 가운데는 아늑한 맛이 깃들어 있다. 클레인의 냄새, 비와 그슬린 토탄과 그리고 코듀로이 천의 냄새.

기차도 아이들로 만원이다. 크림 빛깔로 가장자리를 단장한 길고 긴 초콜릿색 기차. 차장들이 문을 열었다 닫았다 자물쇠를 잠갔다 열었다 하면서 왔다갔다한다. 그들은 은빛 테를 두른 짙은 감색 양복을 입고 은빛깔 호각을 갖고 있으며 차고 있는 열쇠가 곧잘 소리를 울렸다. 찰각, 찰각, 찰각. 그리고 기차는 핑시를 줄곧 달려가 엘렌의 언덕을 넘는다. 전봇대가 휙휙 지나가고 기차는 줄곧 달려만 간다. 환히 알고 있는 것이다. 집에는 현관 홀에 등불이 몇 개 그리고 푸른 나뭇가지 장식이 꽂혀 있다. 벽에 끼워놓은 큰 거울을 나무와 담쟁이가 둘러싸고 샹들리에 주위에는 푸르고 붉은 호랑가시

나무와 담쟁이가 엉클어져 있다. 벽에 붙은 낡은 초상화를 둘러싸고 역시 붉은 호랑가시나무와 푸른 담쟁이가 엉클어져 있다. 나와 크리스마스를 위한 가시나무와 담쟁이다.

즐겁다…….

다들 모여 있다. 너 왔구나, 스티븐! 떠들썩하게 맞아들인다. 어머니가 나에게 키스한다. 해도 상관없을까? 아버지는 원수가 되어 있다. 치안 판사보다 훨씬 높다. 너 왔구나, 스티븐.

떠들썩한 소리들…….

커튼 고리가 대를 훑는 소리, 물이 대야에서 튀는 소리. 기숙사 침실에서는 자리에서 일어나 옷을 입고 얼굴을 씻는 소리, 사감 선생님이 돌아다니면서 아이들에게 빨리 하라고 재촉하며 손뼉을 치는 소리가 요란스러웠다. 어스레한 햇빛에 잡아 당겨진 커튼과 어수선한 침대가 눈에 띄었다. 그의 이부자리는 후끈거리고 얼굴과 몸뚱이도 달아올랐다.

그는 일어나서 침대 곁에 앉았다. 허전하다. 양말을 신으려고 했다. 그 양말 감촉이 소름이 끼치도록 까칠까칠하다. 햇볕이 어쩐지 싸늘하다.

플레밍이 물었다.

"너 어디가 아프니?"

잘 모르겠다. 그러니까 플레밍이 말했다.

"이불 속에 들어가 있어. 네가 몸이 안 좋다고 맥글레이드에게 얘기해줄게."

"아프대."

"누구 말이야?"

"맥글레이드에게 얘기해줘."

"이불 속에 들어가 있어."

"아프니?"

잘 떨어지지 않는 양말을 벗고 후끈거리는 이불 속에 기어들어 가는데 곁에서 누가 팔을 부축해주었다.

시트 사이에 몸을 웅크리고 있으면서 그 미적지근한 후끈거림이 어쩐지 마음에 들었다. 아이들이 미사에 나가는 차림을 하면서 저희들끼리 자기 이야기를 하고 있는 것이 들려왔다. 네모진 시궁창에다 사람을 밀쳐 넣다니 비겁한 짓이 아니냐고들 말하고 있었다.

조금 있으니까 소리가 들리지 않는다. 다들 나가버린 모양이지. 침대 곁에서 목소리가 들렸다.

"디달러스, 너 일러 바치지 말아, 응?"

웰즈의 얼굴이 거기 있었다. 그것을 보면서 웰즈가 은근히 두려워하고 있는 것을 알았다.

"일부러 그런 게 아니었어. 너 일러 바치지 않겠지, 응?"

무슨 일이 있더라도 남을 일러 바치지 말라고 아버지께서 말씀하신 적이 있었지. 그는 머리를 끄득끄득 하면서 하지 않겠노라고 말하고 그래서 기분이 좋았다.

웰즈가 말했다.

"일부러 하려고 그런 게 아니었어, 정말이야. 그냥 장난으로 그랬어. 미안하다."

그 얼굴과 목소리도 떠나가버렸다. 은근히 두려워서 미안하다고 했지. 그래서 병이 났는가 하고 겁이 난 모양이지. 캥커는 식물의 병이고 캔서는 동물의 병이라. 아니 그 반대던가. 벌써 오래전의 일이지, 아마. 저녁때 운동장에서 우리 반 뒤꽁무니만 느릿느릿 따라 다니고 있는데 희미한 광선 속을 육중한 새가 한 마리 날았지. 레스터 수도원에 불이 켜지고. 울지가 거기서 죽었겠다. 수도원장들이 손수 그를 묻어줬다지.

웰즈의 얼굴이 아니라 사감 선생님의 얼굴이 나타났다. 꾀병을 부리는 것은 아니겠지. 아니, 아니야. 이건 정말 아픈데. 꾀병은 아니야. 그는 이마에 닿는 선생님의 손길을 느꼈다. 그리고 선생님의 싸늘하고 축축한 손에 닿는 자기 이마의 후끈거리는 축축한 감촉을 느꼈다. 꼭 쥐를 만졌을 때와 같았다. 미끈미끈하고 축축하고 싸늘했다. 쥐란 놈은 눈이 둘 있어 그것으로 본다. 매끄럽고 미끈한 가죽, 뛸 때 오므라지는 조그마한 귀여운 발. 시꺼먼, 미끈거리는 두 눈. 쥐라도 뛰는 법쯤은 알겠지만 쥐 대가리 가지고야 삼각법을 알 수는 없겠지. 쥐란 놈은 죽으면 옆으로 구른다지. 얼마 안 가 가죽도 말라빠질걸. 그야말로 죽은 물건밖에는 되지 못해.

사감 선생님은 또 왔다. 이번에는 일어나라고 하는 목소리가 들려왔다. 부교장 선생님이 일어나 옷을 입고 보건실로 가라고 한다는 말이었다. 그가 부랴부랴 옷을 입는데 사감 선생님이 말했다.

"배앓이니까 마이클 님에게로 달려가야겠다."

호의로 이런 말을 한 것이다. 어쩌면 자기를 웃겨줄 수 있을까 하고 나온 말이다. 그러나 스티븐은 볼이랑 입술이 마구 떨리는 통에 웃을래야 웃을 수도 없었다. 그러니까 사감 선생님은 혼자라도 웃지 않을 수 없게 돼버렸다.

"빨리 갓. 오른발! 왼발!"

두 사람은 같이 계단을 내려가 복도를 따라 목욕실을 지나갔다. 그 목욕실 문간을 지나가면서 토탄 빛깔의 구정물, 축축하고 더운 김, 목욕탕에 뛰어 들어갈 때의 떠들썩한 소리, 약 냄새를 풍기는 수건의 냄새들이 생각나서 그는 가슴이 섬뜩했다.

마이클 수사(修士)는 보건실 문간에 서 있었다. 오른편 거무스름한 약장에서 약 냄새가 흘러나왔다. 장 안의 병에서 나는 냄새였다. 사감 선생님이 뭐라고 이야기하니까 마이클 수사는 대답하면서 사감 선생님을 존대했다. 이 사람은 백발이 섞인 붉은 머리털에 이상한 얼굴을 하고 있어. 그런데 언제나 수사라니〔원어는 브러더, 즉 형제라는 뜻〕. 조금 이상하지 않나. 또 이상하다니 말이지 '님'으로 부르고 또 얼굴이 약간 이상하다 해서 그를 선생님이라고 존대하지 않는 것도 이상하지 않는가. 이분이 아직 제대로 수양을 하지 못했단 말인가, 그렇지 않으면 다른 사람을 따라잡지 못했단 말인가?

방 안에는 침대가 둘 있었고 그 한쪽에 아이가 하나 누워 있었다. 그래서 우리가 들어가니까 그 아이가 말을 걸었다.

"야! 디달러스 아니냐! 어떻게 된 거야?"

"되기는 어떻게 돼."

마이클 님이 말했다.

초등과 3학년인 그 아이는 스티븐이 옷을 벗고 있는데 마이클 님을 보고 버터 토스트를 한 조각 갖다 달라고 청했다.

"부탁합니다."

그는 말했다.

"부탁도 버터도 없어."

마이클 님이 말했다.

"넌 내일 의사가 오면 퇴원이야."

"퇴원이라뇨?"

그는 말했다.

"아직 다 낫지 않았는데요."

마이클 님은 되풀이했다.

"넌 퇴원이니까 그런 줄 알아."

그러고는 몸을 굽혀서 난롯불을 긁어 일으켰다. 그 굽어진 등이 철도 마차의 말 등같이 길쭉해 보였다. 그는 초등과 3학년 아이를 보며 그 불가래를 휘젓고 고개를 끄덕였다.

마이클 님이 나가자 얼마 안 있어 초등과 3학년 아이는 벽 쪽으로 돌아눕더니 잠이 들어버렸다.

이게 보건실이라지. 그럼 역시 나는 병에 걸려 있군. 학교선 어머니나 아버지께 기별했을까? 아니 신부님 중의 누군가 직접 가서 알리는 게 빠를 텐데. 그렇지 않으면 내가 편지를 써서 신부님께 전하도록 하는 게 좋을까?

어머니

지금 아픕니다. 집에 가고 싶어요. 와서 데려가 주세요. 보건실에 있습니다.

스티븐 올림

우리 집이 까마득하게 먼 것 같다.

창 밖에는 싸늘한 햇볕이 비치고 있었다. 이러다가 죽는 것이 아닌가 하는 생각이 들었다. 날씨가 따뜻할 적이라도 죽는 일이야 왜 없겠나. 어머니가 오시기 전에 죽을는지도 몰라. 그렇게 되면 성당에서 장례 미사가 있을 게다. 꼬마가 죽었을 때도 있었다고 아이들이 얘기하더라. 그땐 다들 미사에 나오겠지, 검은 옷을 입고 슬픈 얼굴들을 하고. 웰즈도 나타나겠지. 그래도 누구 하나 그 녀석을 거들떠보지 않을걸. 교장 선생님도 금실로 수놓은 검정 법의(法衣)를 입고 나오실 게고, 제단 위와 관대(棺臺) 사방으로는 기다란 누런 양초가 세워질 것이다. 그러고는 다들 관을 들어서 천천히 성당 바깥으로 나올 것이고 그러면 나는 보리수 가로수 길을 조금 들어간 교단의 그 조그만 묘지에 묻힐 것이다. 그때 웰즈도 제가 한 짓을 후회하게 될걸. 그리고 조종이 천천히 울릴 것이다. 그 종소리가 귀에 들리는 듯했다. 그는 브리지드가 언젠가 가르쳐준 노래를 혼자서 몇 번이고 되풀이했다.

땡 땡! 성 안의 종이 울립니다!
잘 계세요, 어머니!
묻어주세요, 저를, 저 오랜 묘지에 큰 형님 곁에
묻어주세요.
관은 검정으로 해주시고요
여섯 천사를 제 곁에 두고요
둘은 노래하고 둘은 기도하고

그리고 남은 둘은 제 영혼을
저승에 데려다 줍니다.

얼마나 아름답고 슬픈 노래인가.
'묻어주세요, 저를, 저 오랜 묘지에!'라는 대목은 얼마나 아름다운 말인가? 그의 몸뚱이를 소름이 스쳐갔다. 아, 얼마나 슬프고 또 얼마나 아름다운가. 그는 소리 없이 흐느끼고 싶었다. 내가 슬퍼서가 아니다. 가사가 음악과도 같이 그렇게도 아름답고 슬프기 때문이다. 종이여! 종이여! 안녕히! 그럼, 안녕히 계세요!
싸늘한 햇빛이 더 희미해졌을 때쯤 마이클 님은 쇠고기 수프 주발을 안고 그의 침대 곁에 서 있었다. 입이 타고 말랐기에 매우 반가웠다. 운동장에서는 다들 뛰놀고 있는 소리가 들려왔다. 그리하여 그날도 그가 운동장에 있을 때나 다름없이 이 학교의 하루는 지나가고 있었다.
막 마이클 님이 떠나려고 하는데 초등과 3학년 아이가 그에게 다시 돌아와서 신문에 난 기사들을 모조리 알려달라고 신신부탁했다. 그는 스티븐에게 자기 이름은 어사이라고 부르며, 저희 아버지는 근사하고 날쌘 경마 말을 수두룩하게 갖고 있다는 둥, 또 제가 이야기만 하면 저희 아버지는 마이클 님에게 팁을 상당히 줄 거라, 왜 그런고 하니 마이클 님은 무척 친절해서 매일같이 성에 오는 신문의 기사를 항상 자기에게 들려주고 있으니까라는 둥 이야기해주었다. 신문에는 무슨 기사든지 다 들어 있다. 사고, 파선(破船), 운동 경기, 정치 등.

"요즈음 신문은 정치 이야기뿐이지."

그는 말했다.

"너희 집에서도 다들 정치 이야기를 하니?"

"응, 그래."

스티븐은 말했다.

그러고는 잠깐 생각하더니 또 말했다.

"디달러스라니 네 이름이 조금 이상하구나. 하긴 어사이라는 내 이름도 이상하지. 내 이름은 말이야, 동리 이름이야. 네 이름은 라틴어 같구나."

그러고는 또 물었다.

"너 수수께끼 잘 푸니?"

스티븐은 대답했다.

"별로 잘 풀지 못해."

그러니까 그가 말했다.

"그럼 이런 것 풀 수 있겠니? 킬데어 군(郡)은 왜 바짓가랑이를 닮았지?"

스티븐은 어떻게 풀면 좋을까 하고 생각하다 말했다.

"못 풀겠어."

"건 말이야, 그 속에 넓적다리가 들어 있기 때문이야. 어사이는 킬데어 군에 있지. 넓적다리도 영어로 어 사이 a thigh거든."

"응 그렇군."

스티븐은 말했다.

"이건 낡아빠진 수수께끼지."

37

그는 말했다.
조금 있더니 또 말을 걸었다.
"이것 봐."
"뭐야?"
스티븐이 물었다.
"지금 수수께끼 말이야. 다른 식으로 걸 수도 있어."
"그래?"
스티븐이 말했다.
"같은 수수께끼야. 어떻게 거는지 알아?"
"몰라."
스티븐이 말했다.
"그런 것쯤 생각이 나지 않니?"
그는 말했다.
그렇게 말하면서 이부자리 위로 고개를 쳐들고 스티븐을 건너다 보았다. 그러고는 다시 베개 위에다 머리를 얹고 말했다.
"달리 하는 수가 있지만 너한텐 이야기 않을 테야."
왜 이야기 않으려고 들까? 경마 말을 몇 마리나 갖고 있다는 그의 아버지니까 소린이나 나스티 로치의 아버지들처럼 치안 판사쯤 틀림없이 되는 모양이지. 그는 자기 아버지 생각이 머리에 떠올랐다. 어머니에게 피아노를 치게 하고 노래를 부르던 아버지라든가, 6펜스를 조르면 언제나 그 갑절인 1실링을 주던 아버지 생각이 나면서, 다른 아이들 아버지같이 판사 영감쯤 되지 못한 게 마음에 언짢았다. 그런데 왜 아버지는 나를 이런 곳에 보내주셨을까? 하긴 아버지께서 이런 말씀을 하신 적은 있지. 증조부께서 50년 전에 '해방자'〔다니엘 오코너. 아일랜드의 자유와 해방을 위하여 분투했다〕에게 축사를 드린 곳이 여기니까 자기도 전연 남은 아니라고. 그때 사람들이란 입은 옷만 보아도 다 알 수 있지. 그 시대가 그렇게도 위엄 있게 보였다. 클론고즈의 학생들이 금단추가 달린 감색 윗저고리에 누런 조끼를 입고 토끼 가죽 모자를 쓰고 어른 같이 맥주를 마시고. 그리고 토끼 사냥을 한답시고 사냥개를 제각기 길렀다는 것도 이때 일이 아니었던가 하고 그는 생각했다.

　유리창 밖을 내다보니 햇볕은 더 희미해졌다. 운동장은 이미 흐릿한 회색 빛깔이 자욱하게 끼어 있을 것이다. 운동장은 조용했다. 교실에서는 작문을 짓고 있거나 그렇지 않으면 아놀 신부가 책을 읽어주고 있을 게다.

　아무도 약을 갖다 주지 않다니 이상한 노릇인데. 아마 마이클 님이 올 때 가지고 올 작정인가. 보건실에 들어가면 냄새가 고약한 것을 먹인다고들 하던데. 그러나 앞서보다는 조금 기분이 나아졌다. 너무 서둘러서 나아지지 않는 게 좋겠어. 그래야 책이라도 볼 수 있지. 책이라니 도서실에는 네델란드에 관한 책이 있더라. 재미있는 외국의 이름들이니 진기한 경치의 도시니 배의 그림들이 들어 있었지. 그건 보고만 있어도 마음이 흐뭇했다.

　유리창의 광선이 왜 저리 창백할까? 그러나 곱다. 난로의 불 그림자가 벽에 뛰논다. 마치 파도 같구나. 누가 석탄을 넣은 모양이지. 사람 소리가 들렸다. 뭐라고 이야기하고 있다. 그게 파도 소리 같군. 아니 파도가 솟았다 가라앉았다 하면서 저희들끼리 지껄이는 소린가 보다.
파도치는 바다가 보였다. 달도 없는 밤하늘에 거무스레한 파도가 솟았다 가라앉았다 한다. 배가 들어오는 부둣가에는 조그만 등불이 외로이 깜빡이고 있다. 항구에 들어오는 배를 보려고 사람들이 떼를 지어 물가에 모여 있는 것이 보였다. 키가 큰 사나이가 하나 갑판 위에 서서 컴컴하기만 한 육지 쪽을 내다보고 있다. 그 사나이의 얼굴을 스티븐은 부두의 불빛 속에서 보았다. 그것은 마이클 님의 수심에 싸인 얼굴이었다.
그가 군중을 향해 한 손을 쳐드는 것이 보였다. 그러고는 수심 찬 굵직한 목소리로 말하는 것이 바다 위로 들려왔다.
"그분은 돌아가셨소. 우리는 그분이 관 속에 누워 있는 것을 보았소."
구슬픈 통곡 소리가 군중 사이를 퍼져갔다.
"파넬! 파넬! 파넬이 돌아가셨다."
그들은 무릎을 꿇고 곡성을 올렸다.
그때, 댄티가 밤색 벨벳 옷에 초록색 벨벳 외투를 걸치고 물가에서 읊조리고 있는 군중 곁을 말없이 의기양양하게 지나가는 것이 보였다.

난로 속에서는 장작을 수북하게 쌓아서 시뻘건 불이 활활 타오르고 담쟁이가 감긴 샹들리에 가지 아래 크리스마스 식탁이 진설되어 있었다. 집에 돌아온 것이 조금 늦었지만 저녁 준비는 미처 다되어 있지 않았다. 하지만 곧 된다고 어머니는 말했다. 문이 열리면서 하인들이 육중한 놋쇠 뚜껑이 덮인 쟁반들을 안고 들어오는 것을 다들 기다리고 있었다.

모두 기다리고 있었다. 찰즈 할아버지는 건너편 유리창 곁에 앉아 있고 댄티와 케이시 씨는 난로 양쪽에 각기 안락의자에 앉아 있고 스티븐은 그 사이 의자에 앉아 따뜻해진 부조(浮彫) 장식 위에다 발을 얹고 있었다. 디달러스 씨는 벽로 장식 선반 위 거울에다 몸을 비춰 보고 콧수염을 왁스로 다듬더니 연미복의 갈라진 자락에서 한 손을 떼고 콧수염의 뾰족한 끝을 쓰다듬었다. 케이시 씨는 목을 갸우뚱하게 기울이고는 싱글벙글하면서 손가락으로 목통을 살짝 두드렸다. 그것을 보면서 스티븐도 빙그레 웃었다. 케이시 씨의 목구멍 안에 은 지갑이 들어 있지 않다는 것을 이제는 알고 있기 때문이다. 케이시 씨가 언제나 은 같은 소리를 냈기 때문에 그때는 내가 정말 속아 넘어갔지 하고 그는 옛일을 생각하며 저절로 미소를 떠올렸다. 은 지갑이 정말 들어 있는가 보려고 케이시 씨의 손가락을 펴보려 들었지만 좀처럼 그것이 펴지지 않던 일도 있었지. 그때 케이시 씨는 빅토리아 여왕의 생일 선물〔당시의 아일랜드 사람은 여왕의 생일날 폭동을 일으켰다〕을 하려다가 이렇게 세 손가락이 오그라졌노라고 일러주었지.

케이시 씨는 자기 목을 가볍게 두드리면서 스티븐을 보고 졸리는 눈으로 싱긋이 웃어 보였다. 그때 디달러스 씨가 그를 보고 말했다.

"후유, 이제 겨우 한숨 돌리겠군. 꽤 많이 걸었지, 존, 그렇지 않아? 정말이지…… 오늘은 이 집에 저녁이 없을 모양인가…….

하여튼 오늘은 '해드'(더블린 동남쪽의 바닷가 바위 언덕)까지 가서 오존을 실컷 마시고 왔어. 정말이야."

그는 댄티를 돌아보고 말했다.

"리오던 아주머닌 아무 데도 나갔다 오지 않았소?"

댄티는 상을 찌푸리고 잘라 말했다.

"네."

디달러스 씨는 옷자락에서 손을 떼고 찬장 있는 쪽으로 갔다. 그러고는 자물쇠가 달린 장에서 커다란 위스키 병을 꺼내더니 그것을 천천히 조그만 유리병에다 옮기면서 얼마나 들어갔나 하고 이따금씩 허리를 굽혀 보는 것이었다. 그러고는 큰 병을 다시 찬장 안에 넣고 그 위스키를 두 개의 잔에다 조금씩 붓고 물을 약간 타서 그것을 들고 난로 자리로 돌아왔다.

"얼마 안 되지만, 존, 반주로 어때? 한잔 하게."

케이시 씨는 잔을 받아 들이마시고는 그것을 가까운 벽로 장식 선반 위에 놓았다. 그러고는 입을 열었다.

"글쎄 이건 또 생각이 나네만, 크리스토퍼란 녀석이 하필 만들어도……."

그는 껄껄대고 웃다가 기침 소리를 내면서 덧붙였다.

"……만들어도 분수가 있지, 샴페인을 만들어 그 녀석들에게 팔다니."

디달러스 씨도 큰 소리로 웃었다.

"그게 크리스티야?"

그는 말했다.

"그 녀석 대머리에 있는 사마귀 하나가 잔꾀로 말하면 여우란 놈 떼거리 합친 것보다도 더 낫다네."

그는 고개를 기우뚱하니 양 눈을 감고 입술을 마구 빨더니 여관 주인 같은 목소리로 시작했다.

"게다가 그 녀석 지껄일 때 보란 말씀이야. 그 능숙한 솜씨하며, 턱 아래 늘어진 녀석의 군살에 축축하게 침이 질질 흘러 있는 꼴이란, 정말 사람 죽여주지."

케이시 씨는 여전히 기침을 참으면서 우스워 못 견뎌하고 있었다. 스티븐도 아버지 얼굴이나 목청이 여관 주인 그대로 빼놓은 것 같아 웃어버렸다.

디달러스 씨는 외알박이 안경을 쳐들고 그를 빤히 내려다 보면서 차분하고 다정한 조로 말했다.

"넌 뭣이 그렇게 우스우냐?"

하인들이 들어와 식탁에 그릇을 갖다 놓았다. 디달러스 부인이 뒤를 따라 들어오면서 자리가 정해졌다.

"당신은 저쪽으로 앉아요."

그녀는 말했다.

디달러스 씨는 식탁 끝으로 가서 입을 열었다.

"자, 리오던 아주머니는 저쪽으로 앉으시고 손, 자네도 앉게."

그러고는 고개를 돌려 찰즈 할아버지가 앉아 있는 데를 보고 말했다.

"자, 아저씨, 칠면조가 기다리고 있어요."

다들 자리를 잡고 나자 그는 뚜껑에 손을 댔다가 그만 손을 떼면서 황급히 말했다.

"자, 스티븐."

스티븐은 자리에 일어서서 식전 기도를 올렸다.

주여, 바라옵건대 저희들을 축복해주시옵고, 또 천주의 혜택으로 저희들이 먹는 이 선물을 축복해주시옵소서. 주 예수 그리스도로 하여 비나이다.

다들 성호를 긋자 디달러스 씨는 안도의 한숨과 더불어 반짝이는 물방울이 진주알처럼 아롱거리는 그 육중한 쟁반 뚜껑을 벗겼다.

스티븐은 살이 통통한 칠면조를 쳐다보았다. 조금 전만 해도 꼬챙이에 꿰여 조리대 위에 놓여 있었던 물건이다.

그의 아버지가 돌리어 거리의 던 가게에서 자그마치 1기니나 주고 산 칠면조인데, 그것이 얼마나 상등품인가 보여주기 위해 가게 주인이 칠면조 가슴뼈를 몇 번이나 눌러 보였던가를 그도 알고 있다. 또 그때 그 가게 사람이 이런 말을 하던 것도 생각이 났다.

"그걸로 하세요. 특상품입니다."

클론고즈 학교의 배리트 선생님은 벌 주는 몽둥이를 왜 칠면조라고 하지?

그러나 학교는 여기서 멀다. 그리고 칠면조니 햄이니 샐러리의 따뜻하고 진한 냄새가 쟁반과 접시에서 떠오르지 않나, 난로 속에 장작을 높이 쌓아서 불이 활활 타오르지 않나. 푸른 담쟁이에 붉은 호랑가시나무가 있지 않나. 그저 모든 것이 즐거울 뿐이다. 게다가 식사가 끝나면 큼직한 건포도 푸딩이 나올 테고. 거기엔 껍질을 벗긴 편도(扁桃)에 가시나무 가지를 곁들이고 그 가로 푸른 불꽃이 일고 푸딩 꼭대기에는 초록색 깃발이 나부낄 것이다.

이것은 그의 첫 크리스마스 디너였다. 그래서 그는 옛날의 자기가 자주 그랬듯이 푸딩이 올 때까지 아이들 방에서 기다리고 있는 동생이나 누나들을 생각해보았다. 폭이 넓고 키가 낮은 칼라와 이튼식 윗저고리 때문에 그는 어쩐지 이상스레 나이 먹은 것 같은 기분이 들었다. 아침에 어머니가 미사에 나갈 차림을 하고 그를 아래층 거실로 데리고 내려왔을 때 아버지는 울었다. 그것을 보고 할아버지 생각이 났기 때문이었다. 찰즈 할아버지 역시 그때 그런 말을 했다.

디달러스 씨는 접시에 뚜껑을 덮고 시장한 듯 먹기 시작했다. 그리고 그는 말했다.

"크리스티란 녀석도 가엾게 됐지. 그동안의 나쁜 짓으로 사람 버렸어."

"여보."

디달러스 부인이 말했다.

"리오던 아주머니께 소스도 드리지 않고 뭘 해요."

디달러스 씨는 소스 그릇을 손에 잡았다.

"내가 안 드렸던가?"

그는 큰 소리를 냈다.

"리오던 아주머니, 눈먼 짓을 해서 죄송합니다."

댄티는 두 손으로 자기 접시를 가리면서 말했다.

"괜찮우."

디달러스 씨는 찰즈 할아버지를 돌아보았다.

"괜찮습니까?"

"아, 난 괜찮다."

"존, 자네는?"

"난 상관없어. 자네나 들게."

"응, 그래? 얘, 스티븐, 여기 혓바닥이 떨어져도 모를 만큼 맛있는 게 있다."

그는 스티븐의 쟁반 위에 소스를 담뿍 쳐주고 난 다음 그 그릇을 식탁 위에 놓았다. 그러고는 찰즈 할아버지에게 살은 연하냐고 물어보았다. 찰즈 할아버지는 한 입 물고 있어 우물거리면서 연하다는 표시로 고개만 끄덕였다.

"교단 사람에게 우리 친구가 했다는 답변은 훌륭했어. 뭐랬지?"

디달러스 씨가 물었다.

"난 정말 그 친구가 그만큼 할 줄은 몰랐네."

케이시 씨는 말했다.

"'신부님, 당신들이 하느님의 집을 투표장으로 만드는 짓을 치우면 나도 응당 낼 성금은 바치겠습니다'라고 했다는 거야."

"그게 잘한 대답이라구! 적어도 가톨릭이라고 자칭하는 인간이 신부님을 보고 그게 말이우."

댄티가 말했다.

"그건 자기네들 탓이죠. 바보 천치라도 할 수 있는 말쯤 들을 만한 정신이 있어도 교회 일에만 정신을 쏟았을까요."

디달러스 씨는 부드럽게 말했다.

"그것도 종교랍니다. 신자를 조심시키는 것이 신부의 의무가 아니고 뭐예요."

댄티가 말했다.

"우리가 하느님의 집에 가는 이유는 말예요. 그건 공손한 마음으로 조물주 하느님에게 기도 드리려는 것이지 선거 연설을 듣자는 것이 아닙니다."

케이시 씨는 말했다.

"그것도 종교랍니다. 그분들이 옳아요. 신부는 신도를 인도할 의무가 있어요."

댄티는 되풀이했다.

"그래서 제단에서 정치 설교를 하는 겁니까?"

디달러스 씨가 물었다.

"그렇구 말구요."

댄티는 대꾸했다.

"사회 도덕의 문제랍니다. 옳고 그른 것을 신도들에게 알려주지 못하면 그건 벌써 신부가 아닙니다."

디달러스 부인이 나이프와 포크를 놓고 말했다.

"제발, 제발, 오늘 같은 날만은 정치 토론인지 뭔지는 하지 말아요."

"옳은 말씀이야."

찰즈 할아버지가 말했다.

"자, 사이먼, 그만하면 됐다. 이제 더 얘기하지 말아."

"네, 네."

디달러스 씨는 재빨리 대답했다.

그는 성큼 접시 뚜껑을 열면서 물었다.

"자, 칠면조가 더 필요하신 분 없습니까?"

아무도 대답이 없다. 댄티가 말했다.

"가톨릭 교인이 그따위 말투를 쓰다니!"

"리오던 아주머니, 제발 그 이야기는 더 끄집어내지 말아주세요."

디달러스 부인이 사정했다.

댄티는 그쪽을 돌아 보고 말했다.

"아니 우리 성당의 신부님이 모욕을 당하는 것을 듣고도 가만히 있으란 말이에요?"

"그분 욕을 누가 하고 있나요. 정치에만 간섭 않으면 된다고 그러잖아요."

디달러스 씨는 말했다.

"아일랜드의 주교님이나 신부님이 하시는 말씀은 일단 하신 이상 복종해야 해요."

댄티는 말했다.

"정치에는 손을 떼도록 해야 돼. 그렇지 않으면 민중은 교회를 버리고 말걸."

케이시 씨는 말했다.

"저것 들어봐요."

댄티가 디달러스 부인을 돌아보면서 말했다.

"케이시 씨! 사이먼!"

디달러스 부인이 말했다.

"그만들 좀 해둬요."

"지나친 말이여! 지나쳐!"

찰즈 할아버지가 말했다.

"뭐가 말입니까?"

디달러스 씨는 버럭 소리를 질렀다.

"아니 영국놈 말만 듣고 그분〔파넬을 지칭함〕을 버려야 했단 말씀인가요?"

"그 사람은 벌써 지도자의 자격을 잃었답니다. 그 사람은 온 세상이 다 아는 죄인이었어요."

댄티는 말했다.

"우리는 모두 죄인이오. 극악한 죄인 아닌 게 어디 있어."

케이시 씨가 냉정하게 대꾸했다.

"남을 죄짓게 하는 사람은 참으로 불행하다."

리오던 아주머니가 말했다.

"이 보잘것없는 사람들 가운데 누구 하나라도 죄짓게 하는 사람은 그 목에 연자맷돌을 달고 바다에 던져져 죽는 편이 오히려 나은 것이니라(루가복음 17:12). 이게 바로 성령의 말씀이에요."

"실례지만 거 대단히 고약한 말씀인데."

디달러스 씨는 쌀쌀맞게 대꾸했다.

"사이먼! 사이먼!"

찰즈 할아버지가 말렸다.

"아이 앞에서 원."

"네, 네."

디달러스 씨는 말했다.

"내가 말한 것은 그…… 사실은 철도역의 짐꾼들 말투가 고약한 게 생각이 나서. 자, 그건 그렇고. 얘, 스티븐, 어디 네 쟁반 이리 내놓아. 자, 됐다. 실컷 먹어둬."

그는 스티븐의 쟁반에다 음식을 가득 덜어주고 찰즈 할아버지와 케이시 씨에게도 칠면조의 살점을 큼직하게 썰어주고 소스를 담뿍 쳤다.

디달러스 부인은 통 먹지 않고 댄티는 손을 무릎 위에 얹어놓은 채 있었다. 얼굴이 시뻘겋게 상기되어 있었다. 디달러스 씨는 고기 베는 칼로 접시 언저리를 휘저으면서 말했다.

"여기 '교황님의 코'〔엉덩이 쪽의 살〕라는 맛있는 살점이 있습니다. 어느 분이라도……."

그는 고기를 한 점 고기용 포크에 찍어서 들어 보였다. 아무도 입을 여는 사람이 없었다. 그러니까 그는 그것을 자기 쟁반에다 담으면서 말했다.

"권하지 않았다는 말씀은 하지 마십시오. 아마 이건 내가 먹는 게 좋을 것 같군. 그러지 않아도 요즘 건강이 그리 좋지 못한데."

그는 스티븐에게 눈을 껌벅해 보이고 접시 뚜껑을 도로 닫고는 먹기 시작했다.

그가 먹는 동안 다들 말이 없었다. 그러자 그는 또 입을 열었다.

"하여튼 오늘 하루는 잘됐어. 거리에도 모르는 사람이 많이들 왔더군."

아무도 입을 여는 사람이 없다.

그는 다시 말을 이었다.

"작년 크리스마스 때보다 사람이 더 많은 것 같아."

그는 좌중을 돌아보았다. 그러나 다들 자기 쟁반 위에 고개를 떨어뜨리고 아무 대답이 없자 잠시 기다리더니 기분이 상한 듯 말을 내뱉었다.

"이번 크리스마스 디너는 이래저래 망쳤군."

"좋기는커녕 은총이 어떻게 있겠어요. 성당의 신부님도 존경을 안 하는 집인데."

댄티가 말했다.

디달러스 씨는 들고 있던 나이프와 포크를 덜커덕 하고 쟁반 위에 내던졌다.

"존경이라니, 누굴 존경한단 말이여. 입만 까진 허풍선이 녀석을 말이여. 아니면 아마시〔아일랜드 대주교가 있는 곳〕의 그 오장육부 통을 말이여. 존경이 다 뭐야."

"교회의 군주들이시니까."

케이시 씨는 비웃음 조로 거들었다.

"리트림 대감의 마부지."

디달러스 씨가 맞장구를 쳤다.

"그분들은 하느님의 명을 받들었어요. 우리 나라의 명예입니다."

댄티는 말했다.

"오장육부통 말씀인가요."

디달러스 씨는 난폭하게 말을 걸었다.

"점잔을 빼고 있을 때 보면 그럴듯이야 하지. 하지만 겨울에 추울 때 캐비지 베이컨 요리를 핥아먹고 있는 그 꼬락서니라니. 정말 죽여줍죠."

그는 고약한 짐승처럼 얼굴을 찌푸리고 오만상을 지으면서 입술로 음식 핥아먹는 시늉을 해보였다.

"여보, 스티븐 앞에서 무슨 그런 말을 하세요. 좋지 못해요."

"보세요, 커서도 이런 일을 다 외워두고 있을 테니."

댄티가 격해서 말했다.

"집에서 하느님이나 종교나 신부님에 대해 욕한 것을 잊어버릴 것 같아요."

"기왕에 이것도 잊어버리지 않도록 하는 게 좋겠어."

케이시 씨는 식탁 너머로 아주머니를 보면서 소리쳤다.

"성직자니 그 성직자 앞잡이 놈들이 파넬을 절망시키고 그를 무덤 속으로 몰아넣었을 때 어떤 말투를 썼는가 말이야, 이 아이가 크거들랑 그것도 함께 잊어버리지 않게 하란 말이야."

"개새끼 같은 놈들!"

디달러스 씨도 버럭 소리를 질렀다.

"파넬이 형세가 나빠지니까 다들 배반해서 그에게 달려들고 시궁창의 쥐새끼 다루듯 못살게 굴지 않았나 말이야. 더러운 새끼들!

그게 개가 아니고 뭐야, 응."

"그이들이 한 행동은 옳았어요. 주교님이나 신부님 말씀을 따랐을 뿐이에요, 잘하구 말구요."

댄티가 언성을 높였다.

"이게 도대체 뭐예요. 하고많은 날 가운데. 오늘 하루쯤 이런 진저리 나는 말다툼을 삼가지 못한단 말예요."

디달러스 부인은 말했다.

찰즈 할아버지가 달래듯이 두 손을 들고는 말했다.

"자, 그만. 그만 해둬. 무슨 의견이 있든지 이렇게들 성미를 부리지 말고 그 더러운 말 좀 쓰지 말고 이야기할 수 없나? 원, 이건 너무 심한데."

디달러스 부인이 뭐라고 소리를 죽여 댄티에게 말하니까 댄티는 언성을 높여 말했다.

"아니 가만 있을 수 없어요. 우리 교회나 종교의 배신자들이 욕하고 침 뱉는다면 나는 어디까지나 그것을 막을 작정이에요."

케이시 씨가 자기 쟁반을 식탁 한가운데로 난폭하게 밀어 제쳤다. 그리고 두 팔꿈치를 식탁 위에 얹더니 목쉰 소리로 집주인을 향해 말했다.

"여보게 그 유명한, 침을 뱉었다는 이야기 자네에게 한 적이 있었던가?"

"아니, 못 들었어."

디달러스 씨는 말했다.

"그게 말이야, 이만저만 유익한 얘기가 아니란 말일세. 과히 오래지도 않았지만 바로 우리가 사는 이 위클로 군에서 생긴 일이야."

케이시 씨는 말했다.

그는 말을 갑작스레 끊더니 댄티를 향하여 노여움을 억누르면서 침착하게 말을 걸었다.

"미안합니다만 나를 두고 배신자라고 하셨다면 그건 천만부당한 말씀예요. 나는 버젓한 가톨릭 신자입니다. 아버지나 또 그 아버지나 또 그 위의 아버지와 같이 신앙을 팔기보다는 차라리 죽음을 택하는 신자입니다."

"그렇다면 더 파렴치한 사람이에요. 아까와 같은 그런 말을 입에 담다니."

댄티가 말했다.

"여보게 존, 그 얘기란 뭐야. 그 얘기나 빨리 들어보세."

디달러스 씨는 싱글벙글하면서 물었다.

"가톨릭교도라구!"

댄티는 또 한 번 빈정댔다.

"오늘 저녁에 한 것 같은 말은 극악무도한 신교도라도 감히 입에 담지 못할걸요."

디달러스 씨는 시골뜨기 가수같이 고개를 좌우로 흔들면서 노래를 중얼거리기 시작했다.

"다시 말씀드립니다만 나는 신교도가 아닙니다. 알았어요?"

케이시 씨는 얼굴이 와락 붉어지면서 말했다.

디달러스 씨는 여전히 나지막하게 고개를 흔들면서 이번에는 콧노래로 으르렁대기 시작했다.

자아, 자 오십시오. 가톨릭의 여러분네
한 번도 미사에는 참례 않은 여러분네

그는 기분이 좋아지고 다시 나이프와 포크를 들고 먹기 시작하면서 케이시 씨를 보고 말했다.

"존, 그 이야기 좀 들어보세. 소화에 도움이 될 게야."

스티븐은 양손으로 깍지를 끼고 식탁 너머로 뚫어지게 보고 있는 케이시 씨의 얼굴을 은근한 눈초리로 쳐다보았다. 그는 난로 앞 케이시의 곁에 앉아서 그 거무스레하니 사나운 얼굴을 보는 것을 좋아했다. 그러나 그의 검은 눈동자만은 조금도 사나운 일이 없었고 느릿느릿한 음성은 듣기에 즐거웠다. 그런데 왜 신부님이라면 저렇게 욕을 하는 것일까? 댄티 쪽이 틀림없이 옳기 때문이겠지. 하지만 언젠가 아버지가 얘기한 적이 있었지. 댄티는 수녀가 되려다 실패한 여자라고. 그런데 자기 오빠가 자질구레한 장신구니 목걸이 같은 것을 토인들에게 팔아서 돈을 벌고 있을 적에 엘리게이니 산 속의 수녀원에서 뛰쳐나왔다고. 아마 그 까닭에 파넬을 호되게 욕하는 것인가 보다. 또 댄티는 내가 아일린과 노는 것을 그 아이가 신교도라 해서 좋아하지 않았지. 자기가 어릴 적에 신교도와 뛰놀던 아이들을 알고 있었는데, 신교도들은 성모 마리아의 연도(連禱)를 언제나 놀림감으로 삼았다지. '상아의 탑'이니 '황금의 집'〔둘 다 교회의 기도문〕이니 하고 놀렸댔지. 하지만 어떻게 여자가 '상아의 탑'이나 '황금의 집'이 될 수 있을까? 아까는 어느 쪽이 옳았을까? 그리고 그는 클론고즈의 보건실에서의 저녁 생각이 났다. 컴컴한 바다와 부두의 등불과 기별을 들었을 때의 사람들의 통곡 소리가 머리에 떠올랐다.

아일린은 길고 하얀 손을 하고 있다. 언젠가 저녁때 술래잡기를 하는데 손으로 스티븐의 눈을 꼭 누른 적이 있었지. 길고 하얗고 가느다랗고 싸늘하고 보들보들한 손이었다. 그게 상아다. 싸늘하고 하얀 것, 그런 게 곧 '상아의 탑'이겠지.

"짤막하지만 재미있는 얘기지."

케이시 씨는 말했다.

"언젠가 아클로우에서 일어난 얘기야. 호되게 추운 날인데 당수께서(파넬을 말함) 죽기 얼마 전의 일이지. 그분에게 하느님의 축복이 있으시기를!"

그는 괴로운 듯이 눈을 감고 말을 끊었다. 디달러스 씨는 쟁반에서 뼈다귀를 주워 이빨로 살점을 뜯어먹으면서 말했다.

"그러니까 죽기 전이 아니라 죽음을 당하기 전이지."

케이시 씨는 눈을 뜨고 한숨을 짓더니 말을 이었다.

"언젠가 아클로우에서의 얘기야. 우리는 마침 회합이 있어 거길 갔는데, 그 회합이 끝난 후 정거장까지 군중 사이를 뚫고 가지 않으면 안 되었단 말이야. 다들 욕설을 퍼붓고 어쩌고 말이 아니었지. 하여튼 이 세상에 있는 욕이란 욕은 다 우리를 보고 퍼붓는 판이었거든. 그런데 그 중에 웬 노파 하나가 있었어. 이게 심술궂고 틀림없이 술은 잔뜩 취해 가지고 나 혼자만을 노리고 있단 말이야. 내 곁에 딱 붙어서 따라오는데 진창을 마구 튀긴다. 맞대고는 아우성을 친다, 외마디 소리를 지른다, 별의별 짓을 다하네 그려. '신부님 몰아낸 놈! 파리 빚쟁이! 여우 나리! 키티 오세이!'"〔이 말은 모두 다 파넬을 욕한 것. 그는 파리에서 운동 자금을 조달했고, 폭스(여우)란 가명을 썼고 또 오세이 부인과의 정사로써 유명하여 그것이 그의 실각의 원인이 되었다.〕

"그래 자네는 어떻게 했나?"

디달러스 씨는 물었다.

"떠드는 대로 내버려뒀지."

케이시 씨는 말했다.

"날씨가 하도 추워서 기운 차리느라고 부인 앞에선 실례지만, 털라모어의 씹는 담배를 입에 물고 있었으니 어차피 입을 열 수는 없었거든. 입 안에는 담배 침이 가득 괴어 있었으니 말이야."

"그래서?"

"그래서 그 노파가 하고 싶은 대로 키티 오세이니 뭐니 하고 떠들게 내버려두었지. 아, 그랬더니 이제 그 부인 욕을 하기 시작하네 그려. 그 말을 여기 되풀이해서 모처럼의 크리스마스 잔치나 부인네들 귀나, 아니 내 귀조차도 더럽히게 할 생각은 없지만 아무튼 입에 담기도 뭣한 욕지거리란 말씀이야."

그는 말을 끊었다. 디달러스 씨는 뼈다귀를 뜯어먹다 말고 얼굴을 쳐들었다.

"그래 어떻게 했나!"

"어떻게 하다니!"

케이시 씨는 말했다.

"노파는 욕을 하자마자 내 앞에다 그 더러운 상판대기를 썩 내밀지 않겠어. 그런데 이쪽은 입에 담배 침이 가득 괴어 있단 말이야. 나는 그 노파 앞으로 몸을 굽히고는 탁 하고 해줬지. 이렇게 말이야."

그는 외면을 하고 침 뱉는 시늉을 해보였다.

"탁 하고 이렇게 바루 눈을 보고 해줬지."

그는 한쪽 손으로 자기 눈을 탁 누르고는 목쉰 소리로 고통의 비명을 올렸다.

"'오, 예수님, 마리아님, 요셉님!' 하고 노파는 말한단 말이야. '눈이 멀었수, 아이구, 눈이 멀고 물에 빠졌수.'"

그는 웃음이 복받쳐 말을 끊었다가 다시 되풀이했다.

"'어이구, 눈이 영 멀었수.'"

디달러스 씨는 껄껄대고 웃으면서 의자에다 몸을 젖히고 찰즈 할아버지는 고개를 쩔레쩔레 흔들었다.

댄티는 화가 발끈 나서 그들이 웃고 있는데 두 번이나 되풀이하면서 말했다.

"잘하셨구먼. 흥! 잘하셨어!"

여자 눈에다 침을 뱉다니 조금도 잘한 짓은 아니다.

그건 그렇고 노파가 키티 오세이를 뭐라고 욕했다는, 케이시 씨가 입에 담으려고도 하지 않는 그 말이란 대체 뭣일까? 그는 케이시 씨가 사람들 사이를 헤쳐가면서 유람 마차 위에서 연설을 하는 광경을 머릿속에 그려보았다. 아마 그래서 감옥에 끌려갔나 보지. 그는 언젠가 저녁에 오닐 경사가 집에 와 현관에 서서 아버지와 뭐라고 소곤소곤 이야기를 하고 연방 모자의 턱 끈을 씹고 있었던 기억이 났다. 그리고 그날 밤 케이시 씨는 기차로 더블린에 가지 않고, 대신에 마차가 집 문간에 닿고 캐빈틸리 도로가 어쩌니 하고 아버지가 말하던 것을 들었던 기억이 났다.

그는 아일랜드와 파넬 편이고 아버지도 같은 쪽이다. 댄티 역시 그렇다. 언젠가 밤에 공원의 악대 있는 곳에서 맨 나중에 악대가 영국 국가를 시작하는데 어떤 신사가 모자를 벗으니까 이 아주머니는 들고 있던 양산으로 그의 머리를 냅다 갈긴 일이 있었다니까 틀림없다.

디달러스 씨는 흥 하고 코웃음을 쳤다.

"아무렴, 존."

그는 말했다.

"정말이지 민중은 눈이 멀었어. 우린 신부들 등쌀에 가엾게 된 족속들이야. 여태까지도 그랬고 앞으로도 아마 영원히 그럴걸."

찰즈 할아버지는 고개를 절레절레 흔들면서 말했다.

"원, 망측해라! 망측해!"

디달러스 씨는 또 한 번 되풀이했다.

"신부들 등쌀에 하느님에게서 버림을 받은 족속이야!"

그는 오른편 벽에 걸려 있는 자기 조부 초상화를 손으로 가리켰다.

"존, 저기 걸려 있는 늙은 분 말일세. 저분은 일자리에서 생기는 것은 아무것도 없었지만 훌륭한 아일랜드 사람이었다네. '백의단'[1761년에 결성된 농민의 비밀 결사]의 한 사람으로서 사형 선고를 받으셨지만 평소에 신부들에 대해서는 맹세 비슷한 게 있었어. 그들과는 절대로 한 상에서 밥을 안 자신다는 거야."

댄티가 성이 나서 한마디 던졌다.

"우리가 신부들 등쌀에 못사는 족속이라면 그것은 오히려 자랑할 일이에요. 신부님이란 하느님의 눈동자란 말이에요. 예수께서도 말씀하셨잖아요. '그들을 건드리지 말라, 그들은 나의 눈동자이니라'고."

"그럼 우리는 조국을 사랑해선 안 된단 말씀인가요? 우리를 인도하기 위해 태어난 인물을 따라서는 안 된단 말씀인가요?"

케이시 씨가 물었다.

"그 사람은 나라의 반역자예요."

댄티는 대답했다.

"반역자, 간통자예요! 신부님들이 그 사나이를 버린 것은 당연한 노릇이에요. 신부님들은 언제나 우리 아일랜드를 정말 편들어줬어요."

"아니 그것을 말이라구 해?"

케이시 씨는 말했다.

그는 주먹으로 식탁을 쳤다. 그러고는 험상궂게 눈살을 찌푸리면서 손가락을 하나씩 폈다.

"합방〔아일랜드 의회가 영국 의회의 아일랜드 합방 법안을 통과시켰음을 말함〕때 레니건 주교가 콘월리스 후작에게 충성을 다하겠다고 맹서를 올렸지. 그건 아일랜드의 주교들이 나라를 판 게 아니고 무엇이여? 1829년에 가톨릭교 해방의 대가로 민족의 염원을 배반한 것은 주교와 신부들이 아니고 누구란 말이야? 피니어 운동〔아일랜드 독립을 목표로 미국의 아일랜드인이 1856년에 조직한 비밀 결사〕을 교회의 강론대나 고해소에서 공공연하게 비난한 것은 바로 그들이 아니고 누구란 말이여? 또 테런스 먹매너스〔아일랜드 독립 운동 지사〕의 유해를 욕보인 자들이 그들이 아니고 누구여?"

그의 얼굴은 노여움에 상기되고 곁에 있는 스티븐마저 그 어기(語氣)가 흥분함에 따라 자기 볼이 홍조를 띠어가는 것을 느꼈다. 디달러스 씨는 마구 비웃는 듯 너털웃음을 쳤다.

"아차, 폴 컬린〔아일랜드의 대주교. 독립 운동의 반대자〕영감을 깜박 잊고 있었네."

그는 외쳤다.

"이 녀석도 하느님의 눈동자지!"

댄티는 식탁 위에 몸을 내밀고 케이시 씨를 향해 소리를 질렀다.

"옳아요! 옳아! 그분들은 언제나 옳아요! 천주와 도덕과 종교가 뭣보다도 앞서는 것이에요."

디달러스 부인이 댄티가 흥분한 것을 보고 타일렀다.

"리오던 아주머니, 이 사람들 상대로 흥분해서는 안 돼요."

"천주와 종교가 무엇보다도 먼저예요! 천주와 신앙이 이 세상의 무엇보다도 앞서요."

댄티는 소리를 버럭 질렀다.

케이시 씨는 주먹을 꽉 쥐고 탕 하며 식탁을 쳤다.

"그럼 좋다. 그렇다면 아일랜드에는 하느님 같은 것 필요 없어."

그는 목쉰 소리로 고함을 질렀다.

"존, 존."

디달러스 씨는 손님의 웃옷 소맷자락을 잡았다.

댄티는 뺨을 부르르 떨면서 식탁 너머를 노려보고 있었다. 케이시 씨는 의자에서 비틀거리며 일어나더니 식탁 너머로 몸을 내밀고는 마치 거미줄 헤치듯 한쪽 손으로 눈앞의 공기를 휘저었다.

"아일랜드에는 하느님 같은 것 필요 없어!"

그는 외쳤다.

"아일랜드에는 하느님이 이젠 진절머리 난다. 하느님 같은 것 꺼져버려!"

"독신자(瀆神者)! 악마!"

댄티는 벌떡 일어서면서 그의 얼굴에다 침이라도 뱉을 듯이 소리를 질렀다.

찰즈 할아버지와 디달러스 씨가 달려들어 좌우에서 타일러 케이시 씨를 다시 자리에 앉혔다. 그는 검은 두 눈으로 타는 듯이 정면을 쏘아보면서 되풀이했다.

"하느님 같은 것 없어져버리라니까!"

댄티는 의자를 휙 밀어 제치고 식탁을 떠났다. 그 바람에 냅킨 링이 뒤집혀서 깔아놓은 융단 위로 천천히 굴러가다 안락의자 발목에 부딪혀 멈췄다. 디달러스 부인이 황급히 일어나 그 뒤를 따라 문 쪽으로 갔다. 문간에서 댄티는 휙 몸을 돌리더니 방 안을 보고 고함을 질렀다. 양 볼이 노여움으로 새빨개져서 부들부들 떨고 있었다.

"지옥의 마귀! 우리는 이겼어! 그 녀석을 두들겨 죽여줬어! 악마!"

나가면서 문이 탕 하고 닫혔다.

케이시 씨는 좌우에서 잡고 있던 팔을 뿌리치더니 별안간 두 손에다 얼굴을 파묻으면서 야속한 듯 흐느껴 울었다.

"가엾은 파넬!"

그는 외쳤다.

"우리의 왕은 죽었구나!"

그는 소리 높이 야속한 듯 흐느껴 울었다.

스티븐은 두려움에 사로잡힌 얼굴을 쳐들었다. 보니까 아버지 두 눈에도 눈물이 글썽거리고 있었다.

* * *

아이들이 여기저기 떼를 지어 서로들 이야기하고 있었다. 한 아이가 말했다.

"그 녀석들, 라이온즈 언덕 근처에서 잡혔대."

"누가 붙잡았니?"

"글리슨 선생님과 부교장 선생이야. 마차를 타고 있었대."

같은 아이가 한마디 덧붙였다.

"상급생에게서 들은 이야기야."

플레밍이 물었다.

"그런데 왜 도망질을 쳤을까?"

"그건 내가 알아."

세실 선더가 말했다.

"그건 말이야, 교장실에서 돈을 훔쳤기 때문이야."
"누가 훔쳤니?"
"키캄의 형이래. 그러고는 서로 그것을 나눠 가졌다는 거야."
도둑질이 아닌가? 어떻게 그런 엄청난 짓을 할 수 있었나?
"선더, 넌 잘 알고 있구나. 난 그 녀석들이 몰래 달아난 이유를 알아."
 웰즈가 말했다.
"얘기해봐."
"얘기하지 말랬어."
웰즈는 말했다.
"이봐 웰즈, 얘기해, 응."
다들 말했다.
"얘기해도 상관없어, 우린 누구한테도 입 밖에 내지 않을 거야."
스티븐은 더 잘 들어보려고 고개를 앞으로 내밀었다. 웰즈는 누가 가까이 오지 않는가 하고 살펴봤다. 그러고는 소리를 낮춰 입을 열었다.
"성물 안치소(聖物安置所) 장 안에 성찬 포도주를 넣어두고 있는 거 알지?"
"응."
"그런데 그걸 말이야 녀석들이 마셨대. 누가 그랬는지 냄새로 당장에 드러났거든. 그래서 도망질 쳤다는 거야, 알았니?"
그러니까 처음 말을 한 아이가 입을 열었다.

"응, 내가 상급생에게 들었다는 것도 그 얘기야."

다들 가만히 있었다. 스티븐도 그들 사이에 끼어서 입을 여는 것이 두려워 그냥 듣기만 하고 있었다. 놀라움에서 오는 구역질 비슷한 것을 느끼면서 몸이 나른해졌다. 어떻게 그런 엄청난 짓을 할 수 있었을까? 그는 컴컴하고 조용한 성물 안치소가 생각났다. 거기엔 검은 나무 장들이 몇 갠가 있고, 그 속에는 주름 잡힌 서플리스〔성직자가 입는 넓은 소매의 옷〕가 얹혀 있었다. 성당 안은 아니지만 그래도 숨소리를 죽여서 말을 해야 하는 곳이다. 신성한 장소인 것이다. 지금도 생각난다. 어느 여름날 저녁에 숲속에 모셔놓은 조그만 제단으로 예배 행렬을 했는데, 그때 그가 향로를 모시는 일을 맡아 그 옷을 입느라고 그 방에 들어간 적이 있었다. 신기하고 성스러운 장소였다. 향로를 안은 아이가 한가운데 달린 쇠사슬로 그것을 들어 올려 숯불이 꺼지지 않게 흔들고 있었다. 그것을 목탄(木炭)이라고 한다지. 그 아이가 그것을 천천히 흔드니까 소리 없이 불은 타고 시큼한 냄새가 알 듯 말 듯하게 났다. 그리고 우리가 옷을 다 입고 나니까 그는 향로를 교장 선생님께 바쳐 올렸다. 교장 선생님은 거기다 향을 한 모금 넣었다. 그러니까 새빨갛게 타오르는 숯불 속에서 그것은 식식 하고 소리를 냈다.

아이들은 운동장의 여기저기 떼를 지어 서로늘 지껄이고 있었다. 그런 아이들이 그에게는 어쩐지 작아진 듯 보였다. 바로 전날 급하게 달려가던 아이에게 부딪쳐 나가 자빠졌기 때문이다. 초등과 2학년의 아이였다. 이 아이의 자전거 때문에 석탄 재가 깔린 길 위에 나뒹굴고, 그 바람에 쓰고 있던 안경은 세 조각이 나버리고 석탄

잿가루까지 입 안에 튀어 들어오는 봉변을 당했던 것이다.

그 때문에 아이들은 더 작게 멀리 있는 것같이 보이고 골대가 무척 가늘고 멀게 보이며, 또 부드러운 회색 하늘이 무척 높게 보이는 것이었다. 이제 크리켓 경기철이 다가왔기 때문에 축구장에는 아무도 경기하는 아이가 없었다. 그리고 반즈가 주장이 된다고 하는 아이도 있고 폴라워즈가 될 것이라는 아이들도 있었다. 운동장 여기저기서는 아이들이 라운더즈(야구와 비슷한 영국의 경기)를 한다던가 크리켓의 나무공을 '비틀린 공'이나 '느린 공'으로 던지고들 있었다. 그리고 사방에서 크리켓의 배트 소리가 부드러운 회색 하늘을 뚫고 울려왔다. 그 소리가 이렇게 들렸다. 픽, 팩, 폭, 퍽. 분수 가에서 물이 방울을 맺어 넘쳐 흐르는 수반(水盤) 위에 천천히 떨어지고 있다.

여태껏 말이 없던 어사이가 점잖게 입을 열었다.

"너희들 다 잘못 알고 있어."

다들 귀를 세우고 그쪽으로 돌아섰다.

"왜?"

"넌 아니?"

"누구에게 들었니?"

"얘기해봐, 어사이."

어사이는 운동장 저편 사이먼 무년이 혼자 돌을 차면서 걷고 있는 쪽을 손짓했다.

"저 애한테 물어봐."

그는 말했다.

아이들은 그쪽을 보고 말했다.
"왜 저 애한테 묻니?"
"저 애도 한패니?"
어사이는 소리를 낮추고 말했다.
"그 녀석들 어째 달아났는지 모르겠어? 내가 가르쳐줄 테니 남에겐 말하지 마."
"얘기해, 어사이. 자! 빨리, 알아도 상관없잖아."
그는 잠시 입을 다물고 있더니 자못 수상쩍다는 듯 입을 열었다.
"그 녀석들 언젠가 밤에 변소 안에서 사이먼 무넌과 터스커 보일과 같이 있는 걸 들켰대."
다들 그를 쳐다보면서 물었다.
"들키다니?"
"뭘 하구 있었는데?"
어사이는 말했다.
"서로 좋아했대."
다들 조용해졌다. 그러자 어사이가 말했다.
"그래서 그랬다는 거야."
스티븐은 아이들 얼굴을 쳐다보았으나 다들 운동장 너머를 보고 있었다. 그는 아무한테나 물어보고 싶었다. 변소 안에서 '서로 좋아했다'니 무슨 뜻일까? 또 왜 그것 때문에 상급생 중에서 다섯 명이나 도망을 쳤을까? 무슨 장난이겠지 하고 생각했다. 사이먼 무넌이라면 훌륭한 옷을 갖고 있고, 언젠가 저녁때 그가 식당 문간에서 있는데 축구팀 아이들이 식당 한가운데 융단 위를 굴려서 보내 주었다는 크림 과자의 공을 보여준 적도 있었지. 그게 바로 벡티브 레인저스와 시합하던 날 밤이었지. 그 공이 흡사 붉고 푸른 사과같이 생겼는데 열 수가 있고, 안을 보면 크림 과자가 가득 차 있었지. 또 보일은 언젠가 이런 이야기를 한 적이 있었다. 코끼리는 어금니 [터스크]가 두 개 있다는 것을 코끼리[터스케]가 두 개 있다고 말해서 별명 터스커 보일이 됐다고. 하긴 그는 늘 손톱을 깨무는 버릇이 있어서 레이디[귀부인] 보일이라고 부르는 아이들도 있다.

아일린도 하긴 여자니까 그렇지만 날씬하고 싸늘한 흰 손을 하고 있었지. 마치 상아 같단 말이야. 부드러운 게 다를 뿐이지. 그게 바로 '상아의 탑'이라는 것이겠지만 신교도는 그걸 모르니까 이 말을 놀려댈 줄밖에 몰라. 언젠가 아일린과 나란히 서서 호텔 정원을 들여다본 적이 있었지. 웨이터가 한 사람 국기대에 기를 당겨 올리고 폭스테리어종 강아지가 한 마리 양지바른 잔디밭에서 뛰놀고 있었지. 그때 그가 손을 넣은 호주머니에 아일린이 자기 손을 같이 갖다 넣었지. 그 손은 얼마나 차갑고 날씬하고 부드러웠던가. "호주머니가 있어서 재미있겠다" 하고 그녀는 말했지. 그러고는 갑작스레 몸을 젖히더니 깔깔거리면서 구부러진 비탈길을 뛰어 내려갔지. 그때 금발이 햇빛을 담뿍 받아 황금같이 뒤로 흘러 내렸어. '상아의 탑', '황금의 집'. 뭣이든지 잘 생각만 해보면 알 수 있는 거로군.

그건 그렇다손 치고 왜 변소 안에 있었을까? 거기는 볼 일이 있을 때 가는 곳이지. 온통 두꺼운 타일을 깔아놓고 조그만 구멍에서 온종일 물이 떨어지고 그리고 썩은 물 같은 이상한 냄새가 나는 곳이다. 대변기가 있는데 어느 문을 열어보면 뒷면에 로마인의 복장을 한 털보 사나이가 양손에 벽돌을 하나씩 들고 있는 그림이 빨간 연필로 그려져 있지. 그 밑에 그림 제목이 붙어 있었다. '발부스가 벽을 쌓고 있다.'

누군가 장난으로 그린 것이겠지. 얼굴은 이상하지만 흡사 수염 털보 같다. 그리고 다른 대변간 벽에는 왼편으로 기울어진 근사한 필적으로 이런 것이 씌어 있었다.

"율리우스 카이사르가 《캘리코 벨리》(《캘리코 벨리》는 《데 벨로 칼리코》 즉 《갈리아 전기》에 걸어서 말한 것)를 쓰다."

변소란 데는 장난 삼아 낙서나 하는 곳이니까 그 아이들도 거기에 있었나 보지. 그렇다손 치더라도 어사이가 말한 이야기나 말투는 이상하다. 도망을 쳤다니까 그냥 장난은 아닌 모양이지. 그는 다른 아이들과 같이 운동장 너머를 건너다 보면서 은근히 겁이 나기 시작했다.

이윽고 플레밍이 입을 열었다.

"다른 애들 한 짓 때문에 우리도 벌을 받게 되는 것 아니야?"

"그럼 난 학교에 안 돌아갈 테야. 어디 돌아갈 줄 아나."

세실 선더가 말했다.

"식당 안에서 사흘 동안 발언 금지. 그뿐인가 줄곧 불러들여서 몽둥이질을 당하는 것 아니야?"

"그럼. 그것뿐인가. 바레트 늙은이는 어떻고. 처분 통지서 마는 법을 바꿔놔서 한 번 열었다가는 다시 제대로 말 수 없으니 그게 또 얼마나 회초리 감이 되는지 몰라. 나도 안 돌아갈 테야."

웰즈가 말했다.

"그렇구말구. 그리고 교감 선생님이 오늘 아침 초등과 2년 반에 왔어."

세신 선더가 말했다.

"우리 동맹 휴학을 할까, 어떠니?"

플레밍이 말했다.

다들 입을 다물고 있었다. 주위는 무척 고요한데 크리켓의 배트 소리만, 그것도 전보다 느릿하게 들려왔다. 픽, 폭.

웰즈가 물었다.

"그 녀석들 어떻게 될까?"

"사이먼 무넌과 터스커는 몽둥이를 맞게 될걸."

어사이가 말했다.

"그리고 상급반 아이들은 몽둥이 찜질이거나 퇴학 처분이거나 둘 중의 하나를 고르게 됐어."

"어느 편으로 할 것 같아?"

맨 처음 이야기를 꺼낸 아이가 물었다.

"코리건 빼고는 다들 퇴학하겠다는 거야."

어사이가 대답했다.

"그 녀석만 글리슨 선생님한테 매를 맞기로 했대."

"난 알아, 그 까닭을."

세실 선더가 말했다.

"그 녀석이 옳고 다른 놈들은 다 틀렸다. 매야 맞고 나면 얼마 안 가서 잊어버리게 되지만 퇴학당하면 평생 따라다니는 거야. 그리고 글리슨은 심하게 때리지 않아."

"그게 선생님으로 봐도 낫지 뭐야."

플레밍이 말했다.

"난 사이먼 무년이나 터스커같이 되고 싶지 않다. 하지만 그 녀석들 몽둥이는 맞지 않을 거야. 그저 손바닥을 아홉 번씩 양쪽 손에 맞으면 돼."

세실 선더가 말했다.

"아니, 아니야. 아픈 데를 맞을걸."

어사이가 말했다.

웰즈는 손을 비비면서 우는 시늉을 하며 말했다.

"제발 선생님, 용서해줍시오."

어사이가 씽긋 웃으면서 저고리 소매를 걷어 올리고 말했다.

도리가 없어
앉을 수가 없다.
바지를 벗어
볼기짝을 내놔라.

와 하고 웃었다. 그러나 스티븐에게는 다들 약간 겁내고 있는 듯이 느껴졌다. 부드러운 회색 대기의 고요함을 뚫고 크리켓의 배트 소리가 여기저기서 들려왔다. 폭. 저건 들려오기만 하는 소리지만 정말 맞으면 아플 거야. 벌 주는 몽둥이도 소리는 내지만 저렇지는 않다. 고래 뼈와 가죽으로 만들고 안에는 납이 들어 있다지. 어떻게 아플까 하고 그는 생각해보았다. 소리에도 여러 가지가 있다. 가느다랗고 긴 회초리는 휙 하고 높은 소리를 내는데, 그건 얼마나 아플까 하고 생각해본다. 생각만 해도 몸이 부르르 떨리고 등골이 오싹했다. 다시금 몸이 부르르 떨린다. 하지만 그것은 바지를 벗을 적마다 늘 몸이 떨리는 그런 느낌의 탓이겠지. 목욕간에서 옷을 벗을 때도 마찬가지다. 어째 다들 저렇게 웃고 치울 수 있는 건지 모르겠다.

그는 어사이의 말아 올린 소매와 마디가 굵직굵직한 잉크 묻은 손을 보았다. 그가 소매를 말아 올린 것은 글리슨 선생님의 소매를 걷어 붙이는 시늉을 본떠서 한 짓이다. 그러나 글리슨 선생님은 둥그스름하고 번쩍이는 커프스를 달고 손목이 희고 통통하고 손톱도 길고 끝이 뾰족하다. 아마 레이디 보일같이 늘 손톱을 손질하고 있는 모양이지. 어쨌든 지독하게 길고 끝이 뾰족한 손톱이다. 희고 통통한 두 손은 조금도 잔인하지 않고 부드러워 보이지만 손톱은 너무 길고 잔인한 것 같다. 잔인하고 긴 손톱이며 회초리의 휙 하는 드높은 소리, 옷을 벗을 적에 셔츠 끝에 느껴지는 오싹한 기분, 이런 것들을 생각하면 차가움과 두려움으로 몸이 부르르 떨린다. 그러면서도 깨끗하고 든든하고 다정스런 그 희고 통통한 손을 생각할 때, 속이 후련해지듯 이상야릇한 쾌감을 그는 마음속 어딘가 느끼는 것이었다. 그러고는 세실 선더가 한 말이 생각났다. 글리슨 선생님은 코리건을 심하게 두들기지 않을 것이라고 했지. 또 플레밍은 그쪽이 선생님에게도 득일 테니까 자기도 그렇게 생각한다고 말했지. 하지만 그건 이유가 되지 않아.

운동장 멀리서 외치는 소리가 들려왔다.

"집합!"

그러자 또 다른 소리들이 외쳤다.

"집합! 집합!"

작문 시간에 그는 팔짱을 끼고 펜이 천천히 움직이는 소리에 귀를 기울이고 있었다. 하포드 선생님은 왔다갔다하면서 빨간 연필로 조그만 표시를 하다가 이따금씩 학생 곁에 앉아서 펜을 쥐는 법을 가르쳐주기도 했다. 스티븐은 전 같으면 표제의 글을 또박또박 빠짐없이 쓰려고 애써보았겠지만 이제는 다 잘 알고 있다. 책의 맨 마지막에 나오는 말이기 때문이다. "조심성 없는 열중은 정처없는 배와 같으니라." 그러나 글자의 선이 눈에 보이지 않을 정도로 가느다란 실 같아서 오른쪽 눈은 딱 감고 왼쪽 눈으로 자세하게 들여다보아야만 겨우 대문자의 구부러진 모양이 또렷하게 눈에 들어오는 것이었다.

그러나 하포드 선생님은 무척 점잖은 분이라 역정을 내는 일이 없었다. 다른 선생님들은 역정을 내도 이만저만이 아니다. 하지만 상급생이 한 것을 가지고 왜 우리가 벌을 받아야 하는가? 웰즈의 말에 따르면 그 녀석들이 성물 안치소 장 안에 있는 제단용 포도주를 마셨다가 냄새 때문에 누가 그 짓을 했는가 탄로가 났다지. 녀석들은 성체 안치기를 훔쳐 가지고 도망쳐서 그것을 어디다 팔아먹으려 했는지도 모르지. 아닌 밤중에 살며시 들어가서 검은 장을 열고 그 번쩍이는 금으로 만든 성기를 훔쳐내다니 죄를 지었어. 성체 강복식(聖體降福式)날 아이들이 향로를 좌우로 흔들면 양쪽에서 향연

(香煙)이 올라가고 도미닉 켈리가 합창대 가운데서 혼자 성가의 처음 부분을 노래하면 꽃다발과 양초에 싸인 제단 위에 이 성기가 안치되고 그 속에 하느님께서 들어가신다. 그러나 물론 그 녀석들이 훔칠 때 하느님이 그 속에 계시지는 않았겠지. 그렇다손 치더라도 그것을 만진 것만 해도 끔찍한 죄가 아닌가. 그런 생각에 그는 심한 두려움을 느꼈다. 생각조차 할 수 없는 끔찍스런 죄. 펜이 가볍게 움직이기만 하는 고요함 가운데 그것을 생각하니 소름이 끼쳤다. 그러나 장 안에 든 제단용 포도주를 마셔서 냄새로 들켰다는 짓은 죄에는 틀림없지만 생각조차 할 수 없는 끔찍스런 죄라고는 할 수 없다. 그저 포도주 냄새로 조금 구역질이 날 정도였겠지. 그것도 이런 일이 있었기 때문이다. 그가 처음으로 성당에서 영성체를 하던 날이었다. 눈은 감고 입을 벌려 혀를 조금 내밀고 있으려니까 교장 선생님께서 허리를 굽히고 그에게 성체를 내리는데 그때 그는 미사의 포도주 마신 뒤의 날락 말락한 술 냄새를 교장 선생님의 입김에서 느낀 적이 있었다. 포도주, 아름다운 말이다. 그 말은 짙은 자줏빛을 생각케 해. 그리스의 하얀 신전과도 같은 집들 바깥에 자라는 포도가 짙은 자줏빛을 하고 있기 때문이겠지. 그러나 처음 영성체 하던 날 아침 교장 선생님의 입김에서 풍겨오던 그 날락 말락한 술 냄새는 구역질만 났지. 첫 영성체의 날은 일생 가운데 가장 즐거운 날. 언젠가 장군 여럿이 나폴레옹에게 평생에 가장 즐거운 날이 어떤 날이었던가 물어본 적이 있다지. 그네들 생각에는 큰 싸움에 이긴 날이나 황제가 된 날을 들 줄 알았다. 그런데 나폴레옹은 이렇게 말했다나.

"여러분, 나의 일생의 가장 즐거운 날은 처음 영성체를 받은 날이었소."

아놀 신부가 들어와 라틴어 수업이 시작됐다. 스티븐은 여전히 팔짱을 낀 채 책상에 기대어 가만히 있었다. 아놀 신부는 작문 숙제장을 돌려주면서 다들 기막히게 못 했으니 당장에 고쳐놓은 대로 다시 정서를 하라고 말했다. 그 가운데서 가장 나쁜 것은 플레밍의 숙제장이며 잉크 얼룩 때문에 책장과 책장이 들러붙어 있더라고 하면서 아놀 신부는 그 공책 한 귀퉁이를 쥐고 들어 보였다. 그러면서 이따위 작문을 내는 것은 선생님에 대한 모욕이라고 했다. 그러고는 잭 로튼에게 명사 mare(라틴어의 바다)의 격변화(格變化)를 물었다. 그러니까 로튼은 탈격(奪格)의 단수까지 가다가 막혀버려 복수의 변화로 넘어가지 못했다.

"부끄럽지도 않느냐, 응. 반의 급장이 아니야!"

아놀 신부는 꾸짖었다.

그러고는 그 다음 아이, 그 다음, 그 다음 하고 물었다. 아무도 아는 아이가 없었다.

아놀 신부는 아주 조용해졌다. 아이들이 답을 하려고 애쓰다가 못 할 적마다 그는 더욱 조용해져갔다. 그러나 말소리는 무척 조용하지만 얼굴은 험상궂게 되고 두 눈은 노려보고 있었나. 이윽고 플레밍의 차례가 되었다.

플레밍은 이 단어에 복수가 없다고 대답했다. 아놀 신부는 책을 탕 하고 덮더니 그를 향해 고함을 질렀다.

"교실 한가운데 나와서 꿇어앉아. 너 같은 게으름뱅이는 보다

첨 봤어. 다른 아이들은 다시 한 번 작문을 정서해."
 플레밍은 내키지 않아 하며 자리를 떠나 맨 뒤편 걸상과 걸상 사이에 꿇어앉았다. 다른 아이들은 작문 공책에다 몸을 엎드리고 쓰기 시작했다. 교실 안은 물을 끼얹은 듯 조용해졌다. 스티븐이 아놀 신부의 그 험상궂은 얼굴을 힐끔 쳐다보니까 화가 난 듯 조금 상기되어 있었다.
 아놀 신부가 저렇게 화를 내는 것도 죄가 될까? 그렇지 않으면 아이들이 게으름을 피우고 있을 때 화를 내면 공부를 더 잘하게 되니까 상관없다는 것일까? 그것도 아니라면 그냥 화를 낸 시늉만 하고 있는 것일까? 아마 상관없으니까 화를 내는 것이겠지. 신부님이라면 죄가 무엇인지 잘 알고 있을 것이고 또 죄를 짓는 일도 없을 테니까. 그러나 어쩌다 잘못해서 죄를 짓는 일이 있다면 어떻게 해서 고해하러 가실까? 아마 부교장 선생님한테 가서 고해하시겠지. 그리고 만약 부교장께서 죄를 지으면 교장 선생님에게 갈 것이겠지. 또 교장 선생님은 관구장에게, 관구장은 예수회 총회장에게 갈 것이겠지. 그런 것을 교단의 질서라고 한다. 아버지 말씀이 그이들은 모두 영리한 분이라지. 예수회 회원만 되지 않았던들 속계에서 모두 훌륭한 인물이 되었을 것이고. 예수회 회원이 안 되었다면 아놀 신부나 패디 바레트는 무엇이 되었으며 매글레이드 선생님과 글리슨 선생님은 무엇이 되었을까 하고 그는 생각해보았다. 하긴 그렇게 되면 지금과는 다른 빛깔의 저고리며 바지를 입고 턱수염과 콧수염을 기르고 모자도 다른 것은 쓴, 지금과는 다른 모습의 그분들을 생각해야 한다는 것이 그에게는 무척 힘들다.

문이 소리 없이 열리고 또 닫혔다. 귀엣말이 휙 하니 교실을 스쳐갔다. 학감 선생님이다. 교실 전체가 별안간 물을 끼얹은 듯 잠잠해졌다가 맨 뒤쪽 책상을 치는 몽둥이 소리가 한 번 크게 울렸다. 스티븐은 두려움으로 가슴이 덜컥 내려앉았다.

"아놀 신부님, 여기 몽둥이가 필요한 학생은 없습니까?"

학감은 소리를 질렀다.

"이 반에는 몽둥이를 맞아야 할 게으른 놈팡이 녀석이 없습니까?"

그는 외쳤다.

"흠! 이거 누구야? 왜 무릎을 꿇고 있지? 네 이름은 뭐냐?"

"플레밍입니다."

"흠! 플레밍이라. 이 녀석은 물론 게으름뱅이겠지. 네 눈에도 그렇게 씌어 있어. 아놀 신부님, 이놈은 왜 꿇어앉아 있습니까?"

"라틴어 작문을 망측하게 써 왔어요. 게다가 문법 질문을 해도 하나도 모릅니다."

아놀 신부가 말했다.

"암 그렇겠죠."

학감은 큰 소리로 말했다.

"암 그렇구말구! 타고 난 게으름뱅이로군! 눈에 그렇게 씌어 있어."

그는 몽둥이로 책상을 탕 하고 치면서 외쳤다.

"일어서, 플레밍! 일어서봐!"

플레밍은 마지못해 일어섰다.

"손을 내밀어!"

학감은 외쳤다.

플레밍은 한쪽 손을 내밀었다. 몽둥이가 철썩 하고 큰 소리를 내면서 그 위에 떨어졌다. 하나, 둘, 셋, 넷, 다섯, 여섯.

"저쪽 손!"

다시 몽둥이가 잇달아서 큰 소리를 내고 여섯 번 내리쳐졌다.

"무릎을 꿇어!"

학감은 외쳤다. 플레밍은 무릎을 꿇으면서 두 손을 겨드랑 밑에 꼈다. 아파서 상을 찌푸렸다. 그러나 플레밍은 늘 송진을 손에다 문지르고 있기 때문에 그 손이 얼마나 탄탄한가 스티븐은 잘 알고 있다. 그래도 무척 아팠을 게다. 몽둥이 소리가 굉장했으니까. 스티븐은 가슴이 펄떡펄떡 뛰었다.

"다들 공부해!"

학감이 소리쳤다.

"여긴 게으른 놈팡이 녀석은 필요 없어. 게으른 놈팡이에 못된 짓 하는 인간은 필요 없단 말이야. 냉큼 공부들 해. 돌란 신부는 날마다 너희들 보러 올 테다. 돌란 신부는 내일도 와."

그는 몽둥이로 어느 학생 옆구리를 쿡쿡 찔렀다.

"이 녀석! 돌란 신부는 또 언제 오지?"

"내일 오십니다, 선생님."

톰 펄롱의 목소리가 들렸다.

"내일도 그 이튿날도 또 그 이튿날도 말이야."

학감은 말했다.

"그런 줄 알고 각오하고 있어. 매일 돌란 신부는 올 테니까. 빨리들 써. 에, 넌 누구야?"

스티븐은 가슴이 덜컥 내려앉았다.

"디달러스입니다."

"왜 넌 다른 애들처럼 쓰지 않고 있어?"

"저는…… 저…….”

그는 겁이 나서 말이 나오지 않았다.

"아놀 신부님, 이 아이는 왜 쓰지 않습니까?"

"안경을 부쉈습니다. 그래서 수업 면제를 시켰습니다."

아놀 신부가 말했다.

"부쉈다고? 이놈 거짓말이지? 이름이 뭐라고 그랬어?"

"디달러스입니다."

"이리 나와, 디달러스. 이 게으르고 못된 짓 하는 놈. 네 얼굴에 그렇게 씌어 있다. 어디서 안경을 부쉈어?"

두려움과 당황함에 눈앞이 캄캄해져서 스티븐은 정신없이 교실 한가운데로 나갔다.

"어디서 안경을 부쉈어?"

학감은 되풀이했다.

"석탄재 길에서 그랬습니다."

"흥! 석탄재 길에서라고!"

학감은 음성을 높였다.

"그 따위 속임수는 다 알아."

스티븐은 놀라서 눈을 쳐들었다. 돌란 신부의 그 파르스름한,

젊다고는 할 수 없는 얼굴, 양가로만 솜털이 송송한, 역시 파르스름한 대머리, 철사 테 안경, 그 안경 속에서 내다보이는 무표정한 눈, 이런 것들이 한꺼번에 그의 눈에 들어왔다. 그런 속임수는 다 안다니, 왜 그런 말을 할까?

"이 게으른 놈팡이 녀석!"

학감은 소리를 버럭 질렀다.

"안경을 부쉈다고! 녀석들이 잘하는 속임수야! 냉큼 손을 내밀어!"

스티븐은 눈을 감고 손바닥을 위로 해서 떨리는 손을 내밀었다. 학감이 손가락에다 손을 대고 그것을 바로 펴는 동작을 일순 느끼고 곧 이어서 몽둥이를 쳐들 때 수단의 소맷자락이 휙 하는 소리를 그는 느꼈다. 나뭇가지가 부러질 때 딱 하는 소리와도 같이 뜨겁고 타오르고 쑤시는 듯한 일격에 그의 떨리는 손은 타오르는 불 속의 나뭇잎처럼 오므라들었다. 그리고 그 소리와 고통과 더불어 뜨거운 눈물이 솟아 올랐다. 전신이 공포로 떨리고 팔도 떨리고 오그라들고 타오르는 듯한 검푸른 손이 사시나무 떨리듯 했다. 비명이, 용서해주세요 하는 애원이 입가에까지 터져 나올 뻔했다. 그러나 눈이 타오르고 고통과 공포로 사지가 떨리면서도 그는 그 뜨거운 눈물과 목구멍을 태우는 비명을 억눌렀다.

"저쪽 손."

학감은 외쳤다.

스티븐은 못 쓰게 되어 떨리기만 하는 오른손을 당기고 왼손을 내밀었다. 몽둥이를 쳐들 때마다, 미칠 듯하고 쑤시고 타오르는 듯한 지독한 고통에 그의 손은 손바닥이고 손가락이고 할 것 없이 한 덩어리가 되어 검푸르게 떨면서 오므라졌다. 뜨거운 눈물이 솟구쳐 오르고 굴욕과 고통과 두려움으로 전신이 타오르면서 그는 공포에 떠는 팔을 당기고는 그만 고통의 비명을 올렸다. 몸은 공포에 질려서 부르르 떨고 부끄러움과 노여움이 넘쳐 오른 나머지 타오르는 듯한 고함 소리가 목을 치밀고 뜨거운 눈물이 넘쳐서 활활 타오르는 양 볼에 흘러 내리는 것을 알았다.

"꿇어앉아!"

학감은 외쳤다.

스티븐은 맞은 두 손을 옆구리에다 누르면서 급히 무릎을 꿇었다. 맞아서 순식간에 고통으로 부풀어오른 두 손을 보면서 그는 무척 미안하게 느꼈다. 마치 그것이 자기 손이 아니라 남의 것이라서 안됐다고 느끼는 그런 기분이었다. 목을 치미는 마지막 흐느낌을 진정하고 타는 듯 쑤시는 고통을 옆구리에다 누르면서 무릎을 꿇었을 때, 손바닥을 위로 허공에 내민 두 손이며 떨리는 손가락을 펴게 하느라고 건드렸던 학감의 억센 손, 그리고 허공에서 어쩔 줄 모르고 떨고 있던 손바닥과 손가락의 맞아서 부풀어 오른 덩어리가 머리에 떠올랐다.

"다들 공부해."

학감은 문간에서 소리를 질렀다.

"돌란 신부는 매일 어떤 게으름뱅이 놈팡이가 몽둥이 맛을 보고 싶은가 보러 올 테야. 매일이야. 알았나!"

그는 나가고 문이 닫혔다.

교실은 잠잠해져서 작문 정서만 계속 되었다. 아놀 신부는 자리에서 일어나 아이들 사이를 돌아다니면서 부드러운 말씨로 돕기도 하고 틀린 곳을 고쳐주기도 했다. 그 말씨가 몹시 점잖고 부드러웠다. 그러고는 자리에 돌아와 플레밍과 스티븐에게 말했다.
"둘 다 자리에 돌아가도 좋아."
플레밍과 스티븐은 일어서서 제자리로 가 앉았다.
스티븐은 부끄러움에 얼굴이 시뻘겋게 되어, 힘이 빠져버린 한 손으로 급하게 책을 펴고는 책에 맞닿다시피 되도록 고개를 숙였다.
이건 불공평하고 잔인하다. 의사 선생님이 안경 없이는 책을 보지 말라 했고 또 오늘 아침 새 안경을 보내달라고 아버지에게 막 편지를 띄운 참이 아닌가. 그리고 아놀 신부도 새 안경이 올 때까지는 공부하지 않아도 좋다고 말하지 않았던가. 그런데 반 전체 아이들 앞에서 고약한 인간이라는 꾸중을 듣고 늘 1등 아니면 그와 비슷한 등수의 성적을 받아 요크 편 반장인 나를 매질하다니! 속임수라니 학감 선생이 어떻게 그걸 알아. 그는 자기 손을 펴려고 만졌을 때의 학감 손의 감촉을 생각해보았다. 그 손가락이 어떻게나 부드럽고도 단단했던지 자기와 악수할 작정이 아닌가 처음에는 생각했을 정도였다. 그런데 별안간 수단 소맷자락이 스쳐가는 쉭 소리와 함께 탁 하고 오지 않았던가. 그러고 나서 교실 한가운데 무릎을 꿇게 하다니 잔인하고 불공평하다. 또 아놀 신부도 그렇지. 우리 둘을 아무 차별도 두지 않고 그냥 자리에 돌아가도 좋다고 그랬지. 그는 작문을 고쳐주고 있는 아놀 신부의 나지막하니 부드러운 목소리에 귀를 기울였다. 아마 이제는 후회해서 저렇게 점잖게 하려고 드시는 것이겠지. 그렇지만 이건 불공평하고 잔인해. 학감님은 신부지? 그런데 이렇게 잔인하고 불공평할 수 있을까. 그리고 그 파르스름한 얼굴이며 철사 테 안경 속의 무표정한 눈을 보라지. 잔인하기 짝이 없어. 처음에 그 부드럽고 단단한 손가락으로 내 손을 펴게 한 것도 좀 더 잘, 좀 더 소리를 크게 내도록 때리기 위한 것이었어.

"더럽고도 비겁한 짓이야, 비겁한 짓이구말구."

복도에서 플레밍이 말했다. 각 반에서 열을 지어 식당으로 가는 길이었다.

"아무 죄도 없는데 학생을 몽둥이질 하다니."

"너 정말 안경을 부순 것 아니지, 그렇지?"

나스티 로치가 물었다.

스티븐은 플레밍 말에 속이 벅차올라 대답이 나오지 않았다.

"암 그렇구말구. 나 같으면 그냥 있지 않겠어. 교장 선생님한테 일러 바칠 거야."

플레밍은 말했다.

"그래. 몽둥이를 어깨 위까지 올리던데 그렇겐 못 하도록 되어 있어."

세실 선더가 정색을 하고 말했다.

"너 많이 아프니?"

나스티 로치가 물었다.

"많이 아파."

스티븐은 말했다.

"나 같으면 그냥 있지 않겠어."

플레밍이 되풀이해서 말했다.

"그 대머리 녀석이든 어떤 대머리 녀석이든. 정말 더럽고 야비하고 치사한 짓이야. 정말이구말구. 나 같으면 식사 끝나는 대로 당장 교장 선생님한테 가서 말씀 드리겠어."

"그래, 해봐 해봐."

세실 선더가 거들었다.

"그래 해봐, 디달러스. 교장 선생님한테 가서 그 녀석 말을 해줘."

나스티 로치가 말했다.

"내일 와서 또 두들겨주겠다고 말하지 않았니."

"그래, 그래. 교장한테 얘기해."

다들 말했다.

초등과 2학년 학생 몇이 그것을 엿듣고 있더니 그 중 하나가 말했다.

"원로원 및 로마 시민은 디달러스가 부당한 처벌을 받았음을 이에 선언하노라."

부당하다. 불공평하고 잔인하다. 그는 식당에 앉아 그 굴욕을 몇 번이고 되씹으면서 고민했다. 그러자니 자기 얼굴에 못된 짓을 하는 인간처럼 보이는 데가 정말 있지 않은가 하는 의구심이 생겼다. 자기 얼굴을 비춰 볼 조그만 거울이라도 있으면 싶었다. 그러나 설마 그럴 턱이야 있을라구. 그것은 역시 부당하고 잔인하고 불공평한 노릇이다.

사순절의 수요일마다 나오는 거무스름한 튀김 요리는 목을 넘어가지 않고 식탁에 나온 감자에는 삽 자국이 그냥 남아 있는 것이 있었다. 그렇다. 아이들이 말한 대로 해보자. 교장 선생님에게 가서 부당한 벌을 받았다고 말하자. 이런 일을 누군가 한 적이 있다고 역사 책에도 나와 있지 않은가. 역사 책에는 그런 높은 사람의 그림까지 나와 있었지. 그럴 것 같으면 교장 선생님은 내가 부당한 벌을 받았다고 선언해주실 게다. 원로원이나 로마 시민도 그런 경우 부당한 벌을 받았노라고 언제나 선언했다고 하지. 그런 사람들은 모두 리치멀 매그놀의 《문제집》에 이름이 나오는 높은 이들이다. 역사란 이런 사람들의 이야기나 행적을 적어놓은 것이지. 피터 팔리의 《그리스 로마 이야기》도 죄다 이런 것뿐이다. 피터 팔리 자신의 그림이 그 책의 첫 장에 실려 있지. 히스가 무성한 들판에 길이 한 줄기 열리고 길가에는 풀이랑 관목 수풀이 있었다. 피터 팔리가 신교 목사처럼 차양이 넓은 모자를 쓰고 커다란 단장을 짚고 그 길을 그리스와 로마를 향해 빨리 걷고 있는 것이었다.

취할 방법은 간단했다. 식사가 끝나서 나갈 차례가 될 때 바로 걸어 나간다. 중간에 복도로 빠져나가지 않고 성으로 통하는 오른편 계단을 올라가면 되는 것이다. 그렇게만 하면 돼. 오른편으로 돌아 계단을 빨리 올라가면 30초 안에 나지막하니 어둡고 좁은 복도로 나선다. 성을 지나 교장실로 통해 있는 길이다. 아이들도 모두 불공평하다고 말하고 있어. 초등과 2학년 학생까지도 원로원과 로마 시민의 경우를 들면서 말하지 않았던가.

어떻게 될까? 식당 상석에서 상급반 아이들의 일어나는 소리와 층단을 밟고 내려오는 발자국 소리가 들렸다. 패디 래드, 지미 머기, 스페인 학생, 포르투갈 학생, 그리고 다섯 번째가 글리슨 선생에게 몽둥이를 맞기로 되어 있는 덩치 큰 코리건이었다. 저 녀석 때문에 아무 일도 없는데 학감이 나보고 고얀놈이라고 매질하지 않았나. 눈물에 시달려 맥이 풀린 두 눈을 크게 뜨면서 그는 몸집이 큰 코리건의 벌어진 어깨와 숙이고 있는 시커먼 큰 머리가 열을 따라 지나가는 것을 보고 있었다. 그렇지만 이 녀석은 한 짓이 있고 또 글리슨 선생님은 심하게 매질하는 일이 없을 게다. 그는 몸집이 큰 코리건이 목욕탕 안에 들어 있던 광경이 머리에 떠올랐다. 그의 피부는 목욕탕 얕은 편 끝에 괸 토탄 빛깔의 구정물 비슷한 색을 하고 있었다. 그리고 그 곁을 지나갈 때 발이 축축한 타일 위에 철벅철벅 큰 소리를 내고 뚱뚱하니까 걸을 적마다 허벅살이 조금씩 흔들거렸다.

식당은 반쯤 비고 학생들은 여전히 줄을 지어 나가고 있었다. 식당 입구 바깥에는 신부나 감독이 없으니까 계단을 올라가려면 갈 수 있었다. 그러나 선뜻 발이 내디뎌지지 않았다. 교장 선생님도 학감 편을 들어 아이들이 곧잘 하는 속임수라고 생각하실지 몰라. 그러면 학감은 매일같이 올 것이 아닌가. 자기 일로 교장한테까지 가는 녀석에겐 무섭게 화를 내는 사람일 테니 결과는 더 고약해질 뿐이다. 아이들은 나보고 교장한테 가보라고 그러지만, 저희들은 가지 않을 것이다. 다들 이 일은 벌써 잊어버리고 말았을걸. 옳아, 이런 일은 깨끗하게 잊어버리는 게 상책이지. 또 학감이 다시 오겠다고 하지만 그건 아마 말뿐일 거야. 그렇지, 이런 일은 슬쩍 눈에 띄지 않게 해두는 것이 상책이지. 나이 어리고 연약한 경우에는 그렇게 해서 곧잘 빠져나갈 수 있는 법이거든.

그의 식탁 학생들이 일어섰다. 따라 일어나서 그도 열 속에 끼어 나갔다. 결심을 해야겠다. 문간이 가까워진다. 다른 아이들과 같이 나가버리면 교장 선생님에게 다시는 갈 수 없어. 그 일을 갖고서 운동장을 떠날 수 없으니까 말이야. 가령 갔다가 그래도 매질을 당하는 날이면 다들 나를 조롱거리로 삼아 디달러스란 놈 교장한테 가서 깜찍하게도 학감을 일러바쳤다고 할 것이 아닌가.

그는 융단 위를 걸어가고 있었다. 문간이 눈앞에 보인다. 할 수 없지. 안 되겠어. 그는 잔인하고 무표정한 눈으로 자기를 쳐다보던 학감의 대머리가 머릿속에 떠오르고 두 번이나 이름을 묻던 그 목소리가 귓전에 울렸다. 첫 번에 말했을 때 왜 이름을 외지 못했을까? 처음에 잘 듣지를 못해선가, 그렇지 않으면 이름이 우스워서 그랬을까? 역사 책에 나오는 좋은 사람들도 그런 이름을 갖고 있지만 누구 하나 놀려대는 사람은 없다. 차라리 놀려대려면 자기 이름이나 우스워해야 할 게 아닌가. 돌란, 마치 빨래하는 여자 이름 같지 않나.

그는 문에끼지 가자 획 하니 오른편으로 돌아 계단을 올라갔다. 그러고는 다시 돌아서겠다는 결심이 미처 생기기 전에 성으로 동하는 나지막하니 어둡고 좁은 복도로 들어섰다. 그리고 복도로 들어가는 문간을 건너면서 그는 고개를 돌리지는 않았지만 아이들이 열을 지어 걸어가면서 자기를 뒤돌아보고 있는 줄 알았다.

그는 좁고 어두운 복도를 따라 교단 직원 방의 조그마한 문들을 지나갔다. 어두컴컴한 속 전후좌우를 살펴보면서 저건 모두 초상화에 틀림없거니 하고 생각했다. 주위가 어둡고 잠잠한 데다 눈이 희미하고 눈물에 시달려 도무지 잘 보이지 않았다. 그런데도 지나가는 그를 말 없이 내려다보고 있는 것이 필경 성자와 수도회 높은 분들의 초상화거니 하고 그는 생각했다. 펴놓은 책을 들고 거기 적힌 "보다 더 큰 하느님의 영광을 위하여"라는 문구를 가리키고 있는 성(聖) 이냐시오 로욜라, 당신의 가슴을 가리키고 있는 성 프란시스코 하비에르, 각 학년 담당 선생님같이 머리에 사각 모자를 얹고 있는 로렌초 리치, 그리고 세 분의 젊은 수호 성자인 성 스타니슬라우 코스트카, 성 알로이시우스 곤자가, 복자 존 버치먼스, 모두 젊어서 죽었기에 젊은 얼굴들을 하고 있다. 그 밖에 커다란 망토를 몸에 걸치고 의자에 앉아 있는 피터 케니 신부〔이 학교 창시자〕.

그는 현관 홀 위 층계참에 서서 주위를 돌아다보았다. 거기가 바로 해밀턴 로원이 빠져나갔던 곳으로 군인들의 탄환 자국이 남아 있었다. 늙은 하녀들이 흰 원수복 망토를 입은 유령을 보았다는 곳도 바로 여기다.

늙은 하인 한 사람이 층계참 모퉁이를 쓸고 있었다. 교장실이 어디 있는가 물어보았더니 그 하인은 건너편 끝의 문을 가리켜주고 그가 거기 가서 문을 노크하는 것을 쳐다보고 있었다.

대답이 없었다. 이번에는 조금 크게 노크를 했다. 가라앉은 듯한 목소리가 들려오자 그는 가슴이 덜컥 내려앉았다.

"들어와요!"

그는 손잡이를 돌려 문을 열고 그 안에 있는 초록빛 천이 덮인 손잡이를 더듬었다. 손에 잡히자 그는 문을 밀어서 열고 들어갔다.

교장 선생님은 책상 앞에서 무엇인가 쓰고 있었다. 책상 위에는 두개골이 하나 놓여 있고 의자의 낡은 가죽 냄새 같은 야릇하고 근엄한 냄새가 방 안에 풍기고 있었다.

들어간 곳이 엄숙하고 또한 방 안이 고요해서 그의 가슴은 뛰었다. 그는 두개골을 보고 또 교장 선생님의 다정스런 얼굴을 보았다.

"응, 너냐."

교장 선생님은 말했다.

"무슨 일이지?"

스티븐은 목에 걸린 것을 꿀꺽 넘겨 삼키고 입을 열었다.

"저, 안경을 부쉈습니다."

교장 선생님은 약간 멍한 듯 "그래!" 하고는 웃으면서 말했다.

"그래 안경을 부쉈으면 집에 편지를 내서 새 것을 보내달라고 해야지."

"네, 집에 편지를 냈습니다."

스티븐은 말했다.

"그리고 아놀 선생님께서 새 것이 올 때까지 공부하지 않아도 좋다고 말씀하셨습니다."

"암 그래야지."

교장 선생님은 말했다.

스티븐은 또 침을 넘겨 삼키고 다리와 목소리가 떨리지 않도록 애를 썼다.

"그런데 선생님……."

"그래?"

"돌란 선생님이 오늘 오시더니 작문을 쓰지 않는다고 저를 매질했습니다."

교장 선생님은 잠자코 그의 얼굴을 보았다. 그는 얼굴이 상기되고 당장에 눈물이 쏟아져 나올 것만 같았다.

교장 선생님은 말했다.

"네 이름은 디달러스지, 그렇지?"

"네, 그렇습니다."

"그런데 어디서 안경을 깼지?"

"석탄재 길에서 깼습니다. 자전거 놓는 데서 어느 학생이 튀어나오는 바람에 그만 넘어졌습니다. 그래서 안경을 부쉈습니다. 모르는 학생입니다."

교장 선생님은 다시 잠자코 그를 쳐다보았다. 그러고는 빙긋이 웃으면서 입을 열었다.

"그럼 그것은 잘못이다. 틀림없이 돌란 선생님이 모르고 그랬겠지."

"하지만 제가 그렇게 말씀드렸습니다. 그런데도 매로 때렸습니다."

"집에 새 것을 부쳐달라고 편지했다는 말은 했나?"

교장 선생님은 물었다.

"아니오."

"아 그럼. 돌란 선생님은 잘 몰랐겠지. 내가 한 2, 3일 수업을 면제해주더라고 말해도 좋다."

교장 선생님은 말했다.

스티븐은 목이 떨려서 말이 나오지 않을까 봐 얼른 말을 이었다.

"네, 그렇지만 돌란 선생님은 내일도 오셔서 또 저를 때리겠다고 말씀하셨습니다."

"잘 알았다. 잘못이니까 내가 직접 돌란 선생님께 말씀드리겠다. 그러면 됐지?"

교장 선생님은 말했다.

스티븐은 눈물이 괴는 것을 느끼면서 중얼거리듯 말했다.

"네, 고맙습니다."

교장 선생님은 두개골이 놓여 있는 책상 맞은편에서 손을 내밀었다. 스티븐은 그 손 안에다 자기 손을 잠깐 얹으면서 싸늘하고 촉촉한 감촉을 느꼈다.

"자, 그럼 가봐."

교장 선생님은 잡았던 손을 놓고 고개를 끄덕이면서 말했다.

"선생님 안녕히 계십시오."

스티븐은 말했다.

그는 고개를 숙여 인사를 하고 조용조용 방을 나와 조심성 있게 천천히 문을 닫았다.

그러나 층계참에서 늙은 하인 곁을 지나 다시 나지막하니 좁고 어두운 복도가 나타나자 걸음을 재촉하기 시작했다. 어두컴컴한 속을 흥분해 달리다시피 걸어갔다. 복도 끝 문에 팔꿈치를 한번 부딪히면서 계단을 뛰어 내려가자 두 개의 복도를 얼른 빠져 바깥으로 나갔다.

운동장에서는 아이들의 고함 소리가 들려왔다. 그는 갑자기 달음박질을 시작하여 달리고 또 달렸다. 석탄재 길을 한달음으로 질러 헐레벌떡거리면서 최하급생 운동장에 달려갔다.

아이들은 그가 달려오는 것을 보고 있었다. 그를 둥그렇게 둘러싸고는 이야기를 듣겠다고 서로를 밀고 당기고 했다.

"얘기해봐! 얘기해!"
"뭐라고 말하든?"
"너 갔다 왔니?"
"뭐라고 말하든?"
"얘기해봐! 얘기해!"

그는 자기가 말한 것과 교장 선생님이 이야기해준 것을 전했다. 이야기를 다 하고 나니까 아이들은 일제히 모자를 공중에 던져 올리고는 외쳤다.

"만세!"

그들은 모자를 받아 들고는 다시 공중 높이 던져 올리면서 외쳤다.

"만세! 만세!"

그러고는 스티븐을 헹가래치면서 이러저리 돌아다녔다. 거기에서 그는 가까스로 빠져나왔다. 그가 도망쳐 나오니까 아이들은 사방으로 흩어지면서 모자를 다시 공중에 던지고 그것이 빙빙 돌고 있을 동안 휘파람을 불면서 외쳤다.

"만세!"

그리고 그들은 대머리 돌란을 야유하는 으르릉 소리를 세 번 지르고, 콘미 교장을 찬양하는 갈채를 세 번 울리고, 클론고즈 시작 이래로 가장 훌륭한 교장이라고들 말했다.

갈채는 부드러운 회색 하늘 속으로 사라져갔다. 그는 혼자가 되었다. 즐겁고 자유로운 기분이었다. 그러나 돌란 신부님에게 조금도 뽐내고 싶은 생각은 없다. 얌전하고 순하게 굴어야지. 또 조금도 뽐내고 있지 않다는 것을 보여드리기 위해 그 선생님께 무슨 친절한 일을 해드렸으면 했다.

대기는 부드럽고 회색이고 은근했다. 저녁때가 다가왔다. 대기 속에는 저녁 나절의 냄새가 깃들여 있었다. 그것은 언젠가 바튼 소령네 집에 소풍 나갔을 때 무 뿌리를 뽑아 껍질을 벗겨먹던 그 시골 밭 냄새, 그리고 그 정자 너머의 붉나무를 심어놓은 조그만 숲의 냄새와 같았다. 아이들은 긴 팔배질의 연습에다 '느린 공'이며 '비틀린 공'을 던지고 있었다. 부드러운 회색의 정적 속에 공이 튀는 소리가 들렸다. 그리고 여기저기서 고요한 대기를 뚫고 크리켓의 방망이 소리가 들려온다. 픽, 팍, 폭, 퍽, 흡사 분수 가에서 방울을 맺고 넘쳐 흐르며 수반 위에 부드럽게 떨어지는 물소리였다.

2장

 찰즈 할아버지는 꼬인 담배라도 이만저만 검은 것을 피우지 않는 통에 조카가 참다 못해 아침 담배는 뜰 한 모퉁이에 있는 조그만 헛간에 가서 피우시는 게 어떻냐고 말했다.
 "좋구말구, 사이먼. 상관없네, 사이먼."
 노인은 별 불평없이 말했다.
 "아무 데라도 네가 좋다면 상관없어. 헛간 같으면 훌륭하구말구. 몸에도 차라리 좋을걸."
 "도무지 알 수가 없군요, 그놈의 지독한 담배를 피우실 수 있다니. 그게 화약이지 뭡니까."
 디달러스 씨는 거침없이 말했다.
 "사이먼, 이래뵈도 맛은 있어. 시원하고 기분이 상쾌하단 말이여."
 노인은 대답했다.
 그래서 아침마다 할아버지는 헛간으로 행차를 했는데 우선 뒷머리에 기름칠과 조심스레 빗질을 하고 실크해트에 솔질을 해서 그것을 덮어쓴 다음에야 거기로 갔다. 그가 담배를 피우고 있을라치면 실크해트의 가장자리와 파이프의 대통이 헛간의 문설주 너머로 내다 보였다. 고양이와 정원용 연장들이 같이 들어 있는 이 악취 분분한 헛간을 그는 정자라고 불렀지만, 그것은 또한 공명판(共鳴板)의 구실도 했기 때문에 아침마다 좋아하는 노래를 기분 나는 대로 콧노래로 부르는 곳이기도 했다. 〈나에게 정자를 엮어다오〉니 〈푸른 눈동자와 금발〉이니 또는 〈블라니의 숲〉이니 하는 노래를 부르고 있노라면 회색과 푸른 빛깔의 담배 연기가 동그라미를 그리면서 파이프에서 솟아 오르고 산뜻한 공기 속에 사라져갔다.

블랙로크〔더블린 남쪽의 해안 도시〕에서 보내는 여름의 처음 얼마간 할아버지는 늘 스티븐의 놀이 동무가 되어주었다. 그는 피부가 햇볕에 검게 탄 원기 왕성한 노인으로, 울퉁불퉁한 얼굴에 흰 구레나룻이 있었다. 일요일을 빼놓고는 매일 캐리스포트 거리에 있는 집에서 거래하는 시내 중심의 가게까지 심부름을 해주었다. 그럴 때 스티븐은 이 할아버지와 같이 가는 것이 무척 마음에 들었다. 가게 앞에 널려 있는 뚜껑 없는 상자나 바구니 속에 들어 있는 물건을 할아버지는 무엇이든 인심 좋게 그에게 주었기 때문이다. 그는 가게 사람이 어색한 웃음을 띠고 있거나 말거나, 톱밥에 섞인 포도송이나 미국 사과를 서너 개씩 한꺼번에 쥐고는 종손자 호주머니 속에다 아낌없이 쑤셔 넣어주었다. 그럴 때 스티븐이 짐짓 받기를 주저하는 척하면 그는 상을 찌푸리고 말하는 것이었다.

"자, 받아둬. 내 말이 들리지 않느냐? 뱃속에 좋아."

외상 장부에 적어 넣고 난 뒤 둘은 늘 공원으로 향했다. 거기 가면 아버지의 오랜 친구인 마이크 플린이 벤치에 걸터앉아서 그들을 기다리고 있었다. 그러고는 공원을 한 바퀴 도는 스티븐의 뜀박질이 시작된다. 마이크 플린이 정거장 가까운 문에서 시계를 손에 들고 선다. 그러면 스티븐은 그가 좋아하는 자세로 공원을 도는 것이다. 머리를 높이 쳐들고 양 무릎을 올린 다음 손을 뻗쳐 양 옆구리에다 붙여놓는 자세다. 아침 연습이 끝나면 그는 이런저런 비평을 해주고 때로는 모범을 보인다고 낡아빠진 푸른 운동화를 한 야드쯤 우스꽝스러운 꼴로 질질 끌면서 달리는 일도 있었다. 그럴 땐 동네 아이들이랑 애 업은 아이들이 신기해서 모여들어 동그라미를 그리고 구경했다. 마이크와 찰즈가 다시 앉아서 스포츠와 정치 이야기를 하고 있어도 좀처럼 떠나려 들지 않았다. 마이크 플린이 지금 가장 우수한 달리기 선수들 몇 사람을 자기 손으로 길러냈다는 이야기를 스티븐은 아버지에게서 들은 적이 있었지만, 자기를 지도해주는 맥 풀린 이 수염 털보 아저씨는 담배를 마느라고 길고 더러운 손가락 위에 고개를 숙이고 있다가, 별안간 손을 멈추고 윤기 하나 없는 푸른 눈을 들면서 멀리 푸르게 안개 낀 곳을 쳐다본다. 그럴 때 그 길고 부푼 손이 담배 마는 것도 잊은 채 담배 가루가 쌈지 속에 흘러 떨어지는 광경을 보노라면 그는 가엾은 생각을 금할 수 없었다.

집으로 돌아가는 길에 할아버지는 곧잘 성당에 들렀다. 성수반(聖水盤)에는 스티븐의 손이 자라지 않으니까 노인은 자기 손에다 물을 적셔서 스티븐의 옷이랑 성당 현관 바닥에 힘차게 뿌렸다. 기도를 올릴 때는 빨간 자기 손수건을 깔고 그 위에 꿇어앉아 다음 면의 첫 글자가 앞의 면 끝에 인쇄되어 있는, 손때가 묻어 더러워진

기도서를 목청을 돋우어 읽었다. 그 곁에서 스티븐은 무릎을 꿇고 찰즈 할아버지의 그 하느님을 받드는 마음에 비록 자기는 가지지 않았지만 경의를 표했다. 왜 저렇게 종조부는 열심히 기도를 드리는 것일까 하고 그는 곧잘 이상하게 생각했다. 아마 연옥에 머물고 있는 죽은 자의 영혼을 위하거나 행복한 죽음의 은총을 바라는 것이겠지. 그렇지 않으면 그가 코크〔아일랜드 남쪽의 도시〕에서 탕진해버린 큰 재산의 일부라도 돌려주십사고 하느님께 기도 드렸을지도 모른다.

일요일마다 스티븐은 아버지와 종조부와 더불어 운동 겸한 소풍을 갔다. 노인은 기운이 좋아 티눈이 박혀도 곧잘 걸어 10마일이나 20마일 쯤은 예사였다. 스틸로건이라는 조그만 마을에서 길은 두 갈래로 났다. 왼쪽으로 더블린 산맥 쪽을 향하든가, 그렇지 않으면 고츠타운 도로를 지나 던드럼으로 빠지든가 어쨌든 돌아갈 때는 샌디포드를 거쳐 간다. 길을 걷거나 도로 연변의 누추한 주막집에 들르거나 어른들은 자기네 마음에 맞는 이야기들을 언제나 하고 있었다. 아일랜드의 정치, 먼스터 주(州) 이야기, 집안에 내려오는 이런저런 전설 같은 것에 스티븐은 하나도 빼놓지 않겠다는 듯 귀를 기울였다. 알지 못하는 말이 나오면 그것을 혼자서 몇 번이고 되뇌인 끝에 다 외고 말았다. 또 그런 말을 통해서 그는 자기를 둘러싼 현실 세계를 힐끔이나마 엿볼 수 있었다. 그러한 현실 생활에 자기 또한 한몫 하게 될 때가 닥쳐오는구나 하고 생각하면서 그는 자신을 기다리는 듯한 그 커다란 역할에 대비하는 마음을 은근히 갖기 시작했다. 그러나 그 역할이 어떤 것인가는 어렴풋하게밖에 몰랐다.

밤은 그의 자유로운 시간이었다. 그래서 《몽테크리스토 백작》을, 거친 번역이지만 탐독했다. 어릴 때 듣고 머릿속에서 지어내고 하던 신기한 것, 무서운 것들이 하나같이 그의 마음속에서 침울한 복수자 백작의 모습을 하고 나타났다. 밤이 되면 왕복 차표랑 조화(造花)랑 얇은 색종이 또는 초콜릿을 싸놓았던 금종이 은종이 등으로 그는 사랑방 테이블 위에다 이 이상한 섬의 동굴 모양을 만들었다. 이런 번지레한 금과 은의 종이가 싫어져 그 무대를 부수고 나니까 이번에는 마르세유니 별이 따스한 격자(格子) 울타리나 메르세데스〔몽테크리스토 백작의 첫사랑 여성〕의 화려한 모습이 그의 마음속에 떠올랐다.

블랙로크 교외의 산으로 통하는 길목 정원에 장미꽃을 많이 심어놓은, 흰 칠을 한 조그만 집이 한 채 있었다. 이 집에 또 하나의 메르세데스가 살고 있다고 그는 마음속으로 정해놓고 있었다. 집에서 나갈 때나 집으로 돌아올 때나 그는 이 집을 목표로 해서 거리를 쟀다. 그리고 공상 가운데서 그는 책에서 본 것과 조금도 다를 바 없는 파란만장한 모험의 이런저런 것들을 하나 하나 상상해보았다. 그러나 그 모험들도 풀장에 다가갔을 때, 이제는 나이 먹고 전보다 침울해진 그가 그 옛날 자기의 순정을 짓밟았던 메르세데스와 더불어 달빛 찬란한 정원에 서서 슬프고도 오만한 거부의 몸짓과 함께 이런 말을 해보는 것이었다.

"부인, 저는 머스컷 포도는 먹지 않습니다."

그는 오브리 밀즈라는 소년과 단짝이 되어 거리의 모험단을 조직했다. 오브리는 단추 구멍에다 호각을, 허리띠에는 자전거 전등을 달아 매고 다른 아이들은 짤막한 막대기를 단검처럼 차고 다녔다. 스티븐은 나폴레옹이 수수하게 옷차림을 했다는 이야기를 책에서 읽은 적이 있어 아무것도 달지 않기로 했다. 그렇게 함으로써 명령을 내리기 전에 부관과 상의하는 쾌감이 더해지는 것같이 느껴졌다. 이 모험단은 늙은 독신 부인네 정원을 습격하거나 성 있는 곳까지 가서 잡초가 우거진 바위 위에서 전쟁을 한바탕 치르기 일쑤였다. 그것이 끝나면 콧구멍에다 바닷풀의 썩은 냄새를 묻히고 손과 머리카락에는 썩어서 고약한 해초를 붙인 채 지친 발을 끌고 집으로 돌아왔다.

오브리와 스티븐은 같은 우유 배달부에게서 배달을 시켜왔다. 그래서 곧잘 우유 배달차를 타고 캐릭마인즈까지 나갔다. 거기서는 젖소가 들풀을 먹고 있었다. 어른들이 젖을 짜는 동안 아이들은 순한 말을 교대로 잡아타고 들을 한바퀴 돌았다. 그러나 가을이 되자 젖소는 들에서 우리로 끌려왔다. 더럽고 푸르게 이끼 낀 웅덩이며 뒤범벅이 된 똥 덩어리며 김이 무럭무럭 나는 겨의 쇠죽통 같은 것이 즐펀한 스트래드부르크의 더러운 외양간을 처음 보았을 때 스티븐은 구역질이 났다. 맑게 개었을 때는 들판에서 그렇게도 아름답게 보이던 소가 이제는 불쾌해지고 거기서 나오는 우유마저 역겨워졌다.

그 해엔 9월이 되어도 그는 조금도 걱정이 되지 않았다. 클론고즈에 돌아가지 않아도 되기 때문이다. 공원의 연습도 마이크 플린이 입원해서 그만이 되어버렸다. 오브리는 학교에 가니까 저녁때 한두 시간밖에는 틈이 없었다. 모험단은 사방으로 흩어져버리고 이제는 밤바다 하던 습격도 바위 위의 전쟁도 사라져버렸다. 스티븐은 이따금씩 저녁때 우유 배달차를 타고 같이 돌았다. 싸늘한 대기 속을 차를 몰고 돌아다니니까 그 더러운 외양간의 기억도 사라지고 우유 배달 윗저고리에 붙어 있는 쇠털이나 건초 부스러기를 보아도 기분 나쁜 일은 없어졌다. 차가 집 앞에 정거할 적마다 그는 잘 닦아놓은 부엌이나 부드럽게 불이 비치는 현관 홀을 힐끔 본다든가 식모가 우윳병을 들고 있는 모양이며 또 문을 어떻게 닫는가 하는 것을 보기도 했다. 따뜻한 장갑이나 끼고 호주머니에는 생강 비스킷 큰 봉지가 하나 있어 그것을 먹고 일할라치면, 이렇게 매일 저녁때 마차를 타고 우유 배달을 하는 것도 정말 즐거운 생활이 아니겠느냐는 생각이 들었다. 그러나 공원을 달리고 있을 때 가슴이 쓰리고 별안간 발에서 기운이 빠져나갈 때와 같은 바로 그런 예감, 그리고 트레이너 아저씨의 그 맥 풀린 듯한 수염 털보 얼굴이 길고 더러운 손가락 위에 무겁게 고개 숙여 있는 것을 수상쩍게 힐끔 보았을 때의 그 직관, 그런 것이 장래의 꿈을 모조리 앗아가버리는 것이었다. 아버지가 곤란을 당하고 있다는 것을 그는 어렴풋하나마 알아챘다. 그런 까닭에 클론고즈에도 다시 보내주지 않았다. 얼마 전부터 그는 집안이 조금씩 변하는 것을 느꼈다. 변하지 않는다고 생각하던 것이 이렇게 변하고 보니까 그의 어린애 같은 세계관에도 미약하지만 충격이 가해졌다. 그의 마음속 깊이 이따금씩 꿈틀거리는 것같이 느껴지는 야심은 바깥으로 뛰쳐나올 길을 얻지 못했다. 로크 거리의 전차 선로를 따라 덜컥거리는 말발굽 소리와 뒤에서 커다란 우유통이 흔들리는 소리를 들을 때, 바깥 세상의 땅거미와도 같은 황혼이 그의 마음을 어둡게 하는 것이었다.

  그의 생각은 다시금 메르세데스로 되돌아갔다. 그 여인의 모습을 마음속에 그리노라면 이상야릇한 불안이 그의 피 속에 스며들었다. 때로는 뜨거운 무엇인가가 몸 안에 뭉쳐 그로 하여금 저녁 나절의 고요한 거리를 홀로 방황케 했다. 정원의 고요함과 창을 비추는 따스한 불빛이 그의 설레는 마음에 다정함을 안겨주었다. 뛰놀고 있는 아이들의 떠들썩함이 귀찮고 그 어리석은 소리를 들을 때, 그는 클론고즈 때보다도 더 날카롭게 자기를 다른 사람과는 동떨어진 인간으로 의식하게 되었다. 놀고 싶은 마음이 나지를 않았다. 그의 영혼이 한시라도 잊어보지 못한 그 꿈 같은 그림자를 현실의 세상에서 만나고자 했다. 그것을 어디서 찾으며 또 어떻게 찾아야 할 것인지 그는 몰랐다. 그러나 그를 이끌어 온 예감이 있어 이쪽에서 구태여 움직이지 않더라도 그 모습과 마침내 만날 수 있을 것만 같았다. 둘이는 전부터 잘 알고 있고 밀회의 약속이라도 한 것같이 어느 집 문 앞이나 좀 더 후미진 곳에서 남몰래 만나게 될 것이다. 둘만이 어둠과 정적 속에 싸일 것이다. 그러한 더할 나위 없이 감미로운 순간 그의 본질은 바뀌고 말 것이며, 그 여인의 눈앞에 설 때 그의 그림자는 사라지고 눈에 보이지 않는 무엇이 될 것이며, 순식간에 그는 변형할 것이다. 그 불가사의한 순간에 마음의 연약함과 수줍음과 미숙함은 그에게서 사라지고 말 것이다.

          *   *   *

어느 날 아침 크고 노란 포장마차가 문 앞에 서더니 인부들이 떠들썩하게 집 안으로 들어와 가구를 들어 나르기 시작했다. 지푸라기와 새끼 동강이가 흩어져 있는 앞뜰을 지나 마구 끌어낸 가구들은 문 앞에 서 있는 마차에 실렸다. 전부 무사히 실리자 포장 마차는 요란스런 소리를 내면서 큰길을 내려갔다. 울어서 눈이 빨개진 어머니와 같이 타고 있던 기차의 창문에서 스티븐은 그것이 메리언거리를 덜커덕거리면서 굴러가는 것을 내다보았다.

그날 저녁 사랑방 난로가 좀처럼 피어 오르지 않아 디달러스 씨는 난로 쇠살대에다 부지깽이를 세워놓고 불을 피웠다. 가구도 채 들여놓지 못한, 융단도 깔아놓지 않은 방 한 구석에서 찰즈 할아버지는 졸고 있고 그 곁에는 집안 대대의 초상화들이 벽에 기댄 채 놓여 있었다. 탁상 램프는 인부들의 흙발로 더럽혀진 마룻마닥에 희미한 광선을 던지고 있었다. 스티븐은 아버지 곁 족대(足臺) 위에 걸터앉아 앞뒤가 맞지 않게 뭐라고 오랫동안 지껄이는 아버지의 혼잣말을 듣고 있었다. 처음에는 무슨 소린지 잘 몰랐으나 차츰 아버지에게는 적이 있고 무슨 싸움이 벌어질 것 같다는 사실을 알게 되었다. 그는 자기도 이 싸움에 동원될 것이며 어떤 의무를 두 어깨에 짊어지게끔 되었음을 느꼈다. 달콤한 꿈과 같은 블랙로크에서 갑작스레 도망쳐 나와 음침한 안개낀 거리를 지나 이렇게 텅 빈 살풍경한 집에서 앞으로 살아갈 것을 생각하니 가슴이 답답할 뿐이었다. 다시금 장래에 대한 어떤 직관과 예감이 찾아왔다. 하인들이 곧잘 현관 홀에서 소곤소곤 이야기를 하던 이유, 아버지가 항용 난로에다 등을 대고 융단 위에 선 채, 자리에 앉아 식사를 하라고 재촉하는 찰즈 할아버지를 보고 뭐라 큰 소리로 이야기하던 이유 또한 짐작이 갔다.

"이래 뵈도 아직 정신은 멀쩡하다, 스티븐."

그러면서 디달러스 씨는 잘 타지 않는 불을 홧김에 마구 쑤셔버렸다.

"아직 죽지 않았어. 예수님께 맹세코(하느님 용서하소서!) 죽다니 천만에."

더블린은 새롭고 복잡한 느낌을 주었다. 할아버지는 이제 심부름에 나서지 못할 정도로 노망했고 새 집으로 이사와 집 안이 뒤죽박죽이어서 스티븐은 블랙로크 때보다 오히려 한가했다. 처음에는 근처 네거리를 머뭇거리고 돌아다니거나 기껏해야 옆 골목의 어느 한곳쯤을 중간까지 가다가 돌아서는 정도로 만족했다. 그러나 이 도시의 약도가 머릿속에 대강 그려지자 그는 간선 도로의 하나를 따라 대담하게도 세관까지 갔다. 누구 하나 탓하는 사람 없이 그는 선창을 지나 부두를 따라 걸어가면서 수면에 두껍게 낀 누런 찌꺼기 위에 솟아오른 무수한 코르크 마개 같은 부표(浮標)며 득실거리는 부두 노무자들 무리며 고리짝이 아무렇게나 안벽에 쌓여 있거나 기선의 선창에서 높다랗게 달려서 나오는 것을 보고 있노라면, 삶의 광대함과 신기로움에 마음이 설레어 메르세데스를 찾아 저녁 나절의 이 정원 저 정원을 헤매던 때의 그 불안감이 다시 가슴속에 솟아오르는 것이었다. 이러한 새롭고 법석대는 생활 가운데 그는 또 하나의 마르세유 속에 자기가 와 있는 듯한 착각에 빠질 뻔했으나, 그러기엔 그 찬란한 하늘이며 포도주 가게의 양지 바른 격자 창살

담을 찾아볼 수 없었다. 부두며 강이며 낮게 구름이 덮인 하늘을 보고 있노라면 막연한 불안이 가슴속에 굽이쳤다. 그러면서 그는 자기에게서 슬며시 빠져나간 그 누군가를 정말 찾기라도 하듯 매일같이 여기저기 헤매고 다녔다.

그는 한두 번 어머니를 따라 친척네 집을 찾아간 일이 있었다. 크리스마스의 조명과 장식이 화려한 가게들 앞을 지나가면서도 씁쓰레한 기분은 좀처럼 가시지 않았다. 그 씁쓰레한 기분의 연유는 먼 것 가까운 것 여러 가지가 있었다. 나이 어리고 침착성 없는, 어리석은 충동에 쉽사리 흔들리는 자신이 안타깝고, 주위의 세계를 혼탁과 위선의 모습으로 바꿔버리는 운명의 변화에도 화가 났다. 그러나 화가 났다고 해서 그 모습을 어떻게 할 수는 없다. 그는 참을성 있게 눈에 띈 것을 마음에 기록하여 거기서 한 발짝 떨어져 나와 그 굴욕의 맛을 남몰래 되씹고 있었다.

이모네 집 식당에서 그는 등받이 없는 의자에 앉아 있었다. 갓을 씌운 램프가 난롯가 검은 칠을 한 벽에 걸려 있었다. 그 불빛으로 이모는 석간 신문을 무릎 위에 펴놓고 읽고 있었다. 그는 신문에 실린 어느 웃는 얼굴의 사진을 오랫동안 보고 있더니 생각에 잠긴 듯 입을 열었다.

"메이벨 헌터는 예뻐!"

고수머리 소녀가 발끝으로 살그머니 다가서면서 그 사진을 들여다보더니 살며시 물었다.

"어디 나오는 사람, 엄마?"

"팬터마임에 나와."

소녀는 그 고수머리를 어머니의 소매에 기대고 그림을 정신없이 들여다보더니 황홀한 듯 중얼거렸다.

"메이벨 헌터는 예뻐요!"

황홀한 듯이 소녀의 눈은 그 얕보는 듯 시치미 뗀 얼굴에 오랫동안 머물러 있다가 마음이 동한 듯 중얼거렸다.

"굉장한 미인이죠?"

마침 무거운 석탄을 지고 비틀거리면서 거리에서 들어오던 소년이 이 말을 들었다. 그는 지고 있던 짐을 털썩 하고 마룻바닥에 내려놓더니 그것을 보려고 급히 소녀 곁으로 갔다. 새빨갛게 된 그 검게 더러워진 손으로 신문지 끝을 잡아당겨 보이지 않는다고 잔소리를 해가면서 소녀를 밀쳐냈다.

창이 어두운 어느 고가 깊숙이 들어가 있는 좁은 아침 식탁에 그는 앉아 있었다. 난롯불이 벽에 나불거리고 유리창 바깥으로 귀신이 나올 듯한 어둠살이 강 위에 깔리고 있었다. 난로 앞에서는 노파가 한 사람 분주하게 차 준비를 하면서 나지막한 소리로 신부니 의사가 하더라는 말을 옮기고 있었다. 또 요즘 그들이 자기에게서 본 몇 가지 변화며 이상한 언동에 대해서도 이런저런 이야기를 했다. 가만히 그런 말에 귀를 기울이면서 둥근 문이니 땅속의 둥근 굴이니 꼬불꼬불한 갱도니 둡닐 모양의 갱혈이니 하는 석탄을 둘러싸서 벌어지는 여러 가지 모험을 그는 마음속으로 뒤밟아갔다.

문득 그는 문간에 무엇이 있는 것 같은 눈치를 챘다. 어슴푸레하니 해골 같은 머리가 허공에 떠올랐다. 원숭이처럼 생긴 가냘픈 몸집의 인간이 난롯가의 사람 소리에 이끌려 온 것이었다. 모기 우는 듯한 소리가 문간에서 울렸다.

"조세핀이냐?"

분주하게 설치던 노파는 난롯가에서 쾌활하게 대답했다.

"아니, 엘렌, 스티븐이야."

"응…… 응, 잘 있었니, 스티븐."

그가 인사에 대답하니까 문간에 나타난 얼굴에 우둔한 미소가 떠오르는 것이 보였다.

"무슨 일이냐, 엘렌?"

난롯가의 노파가 물었다.

그러나 그는 거기에는 대꾸도 않고 말했다.

"난 조세핀인 줄 알았지. 너를 조세핀인 줄 알았구나, 스티븐."

이런 말을 몇 번이고 되풀이하면서 그는 힘없이 웃기 시작하는 것이었다.

해롤드 크로스에서 아이들 파티가 벌어지고 있는데 그는 앉아 있었다. 입을 다물고 남을 경계하는 버릇이 심해져서 그는 노는 데 섞이는 일이 좀처럼 없었다. 아이들은 폭죽에서 튀어나온 고깔 모자 같은 것을 덮어쓰고 시끄럽게 뛰어놀고 있었다. 그 역시 이러한 즐거움 속에 같이 뛰어들고 싶었으나 화려한 고깔모자나 밀짚모자 속에 끼어든 자기가 침울하기 짝이 없는 것처럼 느껴졌다.

그러나 자기 노래를 부르고 난 다음 방의 한 모퉁이 아늑한 곳을 찾아 들어가면 그는 고독의 즐거움을 맛볼 수 있었다. 초저녁에 그렇게도 헛되고 소용없이 보이던 환락의 즐거움이 이제는 그의 감각을 화려하게 스치고 그의 피의 열띤 약동을 뭇사람 눈에서 감싸주는 화창한 바람결처럼 느껴졌다. 그러는 동안 빙빙 돌면서 춤추는 사람들을 뚫고 음악과 웃음소리에 싸여 소녀의 시선은 그가 있는 구석으로 찾아와 그의 마음을 아첨꾼처럼 아기자기하게 해주는 것이었다.

현관 홀에서는 맨 나중까지 남아 있던 아이들이 떠날 채비를 하고 있었다. 파티가 끝난 것이다. 소녀는 숄을 걸쳤다. 같이 철도 마차 쪽으로 가면서 그가 내뿜는 따스한 입김이 덮어쓴 두건 위로 경쾌하게 흐르고 거울 표면 같은 길 위를 밟아가는 구두 소리가 즐겁게 울렸다.

막차였다. 여윈 고동색 말도 그것을 알고 있는지 경고하듯 칼칼한 밤하늘에 방울 소리를 울렸다. 차장과 운전수는 이야기를 주고받으면서 초록빛 램프 속에서 자주 고개를 끄덕였다. 마차의 빈 자리 위에는 차표가 두서너 장 흩어져 있다. 거리에는 오가는 사람의 발소리도 들리지 않았다. 한밤중의 고요함을 깨는 소리 하나 없이 다만 고동색 말이 코를 비비고 방울을 흔들 따름이었다.

두 사람은 가만히 귀를 기울이고 있는 듯했다. 그는 윗단에 소녀는 아랫단에서. 말을 주고받는 사이에 소녀는 몇 번이고 그가 있는 곳으로 올라왔다가 다시 내려가곤 했다. 한두 번인가는 윗단 그의 곁에 와 몸을 가까이 하고 서서 내려가는 것도 잊고 있다가 다시 아랫자리로 내려가기도 했다. 그의 마음은 조수에 밀려 움직이는 코르크같이 소녀의 움직임에 따라 울렁거렸다. 고깔 밑으로 소녀의 시선이 그에게 던지는 말을 들으면서, 그는 꿈인지 생시인지 분간조차 못 할 어렴풋한 과거 언젠가에 그 눈이 들려주던 이야기를 들은 적이 있었던 것만 같았다. 소녀가 화려한 옷이며 허리띠며 긴 검정 스타킹의 사치스러움을 과시하는 것을 보면서 그는 자신이 이미 몇천 번이고 그런 것에 굴복해버린 일이 있었음을 깨달았다. 그런데도 그의 내심의 소리는 울렁거리는 심장의 고동을 넘어 그에게 묻는 것이었다. 손을 내밀기만 하면 잡을 수 있는 이 소녀의 선물을 너는 받을 작정이냐고. 그때 그의 머릿속에 떠오른 것은, 언젠가 아일린과 같이 서서 호텔의 정원을 들여다보던 날 아일린이 깔깔대고 웃으면서 구부러진 언덕길을 내려가던 모습이었다. 지금도 그때처럼 눈앞의 광경을 가만히 보고 있는 듯 그는 멍하니 한군데 서 있었다.

'저 여자도 내가 잡아주기를 기다리고 있구나.'

그는 생각했다.

'그래서 나를 따라 마차에까지 온 것이지 뭐냐. 여기까지 올라왔을 때 잡으려면 문제 없지. 보고 있는 사람도 아마 없을걸. 껴안고 키스도 할 수 있겠구나.'

그러나 그는 그 어느 쪽도 하지 않았다. 다만 텅 빈 마차 안에 홀로 앉아 차표를 갈기갈기 찢고는 마차의 주름진 디딤 발판을 침울하게 응시할 뿐이었다.

이튿날 그는 텅 빈 2층 방 책상머리에 몇 시간이고 앉아 있었다. 앞에는 새 펜, 새 잉크병, 에메랄드빛의 새 공책이 놓여 있었다. 버릇이 되어서 그는 공책 첫 면 맨 위에 예수회 표어의 머리 글자 AMDG를 써놓고 있었다. 그 면의 첫줄에는 그가 쓰고자 하는 시의 제목이 'EC에게 바치다'라고 씌어 있다. 바이런 경의 시집에서도 이와 비슷한 제목을 본 적이 있으니 그렇게 시작해도 상관없을 듯했다. 이 제목을 쓰고 그 밑에다 장식선을 긋고 나서 그는 멍하니 공상에 잠겨 공책 표지에다 이런저런 도형 모양을 그리기 시작했다. 그러면서 그는 브레이에서 크리스마스 만찬 때 말다툼이 일어난 다음날 아침 책상머리에 앉아 있던 자기 모습을 머리에 떠올렸다. 그때 나는 아버지의 세금 2분기 고지서 뒤쪽에다 파넬에 대한 시를 쓰려고 했지. 그러나 머리가 잘 돌지 않아 주제를 다룰 수 없어 그만두고 몇 사람의 학교 동무의 이름이랑 주소로 그 종이 조각을 메워버렸지.

    로데릭 키캄
    존 로튼
    앤터니 먹스위니
    사이먼 무넌

    지금도 역시 써질 것 같지 않았다. 그렇지만 간밤의 일을 이리저리 생각해보고 있으니까 어쩌면 자신이 생길 것도 같았다. 그렇게 하고 있노라니까 평범하고 보잘것없이 생각되는 것들은 감쪽같이 자취를 감춰버렸다. 철도 마차고 마부고 말이고 다 흔적도 없어져버리고 심지어 그와 소녀도 모습이 흐릿하게 되어버렸다. 시는 다만 그 밤과 향긋한 산들바람과 숫처녀와도 같은 달빛만을 노래했다. 형언할 수 없는 슬픔이 잎이 진 나무 아래 말없이 서 있는 주인공 가슴속에 깃들고 작별의 시간이 다가왔을 때 여태껏 참고 참아 온 입맞춤을 두 사람은 주고받는 것이었다. 이러한 구절을 쓴 다음 책장 끝에다 LDS(영원히 하느님을 칭송하다)라고 적었다. 공책을 감춘 다음 그는 어머니 침실에 들어가 화장대 거울에 비친 자기 얼굴을 오랫동안 바라보았다.

하지만 이 오랫동안의 한가하고 자유롭던 시간도 끝장이 가까워왔다. 어느 날 그의 아버지는 소식을 잔뜩 안고 집에 돌아와 저녁 먹는 동안 내내 지껄였다. 그날 저녁은 양고기 해시 요리가 나오게 되어 있어 고기 국물에 빵을 담가 먹게 될 줄 알고 있었기 때문에 스티븐은 아버지가 돌아오는 것을 기다리고 있었다. 그런데 클론고즈 이야기가 나오는 바람에 그만 불쾌한 기분이 찌꺼기처럼 입 안을 덮어버려 그는 해시 요리맛도 구미가 당기지 않았다.

"그분을 우연히 만났지."

디달러스 씨는 네 번씩이나 되풀이 했다.

"네거리 광장에서 말이야."

"그럼 그분은 수속을 다 해주실 수 있겠죠. 벨베디어 이야기 말이에요."

디달러스 부인이 말했다.

"그야 물론이지. 그분이 지금은 교구장이라고 얘기하지 않았던가?"

디달러스 씨는 말했다.

"저애를 '크리스찬 형제 수도회' 학교에 보내고 싶은 생각은 조금도 없어요."

디달러스 부인은 말했다.

"크리스찬 형제 수도회라니 안 될 말이지!"

디달러스 씨는 말했다.

"퀴퀴한 패디니 흙투성이 미키니 하는 따위와 같이 섞이게 하다니 천만에. 어차피 처음부터 거기서 했으니 하느님께 맹세코 예수회 쪽으로 보내야 해. 커서도 그게 이 애한테 좋단 말이야. 적당한 직장도 마련해줄 수 있는 사람들이거든."

"그리고 예수회라면 돈도 많지 않아요, 그렇죠?"

"아무렴, 넉넉한 곳이고말고. 클론고즈의 음식을 보지 않았나? 싸움닭 모이 잘 주듯이 아주 잘 먹여주는 곳이야."

디달러스 씨는 자기 쟁반을 스티븐에게 내밀면서 남아 있는 것을 먹어치우라고 했다.

"자, 스티븐."

그는 말했다.

"이제부터는 정신 차려서 해야 해. 오랫동안 쉬었으니까 말이야."

"아무렴, 틀림없이 공부 열심히 할 거예요. 더구나 이번에는 모리스도 같이 있으니까."

디달러스 부인은 말했다.

"응, 그렇지, 모리스 일을 깜박 잊었군."

디달러스 씨는 말했다.

"얘, 모리스, 너 이리 온. 이 바보 녀석! 이제 널 학교에 보내줄 테니, 캣을 cat이라고 쓰는 것도 배워야 해, 알겠니? 그리고 코를 닦도록 조그만 예쁜 손수건도 사줄 거야. 어때 좋지, 응?"
　모리스는 싱글벙글하면서 아버지와 형을 번갈아 보았다.
　디달러스 씨는 외알박이 안경을 눈에다 끼우고 아들 둘을 빤히 쳐다보았다. 스티븐은 아버지가 봐도 모르는 체하고 빵만 씹고 있었다.
　이윽고 "그건 그렇고" 하며 디달러스 씨가 입을 열었다.
　"교장 선생이라기보다 교구장님이지만 너와 돌란 신부님과의 그 이야기를 아셔. 그 녀석 건방진 놈이라고 하시더라."
　"아니, 여보, 그런 얘기를 설마!"
　"정말이야."
　디달러스 씨가 말했다.
　"어쨌든 그 이야기의 자초지종을 얘기해주시던데. 얘기 꽃이 피어서 말이야, 이 이야기 저 이야기 끝이 없었지. 그런데 말이야, 시청의 그 자리를 누가 맡을 것 같다고 얘기해주셨는지 알아? 지금 말대로 아주 다정하게 말을 주고받고 하는데 그분께서 이 애가 지금도 안경을 쓰고 있느냐고 물으신단 말야. 그러고는 그 이야기의 자초지종을 들려주셨어."
　"그분 화를 내셨던가요?"
　"화를 내다니! 천만에. '거 사내자식 같다'고 말씀하시던데."
　디달러스 씨는 교구장의 거들막진 코에 걸린 소리를 흉내냈다.
　"돌란 신부와 내가 말이외다, 식사 때 여러분에게 얘기한 적이 있는데 둘이 이 일로 한바탕 웃어댔지요. '돌란 신부님, 조심하셔야겠소이다' 하고 내가 말했죠. '그렇지 않다간 디달러스 소년에게 아홉의 곱인 열여덟 번은 매를 맞게 될 게요.' 그랬더니 다들 한바탕 웃음판이 벌어졌어. 핫, 핫, 핫!"

디달러스 씨는 아내 쪽을 보고 자기 말투로 돌아가서 말했다.

"어때, 이걸 봐도 이 학교에서 아이들을 맡아 기르는 정신을 알 수 있지. 뭐니뭐니해도 외교적 수완에는 예수회 사람이 그만이야."

그는 다시 교구장 말을 흉내내면서 되풀이했다.

"식사 때 내가 그 얘기를 해줬는데 돌란 신부고 나고 모조리 한바탕 웃음판이 벌어졌단 말이오. 핫, 핫, 핫!"

성령 강림절날 연극의 밤이 왔다. 스티븐은 분장실 창가에서 중국식 초롱이 줄줄이 달려 있는 좁은 잔디밭을 내다보았다. 내빈들이 교사의 층계를 내려와 학예회장 안으로 들어가는 것에 정신이 팔려 있었다. 야회복을 걸친 접대 담당과 벨베디어의 동창회 교우들이 입구 여기저기 떼를 지어 서성거리면서 내빈이 오면 정중히 안내했다. 초롱이 별안간 밝아지는 바람에 신부의 방긋 웃는 얼굴이 하나 떠올랐다. 성체는 이미 감실에 옮겨다 모셔놓았으며 앞줄 의자는 뒤로 밀어서 제단의 높은 곳과 그 앞 공간을 널찍하게 터놓았다. 벽에는 제조용 바벨과 곤봉이 몇 벌이고 세워 있고 한 구석에는 아령이 수북하게 쌓여 있었다. 그리고 체육화니 스웨터니 속옷 등을 싸놓은 어수선한 감색 보따리가 산더미같이 쌓여 있는 한가운데 가죽으로 싼 튼튼하게 보이는 목마(木馬)가 하나 체육 경기가 끝난 다음 무대 위에 올려져 우승 팀의 한가운데 세워질 차례를 기다리고 있었다.

스티븐은 작문을 잘 쓴다고 이름이 나서 학생 위원에 뽑혔지만 이번 프로그램의 1부에는 관계하지 않고 2부를 이루는 연극에서 우스꽝스러운 학교 선생 역을 맡았다. 이 역도 키가 크고 태도가 침착하다는 탓으로 맡았지만 그는 벨베디어에 들어와 이미 2년이 끝나가 제2급생이 되어 있었다.

흰 반바지에 셔츠 바람으로 20명 남짓한 하급생들이 우르르 무대 위에서 내려와 제구실(祭具室)을 지나 성당 안으로 들어갔다. 제구실과 성당은 선생과 학생들로 열기가 가득 차 있었다. 뚱뚱보 대머리 부사관(副士官)이 목마의 도약판을 발로 구르면서 시험해보고 있었다. 무슨 복잡한 곤봉 체조를 특별히 보여주기로 되어 있는 긴 외투의 호리호리한 청년이 가까이 서서 그것을 재미있게 보고 있다. 은빛깔로 칠해놓은 곤봉이 그의 깊숙한 옆호주머니에서 내다보였다. 또 하나의 팀이 무대에 나설 준비를 하고 있는데 그 목아령의 덜그렁거리는 소리가 들려왔다. 그러자 감독 선생은 안달이 나서 수단 소매를 마구 너풀거리면서 뒤에 처진 아이들을 큰 소리로 재촉하고 거위 떼 몰아내듯 제구실에서 몰아냈다. 나폴리 농부 한 무리가 성당 한쪽 구석에서 스텝을 밟고 있었다. 머리 위로 팔을 흔드는 아이도 있고 오랑캐꽃 조화가 든 광주리를 흔들면서 무릎을 굽혀 인사를 하는 아이도 있었다. 성당의 컴컴한 한 모퉁이 제단 북쪽에 건장한 늙은 부인이 한 사람 널찍한 검은 스커트를 펴고 무릎을 꿇고 있었다. 그가 일어서니까 또 하나 보랏빛 옷을 입은 모습이 드러났다. 고수머리의 금빛 가발을 쓰고 구식 밀짚모자를 머리에 얹고 눈썹은 검게, 그리고 볼은 연지를 찍고 분을 바른 모습을 하고 있었다. 이 처녀 같은 모습이 나타나자 호기심에 찬 나지막한 소곤거림이 성당 안에 퍼졌다. 감독 선생 하나가 웃는 얼굴로 고개를 끄덕이면서 그 어두운 구석으로 다가서더니 건장한 노부인에게 인사를 하고 장난하듯 말을 걸었다.

"텔론 부인, 데리고 온 분은 어여쁜 아가씨오니까, 아니면 인형이오니까?"

그러고는 허리를 굽혀 밀짚모자의 넙찍한 챙 아래 웃고 있는 짙은 화장의 얼굴을 들여다보더니 소리를 질렀다.

"야, 이건 역시 틀림없는 버티 텔론 군이로군!"

창가에 자리잡고 있던 스티븐은 노부인과 신부가 다같이 웃는 소리를 들었다. 그리고 혼자서 밀짚모자 춤을 추기로 되어 있는 이 소년을 보려고 앞으로 몰려드는 아이들의 감탄의 소곤거림도 들었다. 그는 어쩐지 초조해서 가만히 있을 수 없었다. 창의 커튼 끝을 내리고는 서 있던 긴의자에서 내려와 성당 바깥으로 나와버렸다.

교사를 빠져나와 뜰 한쪽에 서 있는 창고 아래서 서성거렸다. 건너편 학예회장에서는 구경꾼들의 짓눌린 듯한 소음이며 군악대가 울리는 쇠 부딪치는 소리가 느닷없이 들려오기도 했다. 유리 지붕 위로 퍼지는 광선 때문에 학예회장은 흡사 폐선 같은 집들 사이에 닻을 내린 흥겨운 방주(方舟)처럼 보였다. 조롱을 매단 그 가느다란 밧줄이 이 배를 계류장에 달아 매는 로프 같기도 했다. 회장 옆문이 별안간 열리고 광선이 한 줄기 잔디밭에 흘렀다. 갑작스레 음악 소리가 방주에서 터져 나왔다. 왈츠의 서곡이다. 옆문이 다시 닫히고 난 뒤에도 귀를 기울이고 있으면 음악의 희미한 리듬이 들려왔다. 서주의 정감과 그 나른하고 경쾌한 음조로 해서 어쩐지 온종일 그는 불안했고 또 조금 전만 해도 초조한 동작을 금할 수 없었던 것이다. 불안은 음파처럼 그에게서 흘러나왔다. 그 흐르는 음악을 타고 방주는 초롱의 밧줄을 이끌면서 나아가고 있었다. 그때 난쟁이 포병대를 연상케 하는 소음이 음악의 흐름을 깨뜨렸다. 그것은 아령 팀이 무대 위로 올라오는 것을 환영하는 박수 소리였다.

창고의 건너편 끝 도로 가까이서 한 점의 불그레한 불빛이 떠올랐다. 그쪽으로 걸어가면서 그는 향긋한 냄새가 약간 풍기는 것을 느꼈다. 학생이 두 사람 문간에 숨어 담배를 피우고 있었다. 그 곁에까지 가기도 전에 벌써 목소리로 그가 헤런인 것을 알 수 있었다.

"다달러스 각하께서 듭시오!"

목쉰 소리가 들렸다.

"친구여, 환영하나이다!"

이 환영의 말은 조금도 즐겁지 않은 껄껄거리는 부드러운 웃음소리로 끝나버렸다. 헤런은 이마에다 손을 대고 경의를 표하고서 쥐고 있던 단장으로 땅바닥을 치기 시작했다.

"자, 대령했소."

스티븐은 발을 멈추며 헤런에게서 그 친구에게로 눈을 돌렸다.

스티븐이 모르는 학생이었다. 그러나 어둠 속에 타오르는 담뱃불 덕택으로 그 미소가 천천히 퍼지는 파리한 멋쟁이 얼굴이며 외투를 입은 홀쭉한 몸집이며 머리에 얹은 중산모 등을 분간할 수 있었다. 헤런은 소개 같은 귀찮은 일은 아예 집어치우고 이렇게 말했다.

"지금 막 내 친구 월리스 군과 얘기하던 참이야. 오늘 저녁 자네가 학교 선생역을 하는데 교장 흉내를 내면 무척 재미가 있을 것이라고 했지. 굉장히 재미있을걸세."

헤런은 친구인 월리스가 들으라고 교장의 훈장연한 저음을 흉내냈으나 잘 안 되니까 웃음으로 얼버무리면서 스티븐에게 한번 해 보라고 청했다.

"디달러스, 해보라니까."

그는 재촉했다.

"너는 흉내를 내도 근사해. '에헴, 교회의 말조차도오 듣지 않거드은 그를 이방인이나아 세리처러엄 여기라아(마태오복음 8:17)'."

이 흉내도 물부리에 담배가 너무 단단히 끼여서 월리스가 무어라 홧김에 중얼거리는 바람에 중단되었다.

"이 망할 놈의 물부리 좀 보라구!"

그는 그것을 입에서 떼더니 싱긋 웃고는 그 물부리를 보면서 상을 찌푸렸다.

"언제든지 이렇게 막힌단 말이야. 자네도 물부리를 쓰나?"

"난 담배 피우지 않아."

스티븐은 대답했다.

"아무렴."

헤런이 말했다.

"디달러스는 모범생이니까. 담배를 피우나 시장엘 가나 계집아이하고 장난을 치나 뭐든지 하지 않으니까."

스티븐은 고개를 저으면서 상대방의 상기된, 곧잘 움직이는 새와 같이 삐죽 나온 얼굴에 웃음을 던졌다. 빈센트 헤런〔헤런은 백로라는 뜻〕은 이름도 그렇지만 얼굴까지 새 같으니까 이상한 일도 다 있구나 하고 스티븐은 곧잘 생각해본다. 윤기 없는 헝클어진 머리털을 구겨진 닭볏같이 이마에 걸치는데 그 이마라는 것이 좁고 울퉁불퉁한데다 엷은 빛깔의 무표정한 두 눈이 서로 붙어서 튀어나온 중간에 가느다란 매부리코가 솟아 있었다. 언제나 맞수이자 친한 학우이기도 했다. 교실의 자리도 같고 성당에서 무릎을 꿇을 때도 같이 하고 기도를 올린 다음 점심을 먹으면서 이야기도 같이 주고받는 사이다. 상급 아이들이 별로 뚜렷하지 못한 둔재들뿐이라 스티븐과 헤런은 사실상 전 학생의 우두머리였다. 교장한테 가서 휴업을 청한다든가 아이들 처벌을 용서해달라든가 하는 것도 둘이서 맡아왔다.

"아, 그런데 말이야."

헤런이 별안간 말을 꺼냈다.

"너의 아버지가 들어가시는 걸 봤다."

스티븐의 얼굴에서 미소가 사라졌다. 아이들이건 선생이건 아버지 이야기를 조금이라도 꺼내면 그는 당장에 마음이 동요되었다. 또 헤런이 무슨 말을 꺼내는가 하고 그는 얼떨떨한 침묵 속에서 기다렸다. 그러나 헤런은 그것도 모르느냐는 듯 팔꿈치로 슬쩍 찌르면서 말했다.

"너, 약구나."

"그건 또 무슨 말이야?"

스티븐은 말했다.

"이 녀석 시침 뚝 떼고 있지만 그래도 난 안 넘어가. 약은 척해도 소용없어."

헤런은 말했다.

"실례지만 무슨 말씀을 하고 계시는지?"

스티븐은 점잔을 빼면서 말했다.

"그래 가르쳐주지."

헤런은 대답했다.

"우리 그 계집애를 봤다. 그렇지, 월리스? 굉장한 미인이던데. 게다가 왜 그리 궁금증은 많은지 '디달러스 씨, 스티븐은 뭘 맡았습니까? 디달러스 씨, 스티븐은 노래 안 해요?' 너희 아버지는 그 안경 너머로 계집애를 뚫어지게 보고 있더라. 아마 네 일을 다 알아차린 모양이야. 까짓것 나 같으면 그런 것쯤 보통이지만. 그 애 아주 근사하던데. 그렇지, 월리스?"

"과히 나쁘지 않아."

월리스는 물부리를 다시 입에다 물면서 조용히 대답했다.

모르는 사람 앞에서 이렇게 노골적인 말을 듣자 스티븐의 마음에 노여움이 화살같이 일순간 스쳐갔다. 한 소녀의 관심이나 존경쯤 그에게는 조금도 달갑지 않았다. 해럴드 크로스의 철도 마차 계단에서 작별을 한 일, 그것이 가슴속에 사무쳐 음울한 감성이 흐르던 일, 그리고 그것을 시로 적던 일, 그런 것만을 그는 온종일 생각하고 있었다. 연극을 보러 올 줄 알고 있었기에 다시 만나게 되는 일을 온종일 머리에 그리고 있었다. 그때 파티의 밤과 같이 옛적의 그 초조하고 음울한 기분이 다시금 가슴에 찼으나 이번에는 시로써 가실 수는 없었다. 그때와 지금과의 사이에는 소년기 이래 2년 동안의 성숙과 지식이 가로놓여 이미 그 길은 막혀 있었다. 마음속에 갇혀 있는 울적하고 야릇한 심정이 진종일 어두운 흐름과 소용돌이를 이루어 물살처럼 빠졌다 찼다 하다가 이윽고 지칠 대로 지쳐 감독 선생의 웃음소리와 화장한 소년 바람에 그만 참지 못하고 튀어나온 것이었다.

"자, 이젠 인정하는 게 좋을걸."

헤런은 말을 이었다.

"이번엔 틀림없이 네 정체를 알아냈단 말이야. 이제부터는 나 보고 성인인 체하진 못할걸. 어림도 없지."

조금도 즐겁지 않은 부드러운 껄껄 웃음이 그의 입에서 새어 나왔다. 그러고는 앞서와 같이 몸을 굽히고 단장으로 나무라듯 스티븐의 장딴지를 살짝 때렸다.

스티븐의 노여움은 이미 사라지고 없었다. 그는 뽐내고 싶지도 않았고 그렇다고 어리둥절할 것도 없었다. 다만 이런 희롱은 그만 해줬으면 하는 심정뿐이었다. 어리석고 노골적인 것같이 생각되는 이 행동에 화가 나는 일은 거의 없었다. 자기의 가슴속 사랑의 모험이 이런 몇 마디 말로 위태롭게 될 턱은 없다는 자신이 있었기 때문이다. 그리하여 그의 얼굴에도 상대방의 꾸민 웃음이 반사되어 나타났다.

"인정해!"

헤런은 되풀이하더니 단장으로 스티븐의 장딴지를 또 한번 쳤다.

장난삼아 친 것이지만 처음만큼 가볍지는 않았다. 스티븐은 살가죽이 따끔하고, 아프지는 않지만 약간 달아오르는 것을 느꼈다. 상대방의 장난에 응하듯 그는 순순히 고개를 숙이고는 고해문을 읊기 시작했다. 그 바람에 이 한바탕의 사건은 무사하게 끝났다. 헤런이나 월리스는 이 불경의 행위를 웃으면서 용서해줄 생각이 났기 때문이다.

고해는 다만 스티븐의 입에서만 나왔다. 그 말을 읊으면서 불현듯 그는 또 하나의 정경이 머리에 떠올랐다. 헤런이 웃고 있는 입가에 보일락 말락한 잔인한 보조개를 알아채고 장딴지를 갈기는 단장의 그 몸에 익은 일격을 느끼고, 또 "인정해!" 하고 말하는 그 귀에 익은 훈계를 듣던 순간 그에게는 마법과도 같이 떠오르는 하나의 정경이 있었다.

그것은 그가 이 학교 6반에 편입한 해의, 그러니까 첫 학기도 마지막이 될 무렵이었다. 그의 섬세한 성격으로서는 감당키 어려운 혼탁한 삶의 현실에 부딪혀 그냥 상처를 부둥켜안고 있었다. 더블린의 삭막한 양상에 그의 마음은 아직도 마음의 평온을 잃고서 의기소침해 있었다. 지금까지의 꿈 같은 생활에서 깨어나니까 자기가 새로운 무대의 한복판에 놓여 있음을 알게 되었다. 사사긴긴이 그리고 사람마다 그에게 심각한 영향을 주었다. 실망을 안을 때도 있고 유혹을 느낄 적도 있었다. 그 어느 쪽이든 그에게는 항상 불안과 고통만이 차 있었다. 학교 생활에서 남은 여가는 모조리 과격파 작가들을 친구삼아 보냈다. 이 작가들의 조소와 격렬한 언사는 미처

가시기도 전에 그의 머릿속에서 발효되어 자신의 미숙한 문장을 빚어내기도 했다.

작문은 그에게 1주일의 학과 중 가장 중요한 것이었다. 그래서 언제나 화요일에는 집에서 학교로 가면서 도중에 일어나는 여러 가지 사건으로 자신의 운명을 점쳤다. 앞에 가는 사람과 경쟁을 함으로써 어떤 목표에 이르기 전에 앞지르게끔 발걸음을 재촉한다든가, 보도에 박아놓은 돌을 하나 하나 조심해서 밟아 나간다든가, 이렇게 해서 그 주의 작문이 첫째가 될 것인가 아닌가를 혼자 점쳤다.

어느 화요일의 일이었다. 그의 연승은 무참히도 깨져버렸다. 영어 교사인 테이트 선생이 그를 가리키면서 퉁명스럽게 말했다.

"이 학생 작문에는 이단 사상이 들어 있어."

교실 안이 잠잠해졌다. 테이트 선생은 그 침묵을 깨뜨리지 않고서 가랑이 사이에다 손을 쑤셔 넣었다. 풀을 빳빳하게 먹인 와이셔츠가 목 언저리와 손목 있는 데서 바스락 소리를 냈다. 스티븐은 얼굴을 쳐들지 않았다. 싸늘한 이른 봄날 아침이라 그의 눈은 아직도 쑤시고 잘 보이지 않았다. 그는 일이 뒤틀려 발각된 것이라고 느끼고 자기 사상과 가정의 혼탁함을 의식하면서 겹침 칼라의 딱딱하고 날이 선 언저리를 목덜미에 느꼈다.

테이트 선생이 큰 소리로 잠깐 웃는 바람에 교실 안 학생들 마음이 얼마간 긴장을 풀었다.

"아마 군도 잘 몰랐겠지."

그는 말했다.

"어디가요?"

스티븐이 물었다.

테이트 선생은 쑤셔 넣었던 손을 꺼내면서 작문지를 폈다.

"여기야. 조물주와 영혼에 관한 대목인데 음…… 음…… 아! 여기로군. '영원히 가까이 갈 가능성 없이.' 이건 이단이야."

스티븐은 중얼거렸다.

"'영원히 도달할 가능성 없이'란 뜻으로 썼는데요."

그렇게 양보를 하고 나니까 테이트 선생도 마음이 풀렸는지 작문지를 집어 그에게 돌려주면서 말했다.

"응…… 그래, '영원히 도달한다.' 그렇다면 이야기는 다르겠군."

그러나 한 반 아이들은 그렇게 쉽사리 마음을 풀려고 들지 않았다. 시간이 끝나고 나서 누구 하나 이 일에 대해 뭐라고 하는 학생은 없었지만, 다들 심술궂게 잘됐다고 생각하고 있는 것을 어렴풋이 느낄 수 있었다.

이렇게 사람들 앞에서 꾸지람을 듣고 난 며칠 뒤의 어느 날 밤, 그가 편지를 들고 드럼콘드러 거리를 걸어가고 있는데 부르는 소리가 났다.

"여봐!"

돌아다보니까 같은 반 학생이 셋 어두컴컴한 속에서 이쪽으로 오고 있었다. 부른 것은 헤런이었다. 두 사람의 부하를 좌우에 거느리고 오면서 그는 걸음걸이에 맞춰 가느다란 단장을 공중에 휘젓고 있었다. 단짝인 볼랜드가 싱글벙글 웃음을 띠면서 나란히 걷고, 몇 발짝 뒤떨어져 내시가 따라붙느라고 하아하아 하면서 그 크고 붉은 머리를 흔들며 쫓아왔다.

　그들은 클론리프 거리로 방향을 틀자마자 책이니 작가 이야기를 꺼냈다. 무슨 책을 읽었느니 자기 집의 아버지 책장에는 몇 권쯤 책이 있으니 하는 따위의 이야기였다. 스티븐은 그것을 들으면서 약간 놀란 것이 볼랜드는 반에서 바보고 내시는 게으름뱅이기 때문이었다. 아니나 다를까 각기 좋아하는 작가를 한참 이야기하던 끝에 내시는 캡틴 매리어트〔유명한 해양 소설가〕가 최대의 작가라고 단정했다.

　"바보 같은 소리 말아!"
　헤런은 말했다.
　"디달러스에게 물어봐. 최대의 작가는 누구지, 디달러스?"
　스티븐은 그 질문 속에 숨어 있는 야유를 알아채면서 말했다.
　"산문 작가 말이니?"
　"그래."
　"뉴먼이라고 생각해."
　"카디널 뉴먼〔영국의 가톨릭 신학자, 문필가, 추기경이었음〕 말이니?"
　볼랜드가 물었다.
　"그래."
　스티븐은 대답했다.
　내시는 주근깨투성이의 얼굴을 싱글벙글하면서 스티븐을 돌아보고 물었다.
　"그럼 넌 카디널 뉴먼이 좋단 말이지, 디달러스?"
　"암, 뉴먼이 제일 가는 산문 문체를 갖고 있다고 다들 말하고 있어."

헤런이 다들 두 사람에게 설명해주었다.

"물론 시인은 아니지만."

"그럼 제일 가는 시인은 누구냐, 헤런?"

볼랜드가 물었다.

"그야 물론 테니슨 경이지."

헤런이 대답했다.

"아무렴, 테니슨 경이구말구. 우리 집엔 한 권짜리 전집도 있다."

내시가 말했다.

이 말에 스티븐은 남몰래 한 맹세를 잊고 그만 버럭 소리를 질렀다.

"테니슨이 시인이라구! 그건 엉터리 시인이야!"

"바보 같은 소리 말아! 테니슨이 최대의 시인이란 건 누구라도 다 알고 있어."

헤런은 말했다.

"그럼 넌 누가 최대의 시인이라고 생각하니?"

볼랜드가 곁에 있는 친구를 쿡쿡 찌르면서 물었다.

"물론 바이런이지."

스티븐은 대답했다.

헤런이 앞장을 서서 세 사람은 소리를 나란히 하여 비웃었다.

"뭐가 우스워?"

스티븐이 물었다.

"넌 말이야."

헤런은 말했다.

"바이런이 최대의 시인이라구! 그 따위는 무식한 인간이 읽는 시인에 지나지 않아."

"거 아주 훌륭한 시인인데!"

볼랜드가 말했다.

"넌 입이나 다물고 있어."

스티븐은 그를 돌아보고 대담하게 말했다.

"네까짓 게 시를 안다면 학교 교정 석판에 쓰는 낙서 정도야. 그 짓 하다간 지붕 밑 다락방에서 벌이나 서지 별수 있니."

사실 볼랜드는 교정 석판에다 망아지를 타고 학교에서 곧잘 집으로 가는 어느 한 반 아이 이야기를 대구(對句)로 낙서했다는 소문이 있다.

타이슨이 말 타고 가던 곳은 예루살렘
가다가 떨어져 다치게 한 것은 알렉 카푸젤럼.

스티븐의 이 한마디에 부하 두 사람은 입을 다물었으나 헤런은 말을 계속했다.

"아무튼 바이런은 이단자고 품행이 나빴어."

"그런 건 어찌 됐든 좋아."

스티븐은 흥분해서 소리쳤다.

"이단자든 뭐든 상관없단 말이야?"

내시가 따졌다.

"네가 뭘 알아."

스티븐은 소리를 버럭 질렀다.

"번역 말고는 평생에 한 줄도 읽어보지 않으면서. 볼랜드도 마찬가지지 뭐야."

"바이런이 나쁜 인간인 것쯤은 나도 알아."

볼랜드는 말했다.

"자, 이 이단자 녀석을 잡아라."

헤런이 소리를 질렀다.

당장에 스티븐은 포로가 되어버렸다.

"테이트는 지난번에 너를 적당하게 얼버무려주었지."

헤런은 말을 이었다.

"네 작문의 이단 사상 말이야."

"내일 선생님께 일러준다."

볼랜드가 말했다.

"일러줘, 네가? 무서워서 입도 열지 못하는 주제에."

스티븐은 말했다.

"무섭다구?"

"그럼, 맞을까 봐 무섭잖구."

"건방진 소리 말아!"

헤런은 소리를 버럭 지르면서 단장으로 스티븐의 발을 쳤다.

이것이 공격의 신호가 되었다. 내시가 뒤에서 스티븐의 팔을 부둥켜안고 한편 볼랜드는 시궁창에 굴러 있는 기다란 캐비지 그루터기를 움켜쥐었다. 단장으로 휘갈기고 울퉁불퉁한 캐비지 그루터기로 맞으면서 몸부림을 치고 차고 했지만 그는 어느덧 가시 철망에 밀쳐지고 말았다.

"바이런이 나쁜 인간이라고 인정해."

"싫어."

"인정해."

"싫어."

"인정해."

"싫어, 싫어."

사생결단으로 달려들어 겨우 그는 그들을 뿌리쳤다. 그를 괴롭히던 녀석들은 웃음소리를 내고 기세를 올리면서 존스 거리 쪽으로 사라져버렸다. 그는 주먹을 불끈 쥐고 흐느껴 울다 눈물이 고여서 보이지 않는 두 눈을 부릅뜨고 비틀거리면서 걸어갔다.

그가 여전히 고해문을 되풀이하고 듣는 쪽들은 그것을 좋아라고 웃고 있으면서, 또 그때의 헤살궂은 정경이 그의 뇌리를 날카롭게 스쳐가면서도 자기를 괴롭힌 이 인간들에 대해 조금도 원한을 품지 않고 있는 것이 그는 오히려 이상했다. 그들의 비겁하고 잔인함을 털끝만큼이라도 잊고 있지 않으면서 그것이 생각에 떠올라도 조금도 노여움이 솟아나지 않는 것이다. 그래서 책에서 읽어본 격심한 사랑과 미움의 묘사가 그에게는 어쩐지 진실이 아닌 것만 같았다. 그날 밤만 해도 존스 거리를 비틀거리면서 집으로 돌아올 때 그는 갑작스레 솟아난 그 노여움을 슬쩍 가시게 하는 무슨 힘을 느꼈던 것이다. 마치 잘 익은 과일의 껍질이 저절로 벗겨지듯이 말이다.

그는 창고 끝에 두 사람의 친구와 같이 서서 그들의 이야기나 학예회장에서 울려 나오는 박수 소리에 멍하니 귀를 기울이고 있었다. 소녀도 아마 저 속에 끼여서 그가 나타나기를 기다리고 있으리라. 그는 여자의 모습을 머릿속에 그려보려고 했으나 허사였다. 다만 기억되는 것은 고깔같이 머리에다 숄을 둘러썼던 것과 그 검은 눈동자가 그를 사로잡고 그의 기력을 빼앗아 갔다는 사실뿐이었다. 자기 마음속에 그가 자리잡고 있듯이 그의 마음속에도 자기가 들어있을까 하고 생각해보았다. 어둠 속에서 두 사람이 눈치채지 않도록 그는 한쪽 손가락 끝을 다른 손바닥 위에다 살며시 대는 둥 마는 둥하게 얹어본다. 그러나 그때의 여자의 손가락 감촉은 훨씬 더 가볍고도 확고했던 것 같았다. 별안간 그 감촉의 기억이 보이지 않는 물결과도 같이 그의 머리와 온몸을 뚫고 흘러갔다.

소년 하나가 아래로 달려왔다. 흥분해서 숨을 헐떡이고 있었다.

"아, 디달러스."

그는 소리를 질렀다.

"도일 선생이 너 땜에 야단이야. 당장 와서 의상 준비를 하라는 거야. 빨리 가는 게 좋겠어."

"갈 때가 되면 가다고 그래."

헤런이 거만스레 점잔을 빼면서 대꾸했다. 소년은 헤런 쪽을 돌아다보고 되풀이했다.

"그렇지만 도일 선생님이 마구 야단이야."

"도일한테 가서 깍듯이 전해줘, 그 녀석 눈까리가 마음에 안 든다고 말이야."

헤런은 대답했다.

"그럼, 난 가봐야겠어."

스티븐이 말했다. 그런 체면 문제는 그에게는 별로 아랑곳이 없었다.

"나 같으면 가지 않겠다. 가다니, 천만에. 상급생을 이따위로 불러내는 법이 어디 있담. 야단이라고! 그까짓 낡아빠진 엉터리 연극에 나가주는 것만 해도 장한 일이라구."

헤런은 말했다.

이 맞수 친구에게선 요즘 와서 툭하면 시비조로 나오는 우정을 곧잘 찾아낼 수 있었지만, 그렇다고 순순히 따라가던 지금까지의 습관을 스티븐은 버릴 생각이 없었다. 그런 난폭한 태도를 그는 믿지 않았고 또 그런 우정의 성실성조차도 미심쩍었다. 그런 우정이란 어른이 되는 달갑지 않은 전조에 지나지 않는 것 같이 생각되었다. 이런 체면 문제만 하더라도 모든 그런 따위의 것들과 마찬가지로 그에게는 대수롭잖은 것이었다. 걷잡을 수 없는 환영을 찾아 헤매거나 반대로 그런 행동을 결단성 없이 회피하고 있을 때, 무엇보다도 먼저 신사가 돼라, 무엇보다도 먼저 훌륭한 가톨릭 교인이 돼라고 권하는 아버지나 선생님들의 소리가 주위에서 끊임없이 들려왔다. 그러나 그런 소리도 이제는 그의 귀에 공허로이 들릴 뿐이었다. 체육관이 개설되었을 적에는 튼튼하고 사내답고 건강하라는 또 다른 목소리가 들려왔다. 민족 운동이 학교 안까지 파급되기 시작할 무렵에는 또 다른 소리가 조국에 이바지하라, 모국어와 전통을 높이 쳐들게 하라고 했다. 일단 속세에 나오면 부지런히 일해서 몰락한 아버지의 살림을 회복하라고 세상이 말할 것은 뻔했고, 한편 학우들의 소리는 그에게 친절한 인간이 되고 다른 학생의 벌을 용서받도록 하거나 수업을 쉬게끔 전력을 기울여달라고 했다. 이러한 요란스런 공허의 목소리에 귀를 기울이고 있다가는 환영을 쫓아가는 데 다만 엉거주춤하게 될 따름이었다. 이따금씩은 그런 소음에 귀를 기울이는 일도 있었지만, 거기서 멀리 떨어져 소리가 들려오지 않는 데에 혼자 있거나 아니면 환영 속의 친구를 벗삼고 있을 때 그는 오히려 가장 행복함을 느꼈다.

제구실에서는 포동포동하게 생기가 넘치는 얼굴을 한 예수회원과 남루한 푸른 옷을 걸친 중년의 사나이가 갑에 든 그림 물감과 분필을 만지작거리고 있었다. 얼굴을 만들고 난 학생들은 여태 어색한 듯 섰다 돌아다녔다 하면서 얼굴에다 살며시 손을 가져가 조심스레 만져보기도 했다. 제구실 한가운데서는 마침 이 학교에 머물고 있는 젊은 예수회원이 두 손을 양복 옆 주머니에 쑤셔 넣고 발끝과 발꿈치로 서서 박자에 맞추어 몸을 흔들고 있었다. 윤기 있는 붉은 고수머리가 드러나 보이는 작은 머리와 말짱하게 면도질한 얼굴이 깨끗하고 점잖은 수단이며 역시 티 하나 없이 깨끗한 구두와 잘 어울렸다.

이렇게 몸을 흔드는 모양을 바라보면서 스티븐은 이 신부의 미웃는 듯한 미소의 의미를 나름대로 알아내려고 해보았다. 문득 클론고즈에 오기 전 아버지가 하던 말이 생각났다. 예수회원은 입고 있는 옷매무새만 봐도 언제든지 알 수 있다는 것이다. 그런 기억이 떠오르면서 그는 아버지의 속마음과 이 미소를 품고 있는, 훌륭한 의복 입은 사제의 속마음 사이에 엇비슷한 점이 있다는 생각이 들었다. 그러면서 어쩐지 사제의 직책이나 제구실 자체까지가 더럽혀지는 것처럼 느껴졌다. 그 제구실의 여느 때의 조용함이 지금은 떠들썩한 지껄임과 웃음소리로 깨뜨려지고 가스 등불과 기름 냄새로 안의 공기도 탁해져 있었다.

중년의 사나이가 이마에다 주름을 그려주고 턱을 검고 푸르게 칠해주는 대로 있는 사이에 대사는 크게 요점을 확실히 말하라고 시키는 뚱뚱한 젊은 예수회원의 말을 그는 멍하니 듣고 있었다. 악대가 〈킬라니의 백합〉을 연주하는 소리가 들리면서 얼마 안 있어 막이 오르는 것을 알았다. 무대 위에 올라가는 데 겁은 나지 않았으나 자기가 해야 할 역을 생각하니 창피스러웠다. 대사 몇 줄을 머리에 떠올려도 화장한 얼굴이 화끈하니 붉어졌다. 소녀의 열렬한 유인의 눈동자가 관중 사이에서 그를 바라보고 있을 광경이 눈에 떠오르고 그것이 눈에 떠오르자 그의 주저하는 마음은 싹 가라앉고 의지는 굳어졌다. 지금까지 없던 천성을 새로 타고난 듯한 느낌이었다. 주위의 흥분과 젊음이 그에게 감염되어 울적한 불신의 마음이 일변해버렸다. 드물게 갖는 그 한순간 그는 정말 소년다운 기분에 감싸인 것 같았다. 그리고 다른 출연자들과 더불어 무대 곁에 서 있으면서 그는 즐거운 전체 분위기에 휩쓸렸다. 그 분위기 속에서 몸집이 근사한 사제들이 두 사람 드림막을 거세게, 그것도 비틀리게 당겨 올렸다.

잠시 후 그는 번쩍이는 가스등과 어둠침침한 배경에 둘러싸인 무대 위에 서서 허공에 뜬 무수한 얼굴들 앞에서 연극을 하고 있었다. 연습 때에는 뿔뿔이 떨어져 생명 없는 것처럼 보이던 극이 갑작스레 제대로의 생명을 지니게 되는 것을 보고 그는 놀랐다. 이제 극은 제대로 움직여 나가고 그와 다른 배우들은 다만 각자의 역으로 이것을 돕고만 있으면 되는 것 같았다. 마지막 장면에 막이 내리고 허공을 박수갈채가 가득 메웠다. 무대 곁 틈 사이에서 내다보니까 지금까지 연극을 하고 있었던 오직 한 덩어리였던 대상이 이제는 이상하게도 형태를 허물어뜨리고 무수한 얼굴들 사이의 공간이 사방으로 흩어지면서 제각기 분주한 여러 무리로 갈라져 나갔다.

    그는 급히 무대를 떠나 덮어쓴 가장을 벗어 젖히고는 성당을 지나 교정으로 나갔다. 이제 연극이 끝나고 보니 그의 신경은 다시금 모험을 갈구했다. 그는 마치 그 모험에 따라붙기라도 하듯이 발길을 재촉했다. 학예회장 문은 다 열려 있고 관중은 모조리 나가버리고 없었다. 방주의 계류장이라고 공상해본 밧줄에는 두서너 개의 초롱이 밤바람에 흔들거리면서 맥없이 명멸하고 있었다. 행여나 사냥거리를 놓칠세라 그는 정신없이 교정에서 계단을 한달음에 올라갔다. 현관 홀의 법석대는 사람들 사이를 뚫고 두 사람의 예수회원이 퇴장하는 손님들을 전송하고 내빈에게 머리를 숙이며 악수하고 있는 곁을 빠져나갔다. 그리고 더욱 바쁜 듯한 시늉을 하면서 황급하게 앞을 재촉했다. 그러면서 그가 지나간 뒤에서 분가루가 그내로 남아 있는 머리를 보고 사람들이 빙긋이 웃거나 유심히 보거나 서로 팔꿈치를 쿡쿡거리는 것을 어렴풋이 느꼈다.

    입구의 계단까지 나오니까 첫 번째 가로등 밑에 집 식구들이 그를 기다리고 있는 것이 보였다. 첫 눈에 거기 있는 사람들이 모조리 눈에 익은 얼굴들임을 알자 그는 성이 나서 계단을 뛰어내렸다.

"조지 거리까지 심부름 가야 할 일이 있어요. 집에 먼저들 가세요."

그는 아버지에게 다급한 목소리로 얘기했다.

아버지가 묻는 것을 기다리지도 않고 그는 길을 건너 무서운 속력으로 언덕을 뛰어내려가기 시작했다. 어디를 걷는지도 잘 몰랐다. 그의 가슴속에서는 자랑과 희망과 욕망이 마치 짓이겨놓은 약초처럼 그의 마음의 눈앞에 사나운 듯 연기를 올리고 있었다. 상처 입은 자존심과 무너진 희망, 좌절당한 욕망의 불현듯 솟아오른 연기 속을 그는 언덕 아래로 내려갔다. 안개는 사라졌다. 이윽고 주위의 대기는 맑고 싸늘해졌다.

엷은 막은 아직도 그의 눈앞에 가려 있었으나 다시 타오르는 일은 없었다. 지금까지도 자주 노여움이나 원한을 그에게서 덜게 해주었던 힘 비슷한 무언가가 그의 발길을 멈추게 했다. 그는 가만히 서서 시체 수용소의 음침한 현관을 쳐다보고, 그러고는 곁에 있는 자갈길 어두운 골목으로 눈을 옮겼다. 그 골목 안 담벼락에 쓰인 Lotts라는 글자의 골목 이름을 보면서 그는 고약하고 흐리터분한 공기를 천천히 마셨다.

'이건 말오줌과 썩은 짚 냄새로구나' 하고 그는 생각했다.

'맡아보니 좋다. 마음이 가라앉겠다. 이젠 완전히 가라앉았다. 집으로 가자.'

* * *

스티븐은 킹즈브리지에서 다시금 아버지와 나란히 기차의 한쪽 구석에 앉아 있었다. 아버지와 같이 밤차로 코크에 가는 길이었다. 기차가 증기를 내뿜으며 정거장을 나올 때 몇 해 전에 느꼈던 어린애 같은 놀라움과 클론고즈에 처음 가던 날 일들이 생각났다. 그러나 이제는 놀라움도 없어졌다. 미끄러지듯 땅거미가 지고 4초마다 전신주가 소리 없이 창가를 스쳐간다. 말 없는 역무원이 두어 사람 서 있고 불이 껌벅이는 조그만 정거장들은 기차가 스치고 지나가면 뒤로 휙휙 처져 달음박질 선수가 뛰면서 뿌리고 가는 화끈한 알갱이처럼 어둠 속에서 번쩍였다.

그는 아버지가 일러주는 코크 이야기나 젊을 적의 이런저런 추억에 별다른 공감 없이 귀를 기울이고 있었다. 그런 이야기 가운데 죽은 친구의 모습이나 현재의 방문 목적이 문득 되살아오를 때마다, 아버지는 한숨을 짓거나 휴대용 위스키 병을 꺼내서 한 모금씩 들이켜는 통에 이야기는 곧잘 끊어졌다. 스티븐은 듣고는 있었지만 조금도 공감이 가지 않았다. 죽은 사람은 찰즈 할아버지를 빼놓고는 모두 모르는 이들뿐이었다. 그 할아버지의 모습도 요즘 와서 차츰 기억에서 사라져가고 있었다. 그러나 아버지의 재산이 경매에 붙여지게 된 것은 그도 알고 있었으며, 이렇게 재산을 빼앗기게 되고 보니 자기가 무참하게도 현실 세계에서 패배당하고 허황된 공상만 그리고 있음을 느꼈다.

매리버러에서 그는 잠이 들었다. 눈을 떴을 때에 기차는 맬로를 이미 지난 뒤였고 아버지는 맞은편 좌석에 누워 잠이 들어 있었다. 이른 아침 싸늘한 햇빛이 사람 그림자 하나 없는 시골의 들판과 문이 닫힌 농가 위에 퍼져 있었다. 고요한 들판을 내다보고 이따금씩 새어 나오는 아버지의 깊은 숨소리나 갑작스런 부스럭 소리를 듣고 있으니까 그의 마음은 잠의 공포에 사로잡혔다. 보이지는 않지만 근처에 자고 있는 사람들이 있으려니 하고 생각하니까, 그것이 마치 자기를 해치는 것인 양 그는 야릇한 두려움에 가득 차 빨리 날이 새어주었으면 하고 빌었다. 하느님을 향해 드린 것도 성자에게 드린 것도 아닌 그 기도는 이른 아침 찬바람이 기차의 출입문 틈바구니에서 발목으로 소리 없이 스며들자, 몸이 떨리는 것으로 시작하여 기차의 줄기찬 리듬에 맞춰 지어낸 밑도 끝도 없는 싱거운 말로 이어졌다. 그리고 4초마다 나타나는 전신주가 소리 없는 악보의 소절 사이를 오가는 급템포의 음조처럼 느껴졌다. 그 급격한 음조가 두려움을 진정시켜 그는 창가에 기대어 눈을 감았다.

아직 이른 아침에 그들은 2륜 마차를 타고 코크의 거리를 빠져나가 빅토리아 호텔에 왔고 스티븐은 침실에서 모자라던 잠을 채웠다. 환하고 따스한 햇살이 창가로 흐르고 거리의 소음이 들려왔다. 아버지는 화장대 앞에 서서 머리와 얼굴과 콧수염을 꼼꼼이 점검하면서 물주전자 너머로 목을 내밀어보기도 하고 더 잘 볼 수 있게 주전자를 옆으로 당겨보기도 했다. 그렇게 하면서 그는 이상야릇한 악센트와 어조로 혼자서 나직이 노래를 불렀다.

    처녀 총각 장가 가니
    젊은 탓 바보 행실.
    그래서 이내 님아

여기서 작별하세.
어차피 못 고칠 것
차라리 깨고 마세.
그래서 나도 가네
아메리카 먼 곳으로.

이내 님은 좋은 님
이내 님은 고운 님
갓 빚은 위스키네.
맛 좋은 위스키네.
그러나 나이 먹어
식어지면
빛도 잃고 향기 죽네
저 산 위 이슬같이.

창 밖에 햇살이 퍼진 따뜻한 거리를 의식하고 어쩐지 구슬피 즐거운 곡조를 꽃줄 장식처럼 늘어놓은 듯한 아버지 목소리의 떨리듯 부드러운 여운을 듣고 있으려니까, 스티븐의 머릿속에서 간밤의 불유쾌한 기분은 안개처럼 사라졌다. 그는 부리나케 일어나 옷을 입었다. 그리고 노래가 끝나자 말했다.
"그 노래는 아버지의 다른 노랫가락보다 훨씬 좋은데요."
"그러니?"
디달러스 씨는 물었다.

"좋아요."

스티븐이 말했다.

"이거 퍽 오래된 노래다."

디달러스 씨는 말하면서 수염 끝을 꼬았다.

"아, 미크 레이시가 노래하는 것을 네게 들려줬어야 하는 건데. 가엾은 미크 레이시! 그 친구는 이 노래에다 조금씩 변화음을 넣어 장식음으로 멋을 부리는데, 난 그걸 도무지 따라갈 수가 없었다. 노랫가락을 정말 잘 부를 줄 아는 사람이었지."

디달러스 씨는 조반으로 양고기 소시지를 청했다. 식사를 하는 동안에도 웨이터에게 그 지방 소식을 이것저것 묻고 있었다. 누구 이름이 나와도 웨이터는 현재 주인을 생각하고 디달러스 씨는 그 아버지나 조부쯤을 염두에 두고 있기 때문에, 두 사람의 이야기는 대개 서로 엇갈렸다.

"그럼 퀸즈 칼리지는 그냥 그대로 있겠지. 이 아이에게 구경시켜주고 싶어서 그래."

디달러스 씨는 말했다.

마다이크 강 기슭에는 나무들이 한창 꽃을 피우고 있었다. 두 사람은 학교 구내로 들어가서 수다스런 수위의 안내를 받아 대학의 안뜰을 건너질러 갔다. 그러나 이 자갈길을 건너가면서도 열두어 발자국만에 한 번씩은 수위의 대답으로 발을 멈추지 않을 수 없었다.

"응, 그래 그 배불뚝이도 죽었구먼."

"네, 죽었습죠."

이렇게 걸음을 멈추고 있는 동안 스티븐은 거북한 듯 두 사람 뒤에 서성거렸다. 이야기에도 진력이 나서 더딘 걸음걸이나마 어서 다시 걸어줬으면 하고 초조하게 기다렸다. 안뜰을 건너갔을 때쯤 그 초조감은 더해져 화가 치밀 지경이었다. 빈틈 없고 의심 많은 사람이라고 알고 있던 아버지가 어째서 수위의 이런 아첨꾼 같은 태도에 넘어가고 마는지 이상했다. 그렇게 되고 보니 아침 나절에는 듣기 즐거웠던 활기찬 남쪽 사투리도 그냥 역겨워지기만 했다.

　일행은 해부학 계단 교실로 들어갔다. 디달러스 씨는 수위의 도움을 받으면서 거기 자기의 머릿글자가 새겨진 책상을 찾았다. 스티븐은 뒤에 처져 있었으나, 교실의 적막함과 거기 고여 있는 지친 듯 딱딱한 학문적 분위기 때문에 더욱 우울해졌다. 검게 때묻은 책상 뚜껑 위 여기저기에 '태아'라는 글자가 아로새겨져 있는 것이 눈에 띄었다. 그 글씨가 새삼 그의 피를 일깨웠다. 지금은 없는 학생들이 어쩐지 주위를 둘러싸고 있는 듯이 느껴지면서 그 속에 끼는 것이 겸연쩍은 그런 기분이었다. 아버지의 말로도 다시 불러일으키지 못했던 그 학생 생활의 모습이 책상에 아로새긴 그 글자 하나로써 눈앞에 불현듯 떠올랐다. 콧수염을 기르고 어깨 폭이 벌어진 학생이 정신없이 장도로 그 글자를 파고 있다. 다른 학생들은 그 곁에 서거니 앉거니 하면서 그 생김새를 보고 껄껄댄다. 누가 그 학생 옆구리를 찌른다. 그 몸집이 큰 학생은 돌아다보고 상을 찌푸린다. 헐거운 회색 양복에 무두질한 반장화를 신고 있다.

　스티븐의 이름을 부르는 소리가 들렸다. 그 모습에서 될 수 있는 대로 멀리하려고, 그는 교실의 계단을 달려내려가 아버지의 머릿글자에 얼굴을 바싹 대면서 달아오른 얼굴을 가렸다.

그러나 안뜰을 지나 교문 쪽으로 돌아서면서도 그 말과 모습은 눈앞에 뛰놀고 있었다. 지금까지는 자기의 마음속에만 있던, 야수와도 같은 혼자만의 병이라 여겼던 것의 흔적을 바깥 세상에서 찾아내고서 그는 아연했다. 기괴한 환상들이 기억 가운데 앞을 다투어 떠올랐다. 그것도 단순한 말에서 별안간 날뛰듯 뛰쳐나온 것들이다. 그는 이내 이 환상에 굴복하고 이성이 마구 천대받아도 그냥 내버려두었다. 이러한 환상이 어디서 오며 어떤 기괴한 환영의 동굴에서 연유하는 것일까 하고, 그는 늘 이상스레 생각했다. 그리하여 그 바람이 휩쓸고 지나갈 때마다 늘 그는 남에게 대해 비굴해지고 자기 자신에게는 초조함과 혐오감을 느끼는 것이었다.

"응, 그래. 그로써리〔잡화가게〕가 확실히 있었지."

디달러스 씨가 소리를 질렀다.

"스티븐, 내가 그로써리 이야기하던 것 자주 있었지, 알겠나? 다들 출석부에 이름만 올려놓고서 그 집에 얼마나 자주 갔는지 몰라. 떼를 지어서 말이야. 해리 피어드, 꼬마 잭 마운틴, 보브 디어스, 프랑스인인 모리스 모리아티, 톰 오그레디, 그리고 아침에도 애기한 미크 레이시, 조이 코베트, 그리고 호인이었던 탠타일즈의 꼬마 조니 키버스, 이런 친구들이었다."

마다이크 강 기슭 나뭇잎은 햇볕을 받아 소곤거리듯 떨고 있었다. 크리켓 팀이 지나갔다. 플란넬 바지에 블레이저 재킷을 입은 경쾌한 청년들로 그 중의 하나가 긴 초록빛 위켓 백을 걸머지고 있었다. 한적한 골목집에서는 퇴색한 제복을 입은 5인조 야외 악단이

찌그러진 금관 악기를 불고, 거리의 불량배와 게으름뱅이 심부름꾼 아이들이 모여서 듣고 있었다. 흰 모자에 앞치마를 두른 하녀가 한 사람 뜨거운 햇볕을 받아 석회석 조각같이 번들거리는 창문턱에 놓인 화분에 물을 끼얹고 있었다. 환하게 열어 젖힌 또 하나의 창에서는 최고음부까지 높이 솟는 피아노 소리가 들려왔다.

스티븐은 아버지와 나란히 가면서 전에도 들은 적이 있는 이야기에 귀를 기울이고, 아버지의 젊을 때 친구로서 이제는 사방으로 흩어져버렸거나 죽어버린 그 주정뱅이들 이름에 다시금 귀를 기울였다. 그러려니까 그의 가슴속에서 역겨움 비슷한 한숨이 솟아올랐다. 그는 벨베디어에서의 자신의 모호한 입장이 생각났다. 특대생, 자기 권위를 두려워하는 학급 대표, 자존심이 강하고 감수성이 예민하고 의심 많고, 자기 생활의 누추함, 마음의 방자함과 언제나 싸우고 있는 인간. 더러워진 책상 뚜껑에 새겨진 그 글자가 그를 노려보고 그의 나약한 육체와 헛된 정열을 비웃고 있다. 미친 듯한 더럽고 추한 정욕을 스스로 어찌할 수 없는 자신에게 다만 저주가 앞설 뿐이었다. 목에 걸린 침은 쓰디쓰고 더러워 삼켜버릴 수 없고, 가슴속의 역겨움 비슷한 것은 이제 머리까지 치밀어 올라와 그는 잠시 동안 눈을 감고서 아무것도 보지 않은 채 걸어갔다.

아버지의 이야기는 여전히 귓전에 울려왔다.

"얘, 스티븐, 너도 제구실을 할 때가 되거든―그럴 날이 장차 오겠지만―잊지 말아야 해. 무슨 일을 하든지 점잖은 사람들과 교제를 해야 한다. 나도 젊을 때에는 꽤 재미있게 보냈어. 점잖고 훌륭한 친구들과 사귀었지. 그 중의 누구 할 것 없이 다 제구실을 할 줄 알았다. 목소리가 좋은 친구도 있었고 연극을 잘하는 친구도 있었고 우스꽝스런 노래를 곧잘 부르는 녀석이 있었는가 하면, 보트 선수가 없나 테니스 선수가 없나 이야기 잘하는 게 없나, 별의별 친구가 다 있었다. 아무튼 우리는 김이 빠지는 일이 없이 재미있게 지냈고 세상도 조금은 보아왔다. 또 그렇다고 해서 무슨 탈이 난 일도 없었고 다들 신사였다―적어도 나는 그렇게 생각하고 있어―그리고 정말 훌륭하고 올바른 아일랜드 사람이었다. 그런 친구들과 사귀기를 너에게도 바라고 싶단 말이야. 제대로 된 사람들이었어. 스티븐, 이렇게 네게 이야기하는 것도 친구로서 대하니까 하는 말이다. 자식이 아비를 무서워해야 한다고 나는 절대로 생각지 않아. 정말이야. 내가 너를 대하는 것도 마치 너의 할아버지가 젊었을 때 나를 대하시듯 하고 있어. 우리는 부자지간이라기보다 형제간 같았지. 지금도 잊어버리지 않지만 내가 담배를 피우다 처음 너의 할아버지에게 들킨 일이 있었다. 언젠가 비슷한 친구들 몇 사람과 사우드 테러스 끝에 서 있었거든. 입에다 파이프를 비스듬하게 물고, 딴에는 어른이 됐다고 생각하고 있었던 모양이지. 그때 마침 아버지가 지나갔단 말이야. 한마디도 없이 발을 멈추는 일조차 없더라. 그러나 그 이튿날 마침 일요일인데 아버지와 같이 산책을 나갔어. 돌아오는 길에 아버지는 담뱃갑을 꺼내더니 이렇게 말하셔―'그건 그렇고, 사이먼, 네가 담배를 피우거나 그런 짓을 하는 줄 몰랐다. 물론 나는 모르는 체해버리려고 애를 썼지. 좋은 담배 생각이 있거든 이걸 한번 피워봐. 어제 저녁에 퀸즈타운에서 어느 미국 사람 선장에게서 선사받은 것이다.'"

스티븐은 아버지의 목소리가 거의 흐느껴 우는 듯한 웃음소리로 변하는 것을 알았다.

"아버지는 그때쯤 코크에서 으뜸가는 미남자셨다. 정말 잘생기셨지. 거리를 지나가면 여자들이 모두 눈을 팔았을 정도였으니까."

아버지의 흐느낌이 소리를 내고 목구멍을 굴러가는 것이 들리는 것 같아 스티븐은 깜짝 놀라 눈을 떴다. 햇살이 한꺼번에 눈에 부딪치고, 구름이 뜬 하늘은 짙은 장밋빛 광선을 간직한 호수 같은 공간에 여기저기 검푸른 덩어리가 떠 있는 듯한 환상의 세계로 변했다. 그는 머릿속이 병들고 기운이 빠져나가는 것 같았다. 가게의 간판 글씨조차 알아보기 힘들었다. 어처구니없는 생활의 탓으로 그는 현실의 테두리 밖에서 놀아난 것같이 느껴졌다. 현실의 세계에서는 그의 마음을 움직이고 그에게 말을 거는 아무것도 없었다. 다만 내부에서 울려오는 아비규환의 울림만이 들려왔다. 그는 아버지의 목소리에 싫증나고 지쳐버려 인간적인 호소에 응하지 못했고, 여름과 즐거움과 우정의 부르짖음에도 마비되어 감각이 없어졌다. 자신의 사색까지도 자기의 것으로 도무지 생각되지 않아 그는 천천히 혼자서 마음속으로만 이렇게 되풀이했다.

'나는 스티븐 디달러스. 지금 아버지 곁을 걷고 있다. 그 아버지의 이름은 사이먼 디달러스. 우리는 아일랜드의 코크 시에 와 있다. 코크는 도시다. 우리 방은 빅토리아 호텔에 있다. 빅토리아, 스티븐, 사이먼. 사이먼, 스티븐, 빅토리아. 모두 이름이다.'

어릴 적 기억이 갑자기 스러져갔다. 그 시절 눈에 선한 순간들을 생각해내려고 했으나 되지 않는다. 이름만 떠오를 뿐이다. 댄티,

파넬, 클레인, 클론고즈. 어린 소년이 나이먹은 부인에게 지리를 배우고 있다. 그는 옷장 안에 옷솔을 두 개 갖고 있었다. 그리고 이 소년은 집을 떠나 학교에 가게 되었다. 그리고 처음으로 성체를 받고 크리켓 모자 속에서 과자 부스러기를 꺼내 먹고 보건실의 조그만 침실 벽에 비쳐 뛰놀던 난롯불을 바라보며, 자기가 죽어 금실로 수놓은 검은 수단을 걸친 교장 선생님이 자기를 위해 미사를 올리고 그리고 난 다음 피나무 가로수의 대로를 지나 교단의 조그만 묘지에 매장되는 그런 공상에 잠겼다. 그러나 그때는 죽지 않았다. 죽은 사람은 파넬이었다. 성당에서는 죽은 자를 위한 미사도 없었고 행렬도 없었다. 그는 죽은 것이 아니라 햇빛에 노출된 얇은 막처럼 사라져버리고 말았다. 그는 이젠 존재하지 않으니까 길을 잃어버렸거나 존재의 세계에서 자취를 감춰버린 것이다. 이렇게 없어지니까 햇빛에 노출되어 사라져버리거나 우주의 어딘가에 길을 잘못 들어 잊혀짐으로써 존재하지 않게 되는—그런 자신을 생각하니 정말 이상하다. 자신의 조그만 몸뚱이가 다만 일순간이라도 다시 자취를 나타내다니 생각만 해도 이상하다. 허리띠를 두른 회색 양복을 입은 조그만 아이. 두 손을 양쪽 옆구리 호주머니에다 넣고 바지는 무릎 있는 데까지 걷어올려 고무밴드로 졸라맸다.

    가산을 팔아버린 날 저녁, 스티븐은 이 술집 저 술집으로 돌아다니는 아버지를 순순히 따라다녔다. 장거리의 장사치에게나 술집 주인에게나, 바의 접대부에게나 귀찮게 구걸하는 거지에게나 디달러스 씨는 같은 이야기를 되풀이했다—자기는 여기 코크대학 출신이란 것, 더블린에 와서 코크 사투리를 없애는 데 30년이나 애썼다는 것, 곁에 있는 아이 녀석은 자기의 맏아들인데 더블린내기 큰 애송이에 지나지 않는다는 그런 이야기였다.

두 사람은 그날 아침 일찍 뉴컴 커피숍에서 식사했는데 그곳에서 디달러스 씨의 찻잔이 받침 접시에 부딪쳐 요란한 소리를 냈을 때 전날 술을 과음해서 생긴 아버지의 이런 추태를 얼버무리느라고 스티븐은 의자를 당겨보기도 하고 억지 기침 소리를 내보기도 했다. 하긴 염치없는 일이 하나둘 일어난 것이 아니었다—시장 장사치들의 겸연쩍은 웃음소리, 아버지가 시시덕거린 술집 접대부들의 교태와 아버지 친구들의 아첨과 예찬. 그들이 스티븐을 보고 조부를 그대로 빼왔다고 하니까 디달러스 씨도 그것을 인정하면서 못생기게 닮았다고 했다. 그들은 스티븐의 말에서 코크 사투리의 흔적을 캐내어 리이 강〔코크 시를 흐르는 강〕이 리피 강〔더블린 시를 흐르는 강〕보다 아름답다고 인정하게끔 했다. 그 중의 한 사람은 그의 라틴어 실력을 알아보려고 《딜렉투스〔명언집〕》의 짧은 일절을 번역시켜보기도 하고 Tempora mutantur nos et mutamur in illis와 Tempora mutantur et nos mutamur in illis〔시대도 변화하고 우리도 거기 따라 변화한다는 뜻. 후자가 맞다〕는 어느 쪽이 맞는가 묻기도 했다. 또 하나, 디달러스 씨가 조니 캐시먼이라고 부르던 팔팔한 노인은 더블린 처녀와 코크 처녀 중 어느 쪽이 예쁘냐고 물어와 스티븐을 어리둥절하게 했다.

"이 애는 그런데 절벽일세."

디달러스 씨가 말했다.

"내버려두게나. 철도 들고 지각이 있는 아이라서 그런 쓸데없는 일에는 머리를 쓰지 않네."

"그럼 그 아버지의 아들이 아니구먼."

조그만 노인은 말했다.

"하긴 그럴지도 모르지."

디달러스 씨는 기분 좋은 듯이 웃으며 말했다.

조그만 노인은 스티븐을 보고 말했다.

"너희 아버지는 젊을 때 이 코크 시에서 으뜸가는 난봉꾼이었단다. 넌 모르지?"

스티븐은 눈을 아래로 깔고 어쩌다 들어오게 된 이 술집의 타일을 깐 바닥을 유심히 들여다보았다.

"여보게, 쓸데없는 것 가르치면 안 돼. 하느님께 맡겨두라고."

디달러스 씨는 말했다.

"천만에, 내가 무슨 쓸데없는 것을 가르쳤나. 나도 나이를 먹어 이 애 할아버지뻘은 돼. 이래뵈도 나는 손자가 있네."

조그만 노인은 스티븐을 보고 말했다.

"넌 모르지?"

"정말이에요?"

스티븐은 물었다.

"아무렴, 정말이고말고."

조그만 노인은 말했다.

"선대이즈 웰의 집에 가면 팔팔한 손자놈이 둘이나 있어. 그런데 말이여, 내 나이 몇 살쯤 돼 보이니? 예전에 너희 할아버지께서 빨간 저고리를 입고 사냥가는 것을 본 적도 있거든. 네가 나기 훨씬 전이지."

"암, 낳으려고 생각도 하기 전이지."

디달러스 씨가 말했다.

"그렇구말구."

초라한 노인은 되풀이했다.

"그뿐이 아니야, 너희 증조부 존 스티븐 디달러스 노인도 알고 있다. 성미가 그렇게 급한 분은 좀처럼 없을걸. 자 어떠냐! 잘 기억하고 있지?"

"그러면 3대, 아니 4대가 되는가."

좌중의 누군가가 말했다.

"그럼, 조니 캐시먼, 자네는 이럭저럭 백 살 가까이 됐어야 할걸."

"그래, 사실을 말해줄까. 나는 꼭 스물일곱 살이네."

조그만 노인은 말했다.

"여보게, 나이는 마음 가지기 나름이야."

디달러스 씨는 말했다.

"그 잔을 비우게, 그리고 한잔 더 하세. 여봐, 팀인지 톰인지 잘 모르겠지만 여기 한 잔씩 더 가져와. 정말이지, 나는 열여덟을 넘어선 것 같지 않단 말이야. 여기 있는 내 자식놈은 아직 내 나이 빈도 되지 않지만 그래도 기운으로는 나를 당하지 못할걸."

"여보게, 큰소리 그만들 하게. 자네도 뒤로 물러설 때가 된 것 같아."

아까 입을 열었던 신사가 말했다.

"천만에, 턱도 없는 말씀."

디달러스 씨는 우겼다.

"이놈하고 테너의 노래 시합을 하래도 하겠고, 다섯 막대기 장애물 뛰어 넘기라도 좋고, 사냥개를 쫓아 들과 산 넘기 경주를 하래도 하겠네. 30년 전에 케리 군(郡) 청년들과 했듯이 말이야. 그때도 1등은 내가 차지했거든."

"그렇지만 이건 못 당할걸."

조그만 노인이 자기 이마를 툭툭 치면서 잔을 들고 꿀꺽 마셨다.

"그 뭐 이 아비 정도만 돼주었으면 하는 마음뿐일세. 그 이상 내가 뭐라 말할 수 있겠나."

디달러스 씨는 말했다.

"그만해도 쓸 만하지."

조그만 노인은 말했다.

"이게 다 하느님 덕분 아닌가. 우리가 이렇게 오래 살면서 남에게 별로 해를 끼친 일도 없었으니 말일세."

디달러스 씨는 말했다.

"아니 해가 아니라 좋은 일을 많이 해줬지. 이렇게 오래 살면서 좋은 일을 많이 했으니 그것도 하느님 덕분일세."

조그만 노인이 정색을 하면서 말했다.

스티븐은 아버지와 친구 두 사람이 과거의 추억에 건배하여 세 개의 술잔을 쳐드는 것을 바라보았다. 운명인지 기질의 탓인지 모르겠으나, 무슨 심연이 가로놓여 이들과 스티븐은 서로 멀리 떨어져 있었다. 그의 정신이 오히려 그들보다 노성해 있는 것만 같았다. 마치 달이 나이가 젊은 지구를 비추고 있듯이 그는 그들의 투쟁과 행복과 회한을 차갑게 비추고 있었다. 그들에게서 보는 생명도 청춘도 스티븐의 가슴속에서는 뛰놀지 않았다. 남과 교제하는 즐거움도 거친 사나이의 건강한 억셈도 또한 효도도 필경 그로서는 모르는 것이었다. 그의 마음속에서는 다만 싸늘하고 잔인하고 비정한 육욕만이 꿈틀거렸다. 그의 소년 시절은 죽었거나 없어져버렸고, 순진하게 즐거워할 줄 아는 그의 영혼도 사라져버렸다. 그는 불모의 달의 외각(外殼)과도 같이 인생 한가운데를 떠돌고 있을 따름이었다.

그대 모습 파리함은
하늘에 오르고 땅을 굽어봐
외로이 떠돎에 지친 탓인가.

그는 셰리의 시의 단장(斷章)을 몇 줄 혼자서 되뇌었다. 그 시행에 담긴 슬픈 인간의 영위의 헛됨과 인간을 떠난 영위의 거대한 순한 사이의 엇갈림으로 해서 그의 흥분은 가라앉았다. 그는 자신의 인간적이고 헛된 슬픔은 잊었다.

* * *

스티븐의 어머니와 동생과 사촌 하나가 한적한 포스터 플레이스의 한 모퉁이에서 기다리고 있는 동안 그와 아버지는 계단을 올라가 하일랜드 출신의 보초가 왔다갔다하는 주랑(柱廊)을 따라 걸어갔다. 커다란 홀에 들어가 계산대 앞에 서자 그는 아일랜드 은행 총재 명의의 33파운드짜리 수표를 꺼냈다. 장학금과 논문의 상금을 합친 이 금액은 곧 지폐와 동전이 섞여 출납계 손으로 지불되었다. 그는 침착을 가장하고 그 돈을 받아 호주머니에 넣었다. 그러고는 아버지가 뭐라고 말을 걸고 있는 그 친절한 출납계가 널찍한 계산대 너머로 그의 손목을 잡고 화려한 장래를 축복하는 것을 잠자코 듣고 있었다. 그는 두 사람의 목소리가 어쩐지 귀에 거슬려 가만히 서 있을 수가 없었다. 그런데도 출납계는 다른 손님을 기다리게 해놓고, 이제는 세상이 바뀌어서 자녀들에게 돈 자라는 대로 훌륭한 교육을 시키는 것보다 더 좋은 일은 없다는 둥 지껄여댔다. 디달러스 씨는 큰 홀을 서성거리며 주위와 천장을 휘돌아보다가 나가자고 재촉하는 스티븐에게 여기가 본래 아일랜드 의회의 하원이었다고 말해주었다.

"하느님, 맙소서!"

디달러스 씨는 경건한 어조로 말했다.

"그때 사람들을 생각해보렴, 스티븐. 힐리 허친슨, 플러드와 헨리 그래튼, 찰즈 캔달 부시. 이런 분들과 요즘 국내외에 있는 아일랜드 민족의 지도자연하는 귀족들과 비교를 해보렴. 예전 어른들께서 이런 자들 가까이에 같이 묻혀 있기를 원할 것 같아. 어림도 없지. 암, 그렇구말구. 미안한 말씀이지만 이 친구들은 '7월도야 홍겨운 달 화창한 5월 아침에 아라리가 났구나' 〔아일랜드 민요의 가사를 바꿔

놓았다〕하는 노랫가락 같은 따위지 뭐냐 말이야."

몸을 에는 듯한 시월 바람이 은행 주위를 휘몰아치고 있었다. 진창인 길가에 서 있던 세 사람은 볼이 까실까실해지고 눈물이 괴었다. 스티븐은 옷을 두툼히 입지 않은 어머니를 보고 2, 3일 전에 바나도 상점 진열장에 정가 20기니의 오버코트가 걸려 있던 것이 생각났다.

"자, 이젠 됐다."

디달러스 씨는 말했다.

"식사하러 가는 게 좋을 것 같습니다. 어디로 갈까요?"

스티븐은 말했다.

"식사? 그게 좋겠다. 어때?"

디달러스 씨는 말했다.

"그렇게 비싸지 않은 곳으로 해요."

디달러스 부인이 말했다.

"언더던은 어때?"

"네. 어디 조용한 곳으로요."

"자, 가십시다. 비싸면 어때요."

스티븐은 얼른 입을 열었다.

그는 앞장을 서서 걸음걸이를 재촉하면서 입가에 웃음을 지었다. 그렇게 서두르는 그를 웃으면서 다들 뒤따르느라 정신이 없었다.

"좀 침착하지 못할까. 반 마일 경주도 아닌데 왜 이러지."

아버지는 말했다.

잠시 동안의 흥청거림 속에 그의 상금은 줄줄이 흘러나가버렸다. 식료품이니 과자니 건과니 하는 것의 큰 꾸러미가 몇 개고 시내에서 배달되었다. 매일같이 그는 집안의 반찬거리 흥정을 해주고 밤마다 한꺼번에 서너 명씩 극장으로 데리고 가서 〈임고마〉니 〈리옹의 여인〉이니 하는 극을 구경했다. 저고리 호주머니 속에는 데리고 온 손님들에게 줄 비엔나 초콜릿이 몇 개고 들어 있고 바지 주머니는 은전과 동전으로 가득했다. 누구에게나 선물을 해주고 방 안의 가구를 점검해서 마음먹은 것은 적어놓고, 책상의 책을 이리저리 정리하고 물건의 정가표란 정가표는 모조리 꼼꼼하게 들여다보고, 집안 사람이 각자의 직무를 맡을 수 있는 일종의 공동체를 입안했다. 그러고는 가족을 위해 대출 은행을 개설해서 빌리고 싶은 사람에게는 떠맡기다시피 빌려주어, 영수증을 만든다든가 빌려준 돈의 이자를 계산해본다든가 하는 재미를 가지려고 했다. 그런 일에도 더할 것이 없어지자 그는 철도 마차로 여기저기 돌아다녔다. 이윽고 그 환락의 계절도 끝날 때가 왔다. 분홍색 에나멜 항아리도 속이 비게 되어 그의 침실의 징두리 널이 미처 칠이 다 되지 않은 채 보기 흉한 초벌 칠만으로 남게 되었다.

집안은 다시 전과 같은 생활로 돌아왔다. 어머니도 이제는 그가 돈을 마구 쓴다고 나무랄 건더기가 없어졌다. 그 역시 전과 같은 학교 생활로 돌아가고 색다른 계획들도 모조리 와해되어버렸다. 공동체도 깨어지고 은행도 상당한 적자를 낸 채 금고와 장부를 닫고 그의 주위에 그어본 생활의 여러 가지 규칙도 폐지되어버렸다.

얼마나 어리석은 계획이던가! 외부의 그 더러운 생활의 흐름을 막으려고 질서와 아치의 방파제를 쌓고자 했으며, 행동의 규범과 적극적인 관심과 새로운 부자 관계를 구축하여 내부에 용솟음치는 거센 조류를 막고자 했던 것이 아니었던가. 그러나 모두가 허사였다. 내부와 외부에서 조류는 방벽을 뚫고 쏟아져 들어와 허물어진 방파제 위로 다시금 격렬하게 소용돌이치기 시작한 것이다.

그는 또한 자신의 헛된 고립을 뚜렷이 보았다. 자기가 가까이 가고자 원했던 생활에 한 발자국도 더 다가서지 못했으며, 그렇다고 어머니나 동생이나 누이에게서 자신을 갈라놓는 불안한 수치심과 불만을 없앨 수도 없었다. 그들은 같은 피를 나눈 것이 아니라 오히려 양자나 수양아들 또는 젖형제 같은 관계에 있는 것처럼 그에게 느껴졌다.

그는 자신의 가슴속에 용솟음치는 열망을 진정시키고자 했다. 그 열망 앞에서는 모든 것이 어리석고 인연 없는 듯 보였다. 타지옥(墮地獄)과 허위의 덩어리가 된대도 상관없다. 마음속으로 곰곰이 생각해보는 그 끔찍스런 것들을 실현시켜보고 싶은 사나운 욕망에 사로잡힐 때, 신성한 것이란 아무것도 없었다. 남몰래 부둥켜안은 열락을 그는 염치없을 정도로 자세하게 그려보면서 거기 냉정해질 수 있었고, 자신의 눈을 이끄는 어떠한 모습이든 그것을 끈기 있게 더럽힘으로써 흥분을 느끼는 것이었다. 밤낮을 가리지 않고 외부 세계의 일그러진 영상 사이를 헤맸다. 낮에는 착실하고 순결해 보이는 여자의 모습이 밤이 되자 잠의 굴곡진 어둠을 뚫고 그에게 다가올 때, 얼굴은 음탕한 교지(狡智)로 변형되고 눈은 야수 같은 즐거움에 번들거렸다. 오직 아침이 되면 컴컴한, 음탕했던 열락의 희미한 기억과 몸을 저미는 듯한 굴욕에 싸인 죄악감에 그의 마음은 상처를 입을 따름이었다.

그는 다시금 방랑의 습관으로 돌아갔다. 면사포를 걸친 듯한 가을날 저녁때가 몇 해 전 블랙로크의 고요한 가로수 거리로 그를 이끌어냈듯이, 다시금 이 거리 저 거리로 그를 인도해주었다. 그러나 이제는 어느 깔끔한 앞뜰이나 창가의 정다운 등불의 그림자가 있어 그에게 다정스런 느낌을 주는 일은 없었다. 다만 이따금씩 욕정의 사이사이 그를 좀먹는 열락이 약간 부드러운 권태로 변할 때, 메르세데스의 모습이 그의 추억 속을 스쳐갈 따름이다. 그럴 때 산허리로 통하는 길가에 서 있던 그 조그만 하얀 집과 장미의 동산이 눈에 떠올랐다. 그리고 오랜 세월의 이별과 모험을 거친 뒤 달빛어린 정원에서 그 여인과 마주 서서 슬프고도 오만한 거부의 몸짓을 하지 않을 수 없었던, 그 광경이 생각났다. 그럴 때마다 클로드 멜노트〔《리옹의 여인》에 나오는 청년〕의 다정스런 말이 그의 입가에 떠올라 마음의 불안을 진정시켜주었다. 그 무렵 바라고 있었던 밀회의 흐뭇한 예감이 다시금 살아났다. 희망에 불타던 그때와 지금 사이에 두려운 현실이 가로놓여, 마음의 약함도 수줍어함도 미숙함도 모조리 잊어버리겠다고 생각했던 그 시절의 그 거룩한 재회에의 흐뭇한 예감이 다시금 살아났던 것이다.

그러한 순간이 지나갈 때마다 온몸을 좀먹는 욕정의 불꽃이 다시금 피어 올랐다. 시의 글귀는 입에서 사라지고, 영문도 모를 외침소리와 억눌린 야수 같은 말이 뱉을 길을 찾아 머리에서 뛰쳐나왔다. 전신의 피가 들끓었다. 그는 어두운 진흙투성이 길을 이리저리 헤매면서 컴컴한 골목길이나 문 안을 들여다보고 행여 소리라도 날세라 정신없이 귀를 기울였다. 먹이를 찾아 배회하는 짐승이 방해를 받았을 때처럼 그는 혼자서 으르렁거렸다. 나와 같은 상대와 더불어 죄를 범하고 싶다. 억지를 써서라도 나와 같이 죄를 범하게 해서 그 죄의 즐거움을 여자와 더불어 맛보고 싶다. 그는 무슨 어두운 그림자가 어둠 속에서 어찌하지 못하게 다가서는 것을 느꼈다. 온몸을 휩쓸고 말, 홍수와도 같이 걷잡을 수 없는 속삭임의 그림자였다. 그 속삭임은 잠결에 듣는 무수한 군중의 중얼거림같이 그의 귓전을 둘러싸고 그 걷잡을 수 없는 흐름이 전신을 휘감았다. 이렇게 침투해오는 고통을 참으며 그는 양손을 경련하듯 쥐어짜고 이를 악물었다. 그에게서 빠져나가 몸을 유혹하는 그 가냘픈, 이내 사라져 버릴 것만 같은 그림자를 놓치지 않겠다고 그는 길거리에서 양팔을 뻗쳤다. 그럴 때면 오랫동안 목 안에 억눌려 있던 외마디 소리가 입술에서 튀어나왔다. 그것은 지옥의 고초를 겪는 인간의 절망의 통곡 소리같이 터져 나와 처절한 애원의 호곡(號哭)이 되어 사라졌다. 간악한 방종을 찾는 외침, 그것은 언젠가 변소의 음습한 벽에서 본 적이 있는 음탕한 낙서를 되새겨주는 외침 소리였다.

그는 좁고 더럽고 미궁과도 같은 거리를 헤맸다. 불결한 골목 안에서는 목쉰 소리로 떠들어대고 싸우고 술이 거나해 혀짤배기 소리로 노래를 부르는 그런 모든 소리가 한꺼번에 들려왔다. 유대인 구역으로 잘못 들어오지 않았나 하고 생각하면서도 그는 태연하게 걸어 들어갔다. 기다랗고 울긋불긋한 가운을 입은 여자와 소녀들이 이 집 저 집 길을 건너 왔다갔다했다. 그 여자들은 한가해 보이고 향수 냄새가 풍겼다. 그는 몸이 부르르 떨리고 눈앞이 희미해졌다. 누런 가스등이 마치 제단 앞에 타오르듯 안개 낀 하늘을 배경으로 눈앞에 뿌옇게 떠올랐다. 문 앞과 불이 켜진 현관 홀에서는 무슨 식장에 가는 듯한 차림의 여자들이 떼를 짓고 있었다. 별천지에 온 것이다. 몇 세기인가의 잠에서 이제 깨어난 것이다.

그는 가만히 길 한가운데 서 있었다. 심장이 심하게 뛰어 가슴에 부딪힌 것같이 요란을 떨었다. 기다란 분홍빛 가운을 입은 젊은 여자가 그의 팔에 손을 얹고 그의 얼굴을 유심히 들여다보았다. 여자는 들뜬 소리로 말을 걸어왔다.

"아저씨, 안녕하세요!"

여자의 방은 따스하고 밝았다. 침대 곁 풍덩한 안락의자에는 다리를 약간 벌린 커다란 인형이 놓여 있었다. 그는 아무렇지도 않다는 것을 보여주려고 애써 혓바닥을 재촉하면서, 옷을 벗는 여자를 바라보았다. 향수를 뿌린 머리를 자랑스러운 듯 일부러 흔드는 모습이 눈에 들어왔다.

그가 방 한가운데 가만히 서 있으니까 여자는 곁에 와서 쾌활하게, 그러나 침착한 태도로 그를 껴안았다. 그 둥근 팔이 그를 꽉 잡아당겼다. 여자가 정중하게 그를 향해 얼굴을 드는 것을 보고 따스한 앞가슴이 조용히 오르내리는 것을 느끼자 그는 당장에라도 흥분에 못 이겨 울음소리가 터져 나올 것만 같았다. 안도와 환희의 눈물이 즐거움에 떠는 그의 눈동자에 번쩍이고, 입은 벌렸으나 말이 차마 나오지 않았다.

여자는 팔찌가 달랑거리는 손을 그의 머리칼에 쑤셔 넣고 "이

고얀 사람"이라고 불렀다.

"키스해줘."

여자는 말했다.

그의 입술은 키스를 하려 해도 도무지 말을 듣지 않았다. 그는 여자의 팔 안에 꽉 안겨서 천천히 마음껏 애무를 받고 싶었다. 이렇게 여자에게 안겨 있으니까 자기가 갑작스레 강해지고 대담해지고 자신이 생기는 것 같은 느낌이 들었다. 그러나 그의 입술은 좀처럼 몸을 굽혀 키스하려 들지 않았다.

별안간 여자는 그의 머리를 숙이게 하더니 자기 입술을 그의 입술에 갖다댔다. 그때 그는 여자의 노골적인 눈짓 가운데서 그 동작의 의미를 알아챘다. 더 견뎌낼 수가 없었다. 그는 눈을 감고 몸이며 마음이며 할 것 없이 다 여자에게 내맡겨버리고, 여자의 부드러이 열린 입술의 어두운 압박 이외에는 무엇 하나 의식하지 않았다. 그 입술은 무슨 어렴풋한 말이라도 전할 것 같이 입술만이 아니라 머리까지도 죄어들었다. 그리고 열린 입술과 입술 사이에서 그는 당장에 기절할 것만 같은 중죄보다 더 컴컴한, 소리나 냄새보다도 부드러운 어느 미지의 수줍음의 압박을 느끼는 것이었다.

3장

 이내 저무는 섣달의 황혼이 지루한 한낮을 뒤쫓아 허둥지둥 찾아왔다. 교실의 흐린 네모진 유리창 너머로 내다보고 있노라니까 그는 창자가 시장하다고 꿈틀거리는 것을 느꼈다. 저녁 식사에는 스튜가 나와줬으면 하고 생각했다. 후춧가루를 친 걸쭉한 화이트 소스에서 건져낸 순무와 빨강 무, 으깨어놓은 감자, 기름기 많은 양고기. 그것들을 배가 터지도록 채워 넣으라고 창자는 권하는 것이다.
 이제 어둡고 으슥한 밤이 될 것이다. 종종걸음으로 찾아오는 밤이 되면 누추한 사창가의 여기저기에 누런 등불이 비칠 것이다. 그는 거리의 꼬부라진 골목을 이리저리 더듬어 공포와 환희에 떨면서, 그래도 한 걸음 두 걸음씩 다가서면서 컴컴한 어느 길모퉁이를 부리나케 돌아갔다. 창녀들은 낮잠 자고 난 다음의 나른한 하품을 하고는 숱이 많은 머리카락에 핀을 꽂고 밤 치장을 하면서 막 집에서들 나오는 참이었다. 그는 그런 여자들 곁을 허둥댐 없이 지나가면서 자신의 의사가 갑작스럽게 발동하는 것을 기다리거나, 여자들의 포근한 향수내 나는 육체가 죄를 좋아하는 그의 영혼을 한껏 일깨워주는 것을 기다린다. 그러나 그러한 부름을 기다려 방황할 때 욕정 때문에 마비된 그의 감각은 혹여나 그것이 상처받거나 욕보임을 당하지 않을까 하고 날카로워졌다. 눈은 식탁보도 없는 식탁 위를 둥그렇게 얼룩진 검은 맥주 거품이라든가, 차려 자세로 서 있는 두 사람의 병정 사진이라든가, 번질번질한 연극 포스터 같은 것에, 귀는 구부러진 혓바닥으로 알지도 못하게 주고받는 인사말 같은 것에 쏠렸다.

"야, 버티, 좋은 일이라도 있니?"

"아이구, 이건 누구야."

"10번 손님, 숫처녀 낼리가 손님 차례예요."

"안녕하세요! 잠깐 들렀다 가세요."

그의 노트 위에 씌어진 방정식이 공작의 날개같이 눈알 모양과 별 모양을 그리면서 꼬리가 퍼져 나갔다. 그러다가 방정식 지수(指數)의 눈알과 별을 없애버리니까 다시 천천히 좁혀들기 시작했다. 나타났다 사라졌다 하는 지수는 떴다 감았다 하는 눈이고, 떴다 감았다 하는 눈은 생겼다 없어졌다 하는 별이다. 별의 생애의 광대한 주기가 그의 지친 사고를 몰아 바깥으로는 그 극한까지, 안으로는 그 중심에까지 이끌어주었고, 아련한 음악 소리가 안과 밖으로 번갈아 향하는 그에게 따라다녔다. 무슨 음악 소리인가? 음악은 가까이 다가오고 그에게는 셸리의 시의 글귀가 떠올랐다. 그것은 외로이 떠돌다 지쳐서 파리해진 달을 노래한 것이었다. 별은 부서지기 시작하고 잔 별 부스러기가 구름처럼 허공을 두둥실 떠내렸다.

맥없는 불빛이 더욱더 희미하게 노트 위에 떨어지고 있었다. 거기에는 또 하나의 방정식이 서서히 전개되고 그 끝이 퍼져서 꼬리를 바깥으로 벌리기 시작했다. 그것은 자신의 영혼이었다. 경험을 찾아나선, 죄에 죄를 거듭해가면서 넓어진 그의 영혼, 타오르는 별의 불꽃을 사방에 뿌리다 이제는 다시 처음 형상으로 돌아와 차츰 퇴색한 채, 빛과 불꽃이 함께 스러져버린 그의 영혼이었다. 빛과 불꽃은 완전히 꺼졌다. 그리고 싸늘한 어둠이 혼돈 속에 들어찼다.

　싸늘하고 투명한 무관심이 그의 영혼을 지배했다. 처음 극렬한 죄를 범했을 때 그는 생명의 물결이 전신에서 빠져나가는 것을 느꼈고, 그것이 어찌나 격렬하든지 육체와 영혼이 못 쓰게 되지 않을까 하는 두려움마저 생겼다. 그러나 오히려 생명의 물결은 그를 얼싸안고서 바깥으로 앗아갔다가도 물러갈 때는 다시 그를 돌려주었다. 육체나 영혼이 조금도 못 쓰게 되는 일 없이, 양자 사이에는 어두운 화해가 성립되었다. 정열의 불길이 식은 다음의 혼돈은 다만 싸늘하고 무관심한 자기 인식이었다. 그가 죽어 마땅한 중죄를 범한 것은 한두 번이 아니었다. 처음 지은 죄만 해도 영원히 지옥에 빠질 위험이 있으면서, 죄를 거듭함으로써 자기의 죄과와 징벌이 더해가는 것임을 알고 있었다. 더러움을 씻어주는 은총의 샘이 그의 영혼을 재생시켜주지 않을 바에야 매일의 일과나 사색이 이제 자신을 위한 속죄가 될 수 없었다. 기껏 동냥을 베풀어준 거지가 축수받는 것을 뿌리치고 달아났지만, 그 동냥 정도로 얼마간의 현실적 은총이라도 얻을 수 있을까 하고 그는 덧없는 희망을 걸어보기도 했다. 열렬한 신앙의 마음은 홀딱 사라져버리고 말았다. 내 영혼이 구태여 파멸을 찾아가고 있는 것을 알고 있는 마당에 기도를 드려 무슨 소용이 있겠는가. 잠든 사이에 목숨을 빼앗아 자비를 바랄 겨를도 없이 영혼을 지옥에 떨어뜨리는 힘이 하느님에게 있다는 것을 알면서도, 그는 어떤 오만, 어떤 두려움이 있어 밤마다의 기도조차 하느님께 드리는 것을 중단했다. 지은 죄에 대한 오만과 하느님에 대한 사랑을 버린 두려움은 이렇게 말하는 것이었다. 너의 죄과는 너무나 크기 때문에 전지전능하신 천주께 거짓 예배를 드려본들 전부는커녕 그 일부라도 속죄할 수 없노라고.

"얘, 에니스, 너 같은 녀석에게 머리가 있다면 이 지팡이에도 머리가 있다고 할걸. 그래 부진근수(不盡根數)가 뭔지 설명도 못 한단 말이야?"

그 우물쭈물하는 대답이 한 반 아이들에 대한 그의 멸시의 감정에 불을 지폈다. 그는 타인에 대해 아무런 수치나 공포도 느끼지 않았다. 일요일 아침 성당 문을 들어갈 때 언제나 그는 모자를 벗어들고 성당 바깥에 네 줄을 짓고 서 있는 예배인들에게 싸늘한 일별을 던졌다. 그들은 보이지도 들리지도 않는 미사에 마음만이라도 참석하고자 한다. 그들의 맥풀린 신앙심과 머리에 바른 값싼 향유의 구역질나는 냄새로 말미암아 그들이 기도를 올리는 제단까지도 역겨워졌다. 하지만 그 사람들을 쉽사리 물리칠 수 있을 만큼 자기가 죄 없는 인간이 아님을 생각할 때, 나 역시 남들과 같이 위선이라는 악에 어찌 허리를 굽히지 않을 수 있겠는가. 그의 침실 벽에는 장식 글자의 족자가 걸려 있었다. 성모 마리아 신앙회 학교의 지도부장 증명서였다. 토요일 아침마다 신앙회 전원이 교내 성당에 모여 성무일도를 낭송할 때 그는 성당 오른편 방석 깔린 예배석에 자리잡고 거기서 자기편 아이들의 응답 성가를 지휘했다. 이런 거짓 역할을 하면서도 그는 고통을 느끼지 않았다. 설사 그런 영광스런 자리에서 일어나 모두 있는 앞에서 자기의 부끄러움을 고해하고 성당을 떠나야겠다는 충동을 느끼는 순간이 어쩌다 있다 하더라도, 모두의 얼굴을 힐끔 보기만 하면 그의 마음은 벌써 주저앉고 말았다. 시편 가운데 예언에 관한 비유적 표현이 그의 헛된 자존심을 달랬다. 마리아의 갖가지 영광이 그의 영혼을 사로잡았다. 마리아가 왕자의 혈연임을 상징하는 감송(甘松)이며 몰약(沒藥) 그리고 유향(乳香), 또는 뭇사람들 사이에 오랜 세월을 두고 차츰 켜진 성모 숭배의 표적인 늦게 피는 화초와 나무, 이런 것들에 그의 영혼은 사로잡혔다. 예배가 끝날 무렵 그가 성무일도를 읽을 차례가 되면 그는 음악 소리에 맞추어 자신의 양심을 잠재우고 가장된 목소리로 읽어내려갔다.

나는 레바논에 있는 삼나무처럼 시온산에 있는 편백나무처럼 솟아 있나니라. 나는 가데스에 있는 종려처럼 솟아 있나니라. 예리코의 장미처럼, 또 서 있는 아름다운 감람나무처럼 솟아 있나니라. 나는 계피와 발삼처럼 향기를 뿜나니라. 골라놓은 몰약처럼 은근한 향기를 뿜나니라.(집회서 24:19~20)

하느님 앞에서 그를 가리워버린 그의 죄업은 한층 더 그를 죄인의 피난처(마리아)로 가까이 해주었다. 성모 마리아의 눈동자는 부드러운 연민의 표정을 띠고 그를 응시하는 것 같았으며, 그 성스러움,

그 연약한 몸에서 우러나오는 희미한 광채를 띤 이상스런 빛은 거기 다가서는 어느 죄인에게도 굴욕감을 주는 일이 없었다. 만약 그가 자신의 죄를 뿌리치고 회개하고자 하는 마음이 생겼다면, 그 마음을 일으키게 하는 충동은 곧 마리아의 기사가 되고자 하는 소원에서 우러나온 것이었다. 미친 듯한 육욕에 지칠 대로 지치고 난 다음 만약 그의 영혼이 머뭇거리면서 마리아의 처소로 다시 들어가고자 '찬란히 빛나고 조화로운 하늘을 말하고 평화를 쏟아주는' 샛별을 상징으로 하는 마리아를 바라본다면, 그것은 더럽고 추잡스런 말, 음탕한 키스의 맛이 아직도 채 가시지 않은 입술로 마리아의 이름을 살며시 불러보는 때였다.

정말 이상한 노릇이었다. 어떻게 이런 일이 있을 수 있겠는가 하고 그는 생각해본다. 그러나 교실 안에 짙어가는 황혼은 그의 사념조차 뒤덮어버렸다. 종이 울렸다. 선생은 다음 시간에 할 수학 문제를 지시하고 나가버렸다. 스티븐 곁에 있던 헤런이 맞지도 않는 곡조로 콧노래를 부르기 시작했다.

　나의 다정한 친구 봄바도스

　교정에 나가 있던 에니스가 돌아와서 말했다.
　"사환 아이가 교장을 부르러 온다."
　스티븐 뒤에 있던 키 큰 학생이 두 손을 비비면서 말했다.
　"거 잘됐다. 한 시간은 온통 까먹을 수 있겠군. 교장은 한 시간 안으로는 오지 않을 거야. 오거든 디달러스, 네가 교리문답 질문이나 해라."

등을 기대고 공책에다 멍하니 낙서만 갈기면서 스티븐은 주위의 얘기에 귀를 기울이고 있었다. 헤런이 이따금씩 얘기에 참견을 했다.

"시끄러워! 그렇게들 마구 떠들지 말라니까."

교회 교리의 그 엄격한 한 줄 한 줄을 끝까지 읽어나감으로써 현묘한 침묵의 세계로 뚫고 들어간다. 거기에 메마른 흥취를 느끼면서 이상하게도 그는 그 결과가 다만 자신의 타지옥(墮地獄)임을 더욱더 절감하게 되었다. 율법에서 한 가지 계명을 어기는 자는 모든 계명을 범하게 되는 자라고 말한 성 야고보의 말(야고보의 편지 2:10)도 처음 자신의 마음의 어둠을 모색하기 이전에는 한낱 과장된 말투로만 생각하였다. 정욕의 사악한 씨앗에서 모든 그 밖의 중죄가 생긴다. 즉 스스로에 대한 자랑과 남에 대한 멸시, 옳지 못한 쾌락을 사들이기 위해 금전을 쓰고자 하는 탐욕, 자기가 미치지 못하는 방탕을 할 수 있는 자에 대한 부러움, 경건한 사람들에 대한 비방의 군소리, 음식을 탐하는 향락, 욕망을 골똘히 생각하는 나머지 일어나는 무딘 노여움의 불꽃, 온몸이 빠져버린 심신의 나태라는 늪―이런 모든 죄가 바로 그것이다.

자기 자리에서 교장 선생님의 빈틈없이 엄격한 얼굴을 조용히 보면서 그의 마음은 스스로 제기한 궁금증의 안팎을 맴돌고 있었다. 만약 사람이 젊을 때 1파운드의 돈을 훔쳐 그것을 밑천으로 거부를 쌓았다면 그 사람은 어느 정도로 갚아야 할 것인가, 훔친 1파운드만 갚아도 좋은 것인가, 아니면 거기 붙은 복리까지 합쳐서 갚아야 할 것인가? 그렇지 않으면 그 거대한 재산을 몽땅 갚아야 할 것인가? 세례를 줄 때 사제 아닌 평신도가 기도의 말도 있기 전에 물을 붓는다면 그 사이는 세례를 받는 것이 되는 것인가? 광천수로 세례를 하여도 상관없는가? 제1복음(산상수훈)에 마음이 가난한 이에게 천국을 약속해놓고서 제2복음도 "양순한 이, 저들이 땅을 차지할 것임이오"라고 한 것은 어찌 된 영문인가? 만약 예수 그리스도께서 살과 피, 영혼과 신성이 빵이나 포도주의 어느 한쪽에만 있다고 한다면 왜 영성체의 비적이 빵과 포도주 두 가지 안에 있게끔 정해졌는가? 봉헌된 빵의 조그만 조각 하나라도 예수 그리스도의 피와 살의 전부를 포함하는 것인가, 그렇지 않으면 양쪽의 일부씩밖에는 포함하지 않는 것인가? 만약 성별(聖別)이 있은 뒤에 술이 초로 변하고 빵이 썩어 부스러져도 예수 그리스도께서는 신으로서 또 인간으로서 이 두 가지 것 안에 계신 것인가?

"온다! 저기 온다!"

창가에서 망을 보던 아이가 하나 교장 선생님이 교사에서 나오는 것을 보았다. 다들 교리문답 책을 펴놓고 그 위에 말없이 고개를 떨어뜨렸다. 교장 선생님이 들어와서 교단 자리에 앉았다. 뒤에 있는 키 큰 이이가 살며시 스티븐을 발길질하면서 어려운 질문을 하라고 재촉했다.

교장 선생님은 교리문답 복습을 하지 않았다. 그는 책상 위에 두 손을 마주잡고 말했다.

"성 프란시스코 하비에르를 기념해서 수요일 하오부터 피정〔일정한 시간 동안 종교 수양에 전념하는 일〕에 들어간다. 성자님의 축일은 토요일이다. 피정은 수요일에서 금요일까지 계속된다. 금요일에는 묵주기도를 올린 다음 하오 내내 고해(告解)가 있게 된다. 학생들 가운데 특히 고해 신부를 정한 사람이 있으면 그것을 변경하지 않는 것이 좋을 것이야. 미사는 토요일 아침 9시에 있고 전교생을 위한 영성체(領聖體)가 있을 작정이다. 토요일에는 수업이 없다. 그러나 토요일과 일요일은 쉬니까 월요일도 쉴 것이라고 혹 생각하는 학생이 있을는지 모르지만 그런 실수는 없도록 주의할 것. 로울리스, 네가 그런 실수를 할 것 같구나."

"제가요? 왜요?"

교장 선생님이 곱지 않게 웃는 바람에 잔잔한 웃음의 파도가 교실 가운데 퍼졌다. 스티븐의 마음은 시들어가는 꽃마냥 불안감으로 오므라들었다.

교장 선생님은 엄숙하게 말을 계속했다.

"제군은 성 프란시스코 하비에르가 본교의 수호 성자임을 잘 알고 있을 줄 안다. 이분께서는 오랜 스페인의 명문 대가 출신으로서 제군들도 잘 알 듯이 성 이냐시오를 따른 최초의 한 분이셨다. 하비에르님이 파리의 대학에서 철학 교수를 하고 계실 때 이 두 분께서는 만나셨다. 이때 젊고 뛰어난 귀족이요 학자이신 이분께서는 전심 전력을 다 바쳐 영광스러운 우리 창시자 성 이냐시오를 받들었고, 제군들도 알다시피 자원하셔서 인도 포교를 위해 파견되셨던 것이다. 또 잘 알다시피 그분은 인도의 사도라 불리셨다. 그분은 동양의 여러 나라, 아프리카에서 인도로, 인도에서 일본으로 많은 사람을 세례하시면서 다니셨다. 한 달에 만 명이나 되는 이교도에게 세례를 베풀어주셨다고 한다. 세례를 베풀어준 사람들 머리 위에 너무나 자주 오른팔을 올리셨기 때문에 나중에는 팔이 들리지 않았다고도 한다. 그 뒤에 그분께서는 천주를 위하여 더욱더 많은 영혼을 얻고자 중국에 가시기를 원하셨으나 열병으로 말미암아 삼주도(三州島)에서 돌아가셨던 것이다. 위대하신 성인, 성 프란시스코 하비에르! 천주의 위대하신 병사!"

교장 선생님은 여기서 입을 다물었다가 잡고 있던 두 손을 흔들면서 다시 말을 이어갔다.

"그분께서는 태산을 움직이는 힘이 계셨다. 단 한 달 동안에 만의 영혼을 천주를 위해 얻으셨다. 그야말로 진정한 정복자이시요 우리 수도회의 표어 '보다 더 큰 하느님의 영광을 위하여'라는 말에 충실하신 분이셨다. 하늘에서 크나큰 권력을 갖고 계신 성인임을 잊어서는 안 돼. 우리가 슬플 적에 우리를 위해 구원을 얻게 해주시는 힘, 우리의 영혼을 위해서라면 우리가 기구하는 무엇이라도 얻어주실 수 있는 힘, 무엇보다도 우리가 죄를 범했을 때 우리를 위해 회개하는 은총을 얻어주실 수 있는 힘이라는 것을 잊지 말아야 한다. 위대한 성인, 성 프란시스코 하비에르! 위대한 영혼의 어부!"

그는 마주잡은 두 손을 흔드는 것을 그만두고 그것을 자기 이마 위에 얹으면서 검고 준엄한 두 눈으로 좌우의 청중을 날카롭게 훑어보았다.

침묵 가운데 그 두 눈의 검은 불빛은 황혼을 황갈색으로 불타게 하는 듯했다. 스티븐의 마음은 멀리서 다가오는 열풍을 느낀 사막의 꽃마냥 시들어버리고 말았다.

* * *

"'오직 너의 마지막 순간을 생각하고 절대 죄를 짓지 말아라.' 그리스도의 이름으로 맺어진 친애하는 여러 형제들, 이 말씀은 전도서 7장 40절에서 얻어온 것입니다〔집회서 7장 36절. 전도서는 잘못〕. 성부 성자 성령의 이름으로 아멘."

스티븐은 교내 성당 앞 줄 긴 걸상에 앉아 있었다. 아놀 신부가 제단 왼편 책상 앞에 앉아 있었다. 그는 묵직한 외투를 어깨에 걸치고 감기가 들어서 얼굴은 창백하니 찡그리고 목이 쉬어 있었다. 이상하게도 여기에 다시 나타난 옛 스승의 모습으로 해서 스티븐의 추억은 클론고즈 시절로 돌아갔다. 아이들이 우글대던 널따란 운동장, 네모진 시궁창, 피나무 가로수 길에서 조금 들어가 있던, 거기 묻히기를 꿈꿔보았던 조그만 묘지, 병이 나서 누워 있던 보건실 벽에 비친 불 그림자, 마이클 수사의 슬픔어린 얼굴. 이러한 추억이 되살아나면서 그는 다시금 어린 소년의 영혼으로 되돌아가는 것이었다.

"그리스도의 이름으로 맺어진 친애하는 여러 형제들, 우리가 오늘 이 자리에 모이게 된 것은 잠시 동안이나마 속세의 혼잡을 멀리 떠나 성인 가운데서도 가장 위대한 성인의 한 분이요, 인도의 사도요, 또한 여러분 학교의 수호 성자이신 성 프란시스코 하비에르를 기념하고 경축하기 위해서입니다. 친애하는 학생 여러분, 여러분이 생각해낼 수 없는, 아니 나부터도 생각해낼 수 없는 오랜 세월을 두고 이 학교 학생은 매년 바로 이 성당에서 그 수호 성자의 기넘일을 앞두고 해마다 피정을 행해왔습니다. 세월은 흐르고 그동안 여러 가지 변화가 있었습니다. 최근 몇 년 동안만 하더라도 어떤 변화가 있었는지 여러분은 대부분 기억하지 못할 것이오. 몇 년 전에 저기 앞자리에 앉아 있었던 학생들은 대다수가 지금은 아마 먼나라로, 타는 듯한 열대 지방으로 가 있기도 하고, 자기 직무에 몰두하거나 신학교에 가 있는 이도 있을 것이며, 또는 망망대해를 여행하는 사람도 있을 것입니다. 혹은 벌써 크나크신 천주의 부르심을 받아 저승에 가서 하느님의 심부름꾼으로서 헌신하고 있는 분도 있을 것입니다. 이렇게 세월은 흘러가고 좋건 나쁘건 거기 따라 변화가 일어나고 있지만, 이 위대하신 성자에 대한 추억은 이 학교 학생들로 말미암아 받들어지고 학생들은 가톨릭교국 스페인의 가장 위대하신 자손의 한 사람, 그분의 이름과 명예를 만대에 전하기 위해 성모이신 교회에서 정한 바 기념일에 앞서 며칠 동안 해마다 관례에 따른 피정을 하게 되는 것입니다.

그러면 이 '피정'이란 말의 뜻은 무엇이며 또 이 행사가 하느님 앞에 또 뭇사람들 앞에서, 올바른 그리스도인의 생활을 보내고자 하는 모든 인사들에게 가장 유익한 관습이라고 널리 인정되고 있는 연유는 어디에 있는 것인가? 친애하는 학생 여러분, 피정이란 잠시 동안 우리네 생활의 번거로움, 이 악착스런 속세의 번거로움을 떠나 우리네 양심의 상태를 따져보고 성스러운 종교의 신비를 깊이 생각하고, 왜 우리가 이승에 있는가 하는 연유를 더욱 잘 이해하기 위해서 갖는 것입니다. 이 며칠 동안 나는 여러분에게 사종(四終)에 대해 약간 생각하는 바를 이야기할까 합니다. 여러분이 교리문답에서 아는 바와 같이 사종이란 죽음과 심판과 지옥과 천당을 뜻합니다. 우리는 이 며칠 동안 이런 것에 대해 충분히 이해하고 그렇게 함으로써 우리 영혼에 영원한 혜택을 얻게끔 노력합시다. 그리고 여러분, 우리가 이승에 오게 된 것은 한 가지 일 때문에, 오직 그 한 가지만을 위한 것임을 잊지 맙시다. 그것은 곧 천주의 성스러운 뜻을 행하고 영구 불멸한 우리의 영혼을 구하자는 것입니다. 그 밖의 것은 일체 가치가 없습니다. 오직 한 가지 것만이 필요합니다. 영혼의 구제가 바로 그것입니다. '사람이 온 세상을 얻는다 해도 제 목숨을 잃는다면 무슨 이익이 있겠습니까.'(마르코복음 8:36) 친애하는 학생 여러분, 정말입니다. 그 엄청난 손실을 보충할 만한 일이란 이 비참한 세상에는 아무것도 없습니다.

그러니까 여러분, 이 며칠 동안만은 공부건 오락이건 야심이건, 모든 세속적인 생각을 여러분의 마음속에서 버리고 일체의 주의를 여러분의 영혼의 상태에 모아주기 바랍니다. 새삼 주의할 필요도 없을 것입니다만 피정 기간 중에는 한 사람도 빠짐없이 조용하고 경건한 태도를 취할 것이요, 시끄럽고 상스러운 놀이는 일체 삼가주기 바랍니다. 물론 상급생 여러분은 이러한 습관이 깨어지지 않도록 각별히 조심할 것이요, 특히 마리아 신앙회와 천사 신앙회의 대표 및 임원들은 동료 학생들에게 모범이 되어주길 바랍니다.

그러니까 우리는 프란시스코 성자를 받드는 이 피정을 행하는 데 전심 전력을 모으도록 노력합시다. 그러면 여러분의 1년을 통한 면학 위에 천주의 축복이 있을 것입니다. 그러나 무엇보다도 여러분이 후년에 이르러 이 학교를 멀리 떠나 어떤 환경 속에 있더라도 이 피정을 돌이켜 생각할 때, 즐거움과 감사의 마음으로 회고할 수 있고 또 경건하고 훌륭하고 열렬한 그리스도인의 생활의 처음 터전을 장만하는 기회를 주신 것으로 이를 천주께 감사드릴 수 있도록 해야 할 것입니다. 그리고 혹여나 이 자리에 천주의 성총을 잃고 무거운 죄악에 빠진, 말 못 할 불행을 느끼고 있는 가엾은 영혼이 있다면 이번 피정이 한 영혼이 진심으로 회개하게 되고 금년의 성 프란시스코 날의 영성체가 천주와 그 영혼 사이의 영원한 계약이 되기를, 이 사람은 천주의 종복(從僕) 프란시스코 하비에르의 공적을 통하여 천주께 기도드립니다. 옳고 그른 자에게 다 같이, 또 성인이나 죄인에게 다 같이 이 피정이 기념할 만한 것이 되옵소서.

그리스도로 맺어진 어린 형제 여러분, 이 사람에게 도움을 주시오. 여러분의 경건한 주의와 여러분 스스로의 신앙심과 여러분이 외부에 나타내는 행동으로 하여금 이 사람에게 도움을 주시오. 여러분의 마음속에서 모든 세속적인 생각을 버리고 다만 마지막인 것, 즉 죽음과 심판과 지옥과 천당만을 생각하시오. 이것을 기억하는 자는 영원히 죄를 범하지 않을 것이라고 전도서도 말하고 있습니다. 마지막 것을 기억하는 자는 언제나 그것을 눈앞에 두고 행동히며 또한 생각할 것입니다. 그러한 사람은 착한 삶을 보내고 착한 죽음을 맞이할 것입니다. 그리하여 만약 이 현세에서 낳은 희생을 치른다면 내세에 가서 종말이 없는 왕국에서 그 백 배 천 배의 것이 주어질 것임을 믿고 또 자각하는 것입니다. 여러분, 이것이야말로 축복이며 이것을 나는 성부 성자 성령의 이름으로 여러분에게 한 사람 빠짐 없이 진심으로 축원하는 바입니다. 아멘."

친구들과 말 없이 돌아가면서 그는 안개가 자욱하게 자기 마음을 감돌고 있는 것처럼 느꼈다. 그 안개가 가시고 안에 감춰진 것이 나타나기를 그는 멍하니 기다리고 있었다. 모래를 씹는 듯한 저녁을 마치고 난 다음 기름투성이의 찬 그릇들을 식탁 위에 내버려둔 채 그는 일어나 창가로 가서 입에 텁텁하도록 발린 음식 찌꺼기를 혀로 닦고 입가를 핥았다. 이렇게 나도 식후에 혀로 핥는 짐승과 같은 처지에 빠져버렸구나, 이젠 다 글렀군 하고 생각하니, 한 줄기 어렴풋한 불안의 빛이 그의 마음의 안개 속을 뚫고 비쳐오기 시작했다. 그는 유리창에 얼굴을 대고 어둠이 짙어가는 거리를 내다보았다. 어슴푸레한 광선 속에 그림자들이 오가고 있었다. 저것이 인생이란 것이다. '더블린'이란 글씨가 육중하게 그의 마음을 내리누르면서 그 한 자 한 자가 억세고 치근치근한 모양으로 서로들 퉁명스럽게 밀치락 달치락했다. 그의 영혼은 비대하고 응어리져 걸쭉한 기름덩이가 되어갔고, 무딘 공포에 싸인 채 불길하고 험악한 어둠 속으로 차츰 깊이 빠져들어갔다. 그런 한편 그의 육체는 나른하고 창피한 듯 무력하고 산란해진, 그러면서도 인간적인 어두운 눈을 부릅뜨고서 우신(牛神)〔고대 이집트의 해를 상징하는 신〕을 찾아 헤매고 있었던 것이다.

다음날은 죽음과 심판의 얘기가 나오고 있어 그의 영혼을 무기력한 절망으로부터 서서히 흔들어 일으켰다. 설교자의 목쉰 소리가 죽음을 그의 영혼에 불어넣음에 따라 희미한 불안의 빛은 정신의 공포로 변했다. 그는 공포가 가져오는 불안감에 떨었다. 죽음의 싸늘함이 사지를 스쳐 심장에 다가옴을 느꼈다. 죽음의 엷은 막이 눈을 뒤덮고 두뇌의 반짝이는 중심들이 등불처럼 하나씩 꺼지고, 임종의 땀이 살갗에 스며 나오고 죽어가는 수족은 기력을 잃었다. 음성은 흐려져 종잡을 수 없게 되고 쇠약해졌다. 심장은 약하디약하게 고동치며 들릴락 말락하게 되었다. 숨결, 가엾은 숨결, 가엾은 의지할 곳 없는 인간의 정신은 목메어 울고 한숨짓고 목에서 거품을 뿜으며 그르렁거렸다. 구원은 없다. 구원은 없어! 그―그 자신―그가 굴복해버린 그의 육체는 죽어가고 있었다. 무덤 속에 들어가는 것이다. 나무 상자 속에 못질당하여 시체가 되어버린다. 인부들이 그놈을 메고 집을 나선다. 땅속 깊은 구덩이 안으로, 무덤 안으로 뭇사람의 눈에 띄지 않게 던져져, 거기서 썩어 기어오르는 구더기 떼의 밥이 되고 분주하게 돌아다니는 배불뚝이 쥐들의 탐식의 대상이 되는 것이다.

그리하여 친구들이 비탄에 빠져 침대 가에 서 있는 동안 죄인의 영혼은 다스림을 받는다. 의식의 마지막 순간 이승의 생애가 온통 영혼의 눈앞을 스쳐가고, 미처 돌이켜 생각할 겨를도 없이 육체는 죽고 영혼은 다스림의 자리 앞에 두려움에 떨면서 서 있다. 오랫동안 자비로웠던 신도 이제는 지엄한 존재가 된다. 지금까지는 죄 많은 영혼에 호소하고 회개할 기회를 주시고 잠시 동안의 용서를 베풀어 참아오시던 신이었다. 그러나 때는 이미 지났다. 죄를 범하고 향락에 빠졌던 때, 신을 조소하고 신의 성스러운 교회의 경고를 조롱하였을 때, 신의 존엄에 도전하고 신의 명령을 거역하고 동포를 속이고 죄에 죄를 거듭하고 자신의 타락을 중인의 이목으로부터 가리웠던 때, 그러한 때는 이미 지났다. 이제는 신의 차례다. 신을 속이고 얼버무릴 수 없다. 그때에는 모든 죄가 그 숨은 곳에서 나타날 것이며 신의 의사를 어긴 가장 반역적인 죄, 가련하게도 타락에 빠져버리는 더할 수 없게 수치스런 죄, 그 밖에 가장 사소한 결정에서 극악 무도한 죄에 이르기까지 모든 것이 샅샅이 드러날 것이다. 그럴 때 위대한 왕자, 위대한 장군, 놀랄 만한 발명가, 이 세상에 으뜸가는 학자가 되어본들 무슨 소용이 있으랴. 하느님의 다스림의 자리 앞에서는 모든 것이 동등하다. 선을 가상하고 악을 징벌하실 따름이다. 인간의 영혼을 다스리는 데는 오직 일순간만으로 충분하다. 육체가 죽고 난 순간 영혼은 벌써 저울질당하고 말 것이다. 그 하나 하나의 다스림이 끝나면 영혼은 영복의 집으로 가거나 연옥에 보내지거나 그렇지 않으면 통곡과 더불어 지옥에 떨어질 따름이다.

그뿐이랴. 하느님의 정의는 나아가 뭇인간 앞에 입증되어야 한다. 개개의 다스림 다음에는 또한 전체의 다스림이 남아 있다. 최후의 날이 오는 것이다. 최후의 심판이 박두하고 있다. 창공의 전체는 땅 위에 떨어지기를 마치 폭풍에 무화과나무가 흔들릴 때 열매가 떨어지듯 한다(묵시록 6:12). 하늘은 마치 두루마리가 말리듯 말려 없어졌다(묵시록 6:14). 천군의 총수, 대천사 미카엘은 그 무서운 모습을 당당하게 하늘에 나타낸다. 한쪽 발로 바다를, 또 한쪽 발로는 땅을 디디고 그는 대천사의 나팔에서 놋쇠 같은 소리로 시간의 죽음을 고한다. 천사가 세 번 부는 나팔 소리는 전 우주에 가득 찬다. 시간은 현재 있고 옛적에도 있었지만 시간은 이제부터는 없을 것이다. 최후의 나팔 소리와 더불어 우주의 전 인류의 영혼은 부귀와 빈천을 막론하고 현우(賢愚)와 선악(善惡)을 통틀어 여호사바트의 골

짜기로 몰려든다. 이제는 겸손한 하느님의 어진 양도 아니요 온화한 나사렛의 예수도 아니요 슬픔의 사람(이사야서 53:3)도 아니요 착한 목자(요한복음 10:11)도 아니다. 당신께서는 전지전능하신 하느님, 영원한 하느님으로서 위대한 권력과 존엄에 싸여 아홉 계급의 하느님의 사자들, 즉 천사와 대천사, 능품(能品), 역품(力品), 주품(主品)의 각 천사들, 좌품(座品), 권품(權品)의 천사들, 치품(熾品) 및 지품(智品)의 각 천사들을 거느리고 구름 위에 나타나신다. 당신께서는 입을 여신다. 그 목소리는 저 허공의 머나먼 끝까지, 저 나락의 깊디깊은 속까지 들린다. 최고의 심판자, 그분의 선고에는 누구 하나 이의도 없을 것이며 또한 있을 수 없다. 하느님의 의로운 자를 당신 곁에 부르시사 그를 위해 마련된 영원한 지복, 하느님의 나라로 들어가시기를 명한다. 의롭지 못한 자는 하느님께서 이를 물리치시고 노여움에 찬 엄숙한 말씀으로 외치신다. "이 저주받은 자들아, 나에게서 떠나 악마와 그 졸도들을 가두려고 준비한 영원한 불 속에 들어가라."(마태오복음 25:41) 오, 이때 가련한 죄인들은 얼마나 고민에 빠질 것인가. 친구는 친구에게서 자식은 어버이에게서 지아비는 아내에게서 갈라진다. 불쌍한 죄인은 지상의 생활에서 친하던 자들에게 손을 뻗친다. 생전에 그가 조롱의 대상으로 삼았던 순박하고 경건한 마음씨를 가진 사람들에게, 그를 충고하여 올바른 길로 인도하고자 했던 사람들에게, 친절한 형제와 사랑스런 자매에게, 그를 그렇게도 아껴주던 부모에게 손을 뻗칠 것이다. 그러나 이미 늦었다. 의로운 자는 이제 뭇사람들 눈에 흉측하고 사악한 모습으로만 나타나는 가련하고 저주받은 영혼으로부터 외면하게 된 것이다. 오, 그대 위선자들아, 오, 그대 회칠한 무덤들아, 오, 그대들 내심의 영혼은 더럽혀진 죄악의 늪이면서 뻔뻔스럽게도 미소 띤 얼굴을 세상에 내보이는 인간들아, 이 무서운 날에 그대들은 어떻게 될 것인가.

그리고 이날은 올 것이요, 응당 와야 할 것이요, 오지 않을 수 없는 것이다. 죽음의 날, 심판의 날이 오는 것이다. 사람이란 죽게끔 그리고 죽은 다음에는 심판을 받게끔 기약되어 있다. 죽음은 확정되어 있다. 다만 그 시기와 방법이 정해 있지 않을 따름이다. 오랜 병으로 죽을 수도 있고, 뜻하지 않은 사고로 말미암을 수도 있다. 하느님의 아들은 예기치 않을 때 오는 것이다. 때문에 언제 어느 때 죽어도 좋게끔 항상 채비를 해놓아야 할 것이다. 죽음은 우리 모두의 종말이다. 우리 최초의 조상의 죄로 말미암아 이 세상에 초래된 죽음과 심판은 우리의 지상의 존재를 닫아버리는 어두운 문인 것이다. 알지 못하며 보지 못한 것으로 통하는 문, 착한 행실 이외에는 도와주는 것 없이 영혼이 오직 홀로 건너가지 않을 수 없는 문. 도와주는 친구도 형제도 양친도 스승도 없이 오직 홀로 떨면서 지나가지 않을 수 없는 문인 것이다. 이러한 생각을 항상 염두에 두기로 하자. 그런다면 우리는 죄짓는 일이 있을 수 없을 것이다. 죽음은 죄지은 자에게는 공포의 근원이 되지만 올바른 길을 걷고 인생의 맡은 바 자리에 딸린 책임을 다하고 조석의 기도에 참여하고 자주 영성체에 접하고 인정 많은 선행을 행한 자에게는 축복의 순간이 되는 것이다. 경건하고 신앙심 두터운 가톨릭 교인에겐, 의로운 자에겐 죽음은 공포의 원인이 되지 못한다. 임종의 자리에서 그리스도인이 어떻게 죽음을 맞이하는가를 보여주기 위해 사악한 청년 워리크 백작을 부르러 보낸 사람은 바로 저 유명한 영국의 문인 애디슨이 아니었던가. 경건하며 신앙심 두터운 그리스도인, 그 사람이야말로 또 그 사람만이 마음속에서 이렇게 말할 수 있는 것이다.

죽음아, 네 승리는 어디 갔느냐?
죽음아, 네 독침은 어디 있느냐?
(고린도전서 15:55)

이 말 한마디 한마디가 그를 위해 있었다. 더럽고 비밀에 싸인 그의 죄를 향해 하느님의 모든 노여움이 쏟아졌다. 설교자의 칼날은 백일하에 드러난 그의 양심 깊이 박히고, 이제야 그는 자신의 영혼이 죄악 가운데 곪아 터지고 있음을 느꼈다. 그렇다, 설교자의 말씀은 옳다. 하느님의 차례가 온 것이다. 굴 속의 짐승같이 그의 영혼은 오물 가운데 누워 있었으나 천사의 나팔 소리는 그를 죄악의 어둠으로부터 광명 속으로 몰아냈다. 천사가 외치는 단죄의 말소리는 그의 오만한 평온을 순식간에 분쇄해버렸다. 최후의 날의 회오리가 그의 마음속에 휘몰아치고, 그의 죄악, 즉 상상이 만들어낸 보석 같은 눈을 가진 창녀인 그의 죄악은 태풍 앞에 갈피를 못 잡고 생쥐같이 비명을 올리고 말갈기같이 머리털을 휘날리며 허둥대고 달아났다.

집으로 돌아가는 길에 네거리 광장을 건너자니까 젊은 여자의 쾌활한 웃음소리가 그의 타오르는 듯한 귀에 울려왔다. 그 가냘프고 들뜬 소리는 나팔의 울림보다도 더 드세게 그의 가슴을 찔렀다. 그는 감히 눈을 쳐들 용기도 없이 고개를 옆으로 돌리고 걸어가면서 무성한 관목 숲의 그늘진 곳을 응시했다. 두들겨 맞은 듯한 가슴속에 창피한 생각이 솟구치고 온몸을 휘감았다. 엠마의 그림자가 눈앞에 어른거리고 그녀의 시선에 노출됨으로 해서 창피한 생각이 다시금 그의 가슴속에 용솟음쳤다. 마음속으로 그녀를 어떻게 마구 다루었으며 또 짐승과도 같은 그의 욕정이 소녀의 순결을 얼마나 짓밟았던가, 그것을 소녀가 안다면! 과연 소년의 사랑인가? 기사도 정신인가? 시(詩)인가? 그의 방탕의 더러운 하나 하나의 꼴이 바로 코밑에서 악취를 내뿜었다. 난로 굴뚝 속에 감춰둔 검정투성이의 그림 뭉치, 그 그림의 뻔뻔스럽거나 아니면 얼굴이 화끈 달아오를 정도로 음탕한 자태를 앞에 두고 머릿속으로 또 실제 행동으로 죄를 범하면서 몇 시간이고 누워 있었던 일, 원숭이 같은 인간이나 번들거리는 보석 같은 눈을 한 창녀가 출몰하는 괴상망측한 꿈, 죄 많은 고백의 즐거움 속에 잠겨 더럽고도 기다란 편지를 써서 그것을 며칠이고 몰래 갖고 다닌 일, 그것도 혹시나 젊은 여자가 지나다가 주워서 몰래 읽어줄까 하고 들판의 구석진 풀 속이나 돌쩌귀가 떨어진 문 밑 아니면 생울타리의 후미진 곳에다 어둠을 타고 몰래 던져두었던 일, 미쳤다, 미쳤어! 이런 일을 정말 내가 할 수 있었던 것인가. 추악한 기억이 머릿속에 고임에 따라 식은땀이 이마 위로 솟아올랐다.

참회의 고뇌가 사라져버리자 그는 자신의 영혼을 그 비굴하고 무기력한 상태에서 건지고자 애썼다. 하느님과 성모 마리아는 그에게 너무나 멀리 있었다. 하느님은 너무나 위대하고 준엄하며 성모 마리아는 너무나 순결하고 성스러웠다. 그러나 그는 넓은 들판에, 엠마 곁에 서서 겸허하게 눈물 젖으면서 몸을 굽혀 소녀의 소매에다 입을 맞추는 광경을 머릿속에 그렸다.

연둣빛 바다 같은 하늘의 서쪽으로 구름이 흐르고 있는 그 잔잔하고 맑은 저녁 하늘 밑 넓고 넓은 들판에 둘은 서 있었다. 실수를 범한 두 아이였다. 두 사람의 실수는 다만 아이들의 실수에 지나지 않았으나 하느님의 존엄을 심히 어겼다. 그러나 그것은 '보아서 위태로운 지상의 아름다움이 아니라 그 표적인 샛별과도 같이 밝고 조화를 이루는' 그분 마리아를 어긴 것은 아니었다. 그들을 향한 마리아의 눈동자는 화를 내지도 않았고 비난의 기색도 없었다. 마리아는 두 사람의 손을 모아 같이 잡게 하면서 두 사람의 마음을 향해 말하는 것이었다.

"손을 잡아요. 스티븐과 엠마, 지금 하늘은 아름다운 저녁입니다. 너희들은 실수를 범했지만 언제나 나의 아이들이요, 하나의 마음이 또 하나의 마음을 사랑하고 있어요. 자, 같이 손을 잡아요. 나의 귀여운 아이들. 그러면 너희들은 다같이 행복하게 되고 너희 마음은 서로 사랑하게 될 것이에요."

교내 성당에는 드리운 커튼 사이로 스며드는 흐릿한 붉은 광선이 넘쳐 흘렀다. 맨 끝 커튼과 창틀 사이 틈바구니를 뚫고 한 줄기 창백한 광선이 창대같이 날아들어와, 제단의 부조(浮彫)를 아로새긴 놋쇠 촉대에 부딪혀 마치 천사들 싸움에 닳아버린 갑옷 같은 광채를 던졌다.

비는 성당에도 뜰에도 학교에도 퍼붓고 있었다. 소리 없이 비는 영원히 내릴 것이다. 물은 차츰차츰 불어올라 풀과 관목을, 나무와 집을, 기념비와 산마루를 뒤덮어버릴 것이다. 생명 있는 모든 것은 소리도 내지 못하고 질식해버릴 것이다. 새고 사람이고 코끼리고 돼지고 어린아이고, 이 세상의 모든 표류물이 뒤범벅이 되는 속에서 시체들은 말없이 뜬다. 40낮 40밤을 비는 쏟아지고 물은 지구의 표면을 뒤덮어버릴 것이다.

그런 일도 있을 법하지. 어찌 없다 하겠는가.

"'땅이 목구멍을 열고 입을 찢어지게 벌릴 것이다.' 예수 그리스도로 맺어진 어린 형제들, 이 말씀은 이사야서 5장 14절에 있습니다. 성부 성자 성령의 이름으로 아멘."

설교자는 수단 호주머니에서 사슬 없는 시계를 꺼내더니 말없이 잠깐 보고는 앞 테이블 위에 살며시 내려놓았다.

"학생 여러분, 여러분이 아는 바와 같이 아담과 이브는 우리 최초의 조상입니다. 또 여러분이 잘 기억하고 있겠지만 하느님께서 그들을 창조하신 것은 루시퍼와 그의 무엄한 천사들이 타락하고 난 다음 빈자리를 다시 채우기 위한 것이었습니다. 루시퍼란 아침의 아들이라 해서 찬란하고 권세 있는 천사였습니다. 그럼에도 불구하고 그는 타락하여 그와 더불어 천군의 3분의 1이 타락하여버렸습니다. 그는 타락해서 그 무엄한 천사들과 더불어 지옥에 떨어졌습니다. 그의 죄악이 어떤 것이었던가 우리는 잘 모릅니다. 신학자들은 생각하기를 오만의 죄라고 합니다. non serviam, 즉 '나는 섬기지 않으리라' 하는 일순간 마음속에 품게 된 죄 많은 생각이라 합니다. 그 일순간이 그의 파멸이었습니다. 그는 일순간의 죄 많은 생각으로 해서 하느님의 존엄을 어기고 하느님께서는 그를 영원히 천국에서 몰아내어 지옥에 떨어뜨렸던 것입니다.

 그러자 아담과 이브가 하느님에 의해 창조되고 다마스커스의 들에 있는 에덴의 동산, 햇볕과 빛깔이 넘쳐 흐르고 초목이 무성한 동산에 살게끔 되었습니다. 풍요한 대지는 두 사람에게 그 혜택을 선사하고 짐승과 새는 즐겨 두 사람을 섬겼습니다. 우리의 육체에 따라다니는 가지가지 재앙, 병과 가난과 죽음을 두 사람은 몰랐습니다. 위대하고 너그러우신 하느님께서는 두 사람을 위해 가능한 모든 것을 해주셨습니다. 그러나 이 두 사람에게는 하느님께서 과하신 조건이 있었습니다. 그것은 하느님의 말씀에 복종한다는 것이었습니다. 금단의 나무의 열매를 먹어서는 안 된다는 것이었습니다.

 학생 여러분, 그런데 가엾게도 이들 역시 타락해버렸습니다. 일찍이 빛나는 천사요 아침의 아들이었고 이제는 추악한 악마가 되어버린 사탄이 들의 짐승 가운데 가장 교활한 뱀으로 변하여 찾아온 것입니다. 그는 두 사람을 시기했습니다. 타락한 대천사인 그로서 스스로의 죄로 말미암아 영원히 잃어버린 상속의 권리를 흙으로 만들어진 인간이 이어받는다고 생각하니 참을 수 없었던 것입니다. 그는 보다 약한 자인 여자에게 와서 웅변의 독소를 그 귓속에다 퍼부어 약속했습니다―아, 그 얼마나 모독적인 약속이었습니까―그대와 아담이 금단의 열매를 먹을 것 같으면 두 사람은 하느님과 같이, 아니 하느님 자신이 될 것이라고 하였던 것입니다. 이브는 이 때 유혹자의 잔악한 꾐에 빠져버렸습니다. 그 여인은 과일을 먹고 또 그것을 물리칠 만한 도의적 용기가 없는 아담에게 주었던 것입니다. 사탄의 독이 발린 혓바닥은 그 일을 완수한 것입니다. 두 사람은 타락해버렸습니다.

그러자 하느님의 목소리가 이 동산에 들려와 당신이 창조하신 인간의 책임을 물었습니다. 천군의 왕 미카엘은 손에 불칼을 들고 이 죄지은 두 사람 앞에 나타나, 그들을 에덴의 동산으로부터 이 세상, 병과 투쟁, 잔학과 실망, 노동과 고역의 세상으로 몰아내어 이 마에 땀을 흘려 빵을 얻게 하였습니다. 그러나 그 마당에 있어서도 하느님께서는 얼마나 자비로우셨던 것입니까. 당신께서는 이 가엾게도 타락한 우리 조상을 불쌍히 여기사 약속하시기를, 때가 오게 될 때 그들을 속죄해주실 한 분을 하늘에서 내려보내사 다시 한 번 그들을 하느님 아들로서 천국을 이어받는 자로 하실 것이라 했습니다. 그리고 그 한 분, 타락한 인간의 속죄자야말로 하느님의 독생자, 삼위일체의 제2위, 영원한 복음이 될 것이라 했습니다.

그분은 오시었습니다. 당신은 동정녀 마리아에게서 탄생하시었습니다. 당신은 유대의 가난한 외양간에서 탄생하사 사명의 날이 다가올 때까지 30년 동안 비천한 목수로 지내시었습니다. 그러고는 인간에 대한 사랑에 가득 차 당신은 나가셔서 새로운 복음을 들으라고 사람들에게 소리치시었던 것입니다.

사람들은 귀를 기울였겠습니까? 네, 귀는 기울였지만 들으려고는 하지 않았습니다. 당신은 붙들려 보통 죄인과 같이 묶이고 어리석은 자라고 조롱당하고 이름난 도둑에게 양보하기 위하여 밀려나게 되고, 5천의 채찍질을 당하고 가시 면류관을 씌우고 유대의 폭도들과 로마의 병사들에 의해 거리를 끌려다니고, 옷을 벗기우고 십자가에 걸리고 당신의 옆구리를 창으로 뚫리셨습니다. 그리하여 주의 상처난 몸에서는 물과 피가 쉴 사이 없이 흘러나왔던 것입니다.

그러나 그때 이 고통의 절정에 있으면서도 우리의 인자하신 속죄자께서는 인류를 불쌍히 여기시었습니다. 그리고 거기 바로 그 갈보리의 언덕 위에 당신께서 약속하신 바, '죽음의 힘도 감히 그것을 누르지 못할 것이라'(마태오복음 16:18)는 천주교회를 세우시었습니다. 당신께서는 이것을 '영원한 바위'(이사야서 26:4) 위에 세우시고 거기 주의 은총과 성사와 희생을 베푸시고 또한 약속하시기를 만일 사람들이 주의 교회의 말씀을 따른다면 영생으로 갈 것이요, 그러나 그들을 위해 모든 것을 다해준 뒤에도 여전히 사악함을 고집한다면 그들에게 남는 것은 오직 영원한 고문, 즉 지옥밖에는 없으리라 하시었습니다."

설교자의 목소리가 낮아졌다. 그는 말을 멈추고 잠깐 동안 합장을 한 다음 다시 말을 이었다.

"그러면 여기서 잠시 동안 생각해보기로 합시다. 노하신 하느님의 정의로 말미암아 죄지은 자가 영원한 벌을 받기 위해 마련된 그 저주받은 자의 거처가 어떤 것인가를 우리가 알 수 있는 대로 한번 그려봅시다. 지옥은 좁고 어둡고 악취 분분한 감옥이요 마귀와 망령의 거처요 불과 열기로 가득 차 있습니다. 이 감옥이 좁은 것은 하느님의 율법에 따르기를 거절한 자들을 처벌하기 위해서 일부러 그렇게 만든 것입니다. 지상의 감옥에서는 비록 그것이 사방 벽으로 둘러싸인 독방이나 감옥 안의 음침한 안뜰이라 하더라도, 적어도 얼마간의 움직일 자유를 죄수는 갖고 있습니다. 그러나 지옥은 그렇지 않습니다. 거기 가면 저주받은 자들의 수가 많기 때문에 벽의 두께가 4천 마일이라 하는 이 무서운 감옥 속에 죄수들은 오직 겹겹이 싸여 있을 뿐입니다. 그리고 이 저주받은 자들은 수족을 완전히 묶이고 요동도 못 하기 때문에 지복(至福) 성자 성 안셀무스〔이탈리아 신학자. 1033~1109. 뒤에 캔터베리 대주교가 됨〕께서 비유에 관한 저술에서 말한 바와 같이 자기네 눈을 좀먹는 구더기조차 떼어버릴 수 없는 형편이라고 합니다.

그들이 누워 있는 곳은 바깥도 어둠에 싸여 있습니다. 그 까닭인즉—여러분, 알아두십시오—지옥의 불에는 조금도 빛이 없기 때문입니다. 하느님의 명령으로 바빌론의 난로의 불이 그 열은 잃었으나 빛을 잃지 않았듯이 하느님의 명령으로 지옥의 불은 그 심한 열기를 잃지 않은 채 어둠 속에서 영원히 타고 있는 것입니다. 그것은 영원히 그칠 줄 모르는 어둠의 폭풍, 활활 타오르는 유황의 검은 불꽃과 검은 연기입니다. 그 가운데 시체는 쌓이고 쌓여서 공기 한 점 들어갈 틈조차 없는 것입니다. 옛적 파라오의 나라를 괴롭힌 모든 재앙 가운데 진저리 나는 것은 단 한 가지 어둠의 재앙이라 했습니다. 그렇다면 사흘만이 아니라 영원히 계속되는 이 지옥의 어둠을 우리는 무엇이라 불러야 하겠습니까.

이 어둡고 좁은 감옥의 공포는 그 극심한 악취로 말미암아 한층 더해집니다. 최후의 날의 그 무서운 업화(業火)가 세계를 정화하는 날 세상의 모든 쓰레기, 세상의 모든 썩은 살코기와 찌꺼기는 거대한 악취를 뿜는 시궁창을 흐르듯 이 지옥으로 흘러들어 간다고 합니다. 거기 떠오르는 막대한 양의 유황도 그 참을 수 없는 악취로 해서 지옥 전체를 뒤덮는 것입니다. 그리고 저주받은 자의 시체가 또한 어떻게나 심한 독기를 뿜는지 성 보나벤투라〔이탈리아의 신학자. 1221~1274〕의 말씀대로 그 시체 하나만 갖고서도 전 세계를 악취로 채우는 데 충분합니다. 이 세계의 공기, 저 깨끗한 대기조차도 오랫동안 가두어둔다면 더럽고 견디기 힘들게 됩니다. 하물며 지옥의 공기가 얼마나 더럽겠는가 생각해보십시오. 무덤 속에서 썩어 허물어져가는 악취 분분한 시체, 젤리와도 같이 흐물흐물하게 썩은 덩어리를 상상해보십시오. 이러한 시체가 불꽃의 먹이가 되어 활활 타오르는 유황의 불에 삼킨 채 구역질날 정도로 더러운 부패의 숨이 막힐 듯 짙은 연기를 내뿜는 광경을 상상해보십시오. 그리고 또한 그 구역질 나는 악취와 냄새가 숨막힐 듯한 어둠 속에서 몇백만 몇천만의 쌓인 시체들, 말하자면 거대한 인간의 부패균에서 몇백만 몇천만 배로 강화되어 뿜어 나오는 광경을 상상해보십시오. 이 모든 것을 상상해본다면 지옥의 악취가 얼마만한 것인가 여러분은 알 수 있을 것입니다.

그러나 비록 이 악취가 흉측스럽기는 하나 저주받은 자가 받는 최대의 육체적 고통은 아닙니다. 불의 고문이야말로 일찍이 폭군이 그 동포들에게 가한 최대의 고문이었습니다. 촛불에다 잠시 동안이라도 손가락을 대어보시오. 불의 고통을 알 것입니다. 하나 우리 지상의 불은 인간을 위해서 하느님께서 만드신 생명의 불꽃을 지니고 인간에 유용한 여러 가지 기술을 돕기 위한 것입니다. 거기에 비할 때 지옥의 불은 성질이 달라서 회개하지 않는 죄인을 괴롭히고 벌주기 위해 하느님께서 특별히 만드신 것입니다. 지상의 불은 그것이 침범하는 상대방의 잘잘못에 따라 일찍 타버리거나 늦게 타버리거나 하는 것입니다. 그로 말미암아 인간의 지혜는 불의 작용을 억제하거나 소멸시킬 수 있는 화학 약품을 발명하는 데 성공하기까지도 했습니다. 그러나 지옥에서 타는 유황은 형언할 수 없이 격렬하게 미래 영겁을 두고 타도록 특별히 마련된 물질입니다. 더구나 우리 지상의 불은 탐과 동시에 파괴됩니다. 불길이 세면 셀수록 그 지탱하는 시간도 짧아지는 것입니다. 그러나 지옥의 불은 타면서 타는 상태가 보존되는, 그러기에 도저히 믿지 못할 정도로 격심하게 타면서 그것이 영원히 계속된다는 특징이 있는 것입니다.

 우리 지상의 불은 그것이 아무리 격심하고 또 널리 퍼진다 하더라도 항상 어느 일정한 범위가 있는 것입니다. 하나 지옥의 불바다는 가없으며 기슭도 없거니와 밑바닥도 없습니다. 마귀 자신이 어느 병정에게 물음을 받았을 때, 비록 산 덩어리 전체라도 이 불타오르는 지옥의 바닷속에 던진다면 한 조각의 밀초같이 삽시간에 타 없어질 것이라고 고백하지 않을 수 없었다는 말이 기록에 남아 있습니다. 그리고 또한 이 무서운 불은 저주받은 자의 육체를 바깥에서만 괴롭게 하는 것이 아니라, 망령 하나 하나가 그것대로 하나의 지옥이 되어 끝없는 불길이 그 내장 속에서 맹위를 떨친다는 것입니다. 이러한 불쌍한 영혼의 처지란 얼마나 두려운 것이겠습니까,

피는 혈관 속에서 끓어 오르고 뇌수는 두개골 속에서 삶아지고 심장은 가슴속에서 시뻘겋게 닳아 터져 나오고 창자는 시뻘겋게 타버린 덩어리가 되고 연한 눈알은 녹은 공처럼 불타버리는 것입니다.

그러나 이 불의 힘과 특질과 끝이 없다는 점에 대해 이 사람이 말한 것도 이 불의 강렬한, 즉 영혼과 육체를 다같이 벌주기 위해 하느님의 뜻으로서 선정된 수단으로서의 이 불의 강렬함에 비할진대 아무것도 아닙니다. 그것은 하느님의 분노에서 직접 나타나는 불이라 그 자체의 활동으로서가 아니요, 하느님의 복수의 수단으로서 작용하는 것입니다. 세례 때 성수가 육체와 더불어 영혼을 맑게 하듯이 형벌의 불길은 살과 더불어 영혼도 괴롭히는 것입니다. 육체의 모든 감각이 괴로움을 받고, 나아가 영혼의 모든 기능이 고통을 당하는 것입니다. 눈은 꿰뚫어볼 수 없는 캄캄한 어둠으로, 코는 고약한 냄새로, 귀는 아비규환의 외침으로, 입맛은 오물 나병과 같은 부패가 형언할 수 없이 숨막히게 하는 불결물로, 촉각은 새빨갛게 단 쇠막대기와 큰 못으로, 잔인한 불길로 고통을 당하는 것입니다. 이리하여 오관의 갖가지 고문을 겪어 불멸의 영혼은 끝없이 퍼져 타오르는 불길 속, 그 바로 한가운데서 영원의 고통을 겪습니다. 그리고 이 타오르는 불이야말로 존엄을 침범당한 전능한 하느님이 나락(奈落)에 붙인 불길이요, 하느님의 노여움의 숨결로씨 부채질 당하여 영원히 타오르고 더욱더 맹위를 가하는 불길인 것입니다.

끝으로 이 지옥의 감방의 고통이란 저주받은 자들이 함께 있음으로써 더욱더 심각해진다는 사실을 생각해보십시오. 지상에서는 악한 사귐이란 매우 해롭다고 해서 식물조차 본능적으로 그들에게 치명적이거나 유해한 것은 일체 멀리합니다. 그러나 지옥에서는 모든 법칙이 뒤집힙니다—가족이다 국가다 혈연이다 친척이다 하는 관념은 전혀 없는 것입니다. 저주받은 자들은 서로 소리 지르고 아우성치고 그들의 고통과 노여움은 같은 고통을 받고 노여움에 날뛰는 자가 옆에 있음으로써 더 한층 심해지는 것입니다. 인간적인 의식은 일체 잊어버리고 맙니다. 고통을 받는 죄인의 포효는 거대한 나락의 아무리 먼 구석이라도 진동합니다. 저주받은 자는 입이 터져라고 하느님을 모독하고 같이 고통을 겪는 친구를 미워하고 같은 죄악을 범한 동료의 영혼을 악담하는 것입니다. 옛적에는 존속 살해자, 즉 어버이에 대해 살인을 범한 자는 이를 벌주는 데 닭과 원숭이와 뱀과 더불어 자루 속에 같이 넣어서 바닷속에 던지는 것이 관례였습니다. 이러한 법률을 만든 입법자들은 오늘날 볼 때 그 의도가 잔인한 것 같지만 해롭고 가증스런 짐승과 더불어 죄인을 처벌한다는 데 그 뜻이 있었습니다. 그러나 지옥에 있는 이 저주받은 자들은 자기들의 죄를 돕고 선동한 친구들, 말로써 자신의 마음에 사악한 생각과 사악한 생활의 씨앗을 뿌려준 친구들, 음탕스런 암시를 주어 자기들을 죄인의 길로 인도한 친구들, 눈으로 유혹해서 자기들을 유덕의 길에서 꾀어낸 친구들, 이러한 인간들이 다같이 비참한 처지에 있는 것을 보고 메마른 입술과 고통스런 목청으로 격렬한 저주의 말을 내뿜는데, 그 격렬한 저주의 말에 비하면 말없는 짐승의 광포한 것쯤은 문제도 되지 않는 것입니다. 그들은 공범자에게 달려들고 비난하고 저주합니다. 그러나 속수무책, 가망은 없습니다. 새삼 회개하기에 때는 이미 늦은 것입니다.

마지막으로 유혹한 자와 유혹당한 자를 통틀어 모든 저주받은 영혼이 악마와 같이 있음으로써 오는 무서운 고통에 대해 생각해보십시다. 이들 악마는 두 가지 방법으로 저주받은 자를 괴롭힐 것입니다. 즉 하나는 그들이 존재하고 있다는 사실 그 자체로, 또 하나는 그들이 퍼붓는 비난으로일 것입니다. 이러한 악마가 얼마나 흉측스런 것인가 우리는 상상조차 할 수 없습니다. 시에나의 성 카타리나(14세기경의 이탈리아 성녀)는 일찍이 악마를 목격한 적이 있었다면서 이렇게 써놓았습니다. 다만 일순간이라도 그 몸서리치는 괴물을 다시 보기보다는 차라리 목숨이 끝나는 날까지 새빨갛게 단 석탄의 길 위를 걷는 게 나을 것이라고. 일찍이 아름다운 천사였던 마귀는 그가 아름다웠던 그만큼 흉측스러운 것이 되어버렸던 것입니다. 그들은 자기네가 들어서 파멸의 구렁텅이로 끌어내린 망령을 비웃고 조롱합니다. 이 추하디추한 마귀야말로 지옥에서는 양심의 소리로 되어 있습니다. 왜 죄를 지었어? 왜 친구의 유혹에 귀를 기울였어? 왜 경건한 행동과 선행에서 옆길로 쏠려버렸나? 왜 죄악의 기회를 회피하지 않았어? 왜 고약한 친구들을 멀리하지 않았나? 왜 그 음탕한 습성, 부정한 습관을 버리지 못했어? 왜 고해 신부의 충고에 귀를 기울이지 않았지? 왜 한 번 두 번 세 번 네 번 아니 백 번을 타락하고 난 뒤에라도 악습을 회개하여 오로지 죄를 용서해주시겠다고 회개하기를 기다리고 계시는 하느님께 의지하지 않았나? 그러나 이제 회개의 시기는 이미 지났다. 시간은 현재 있고 과거에 있었지만 앞으로는 없을 것이다. 남몰래 죄를 범하고 나태와 오만에 흠뻑 빠지고 옳지 못한 것을 탐내고 자신의 열정(劣情)의 자극에 넘어가고 야수와 같은, 아니 적어도 야수는 짐승에 지나지 않는 만큼 인도해주는 이성이라도 없지만, 그 야수보다도 더 나쁜 생활을 보낸 때가 있었다. 기회는 일찍이 있었던 것이다. 그러나 앞으로 기회는 없을 것이다. 하느님께서 온갖 말씀으로써 얘기하셨는데도 들으려고 하지 않았다. 마음속에 깃든 오만과 노여움을 없애버리려 하지 않았다. 옳지 못한 수단으로 얻은 재산을 돌려주려 하지 않았다. 성스러운 교회의 가르침을 따르거나 신앙의 의무를 다하려 하지 않았다. 사악한 친구들을 버리려 하지 않았다. 위태롭기 그지없는 유혹을 피하려 들지 않았다. 이런 것이 바로 그 악마의 고문자의 말입니다. 조롱과 비난의 말, 증오와 혐오의 말입니다. 혐오, 그렇습니다. 왜냐하면 악마조차 죄를 범했을 때에는 다만 그러한 천사의 성질에 알맞는 죄, 즉 지성의 반역으로 말미암은 죄밖에는 범하지 아니했기 때문입니다. 그들 흉측한 악마조차도 타락한 인간이 성령의 신전을 침범하고 더럽히고 자기 자신을 더럽히고 욕되게 하는, 저 언어도단의 죄를 생각할 때 불쾌와 혐오의 나머지 외면하지 않을 수 없었던 것입니다.

오, 그리스도로 맺어진 어린 형제 여러분, 그러한 말을 듣는 것이 우리의 운명이 되지 않기를! 절대로 그것이 우리의 운명이 되지 않기를 빕니다. 죄과를 청산하는 마지막 날, 위대한 심판자가 당신의 눈앞에서 영원히 떠나라고 명령하는 그 가련한 중생 속에 오늘 이 성당에 모인 여러분 중 어느 한 사람의 영혼도 끼어 있지 않기를 이 사람은 충심으로 빕니다. 우리 가운데 누구 하나라도 '앙화를 받은 자들아, 나를 떠나 마귀와 그 악신을 위하여 예비한 영원한 불로

가라'고 하는 무서운 기각 판결이 귀에 울려오는 일이 없게끔 하느님께 빕니다."

그는 성당 측면 골마루를 걸어 내려갔다. 다리가 후들거리고 머리끝이 마치 귀신 손가락에 닿은 듯 떨리고 있었다. 그는 계단을 올라 복도로 나왔다. 양쪽 벽에는 외투와 우장들이 교수대에 달아매인 죄인인 양 물방울을 떨어뜨리면서 축 늘어져 있었다. 한 발자국씩 내디딜 때마다 그는 내가 죽은 것이 아닌가, 내 영혼이 육체라는 칼집을 빼앗기고 허공을 곤두박칠 치고 있는 것이 아닌가 하는 두려움에 떨렸다.

그는 마룻바닥을 디딜 기운이 없어 책상 앞에 털썩 주저앉아 아무거나 책을 한 권 펴고는 거기다 눈을 모았다. 모든 말이 나를 두고 한 것이로구나. 사실이다. 하느님은 전능하시다. 하느님께서는 나를 지금이라도 이렇게 책상 앞에 앉아 있는 채 내가 그 부르심을 눈치채기도 전에 나를 부르실 수 있다. 하느님께서는 벌써 나를 부르셨다. 그런가? 어떻냐? 그런가? 탐욕스런 불의 혓바닥이 가까이 오는 것을 느끼자 그의 육체는 움츠러들었다. 주위에 숨막히는 듯한 공기의 소용돌이를 느끼자 육체는 말라들었다. 나는 벌써 죽었다. 그렇나. 나는 다스림을 받았다. 불길이 파도같이 그의 육체를 스쳐갔다. 첫 파도다. 그리고 또 한번 파도가 밀려왔다. 그의 머리는 달아올랐다. 다시 파도가. 그의 머리는 두개골이라는 금이 간 거처 속에서 부글부글 끓고 거품을 일으켰다. 불길은 두개골에서 화관같이 피어 오르고 사람 목소리같이 비명을 질렀다.

"지옥! 지옥! 지옥! 지옥! 지옥!"

근처에서 지껄이는 소리가 들렸다.
"지옥의 얘기였습니다."
"너희들 머릿속에 단단히 들어갔겠지."
"그렇습니다, 모두 새파랗게 질렸어요."
"너희들에게는 필요해. 실컷 해줘야만 공부를 하거든."
그는 책상을 향한 채 힘없이 의자에 등을 기대었다. 아직 죽지는 않았구나. 하느님께서는 나를 아직 살려주시고 있구나. 아직도 낯익은 학교 안에 있구나. 테이트 선생과 빈센트 헤런이 창가에 서서 이야기도 하다 우스개도 하다가 창 밖에 쓸쓸히 내리는 비를 내다보기도 하면서 머리를 움직이고 있었다.
"날이 개어줘야겠는데. 말라하이드까지 학생들과 자전거 소풍을 가기로 했어. 이래선 길이 엉망진창이겠군."
"갤 것 같기도 한데요."
귀에 익은 목소리들, 평범한 얘기, 사람 소리가 그쳤을 때의 교실 안의 고요함, 학생들이 점심을 말없이 씹고 있을 때의 마치 연한 풀을 뜯어먹고 있는 소가 내는 듯한 소리로 가득 차 있는 정적, 이러한 것들이 그의 쑤시는 듯한 영혼을 진정시켜주었다.
아직 시간은 있다. 오, 마리아여, 죄인의 피난처여, 저를 위해 탄원해주시옵소서! 오, 순결한 동정녀여, 죽음의 심연에서 저를 구해주시옵소서!
영어 수업은 역사의 질문으로 시작됐다. 왕족, 총신, 음모, 주교 등등이 그들의 이름의 면사포 뒤를 말 못 하는 유령처럼 스쳐갔다. 모두 다스림을 받은 것이다. 대저 사람이 온 세상을 얻을지라도 제 영혼을 잃으면 무엇이 유익하리오. 이제야 나도 깨달았는가 보다. 세상이 평화로운 들판같이 주위에 퍼져 있고 거기서 개미와 같은 인간들이 서로 도우며 열심히 일하고 죽은 이들은 말 없는 무덤 속에 잠들어 있다. 친구의 팔꿈치가 그에게 닿자 그는 가슴에 울려오는 것을 느꼈다. 그리고 선생님의 질문에 대답하려고 입을 여니까 자기 소리가 겸손과 회오로 가득 차 있는 것을 알 수 있었다.

그의 영혼은 이제야 두려움의 고통을 더 참을 수 없이 뉘우침에 가득한 마음의 평온 속으로 깊이 잠겨 들어갔다. 그렇게 하면서 들릴락 말락한 기도 소리가 그의 입에서 새어 나왔다. 그렇다, 나는 아직도 목숨이 살아 있구나. 마음속으로 회개하면 용서받을 수 있겠구나. 하늘에 계신 분께서는 제가 과거에 대한 보상으로 무엇을 할 것인지 보시게 될 것입니다. 온 평생을, 삶의 시시각각을 통해서 말입니다. 제발 기다려주소서.

"전부를 말입니다. 하느님. 전부, 전부입니다."

사환이 문간에 와서 고해성사가 성당에서 시작되고 있다고 알렸다. 네 사람의 학생이 교실을 나갔다. 다른 학생들도 복도를 지나가는 소리가 들렸다. 떨리는 듯한 오한이 심장을 스쳐갔다. 잔잔한 바람결만큼도 세지 않으면서 열심히 귀를 기울이고 있으면 심장 근육에서 심실이 닫혔다 움츠렸다 하는 고동을 느낄 수 있었다.

이제 피할 길은 없다. 고해하지 않을 수 없구나. 내가 저질렀거나 마음에 담았던 것을 낱낱이 말로 고해해서 밝힐 수밖에 없다. 어떻게? 어떻게 하지?

"신부님, 저는……."

이러한 생각이 그의 연약한 육체를 싸늘하게 번쩍이는 비수같이 도려냈다. 고해. 그러나 학교 안 성당에서는 못 해. 모든 죄를, 마음으로 생각하고 행동으로 저지른 죄는 모조리 충심으로 고해하자. 그러나 학교 친구들 가운데서 하는 것은 싫다. 멀리 떠나 어딘가 어두운 장소에서 이 몸의 수치를 털어내놓고 싶다. 학교의 성당에서 고해하는 용기가 없더라도 노하시지 맙소사 하고 그는 겸허하게 하느님께 빌었다. 그리고 겸허하기 그지없는 마음으로 주위의 순진한 마음들에게 무언중 용서를 빌었다.

시간이 흘렀다.

그는 다시금 성당 제일 앞줄에 앉아 있었다. 바깥 햇볕은 이미 약해져 흐릿하게 커튼을 스쳐 들어온 그 햇살마저 떨어지자, 마치 최후의 날의 해가 저물고 심판을 위해 모든 영혼들이 모여든 것 같은 느낌이 들었다.

"'나는 주님 눈 밖에 났구나.'(시편 31:23) 그리스도로 맺어진 어린 형제 여러분, 이 말씀은 시편 30편 23절(라틴어 성경의 구분)에서 인용한 것입니다. 성부와 성자와 성령의 이름으로 아멘."

설교자는 조용하고 정다운 어조로 말을 시작했다. 그의 얼굴은 다정했으며 부드럽게 양쪽 손가락을 모으고 그 끝을 합쳐서 부서지기 쉬운 새장 같은 모양을 이루었다.

"오늘 아침 지옥에 대해 생각해봄에 있어, 우리는 우리의 성스러운 창립자께서 심령 수행에 관한 당신의 저서 가운데서, 이른바 장면의 구성이란 것을 해보고자 노력하셨습니다. 다시 말하자면, 저 몸서리치는 지옥과 그 지옥에 있는 모든 것이 견디어내야 하는 육체적 고통의 구체적 성격을 우리 상상 가운데 그려보고자 했던 것입니다. 오늘 저녁에는 지옥의 정신적 고통의 성질에 대해 잠시 생각해보기로 합시다.

여러분, 죄란 두 겹의 극악함을 명심하십시오. 그것은 우리 본성 중 썩은 부분이 저열한 본능, 즉 천하고 야비한 충동에 상스럽게 굴복하는 것이요, 동시에 우리의 보다 더 고상한 천성이 주는 충고, 즉 순결하고 성스러운 일체의 것에서, 또 성스러운 천주 자신에게서 배반해 나가는 짓이기도 합니다. 그러한 까닭으로 대죄란 지옥에서 두 가지 다른 방법, 즉 육체와 정신을 통해 벌을 받게 되는 것입니다.

그러면 이러한 모든 정신적 고통 가운데 가장 심한 것은 뭣인고 하니 그것은 상실의 고통입니다. 이 상실의 고통이야말로 어떻게나 심하든지 그 자체로서 다른 모든 고통을 합친 것보다 더 심한 고통이 됩니다. 교회의 가장 위대한 박사, 천사와 같은 박사라는 칭호를 받는 성 토마스(토마스 아퀴나스. 이탈리아의 유명한 신학자. 1225~1274)는 말하기를 하느님의 최악의 저주는 여기에 있다고 하셨습니다. 즉 인간의 오성(悟性)에서 신성(神性)의 빛을 완전히 앗아버리고, 인간의 성정이 하느님의 선(善)에서 완강하게 등을 돌려버리는 데 있다는 것입니다. 하느님이란 무한히 선한 존재임을 잊어서는 안 됩니다. 그러니까 그러한 존재를 잊어버린다는 것은 무한히 고통스런 상실임에 틀림없는 것입니다. 이 지상에서는 그러한 상실이 어떤 것인가에 대해 우리는 아주 뚜렷한 생각을 갖고 있지 않습니다. 그러나 지옥에 있는 저주받은 자들은 그들이 받는 더욱 심한 고통 때문에 자기들이 잃어버린 것에 대해 충분한 이해를 갖고 있으며, 잃어버린 이유가 자신이 저지른 죄에 있으며, 또한 영원히 그것을 잃게 되었다는 사실을 깨닫게 되는 것입니다. 죽음의 순간에 육체의 구속은 사라져버리고 영혼은 마치 그 존재의 중심으로 돌아가듯 하느님을 향해 즉시 날아가버립니다. 학생 여러분, 명심해주시오. 우리의 영혼이란 하느님과 더불어 있기를 갈망하고 있는 것입니다. 우리는 하느님에게서 나와 하느님에 의해 살고 하느님에 속해 있습니다. 우리는 하느님의 것, 불가분한 하느님의 것입니다. 하느님은 거룩한 사랑으로서 모든 인간의 영혼을 사랑하시고 모든 인간의 영혼은 그 사랑 가운데 살고 있습니다. 어떻게 그러지 않을 수 있겠습니까? 우리가 쉬는 모든 숨, 우리의 머릿속의 모든 생각, 우리 인생의 모든 순간이 하느님의 그칠 줄 모르는 선에서 우러나온 것입니다. 그리고 어미가 그 자식과 헤어지고, 지아비가 가정의 난롯가에서 쫓겨나고, 친구가 친구와 갈라지게 되는 것이 고통이라면, 가련한 영혼이 그 영혼을 무에서 존재를 갖게 해주고 그 생명을 보존하고 무한한 사랑으로써 사랑해주신, 지선하옵고 사랑 많은 창조주에게서 버림받아 쫓겨난다는 것이 얼마만한 고통, 얼마만한 고민이겠는가 생각해보시오. 그렇다면 그 최대의 선인 하느님에게서 영원히 떨어지게 되어 이제 어찌할 도리도 없다는 것을 충분히 알면서 그 떨어져 있음의 고민을 맛보아야 하는 것, 이것이야말로 창조물인 영혼이 견디어낼 수 있는 것 중 최고의 고통, poena damni, 즉 상실의 고통입니다.

지옥의 저주받은 영혼을 괴롭히는 제2의 고통은 양심의 고통입니다. 시체가 썩어서 구더기가 끓듯이 지옥에 떨어진 영혼에서는 죄의 부패로 말미암아 부단의 회한이, 양심의 가시, 교황 이노켄토 3세(1161~1216)의 말씀과 같이 세 겹의 가시를 가진 구더기가 끓는 것입니다. 이 잔인한 구더기가 찌르는 첫 번째 가시는 과거 쾌락의 추억입니다. 아, 그것은 얼마나 몸서리치는 추억이겠습니까. 모든 것을 집어삼키는 불바다 속에서 오만한 왕자는 자기 궁전의 호화로움을, 똑똑하지만 간사한 자는 그 장서와 연구 기구를, 예술적 쾌락의 애호가는 대리석상과 그림과 그 밖의 미술품을, 식탁의 쾌락을 즐기던 자는 호화로운 향연, 솜씨를 부릴 대로 부린 음식, 특상품의 술 등을, 수전노는 자기가 모아놓은 황금을, 도둑은 부정으로 얻은 재화를, 흉악하고 복수심에 차고 무자비한 살인자는 그들이 쾌재를 부르던 유혈과 광포의 행위를, 더럽고 음탕한 무리는 그들이 즐기던 입에 담을 수 없이 추잡스런 쾌락을 하는 등등으로 제각기 생각할 것입니다. 그들은 이 모든 것을 생각하며 자신과 자신이 저지른 죄악을 저주할 것입니다. 왠고 하니 미래 영겁을 두고 지옥의 불로써 고통을 받게끔 선고가 내려진 영혼들에게 이러한 쾌락쯤 얼마나 초라하게 보일 것인가 말입니다. 땅의 찌꺼기 따위, 몇 개의 쇳조각, 헛된 영예, 육체의 즐거움, 신경의 일시적 자극, 이러한 것을 찾기 위해 천상의 지복을 잃었다고 생각할 때 그들은 얼마나 울분이 터지겠느냐는 말입니다. 정말 그들은 후회할 것입니다. 그리고 이것이야말로 양심의 구더기의 둘째 가시이며 지은 죄에 대한 뒤늦고 소용없는 한탄입니다. 하느님의 정의는 이렇듯 가련한 자들이 지은 죄를 항상 자각하게끔 강요합니다. 게다가 성 아우구스티누스가 지적한 바와 같이, 하느님은 죄에 대해 하느님 자신께서 가지신 지식을 그들에게 주시어, 당신의 눈에 비치는 것과 꼭 같도록 흉측하고 사악한 것으로서 그들에게도 죄가 나타나 보이게 하는 것입니다. 그들은 추악스런 그대로의 자기네 죄를 보고 후회합니다. 그러나 때는 이미 늦었으며 그들이 놓쳐버린 좋은 기회를 새삼 후회할 것입니다. 이것이 양심의 구더기가 찌르는 마지막 가장 깊고도 잔인한 가시입니다. 양심은 말할 것입니다. 그대는 회개할 여유와 기회가 있었는데도 하려고 들지 않았다. 그대는 그대의 양친에 의해 종교적인 양육을 받았다. 그대는 그대를 돕는 교회의 성사와 성총과 사면을 받았다. 그대에게는 설교를 해주고 길을 잃었을 때 그대를 불러들이는, 아무리 많고 아무리 무서운 죄라 할지라도 그대가 고해하고 회개하면 용서해주시는 하느님의 성직자가 있었다. 그런데도 그대는 고해하며 회개하려고 들지 않았다. 그대는 신성한 성직자를 모욕하고 고해소에 등을 돌리고 죄의 진창 속에 깊디깊게 빠져버렸다. 하느님께서는 당신에게로 돌아오라고 그대에게 호소하고 위협하고 또 간청하였다. 아, 이 얼마나 수치요 얼마나 불행이냐. 우주의 지배자께서 흙 덩어리로 만든 그대에게 그대를 만든 하느님을 사랑하고 하느님의 법칙에 따르라고 간청하신 것이다. 그런데도 그대는 듣지 않았다. 이제 새삼스레 그대가 아직 울 수 있고 또 그 울음으로써 지옥 전체에 홍수를 지게 한다 하더라도 그 바다 같은 회오가 이 세상 생존시에 흘리는 진정한 회오의 눈물 한 방울이 얻을 수 있는 것을 얻지 못하리라. 지금 그대는 회개하기 위해서 현세의 일순간을 간청하고 있다. 그러나 부질없는 노릇. 그 시간은 벌써 지나가버렸다. 영원히 지나가버린 것이다.

이렇게 해서 양심에는 3중의 가시가 있습니다. 그것은 지옥에 있는 비참한 자들 마음의 골수까지 갉아먹는 독사라 할 것입니다. 그런 까닭에 마귀와도 같은 노여움에 사로잡혀 이들은 자신의 어리석음으로 말미암아 스스로를 저주하고, 이러한 파멸에 이르게 한 악행을 두고 친구를 저주하고, 이승에서 그들을 유혹했고 지금 저승에 와서는 그들을 비웃는 악마를 저주하고, 심지어는 선과 인내를 비웃고 멸시하면서 정의와 힘을 피할 수 없기 때문에 지고하신 존재조차 욕하고 저주하는 것입니다.

다음으로 저주받은 자가 받게 될 심적 고통은 확대의 고통입니다. 인간이란 이승에서는 많은 악을 행할 능력이 있다 해도 그것을 모조리 한꺼번에 하지는 못하는 것입니다. 왕왕 독으로써 독을 제거하듯이 악이 악을 상쇄하고 반작용을 일으키기 때문입니다. 그러나 지옥에서는 반대로 하나의 고통이 다른 고통을 상쇄하기는커녕 그것을 더욱 심하게 합니다. 그뿐 아니라 정신의 기능은 육체의 감각보다 더 완전한 것이 되어, 그만큼 느끼는 고통도 심한 것입니다. 모든 감각은 거기 알맞는 고통을 겪게끔 되어 있는데 정신의 기능도 그와 꼭 같습니다. 공상은 몸서리치는 심상(心像)으로 해서, 감각의 기능은 그리움과 두려움이 교체함으로 해서, 이성과 오싱은 이 무서운 지옥을 감싸는 외면의 암흑보다도 더 두려운 내면의 암흑으로 해서 각기 고통을 받는 것입니다. 이들 악령을 사로잡고 있는 악이란 비록 무력한 것이라 할지라도 무한한 넓이와 무한한 지속성을 갖는 재앙이요, 죄의 어마어마함과 하느님께서 거기 품으시는 증오감에 유의하지 않는다면, 좀처럼 이해할 수 없을 정도의 몸서리치는 사악의 상태입니다.

  이 확대의 고통과 대립되면서도 그것과 나란히 존재하는 것에 강렬함의 고통이 있습니다. 지옥은 재앙의 중심입니다. 또 여러분도 아는 바와 같이 사물이란 그 말단보다도 중심에서 더욱 강렬한 것입니다. 지옥의 고통을 조금이라도 경감하거나 완화할 수 있는 상쇄 작용이나 혼합물은 없습니다. 아니, 나아가 본래 선한 것도 지옥에서는 재앙이 되는 것입니다. 다른 곳에서라면 고민하는 자에게 위안의 원천이 될 친구와의 사귐도 지옥에서는 부단한 고통거리가 될 것입니다. 지성의 으뜸가는 미덕으로 갈구되는 지식도 지옥에서는 무지보다 한층 더 미움의 대상이 될 것입니다. 위로는 만물의 영장인 인간에서 아래는 숲속의 하등 식물에 이르기까지 모든 생물이 그렇게도 갈망하는 광명도 거기서는 극도의 저주를 받게 될 것입니다. 이승에서는 슬픔이란 아주 오래 가거나 심해지는 일은 없습니다. 인간의 천성이 습관으로써 그것을 극복하거나, 아니면 그 부담을 견뎌내지 못해 끝장을 내고 말기 때문입니다. 그러나 지옥에서는 고통은 습관으로 극복되지 않습니다. 왜냐하면 그것은 지독하게 심한 동시에 항상 변화하고 있어, 말하자면 하나의 고통이 다른 고통으로 해서 불 붙고 그 불씨가 된 원래의 고통에 더 한층 맹렬하게 불을 붙여주기 때문입니다. 그렇다고 인간의 본성이 이렇게 심하고도 가지각색인 고통에 굴복함으로써 그것을 피할 수 있는 것은 아닙니다. 왜냐하면 영혼이란 원래 그 받은 고통을 더욱더 심하게 하기 위해, 재앙에 의지하고 재앙으로 보전되기 때문입니다. 고통의 무한한 확대, 고민의 믿기 어려울 만큼의 가열함, 가책의 끊임없는 변화—이런 것이야말로 진노하신 하느님의 존엄이 죄인에게 요구하는 것입니다. 이런 것이야말로 부패한 육체의 그 천하디천한 음탕의 쾌락으로 말미암아 멸시받고 괄시당한 하늘의 신성함이 요청하는 것입니다. 이것이야말로 죄인의 속죄를 위해 흘리고, 극악무도한 자로 말미암아 짓밟힌 순결한 '하느님의 어린 양'의 피가 강요하는 것입니다.

이 무서운 지옥의 가지가지 고통 가운데서도, 최후 최대의 고통은 지옥의 영겁함입니다. 영겁! 아, 이 얼마나 처참한 말입니까. 영겁! 그 누군들 인간의 머리로서 이해할 수 있겠습니까. 그리고 잊어서는 안 됩니다. 그것은 영겁의 고통입니다. 비록 지옥의 고통이 이렇게까지 몸서리칠 만한 것이 아니라 하더라도, 그것이 영원히 계속되는 운명에 놓여 있다면 고통은 실로 무한한 것이 될 것입니다. 그러나 고통은 영원한 것인 한편 모두 알다시피 견딜 수 없을 만큼 강렬하고 참을 수 없을 만큼 확대되어 있는 것입니다. 벌레에 쏘인 아픔이라도 영원히 참아야 된다면 지독한 고통이 될 것입니다. 하물며 지옥의 겹겹이 싸인 고통을 영원히 참는다면 어떻게 될 것이겠습니까. 영원입니다. 영겁이에요. 한 해라든가 한 시대가 아니라 영원입니다. 이 무서운 의미를 상상해보십시오. 여러분은 바닷가의 모래를 본 적이 자주 있을 것입니다. 그 모래알이란 얼마나 자디잔 것입니까. 놀고 있는 어린아이가 손에 쥐는 한 줌의 모래 속에 대체 이 작은 알들이 얼마나 많이 들어 있을까요. 그런데 그러한 모래의 산더미를 생각해보십시오. 높이는 백만 마일, 이 지상에서 높디높은 하늘 위에까지 이르고 폭도 백만 마일, 저 멀리 땅의 끝까지 이르고 두께도 백만 마일의 산더미입니다. 나아가 이러한 수없는 모래알의 거창한 덩어리가 숲속의 나뭇잎, 망망대해의 물방울, 새의 깃털, 물고기의 비늘, 뭇 짐승의 털, 넓은 대기 중의 미립자만큼 쌓이고 쌓였다고 상상해보십시오. 그리고 백만 년이 끝날 적마다 한 마리의 참새가 이 모래산에 와서 그 주둥이로 한 알의 모래를 주워간다고 생각해봅시다. 그러면 그 새가 산의 경우 1제곱피트를 옮기는 데 몇백만, 몇천만 세기가 걸릴 것이며, 그 산 전체를 옮겨 치우는 데 얼마만큼 무한한 연대가 걸릴 것이겠습니까. 그런데도 그러한 방대한 시일이 경과하고 난 뒤라도, 영겁의 다만 일순간이라도 지났다고는 할 수 없는 것입니다. 이렇게 몇억 몇조의 햇수가 끝나도 영겁은 이제 시작된 것이라고 할 수 없을 것입니다. 그리고 그러한 산더미가 전부 옮겨지고 난 다음 다시 생겨나 다시 참새가 와서 한 알 한 알씩 옮겨간다. 그렇게 하늘의 별, 대기의 미립자, 바다의 물방울, 나무의 잎사귀, 새의 깃털, 물고기의 비늘, 뭇 짐승의 털 등의 수만큼 몇 번이고 생겼다 없어졌다를 되풀이한다 해도, 이렇게 헤아릴 수 없이 거대한 산의 수없는 생성과 소멸의 끝에 가서도 영겁의 단 한순간이라도 끝났다고는 말할 수 없을 것입니다. 이러한 세월이 끝나고도, 생각만 하여도 정신이 아찔할 무한한 시간이 경과된 다음에도, 영겁은 거의 시작된 것이라고 할 수 없을 것입니다.

어느 성자께서 (우리 수도회의 신부 한 분이라고 생각하는데) 언젠가 지옥의 환영을 보게끔 허락을 받으셨습니다. 어둡고 잠잠한, 소리라야 큰 괘종이 똑딱거리는 것밖에는 들리지 않는 큰 홀 한

가운데 서 있는 것 같았다고 합니다. 똑딱거리는 소리는 쉴 사이 없으며 그 소리가 '언제나, 결코' '언제나, 결코'란 말을 쉴 사이 없이 되풀이하고 있는 듯이 이 성자에겐 들렸습니다―언제나 지옥에 있고 결코 천당에는 없다. 언제나 하느님 앞에서 물리침을 받고 결코 지복의 모습을 누릴 수 없다. 언제나 불길에 삼키고 해충에 물리고 벌겋게 단 부젓가락에 찔리며, 결코 그러한 고통에서 빠져나올 수 없다. 언제나 양심의 가책을 받고 기억은 미쳐 날뛰고 마음은 어둠과 절망에 가득 차 있으며, 결코 거기서 도망쳐 나올 수 없다. 언제나 속아 넘어간 바보들의 참상을 바라보고 고소해하는 마귀들을 저주하고 욕지거리하나, 결코 축복받은 정령의 휘황찬란한 옷을 보지 못한다. 언제나 불꽃의 심연에서 이러한 무서운 고통을 한순간, 오직 한순간만이라도 멀게 해주십사고 하느님께 외쳐보나, 결코 한순간이라도 하느님의 용서를 받지 못한다. 언제나 고민하며 결코 즐거움은 없다. 언제나 저주받으며 결코 구원받는 일은 없다. 언제나, 결코, 언제나, 결코. 아, 이 얼마나 무서운 형벌입니까. 영겁으로 계속되는 한없는 고민, 한없는 육체와 정신의 고통, 한 줄기 희망의 빛도 없고 일순의 휴식도 없습니다. 무한히 변화하는 고통, 일단 집어삼키면 그것을 영원히 간직해야 하는 고통, 육체를 고문에 거는 한편 정신을 영원히 잠식하는 고통, 그 순간 순간마다가 영원한 재앙인 영겁. 이런 것이야말로 대죄를 지어서 죽은 자들에 대한 전능하고 의로우신 하느님께서 내리는 가공할 형벌입니다.

    네, 의로우신 하느님이십니다. 인간은 언제나 인간의 이치로 따지기 때문에 하느님께서 단 한 가지 무거운 죄의 보복으로 지옥의 불의 영원하고 무한한 형벌을 과하심을 이외로 생각합니다. 그러한 이치를 부리는 이유는, 육신의 그 무딘 착각과 오성의 어둠에 눈이 가리워져 대죄가 갖는 몸서리치는 악의 참뜻을 깨닫지 못하는 데 있습니다. 그러한 이치를 부리는 이유는 또한, 대수롭지 않은 죄과라 할지라도 그것이 추하고 몸서리치는 것임을 깨닫지 못하는 데 있습니다. 비록 전능하신 창조주께서 하나의 대수롭지 않은 죄, 하나의 거짓, 하나의 노여움의 표정, 일순간의 제멋대로 피우는 게으름─이와 같은 대수롭지 않은 죄악을 내버려두시고 처벌하지 않음으로써 전쟁, 질병, 도둑질, 범죄, 죽음, 살인 등 이 세상의 모든 재앙과 비참을 모조리 없앨 수 있다 하더라도, 전능하신 하느님께서는 그러한 대수롭지 않은 죄를 그냥 내버려두실 수는 없는 것입니다. 대저 죄란 마음속에서건 행동으로 나타난 것이건 하느님의 법칙을 어긴 짓이기 때문에, 만약 하느님께서 그러한 위법자를 처벌하지 않으신다면 하느님은 하느님이 되지 못하기 때문입니다.

　하나의 죄, 지성의 일순간의 반역적인 오만이 루시퍼와 천사의 군세의 3분의 1을 그 영광의 자리에서 타락케 했습니다. 하나의 죄, 일순간의 어리석은 행동과 나약함이 아담과 이브를 에덴 동산에서 쫓겨나게 하고 이 세상에 죽음과 고생을 초래했습니다. 그 죄의 결과를 속죄하기 위하여 하느님의 독생자께서 이 땅 위에 내려와 사셨고 고생하시다가, 십자가에 세 시간이나 매달려 있는 더할 나위 없이 괴로운 죽음을 당하셨습니다.

　오, 예수 그리스도로 맺어진 어린 형제들이여, 그렇다면 어떻게 우리가 이 착하신 속죄자에 거역하여 그분의 노여움을 살 수 있겠습니까? 우리는 다시금 그 찢기고 난도질당한 유해를 짓밟아도 좋겠습니까? 슬픔과 사랑이 가득한 그 얼굴에다 침을 뱉어도 좋겠습니까? 그 잔인한 유대인이나 무도한 병사들처럼, 우리 또한 우리를 위해 외로이 '무서운 슬픔의 술틀을 밟은'(이사야서 63:3) 그 온화하고 인자하신 구세주를 조롱해도 좋겠습니까. 죄의 한마디 한마디가 주의 부드러운 옆구리를 뚫는 상처가 되는 것입니다. 죄의 행동 하나 하나가 그분의 머리를 찌르는 가시가 됩니다. 고의로 빠져드는 부정한 생각 하나 하나가 주의 성스럽고 사랑 많으신 심장을 찌르는 날카로운 창이 됩니다. 아니, 안 됩니다. 어떤 인간이라도 하느님의 존엄을 깊이 모독하는 행위, 영겁의 고통으로써 벌받는 행위, 다시금 하느님의 아드님을 십자가에 못 박고 그분을 조롱하는 행동은 하지 못합니다.

오늘 나의 부족한 이 말이라도 이미 성총을 입고 있는 사람에게는 그 마음을 더욱 굳게 하고 망설이는 사람에게는 힘을 주고, 만약 여러분 가운데 길 잃은 영혼이 있다면 그 가련한 영혼을 성총으로 되돌아서게 하는 데 도움이 되기를 하느님께 기구합니다. 나도 하느님께 기도드리겠으니 여러분도 나와 같이 우리 지은 죄를 회개하게끔 기구합시다. 자, 여러분, 이 보잘것없는 성당이나마 하느님 앞에 무릎을 꿇고 내 뒤를 따라 참회의 기도를 올려주기 바랍니다. 하느님께서는 인류애에 불타고 고민하는 자에게 위안을 주시고자 이 감실 안에 와 계십니다. 두려워할 것은 없습니다. 아무리 죄 많고 아무리 더러운 죄라 하더라도 그 죄를 회개한다면 용서받게 될 것입니다. 세속의 수치심으로 말미암아 주저해서는 안 됩니다. 하느님께서는 죄인의 영원한 죽음을 바라시는 것이 아니라 오히려 그가 개심해서 살기를 바라는 인자하신 천주이시옵니다.

하느님께서는 여러분을 당신께로 부르십니다. 여러분은 하느님의 것이요 하느님은 여러분을 무에서 창조하셨습니다. 하느님께서는 하느님만이 가능한 사랑으로 여러분을 사랑하십니다. 여러분 이 하느님께 죄를 지었다 하더라도 하느님께서는 여러분을 받아들이려고 양팔을 벌리고 계십니다. 불쌍한 죄인이여, 불쌍하고 교만한 실수를 범한 죄인이여, 하느님께로 가십시오. 이제야말로 구원의 때입니다. 지금이 바로 그 시간입니다."

사제는 일어서서 제단을 향해 컴컴해져가는 어둠 속의 감실 앞 계단 위에 무릎을 꿇었다. 성당 안의 모든 사람이 무릎을 꿇고 요동하는 소리 하나 내지 않기를 기다렸다. 그러고는 머리를 쳐들고 참회의 기도를 한마디 한마디 정성스레 되풀이했다. 학생들도 한마디 한마디 응답했다. 스티븐은 혓바닥이 입 천장에 달라붙은 채 고개를 숙이고 마음으로 기도를 올렸다.

"천주여!"

"천주여!"

"저는 주께서 지극히 싫어하시는 죄로써"

"저는 주께서 지극히 싫어하시는 죄로써"

"지극히 인자하인 주님을"

"지극히 인자하신 주님을"

"어김을"

"어김을"

"진심으로 사과하나이다."
"진심으로 사과하나이다."
"저는 다른 어느 재앙보다도"
"저는 다른 어느 재앙보다도"
"저의 죄를 미워함이니"
"저의 죄를 미워함이니"
"성총의 도움으로써"
"성총의 도움으로써"
"이제부터 저의 생활을 고쳐"
"이제부터 저의 생활을 고쳐"
"다시 어김 없도록"
"다시 어김 없도록"
"굳게 맹세하나이다."
"굳게 맹세하나이다."

* * *

그는 식사 후 자신의 영혼과 단둘이 있고자 자기 방으로 올라갔다. 그 한 발자국마다 그의 영혼은 한숨을 싯고 있는 것 같았다. 그 한 발자국마다 그의 영혼은 끈적끈적한 어둠 속 계단을 밟아 올라가면서 한숨을 짓는 것이었다. 그는 자기 방문 앞 마룻간에서 발을 멈추었다. 그리고 자기로 된 손잡이를 잡고 급히 문을 열었다. 그의 내부에서 영혼이 몸부림치면서 그는 두려움 속에 기다리고 있었다.

문지방을 넘어설 때 제발 죽음이 그의 이마를 스치지 않기를, 어둠 속에 사는 마귀가 그를 지배할 수 있는 힘을 갖지 못하도록 몰래 빌었다. 컴컴한 동굴 입구에 들어선 것 같이 그는 문지방에서 가만히 기다리고 있었다. 오만가지 얼굴이 거기 있었다. 눈도 있었다. 그것들이 기다리면서 눈치를 살피고 있는 것이다.
"우리는 물론 훤하게 알고 있어. 어차피 죄는 백일하에 드러나기로 되어 있지만, 정신적 완벽을 기하겠다고 스스로 납득하려 든다면 상당한 곤란이 따르게 돼. 알겠나? 우리는 물론 훤하게 알고 있어―."
이렇게 속삭이는 오만가지 얼굴들이 기다리며 눈치를 살피고 있었다. 속삭이는 오만가지 소리가 컴컴한 동굴의 외곽을 채웠다. 정신과 육체에 다같이 심한 공포를 느꼈으나 그는 용감하게 머리를 쳐들고 단호하게 방 안으로 발을 들여놓았다. 입구, 방, 여느 때의 방이요, 여느 때의 창이다. 어둠 속에서 속삭이듯 들려오던 그 말은, 그것은 아무 의미도 없는 것이라고 스스로 타일렀다. 문을 열어 놓은 내 방이 아니냐고 자신을 납득시켰다.
그는 문을 닫고 급하게 침대 곁으로 가 무릎을 꿇고 두 손으로 얼굴을 가렸다. 손은 싸늘하고 축축하며 사지는 오한이 나듯 쑤시고 아팠다. 육체의 불안과 오한과 피로가 엄습하여 그의 생각을 몰아냈다. 왜 나는 어린애같이 여기서 무릎을 꿇고 저녁 기도를 올리고 있는 것일까? 내 영혼과 단둘이 되기 위해, 내 양심을 따져보기 위해, 스스로 지은 죄와 직면하기 위해, 지은 죄의 때와 방법과 환경을 되살려내 스스로 비탄에 빠지기 위해서다. 그러나 그는 울음이 나오지 않았다. 그 죄과를 기억 속에 불러내지 못했다. 다만 영혼과 육체, 존재 전체, 기억, 의지, 판단력, 육신, 이런 모든 것이 마비되고, 나른해진 통증을 느낄 뿐이었다.

이것은 악마의 소행이다. 생각을 산란시키고 양심을 흐리게 하고 비겁한 죄로 썩어버린 육체를 향해 덤벼드는 악마의 소행이다. 그는 자신의 약함을 용서해주십사고 하느님께 소심한 기도를 올리고는 침대로 기어올라 담요로 몸을 감고 다시 두 손으로 얼굴을 가렸다. 나는 죄를 지었다. 하늘을 어기고 하느님 앞에 깊은 죄를 지어버렸어. 그러니 이제는 하느님의 아들이라 불릴 자격이 없는 것이다.

내가, 이 스티븐 디달러스가 그런 짓을 하다니 대체 있을 수 있는 일인가. 그의 양심은 한숨을 지으며 대답한다. 그렇다, 저질렀다. 남몰래 추잡하게 몇 번이고 몇 번이고 저질렀다. 뉘우침 없는 죄로 마음속 영혼은 썩은 산송장에 지나지 못하면서, 대담하게도 감실 앞에서 경건의 가면을 쓰기까지 했던 것이 아닌가. 어찌 하느님께서 나에게 벼락을 내리시지 않으셨을까. 문둥병처럼 더러운 그 죄가 떼를 지어 그를 둘러싸고 숨을 내뿜고 사방에서 그를 굽어보고 있었다. 그는 기도를 올림으로써 잊으려고 애쓰면서 사지를 웅크리고 눈을 감았다. 그러나 그의 영혼의 감각은 좀처럼 구속을 받으려들지 않았다. 눈을 감고 있어도 죄를 지은 장소는 보이고, 귀는 막고 있어도 들려왔다. 그는 온 힘을 다하여 듣지 않고 보지 않기를 바랐다. 그렇게 원함으로써 긴장에 온몸이 떨리고 영혼의 감각의 문이 닫힐 때까지 그는 바랐다. 감각의 문은 일순 닫혔다가 곧 열렸다. 그때 그에게는 보이는 것이 있었다.

뻣뻣한 잡초와 엉겅퀴와 무성한 쐐기풀의 들판, 무성하고 뻣뻣한 잡초가 우거진 사이에 부서진 빈 깡통과 말라빠진 배설물의 엉키거나 둘둘 말린 덩어리가 잔뜩 깔려 있다. 희미한 늪의 광선이 녹회색 잡초 사이를 뚫고 그 숱한 오물로부터 피어 오르고 있다. 그 광선처럼 희미하고 추악한 냄새가 깡통과 썩어서 부스러기가 된 똥 덩어리에서 징글맞게 피어 오르고 있다.

그 들판에는 몇 마린가의 짐승이 있었다. 한 마리, 세 마리, 여섯 마리. 짐승들은 들판을 왔다갔다하고 있었다. 사람의 얼굴을 한 염소 같은 짐승, 이마에 뿔을 달고 듬성듬성하게 수염을 기른 고무 지우개 같은 회색의 얼굴이다. 우악스런 두 눈에는 악의가 번뜩이고 이리저리 움직일 때마다 기다란 꼬리를 질질 끌었다. 포악한 악의가 깃든 그 벌어진 주둥이가 늙어서 뼈만 앙상한 얼굴에 회색의 광채를 주었다. 한 놈은 찢어진 플란넬 조끼를 옆구리에 끼고 또 한 놈은 무성한 잡초에 수염이 걸리자 밋밋한 어조로 투덜댔다. 덜그럭대는 깡통 사이로 기다란 꼬리를 끌고, 잡초 사이를 이리저리 누비면서 들판에 천천히 둘레를 그리고 돌 때 그 메마른 입술에서는 나지막한 음성이 들려온다. 그들은 천천히 둘레를 그리고 돌면서 에워싸듯 차츰차츰 그 둘레를 좁혀간다. 입술에서는 나지막한 음성이 새어 나오고, 썩은 똥으로 더렵혀진 그 기다란 꼬리를 휘두르는 소리가 난다. 그 무서운 얼굴을 획 쳐든다.

사람 살려줘!

그는 미친 듯 담요를 박차고 얼굴과 목을 내밀었다. 이게 내 지옥이로구나. 하느님께서는 내 죄를 위해 마련해놓으신 지옥을 이렇게 보여주신 것이다. 냄새가 고약하고 야수처럼 흉악한 지옥, 음탕한 염소를 닮은 마귀의 지옥. 나를 위한, 나를 위한 지옥!

그는 침대에서 뛰쳐내렸다. 악취가 목구멍을 흘러내려 가슴이 콱 막히고 구역질이 났다. 공기를! 저 하늘의 공기를! 그는 구역질로 실신할 지경이 되어 비실거리며 창가로 갔다. 세면대 앞에서 경련이 온몸을 사로잡았다. 싸늘한 이마를 미친 듯 움켜잡고 그는 몸부림치면서 심하게 토했다.

발작이 그쳐버리자 힘없이 창가로 걸어가 창문을 열고 모서리에 걸터앉아 창틀에 팔을 기대었다. 비는 멎어 있었다. 점점이 켜진 등불을 따라 흐르고 있는 수증기 속에서 거리는 노란빛 안개의 부드러운 고치 실을 뿜어내고 있었다. 하늘은 고요하고 희뿌옇게 밝았다. 공기는 소나비에 함빡 젖은 잡목 숲속같이 달콤했다. 평온과 명멸하는 등불과 포근한 향기에 묻혀 그는 진심으로 맹세했다.

그는 기도를 올렸다.

'주께서는 일찍이 하늘의 영광에 싸여 지상에 강림하시고자 하셨으나 저희는 죄를 범했나이다. 그리하여 주께서는 무사히 저희를 찾아와 주심없이, 주께서는 하느님이시기에 그 존엄을 덮으시고 그 빛을 감추셨나이다. 그리하여 주께서는 권력이 있는 자기 아니라 약한 자로서 오시어, 저희들에 합당한 인간의 우아함과 빛을 가지신 하느님의 대리로서 당신을 보내주시었습니다. 성모님, 이제 당신의 얼굴과 모습은 저희에게 영원을 말해주시나이다. 보아서 위태로운 지상의 아름다움이 아니라 당신의 표시인 샛별과도 같이 환하

211

고 음악적이며 순결을 숨쉬고 하늘을 말하고 평화를 쏟아주시나이다. 오, 해의 선도자, 순례의 광명이시여. 당신께서 인도해오신 것과 같이 저희를 인도해주시옵소서. 어두운 밤에 황막한 광야를 지나 저희를 주 예수께 인도해주시옵소서. 저희를 집으로 인도해주시옵소서.'

두 눈이 눈물로 가리워졌다. 공손하게 하늘을 우러러 보면서 그는 잃어버린 순결을 찾아 목놓아 울었다.

해가 저물자 그는 집을 나왔다. 축축한 밤 공기가 몸에 와닿고 등뒤로 문 닫히는 소리를 듣자 기도와 눈물로써 위로받은 그의 양심이 다시금 쑤셨다. 고해하라! 고해해! 눈물과 기도쯤으로 양심을 달래다니 충분치 못해. 성령의 사도 앞에 무릎을 꿇고 진심으로 회개해서 감춰둔 죄를 샅샅이 일러바치지 않으면 안 된다. 현관문의 발판이 나를 맞아들이기 위해 열리면서 문지방을 스치는 소리를 다시 듣기 전에, 식당에서 저녁 식사를 마련해놓은 식탁을 다시 보기 전에 무릎을 꿇고 고해를 해버리자. 아주 간단한 일이 아닌가.

양심의 쑤심은 멎었다. 그는 어두운 거리를 빠른 걸음으로 지나갔다. 이 길 위에는 수많은 돌이 깔려 있고, 이 도시에는 수많은 거리가 있고, 또 이 세계에는 수많은 도시가 있다. 그러나 영겁에는 끝이 없다. 나는 대죄를 지었다. 한 번이라도 그것은 대죄이다. 그것은 순식간에 일어날 수 있는 것이다. 하나, 왜 그리 빨리 일어날까. 보든가, 보려고 생각함으로써 일어난다. 눈이란 처음에 보려고 생각하지 않고 있어도 보고 마는 수가 있다. 그럴 때 순식간에 죄를 범하고 마는 것이다. 그러나 육체의 그 부분은 알고 있는 것일까.

뱀, 들에서 가장 교활한 생물이다. 이놈은 욕망이 생기면 순식간에 알아챌 것이리라. 그러고는 그 욕망을 죄 많게도 일순간씩 더 연장시키는 것임에 틀림없다. 이놈은 느끼고 이해하고 욕망을 품는다. 얼마나 몸서리치는 일이냐. 이것을 그렇게 만든 것은 누구인가. 육체 속의 짐승과 같은 부분이 짐승같이 이해하고 짐승같이 욕망을 품게 될 수 있도록 한 것은 대체 누군가? 그것은 나 자신인가 아니면 보다 더 야비한 영혼에 움직이는 비인간적인 무엇인가. 동면에 잠긴 뱀과 같은 생물이 자신의 생명의 연한 뼛골을 갉아먹고 정욕의 점액을 핥아서 살쪄가는 것을 생각하니 그의 영혼은 구역질이 났다. 아, 어째서 그렇게 된 것인가. 아, 어째서.

그는 이러한 생각의 그늘 속에 움츠러들었고 만물과 모든 인간을 만드신 하느님이 두려워 얼굴을 들 수 없었다. 미친 노릇, 대체 누가 이런 생각을 하겠는가. 그러면서 그는 어둠 속에 움츠리고 고개를 숙이면서 그의 머리에 속삭이는 마귀를 그 칼로써 물리쳐주십사고 자기 수호 천사에게 묵도를 올렸다.

속삭임은 그쳤다. 그러자 그는 자기의 영혼이 그 육체를 통하여 생각과 말과 행위로써 자진하여 죄를 지은 것임을 뚜렷이 깨달았다. 고해하라! 죄를 빠짐없이 고해해야 한다. 그러나 신부님에게 자기가 한 짓을 어떻게 입 밖에 내서 할 수 있을까. 아니, 해야 한다. 해야 해. 그러나 염치를 무릅쓰지 않고서 어떻게 할 수 있단 말인가. 아니 염치를 무릅쓰지 않고서 도대체 그런 짓을 어떻게 할 수 있었단 말인가. 미친 놈! 고해하라. 아, 다시 한 번 자유롭고 죄없는 몸이 되고 싶다. 아마 신부님은 알아주실 것이다. 아, 하느님!

그는 어두컴컴한 거리를 자꾸만 걸어갔다. 자기를 기다리고 있는 것에서 꽁무니를 빼는 것같이 보이지 않도록 잠시 동안이라도 걸음을 멈추는 것이 두려웠다. 그러면서 열망을 갖고 지향하는 그 곳에 다다르는 것이 두려웠다. 하느님께서 사랑을 갖고 보실 때 은총에 젖어 있는 영혼은 얼마나 아름답겠는가!

초라한 소녀들이 여럿 광주리를 앞에 두고 보도의 가장자리 돌 위에 앉아 있었다. 축축하게 젖은 머리칼이 이마 위에 늘어져 있었다. 진창 속에 웅크리고 있는 모양이 눈에 아름답지 않았다. 그러나 저네들 영혼은 하느님께서 봐주신다. 그리고 만약 그 영혼이 은총에 젖어 있다면 저 소녀들은 찬란하게 보이는 것이다. 하느님께서는 그것을 보시고 그들을 사랑하시는 것이다.

자신이 타락했음을 생각하고 그 소녀들의 영혼이 자기 영혼보다 하느님께 더 소중한 것임을 느끼자, 살이 저미는 듯한 창피함의 바람결이 그의 영혼을 황량하게 휘몰아쳤다. 바람은 그의 몸 위를 불어 몇만 몇십만의 다른 영혼들에게로 건너간다. 하늘에 명멸하며 반짝였다 흐려졌다 하는 별마냥 그 영혼 위로 하느님의 은총은 때로는 많게 때로는 적게 비친다. 그리하여 명멸하는 영혼은 희미한 광채를 발사하며 움직이는 바람결 속으로 사라진다. 하나의 영혼이 없어졌다. 보잘것없는 영혼, 그의 것이다. 그것은 한 번 아물거리다 꺼지고 잊혀지고 사라져버렸다. 마지막이다. 캄캄하고 싸늘하고 텅 빈 황무지.

빛도 감각도 생명도 없는 시간의 망막한 흐름을 지나 서서히 썰물 빠지듯 장소의 의식이 그에게 돌아왔다. 지저분한 풍경이 그의 주위에 형성되고 있었다. 귀에 익은 말투며 가게에서 타오르는 가스등이며 생선과 술과 축축한 톱밥의 냄새 그리고 오가는 남녀들. 노파가 하나 손에 기름통을 들고 길을 건너려 하고 있었다. 그는 허리를 굽히면서 가까운 데 성당이 있느냐고 물었다.

"성당이냐구? 아, 있지. 처치 거리에 성당이 있소."

"처치(敎會)?"

노파는 기름통을 다른 손에 바꿔 들고 가르쳐주었다. 냄새가 고약한 시들어빠진 오른편 손을 어깨걸이 아래로 내밀자 그는 이 노파의 말소리가 서글퍼지면서 어쩐지 마음이 가라앉아 허리를 더욱 굽혔다.

"고맙습니다."

"천만의 말씀이오."

제단 위의 촛불은 이미 꺼져 있었으나 향 냄새는 어두컴컴한 성당 안에 아직도 풍기고 있었다. 수염을 기른 경건한 얼굴의 일꾼들이 옆문에서 천개(天蓋)를 실어내고 그 곁에서 성구실(聖具室) 담당자가 조용한 몸짓과 말로 그들을 거들고 있었다. 신도가 너덧 명 아직도 남아 보조 제단 앞에서 기도를 올리는가 하면 고해소 가까운 걸상에 무릎을 꿇고 있기도 했다. 그는 머뭇거리며 가까이 갔다. 성당 안의 평온과 정적과 향긋한 어둠에 감사를 올리면서 성냥 갠 뒤 걸상에 무릎을 꿇었다. 그가 무릎을 얹은 판자는 좁고 닳아 있었으며, 가까이서 무릎을 꿇고 있는 사람도 예수를 따르는 가난한 이들이었다. 예수께서도 또한 가난 속에 태어나 목수 집에서 판자를 자르고 깎고 하면서 노동하셨다. 그리고 처음으로 가난한 어부들에게 하느님의 나라에 대해 말씀하시기를 모든 사람은 마음이 양순하고 마음이 가난한 자가 되라 하셨던 것이다.

그는 두 손에 얼굴을 묻고 자기도 또한 곁에서 무릎을 꿇고 있는 사람들과 같이 되어, 그들의 기도처럼 자기의 기도도 받아주시게끔 양순하고 가난하게 되리라 마음먹었다. 그는 그 사람들 곁에서 기도를 드렸으나 힘드는 노릇이었다. 그의 영혼은 죄로써 더럽혀져 있다. 그러니만큼 하느님의 그 헤아리기 어려운 방도로 하여 예수께서 맨 처음 하느님 곁으로 부르셨던 사람들, 목수와 어부. 즉 숲의 재목을 만지고 다듬고 끈기 있게 어망을 손질해가면서 비천한 생업에 종사하는 가난하고 순박한 사람들이 갖는 그 소박한 믿음으로써 용서를 빌 용기는 그에게 없었다.

키 큰 사람의 그림자가 하나 측면 복도를 내려왔다. 고해하려는 사람들이 일제히 술렁거렸다. 마지막으로 그가 힐끔 눈을 뜨니까, 긴 회색의 수염과 카푸친 수도사의 갈색 수도복이 보였다. 사제는 청문석에 들어가 보이지 않게 되었다. 두 사람의 고해자가 일어나 양편에서 고해소로 들어갔다. 나무로 만든 미닫이가 닫혔다. 그리고 들릴락 말락한 속삭임 소리가 정적을 깨뜨렸다. 그의 피는 혈관 속에서 요동치기 시작했다. 마치 죄 많은 도시가 그 죄의 선고를 받고자 잠에서 깨어나듯이 요동쳤다. 조그만 불덩이가 떨어지고 가루 같은 재가 서서히 내려 집집에 쌓인다. 사람들은 잠에서 깨어나 열기에 숨막혀 떠들썩하다.

미닫이가 딸가닥 하고 열리면서 고해자가 청문석 안에서 나왔다. 건너편 문이 당겨졌다. 여자가 한 사람 조용하고도 민첩하게 처음 고해자가 꿇어앉았던 곳으로 들어갔다. 들릴락 말락한 속삭임은 다시 시작됐다.

지금이라도 성당을 떠날 수 있다. 일어서서 발소리를 죽여가며 살며시 바깥으로 빠져나온 다음 캄캄한 거리를 냅다 달려갈 수도 있다. 지금이라도 이 창피에서 빠져나올 수는 있다. 그 죄 하나만 아니었다면 어떤 무서운 죄라도 좋았을 것을, 차라리 살인이라도 좋을 뻔했는데. 조그만 불덩이가 떨어져 그의 전신에 닿았다. 창피스런 생각, 창피스런 말, 창피스런 행동. 수치심이 끊임없이 내리는 뜨거운 재처럼 그의 전신을 수북이 뒤덮었다. 그것을 입 밖으로 내다니! 내 영혼은 숨막히고 어찌할 바를 몰라 죽어 없어질 것이다.

미닫이가 딸가닥 열렸다. 고해자가 청문석 건너쪽에서 나왔다. 이쪽 편 미닫이가 당겨졌다. 먼저 고해자가 나오고 난 뒤에 또 하나가 들어갔다. 조용하게 속삭이는 소리가 김 서린 조각 구름같이 고해소에서 흘러나왔다. 여자 목소리다. 조용하게 속삭이는 조각 구름, 조용하게 속삭이는 증기, 속삭이다간 사라지곤 했다.

그는 나무 팔걸이 밑에서 남몰래 겸허하게 자기 가슴을 주먹으로 쳤다. 나도 다른 사람과 일체가 되자, 하느님과 일체가 되자. 이웃 사람을 사랑하자. 나를 만드시고 나를 사랑해주시는 하느님을 사랑하자. 다른 사람과 더불어 무릎 꿇고 기도를 올려 행복하게 되자. 하느님께서는 나와 이 사람들을 굽어보시고 우리 모두를 사랑해주실 것이다.

착하게 되는 것은 쉽다. 하느님의 멍에는 즐겁고 가볍다. 죄를 짓지 않고 언제나 어린아이같이 있었더라면 훨씬 좋을 뻔했다. 하느님께서는 어린아이를 사랑하사 그들이 당신 앞에 옴을 용서하셨기 때문이다. 죄를 짓다니 무섭고 슬픈 노릇이다. 그러나 하느님께서는 진심으로 후회하는 불쌍한 죄인에게 인자하시다. 의심할 나위 없는 사실. 이것이야말로 인자하심이 아닌가.

미닫이가 갑작스레 열렸다. 고해자가 나왔다. 다음이 그의 차례다. 그는 공포에 떨면서 일어나 정신없이 고해소로 들어갔다.

결국 닥치고 말았구나. 그는 고요한 어둠 속에 무릎을 꿇고 머리 위에 걸려 있는 흰 십자가를 우러러 보았다. 하느님께서는 내가 후회하고 있는 것을 알고 계시겠지. 모든 죄과를 다 말하자. 고해는 기나긴 시간을 소요할 것이다. 그렇게 되면 성당에 있는 모든 사람은 내가 얼마나 큰 죄인이었는가를 알게 될 것이다. 알게 되어도 할 수 없지. 사실이니까. 하느님께서는 내가 후회하면 용서해주시겠다고 약속하셨다. 나는 후회하고 있다. 그는 두 손을 모아 흰 십자가를 향해 쳐들었다. 그리고 빛을 잃은 두 눈으로 전신을 떨면서 기도했다. 길 잃은 짐승같이 머리를 좌우로 흔들면서 그는 흐느끼는 입술로 기도했다.

"용서해주세요! 용서해주세요! 오, 용서해주세요!"

미닫이가 딸가닥 하고 열렸다. 그의 심장이 가슴속에서 뛰어올랐다. 늙은 사제의 얼굴이 창살 있는 곳에 보이고 그에게서 외면을 하여 얼굴을 손에 기대고 있었다. 그는 성호를 긋고 죄를 지은 이 몸에 축복을 내려주십사고 사제에게 빌었다. 그리고 고개를 숙여 허겁지겁 '고백의 기도'를 되풀이했다. '저의 중한 죄'의 대목에 가서 그는 숨이 차 말을 멈춰버렸다.

"전에 고해를 하고 난 다음 얼마나 되었지, 내 아들아?"

"오래되었습니다, 신부님."

"한 달인가?"

"더 오래되었습니다."

"석 달인가?"

"더 오래되었습니다."

"여섯 달인가?"

"여덟 달이올시다."

결국 시작하고 말았구나. 사제는 물었다.

"그래 그동안에 한 짓이 무엇인지 생각나는가?"

그는 자기의 죄를 고해하기 시작했다. 미사를 빼먹은 것, 기도를 올리지 않은것 , 거짓말 한 것.

"그 밖에 뭣이 있지?"

분노의 죄, 남을 질투한 죄, 탐식, 허영, 불복종의 죄.

"그 밖에 또 있는가?"

이제는 도리 없구나. 그는 중얼거렸다.

"저는…… 간음의 죄를 지었습니다, 신부님."

사제는 고개를 돌리지 않았다.

"그대 혼자서 했는가?"

"그리고…… 다른 사람과도."

"여자와 했는가?"

"그렇습니다, 신부님."

"결혼한 여자였던가?"

219

그것은 모르는 일이었다. 죄가 그의 입술에서 한 방울씩 뚝뚝 떨어졌다. 그의 영혼에서 창피스런 물방울이 되어 떨어졌다. 종기처럼 곪아서 고름이 터져 나왔다. 악덕의 더러운 흐름이었다. 마지막 죄는 추하게 느릿느릿 고름이 되어 터져 나왔다. 더 말할 것이 없었다. 그는 기진맥진하여 고개를 떨어뜨렸다.

사제는 가만히 있더니 이내 물었다.

"나이는 몇인가, 나의 아들아?"

"열여섯입니다, 신부님."

사제는 몇 번이고 손으로 얼굴을 닦았다. 그러고는 이마에다 손을 얹고서 창살 쪽으로 몸을 내밀고, 눈은 여전히 외면한 채 천천히 입을 열었다. 그 목소리는 지치고 나이 먹어 있었다.

"아직 무척 나이 어리니까 제발 그런 죄는 버리기 바라네. 그것은 무서운 죄야. 그것은 육체를 망치고 영혼을 망치는 것일세. 많은 범죄와 불행의 원인이 되는 것이지. 그러니 제발 그것을 버리도록 해요. 그것은 불명예스럽고 대장부답지 못해. 그런 고약한 버릇이 그대를 어디로 이끌어갈지, 어디서 욕을 보게 될지 모른단 말이야. 그 죄를 짓고 있는 동안은 그대는 하느님에게 한푼의 값어치도 없는 것이 돼. 성모 마리아께 도와주십사고 기도해요. 꼭 그렇게 하겠지? 그대는 지금 그런 죄는 모조리 후회하고 있어. 틀림없이 그럴 거야. 그리고 하느님의 거룩한 은총에 의지하여 그런 고약한 죄로써 하느님을 거역하지 않겠다고 지금 하느님께 약속해. 그런 엄숙한 약속을 하느님께 하겠지, 어때?"

"네, 신부님."

나이 먹은 지친 목소리가 자우(慈雨)같이 그의 떨리고 메마른 가슴에 내렸다. 얼마나 상쾌하고 또한 구슬픈 것인가.

"이 가련한 아들아, 그렇게 해요. 마귀가 그대를 나쁜 길로 인도했어. 그렇게 마귀가, 하느님을 미워하는 마귀가 그대를 유혹해서 그대의 몸을 더럽히려고 들 때에는 그놈을 지옥으로 쫓아버려. 그 죄, 그 고약하디고약한 죄를 버리겠다고 하느님께 약속하지."

자신의 눈물과 하느님의 자비의 광명으로 말미암아 앞이 보이지 않은 채 그는 고개를 숙이고 사죄(赦罪)의 엄숙한 말이 나오는 것을 듣고 용서의 표시로 사제가 손을 그의 머리 위에 얹는 것을 보았다.

"나의 아들아, 그대에 축복이 있기를. 나를 위해 기도해다오."

그는 컴컴한 성당 한 구석에서 회오를 하기 위해 무릎을 꿇고 기도를 드렸다. 그의 기도는 흰장미 한가운데서 올라오는 향기와도 같이 그의 깨끗해진 심장에서 하늘로 올라갔다.

진창 길이지만 마음은 가뿐했다. 눈에 보이지 않는 은총이 전신에 퍼져 사지가 떠나갈 듯 가볍게 되는 것을 느끼면서 그는 성큼성큼 집으로 걸어갔다. 나는 모든 장애를 물리치고 일을 해치웠다. 나는 고해를 했고 하느님께서는 나를 용서해주셨다. 나의 영혼은 다시 한 번 아름답고 깨끗하게 되었다. 깨끗하고 행복하게 되었다.

하느님께서 원하신다면 죽는 것도 아름다울 것이다. 그러나 은총 가운데 평화와 정절과 인내의 생활을 사람들과 더불어 보내는 것은 아름다운 노릇이었다. 주방 난롯가에 앉아 그는 행복으로 가득 차 말을 꺼내지 못할 지경이었다. 이 순간까지 그는 인생이란 얼마나 아름답고 평화스런 것일 수 있는가를 몰랐다. 등잔 가에 핀으로 꽂아놓은 초록색 네모진 종이가 부드러운 광채를 내고 있었다. 찬장 안에는 소시지와 흰 푸딩 쟁반이 있고 선반 위에는 계란이 얹혀 있었다. 이것이 학교 성당에서 영성체가 끝난 다음의 조반이 될 것이다. 흰 푸딩과 계란과 소시지와 홍차. 따지고 보면 인생이란 얼마나 간소하고 아름다운 것인가. 그리고 내 인생은 모두 지금부터가 아닌가.

　꿈결에 그는 잠이 들었다. 꿈에서 깨어 일어나 보니 아침이었다. 꿈인지 생시인지 모르는 기분으로 그는 고요한 아침을 학교로 향했다.

　학생은 다들 와 있어 각기 좌석에서 무릎을 꿇고 있었다. 그들 사이에 무릎을 꿇으면서 그는 행복하면서 창피스런 마음이 들었다. 제단에는 향기 그윽한 흰 꽃이 산더미같이 쌓여 있었고, 아침 햇살을 받으면서 그 흰 꽃 속에 묻힌 양초의 파리한 불꽃이 자신의 영혼같이 맑고 고요했다.

　그는 친구들과 더불어 제단 앞에 무릎을 꿇고 가로대처럼 나란히 내민 손 위에 자기 손도 내밀어 제대보를 받들었다. 사제가 성반을 들고 배령자에서 배령자로 옮아가는 것을 들으면서 그의 양손은 떨리고 영혼도 떨렸다.

　"우리 주의 성체."

　이래도 괜찮을까? 나는 여기 죄와 더러움 없이 무릎을 꿇고 있다. 곧 혀끝에 성체가 얹히면 하느님께서 깨끗해진 내 몸 속에 들어오시는 것이다.

"영원한 생명에, 아멘."

새로운 생활! 은총과 정결과 행복의 생활! 정말이다. 이건 꿈이 아니야. 다시 깨거나 하는 꿈이 아니다. 과거는 지나갔다.

"우리 주의 성체."

성합이 그에게로 돌아왔다.

4장

 일요일은 성삼위일체(聖三位一體)의 성사(聖事)에, 월요일은 성령에, 화요일은 수호 천사에, 수요일은 성 요셉에, 목요일은 성체 비적(秘蹟)에, 금요일은 수난하신 예수께, 토요일은 동정녀 마리아께 바쳐졌다.
 아침마다 그는 거룩하신 모습이나 비적에 접하여 다시금 자신을 정화시켰다. 그의 하루는 비록 일순간의 사색과 행동일지라도 그것을 교황의 의도에 알맞게끔 굳건하게 바치는 일과 첫 새벽 미사와 더불어 시작되었다. 쌀쌀한 아침 공기가 그의 부동의 신념을 튼튼하게 해주었다. 두어서너 사람의 신도와 같이 보조 성단 앞에 무릎을 꿇고 간지를 끼워놓은 기도서를 들고 사제의 나지막한 소리에 귀를 기울이고 있을 때, 이따금씩 눈을 들고는 구약과 신약을 표시하는 두 자루 촛불 사이 어두컴컴한 곳에 서 있는 법복의 그림자를 보면서 마치 자신이 카타콤〔로마 시대, 압박 받은 그리스도교인이 몰래 예배를 드린 지하 묘지〕 안의 미사에 참례하고 있는 것 같이 느껴졌다.
 그의 하루는 열렬한 신앙의 세계 속에 짜여졌다. 짧은 외침과 기도로 그는 연옥에 있는 영혼을 위해 수없는 나날과 사순(四旬)과해를 아낌없이 쌓아 올렸다. 그럼에도 성교공과(聖敎工課)의 개전의 이토록 방대한 세월을 쉽사리 쌓아 올림으로써 얻는 정신적 승리감은, 그대로 그의 열렬한 기도의 보답으로 이어지지 않았다. 이렇게 고민하는 영혼에 대신하여 용서를 비는 기도가 벌을 어느 정도나마 가볍게 할 수 있을 것인지 몰랐기 때문이다. 그리고 영겁으로 계속하지 않는다는 점만이 지옥의 불과는 구별되는, 연옥의 불 한가운데서 자신의 개전이라야 겨우 한 방울의 물 정도의 역할밖에는 하지 못할 것이 아닌가 하고 두려워하면서, 그는 날마다 자신의 영혼을 몰아 공덕의 행실의 범위를 넓혀갈 뿐이었다.

속세의 신분상 의무라고 간주하는 것으로서 하루를 쪼개놓은, 그 모든 부분은 종교적 활동을 중심으로 해서 움직였다. 그의 생활은 영원한 세계에 가까워지는 것 같았다. 사색, 언어, 행동의 하나하나, 의식의 모든 순간을 천국에서 찬란하게 빛나게 할 수 있었다. 그리고 때로는 이러한 즉각적인 반향의 느낌이 어떻게나 생생하든지, 자기의 헌신적인 영혼이 손가락으로 커다란 금전 등록기의 단추를 눌러서 자기 힘으로 얻은 수익이, 숫자 같은 게 아니라 가냘프게 올라가는 향연이나 날씬한 한 포기 꽃이 되어 천국으로 곧장 향해 가는 것 같은 느낌이 들었다.

그가 끊임없이 올리는 묵주 기도─그는 길을 걷다가노 드릴 수 있도록 바지 호주머니 속에 묵주를 넣고 다녔다─역시, 이름이 없을 뿐더러 빛깔도 향기도 없는 듯이 보일 만큼 막연하여, 이 세상 것 같지 않은 신비한 결의 화관(花冠)으로 변하는 것이었다. 자기를 만들어주신 성부에 대한 신앙, 자기의 죄를 갚아주신 성자에 대한 희망, 자기를 깨끗이 해주신 성령에 대한 사랑, 이 세 가지 신학상의 덕, 그 어느 것에서도 자신의 영혼이 튼튼하게 되게끔, 그는 매일 세 번의 짧은 묵주 기도를 어김없이 올렸다. 그리고 이 세 번의 삼중의 기도를 즐거움과 슬픔과 그리고 영광스러움의 각기 성사의 이름 아래, 성모 마리아를 통하여 삼위(성부, 성자, 성령)에게 올렸다.

그 주일의 이레 동안 날마다 그는 성령의 일곱 가지 선사품 하나 하나가 그의 영혼에 내려와, 과거에 영혼을 더럽힌 일곱 가지 대죄를 몰아내주십사고 빌었다. 또 그것의 강림을 확신하여 그는 정해진 일자에 각기의 선사품을 취해 기도했지만, 지혜와 오성과 지식을 따로 구별하여 기도하지 않으면 안 될 정도로 뚜렷한 구별이 있다는 것은 이상하다는 생각이 들기도 했다. 그러나 장차 자기의 신앙이 향상된 단계에 가서는 거룩한 삼위일체의 제3위로 말미암아, 자신의 죄 많은 영혼이 그 약함을 구제받고 계몽당할 때 이러한 곤란도 제거될 것임을 믿었다. 그는 이 사실을 더욱더 강하게 전율마저 느끼면서 믿었다. 왠고 하니, 신성한 어둠과 침묵 속에는 비둘기와 큰 바람을 상징으로 하는, 눈에 보이지 않는 파라플레토스〔요한복음 14:16. 성령을 말함〕가 머물고 있으며, 거기 대해 죄를 짓는 것은 용서치 못할 대죄이고, 그 영원하고도 신비로운 비밀의 존재에 대해 하느님으로서 사제는 '불과 같은 혀'(사도행전 2:3)의 진분홍 법복을 몸에 감고 1년에 한 번씩 미사를 올리기 때문이었다.

그가 읽는 신앙의 서에는 삼위일체의 삼자의 성질과 관계가 비유의 방식으로 어렴풋하게 그려져 있는데―성부는 영겁에서 거울에 비치듯 그 지성(至聖)의 완벽을 응시하시고 영원의 성자를 나으

시며, 성령은 영겁에서부터 성부와 성자에서 나타나시다―이러한 비유적 설명은 그 장엄한 불가해성으로 해서 그의 마음이 받아들이기 쉬웠다. 하느님께서 그가 이승에 태어나기 전 오랜 세월을 두고, 아니 이 세상이 생겨나기 이전 오랜 세월을 두고 영겁에서부터 그의 영혼을 사랑해주셨다는 단순한 사실보다도, 이것이 더 쉽게 이해되었던 것이다.

사랑과 증오의 감정에 대한 여러 가지 말이 연단이나 설교단 위에서 엄숙하게 튀어나오는 것을 그는 들은 적이 있으며, 또 책 가운데 엄숙하게 씌어 있는 것을 본 적도 있다. 그러나 왜 자기의 영혼은 한시도 그러한 감정을 품을 수 없는 것인지, 왜 자기의 입술은 확신을 갖고 그러한 말을 할 수 없는 것인지 그는 의아스러웠다. 잠시 동안의 노여움에 사로잡히는 수는 자주 있었으나, 그는 그것을 오랫동안 자기 감정 속에 가둬두지 못했고 언제나 손쉽게 빠져나오는 듯이 느꼈다. 마치 육체에서 껍질이 스스로 벗겨져 나가는 그런 느낌이었다. 뭐라 말할 수 없이 눈에 보이지 않는, 속삭이는 듯한 무언가가 전신에 스며들어 삽시간의 사악한 욕정이 불같이 타오르는 일도 있었으나, 그것 또한 그의 손아귀를 빠져나가 남는 것은 오직 맑고 무관심한 심정뿐이었다. 이것만이 그의 영혼에 깃드는 유일한 사랑이요 그리고 유일한 증오인 것처럼 보였다.

그러나 이제 와서 사랑의 실재는 부인할 수 없다. 하느님 당신께서 이 하나의 그의 영혼을 영원히 거룩한 사랑으로써 보살펴주실 것이 아닌가. 그는 자기 영혼이 영적인 지식으로 살찌게 됨에 따라, 차츰 전 세계가 하느님의 힘과 사랑의 광대하고도 균형잡힌 한 개

표현임을 알았다. 삶은 하느님이 주신 선물이 되고 모든 순간 모든 감각에 대해, 비록 그것이 작은 나뭇가지에 걸린 외톨의 나뭇잎 하나에 불과하더라도, 그의 영혼은 그것을 주신 분을 찬양하고 또 감사해 마지않을 수 없었다. 세계는 아무리 견고한 물질로 되고 복잡한 것이라 하더라도, 이제 그의 영혼에는 하느님의 힘과 사랑과 보편성의 원리로밖에는 존재하지 않았다. 모든 자연에는 거룩한 의미가 숨어 있다는, 영혼에 대한 이러한 느낌은 추호도 의문의 여지가 없기에, 그는 자기가 앞으로 삶을 계속해야 할 필요가 있는가조차 이해치 못할 정도였다. 그러나 그것도 하느님의 뜻의 일부이고 보면, 하고 많은 사람 중에서 하느님의 뜻을 어겨 그렇게 중하고 더러운 죄를 범한 자기 따위가 그 효용에 대해 의심을 품다니 생각도 못할 일이었다. 단 하나의 영원한 보편적인 완벽의 실재물이라는 이 의식에 온화하고 겸허하게 된 그의 영혼은 다시금 미사, 기도, 비적, 고행 등 신앙의 무거운 짐을 졌다. 그리하여 사랑의 크나큰 신비에 대해 생각을 가다듬은 후, 처음으로 그는 마음속에 새로 탄생한 생명의 움직임, 또는 영혼 자체의 힘 같은 것을 느끼게 되었다. 종교 예술에서 보는 법열(法悅)의 자세, 두 손을 높이 쳐들고 당장에라도 실신할 것같이 입과 눈을 열고 있는 그 자세가, 곧 그에게는 창조주 앞에 몸을 굽히고 숨이 넘어갈 듯이 기도를 올리는 영혼의 자세가 되었다.

 그러나 종교적 흥분의 위험에 대해서는 일찍감치 훈계를 받고 있는 터라, 위험에 찬 성자의 경지에 다다르기보다는 차라리 죄 많은 과거를 속죄하는 부단의 고행에 노력하면서, 아무리 조그맣고 비근한 정성도 이를 회피하지 않기로 했다. 그는 오감(五感)의 하나하나에다 엄격한 훈련을 과했다. 시각의 고행을 위해서는 눈을 아래로 깔고 좌우나 뒤쪽을 보지 않으면서 걸어가기로 했다. 그의 눈은 여성의 눈과 부딪치지 않도록 조심했다. 또 때로는 읽다 만 문장의 중도에서 갑자기 눈을 떼어 책을 덮는 따위의 갑작스런 의지의 노력으로써 시력의 방해도 시험해보았다. 청각의 고행을 위해서는 마침 변성기의 자기 목소리를 억제하지 않고, 노래나 휘파람을 불지 않도록 하고, 숫돌에다 칼을 간다든가 부삽으로 석탄 찌꺼기를 긁어 모은다든가 막대로 융단을 턴다든가 하는, 무척 신경에 거슬리는 소리도 피하지 않기로 했다. 후각의 고행은 더욱 힘들었다. 왠고 하니 똥이나 타르 같은 바깥 냄새나 자신의 체취, 그런 것으로 여러 가지 이상한 비교나 실험을 해본 적이 있어서, 그런 악취에 대해 그는 본능적인 혐오를 느끼지 못했기 때문이다. 결국 자기의 후각이 불쾌감을 느끼는 유일한 냄새는 오랫동안 괸 오줌의 냄새 비슷한 일종의 썩은 생선의 악취 같은 것임을 알았다. 그래서 기회만 있으면 언제 이 불쾌한 냄새를 마다하지 않았다. 미각의 고행으로는 엄격한 식사의 습관을 이행하고 교회의 단식은 시키는 대로 지키고, 주의를 산란케 함으로써 여러 가지 음식의 맛에서 마음을 돌리도록 애썼다. 그러나 무엇보다도 가장 고심해서 연구해낸 것은 촉각의 고행을 위한 것이었다. 침대에서는 자세를 바꾸지 않도록 정신을 차리고 의자에는 가장 불편한 자세로 앉고 가려운 것과 아픈 것은 일체 묵살하고 난로는 멀리하고, 복음서를 읽을 때 이외는 미사 동안 내내 무릎을 꿇은 채 있고, 바깥 공기에 닿으면 따끔따끔

하도록 목과 얼굴의 일부를 물이 묻은 채 놔두고, 묵주 기도를 올릴 때 이외는 두 팔을 뜀뛰는 사람같이 겨드랑에 꽉 붙이고 호주머니에 넣는다든가 뒤로 팔짱을 끼는 짓은 일체 하지 않았다.

　대죄를 짓고자 하는 유혹은 전혀 느끼지 않았다. 그러나 이렇게 공들여서 경건한 언행과 자제를 이것저것 해보고 난 다음, 자기가 유치하고 대수롭잖은 결심에 쉽사리 넘어간다는 사실을 알고 그는 놀랐다. 어머니가 재채기를 하는 것을 듣던가 자기의 신심(信心)이 방해를 당할 때 내는 화를 억누르는 데, 기도며 단식이 별로 도움이 되지 않았던 것이다. 이러한 울화통을 치밀게 하는 충동을 억누르는 데는 거창한 의지의 힘이 필요했다. 그가 종종 선생님들 사이에서 본 적이 있는 대단찮은 화를 터뜨릴 때의 입을 삐쭉거리거나, 입술을 꼭 다물고 뺨을 새빨갛게 물들이는 그러한 모습이 생각에 떠오르자 자기가 하는 짓이 비교가 되어, 모처럼 겸허하게 되려고 애쓰는 자신이 그만 풀이 죽고 말았다. 자기의 생활을 타인의 생활의 평범한 흐름 속에 합쳐버리는 것은 기도나 단식보다 더욱 힘드는 노릇이었다. 그래서 스스로 만족할 때까지 실행에 번번이 실패하고, 결국 가서는 회의나 주저와 더불어 정신적으로 메마른 듯한 감정이 그의 영혼 속에 생겨났다. 그리하여, 비적(秘蹟) 그 자체까지도 메마름의 원천이 되어버린 듯한 마음의 황폐의 시기에 부닥쳐버렸다. 그의 고해는 소심한 회개할 줄 모르는 결점의 도피구가 되었다. 이제는 성체를 배령하면서도 그때 느꼈던 그 영적 교감이 주는 순결한 몰아(沒我)의, 몸이 녹아나는 듯한 순간은 일어나지 않았다. 이러한 예배 때 그가 사용한 책은 성 알폰수스 리구오리〔1696~1787.

이탈리아의 가톨릭 신부)가 쓴 그리 눈에 띄지 않는 오래된 기도서로 글자는 퇴색하고 종이는 낡아서 빛바랜 것이었다. 찬송가가 그려주는 형상과 성체배령자의 기도가 한데 얽혀 있는 이 책을 읽노라면, 열렬한 사랑과 순결함의 호응의 이미 사라진 세계가 그의 영혼 속에 되살아났다. 들리지 않는 소리가 영혼을 달래주는 것 같아 명예와 영광을 말해주고, 혼례식에 향하듯 일어나 오라고 영혼에게 명하고, 나의 신부여, 아마나 산에서 또 표범 우글거리는 산에서 내려오너라(아가 4:8) 하고 명하는 것같이 생각되었다. 그러면 영혼은 몸을 맡겨 역시 들리지 않는 소리로 대답하는 듯했다. '그는 내 품 안에 쉴 것이다.' (아가 1:13)

그의 영혼을 괴롭히던 육체의 집요한 소리가 기도나 명상 때에도 다시금 그에게 속삭임을 시작한 것을 느끼게 되자, 거기에 몸을 내어 맡겼으면 하는 생각이 마음을 위태롭게 사로잡았다. 단 한 번이라도 거기 동의한다면, 한순간의 생각만으로 여태 쌓아 올린 모든 것이 허사가 될 것임을 깨닫게 되자 그에게는 강렬한 힘의 의식이 솟아올랐다. 마치 밀물이 서서히 그의 맨발을 적시면서, 처음에는 힘 없고 머뭇거리는 듯한 잔물결이 달아오른 살결에 닿는 것을 느끼는 때와 같은 심정이었다. 그럴 때 물결이 닿을락 말락하는 순간, 죄에 응하고자 하는 찰나에, 어떤 의지의 행동 또는 외침의 기도가 불시에 터져 나와, 그는 구원을 받고 밀물에서 멀리 떨어진 물기 없는 기슭에 서는 것을 느꼈다. 밀물의 은빛 흐름이 멀어져갔다가 다시 그의 발목으로 서서히 다가오는 것을 보면서, 그는 죄에 온몸을 맡겨 모든 것을 수포로 돌리지 않았음을 알고, 자기의 영혼이 힘과 만족의 새로운 흥분에 떨리는 것을 느꼈다.

이렇게 몇 번이고 유혹의 물결을 피하고 있노라면, 마음이 산란해지고 잃기를 거부한 은총을 혹시나 도둑맞지 않았는가 하는 생각도 들었다. 죄를 짓지 않고 있다는 뚜렷한 신념은 희미해지고, 거기 따라 자기의 영혼은 영문도 모르는 사이에 타락해버린 것이 아닌가 하는 막연한 불안이 생겼다. 유혹을 받을 적마다 하느님께 기도를 드려온 터이고, 빌어 마지않던 은총은 하느님께서 주시지 않을 수 없으니 만큼 당연히 주실 것이라고 스스로 타이름으로써, 그는 은총에 잠겨 있다는 의식을 가까스로 되찾을 수 있었다. 너무나 잦은 유혹과 그것의 혹심함을 알자 그는 일찍 들은 바 있는 성자가 받은 시련이 진실임을 깨닫게 되었다. 심한 유혹에 자주 사로잡힌다는 것은, 영혼의 성벽이 함락되지 않기에 마귀가 그것을 무너뜨리려고 덤벼드는 증거인 것이다.

그가 회의와 주저―기도할 때 약간 부주의했다든가, 마음속에 사소한 감정이 동했다든가, 언행에 조금 괴팍스러운 점이 있었다든가 하는―를 고해할 때, 종종 그는 죄의 용서를 받기 위해 전의 생활이 저지른 죄를 고해하게끔 청죄 신부에게서 요구당하는 일이 있었다. 그는 굴욕과 창피를 무릅쓰고 그 이름을 들면서 참회했다. 아무리 성자와 같은 생활을 보내고 어떠한 덕과 완성을 이룩하더라도, 그 죄를 완전히 씻어버릴 수 없을 것이라 생각하니 굴욕과 창피를 느꼈다. 불안한 죄의식은 언제나 따라다닐 것이다. 고해하고 회개해서 죄의 용서를 받는다. 다시 고해하고 회개하고 죄의 용서를 받는다. 헛된 노릇이다. 지옥의 무서움으로 해서 억지로 하게 된 그 첫 번의 경솔한 고해가 좋지 않은 것이 아니었던가. 임박한 심판에만 정신이 쏠려 진심으로 자신의 죄를 슬퍼하는 일은 없지 않았던가. 그러면서도 그는 고해는 잘했고 자기도 진심으로 죄를 슬퍼하는 마음이 있었다는, 무엇보다 확실한 증거로서 자기 생활이 개선되었다는 것은 사실이 아니냐고 생각했다.

"나는 생활을 고쳤다, 그렇지 않은가?" 하고 그는 스스로 물어보는 것이었다.

* * *

교장 선생은 햇볕을 등에 지고 창가에 서서 고동색 차양 발에 팔꿈치를 걸고는 다른쪽 발 끈을 흔들거나 고리로 만들거나 하면서 상냥하게 말하고 있었다. 스티븐은 그 앞에 서서 지붕 위에 저물어가는 긴 여름 햇살이며 천천히 맵시 있게 움직이는 사제의 손가락을 힐끗힐끗 눈으로 좇았다. 사제의 얼굴은 그늘 속에 묻혀 있었으나 저물어가는 햇볕을 뒤로 받아 그 깊이 파인 관자놀이며 동그란 머리 모양이 드러났다. 막 끝난 휴가니 외국의 수도회 소속 학교니 선생님들의 전근이니 하는 아무래도 좋은 화제를 차분한 어조로 말하고 있는 사제의 목소리의 억양과 간격을 스티븐은 귀로 좇고 있었다. 장중하고 공손한 그 말투는 조금도 막힘이 없어, 그것이 끊어지면 스티븐은 무슨 점잖은 질문이라도 해서 이야기를 재촉하지 않으면 미안할 것처럼 느껴졌다. 하긴 이런 이야기가 서론에 지나지 않음을 그는 알고 있기 때문에 뒤에 나올 이야기가 뭣인지 궁금했다. 교장한테서 호출의 전갈이 온 뒤로 그는 그 내용이 뭘까 하고 무척 궁금했던 것이다. 응접실에 앉아서 교장 선생이 나타나는 것을 기다리는 오랜 불안한 시간, 그의 눈은 사방 벽에 걸려 있는 침침한 그림들 사이를 헤매면서 이것 저것 추측해보다가 겨우 호출의 의미가 짐작이 갔다. 그래서 갑작스런 이유라도 생겨 오지 못하게 되었으면 좋겠다고 생각하던 바로 그때 문의 손잡이를 돌리는 소리와 수단이 스치는 소리가 들렸던 것이다.

교장은 도미니코 수도회며 프란시스코 수도회에 대해, 성 토마스와 성 보나벤투라 사이의 우정에 대해 이야기를 꺼내기 시작했다. 자기 생각으로는 카프친 회의 복장은 어디 약간……

스티븐의 얼굴은 사제의 너그러운 미소에 응답했으나 자기 의견을 말할 생각은 없어, 의심쩍다는 듯 입술을 약간 움직이다 말았다.

교장은 계속했다.

"틀림없이, 카푸친 회 사이에서도 그것을 폐지하고 다른 프란시스코 회 관례를 따르자는 말이 있지."

"아마 수도원 안에서는 그냥 두겠지요."

스티븐은 말했다.

"아무렴, 수도원에서야 상관없지만 거리에 나올 때는 하지 않는 것이 좋을 것같이 생각된단 말이야, 어떤가?"

교장은 말했다.

"글쎄요, 틀림없이 거추장스러울 것입니다."

"그야 그렇고 말고. 내가 벨기에에 갔을 때 곧잘 보았단 말이거든. 날씨에 아랑곳않고 무릎 있는 데까지 옷을 걷어 올리고 자전거를 타고 다닌단 말이야. 정말 우습기 짝이 없어. 벨기에에선 그것을 Les jupes〔치마란 뜻〕라고 하지."

모음에 이상한 사투리가 끼어 있어 똑똑하게 들리지 않았다.

"뭐라고요?"

"Les jupes."

"그래요!"

스티븐은 그 웃음소리에 따라 자기도 웃었다. 그러나 사제의 얼굴은 그림자 속에 감춰져서 웃음이 보인 것은 아니었다. 나지막하고 조심성 있는 발음이 귀를 스쳤을 때 미소의 그림자인지 환영인지가 그의 마음을 스쳐갔을 따름이다. 눈앞의 저물어가는 하늘을 조용하게 바라보면서, 그는 해질 무렵 서늘한 공기와 볼에 피는 조그만 불꽃을 감싸주는 희미한 노랑빛 저녁 놀을 즐겁게 느꼈다.

여자가 몸에 감는 의류나 그것을 만드는 데 사용되는 부드럽고 고상한 옷감들의 이름을 들을 적마다, 항상 그의 마음에는 미묘하고 죄스러운 향기가 떠올랐다. 어릴 적 그는 전후해서 두 번 벌봉(罰俸)을 받았을 뿐이고 그것도 억울하게 받은 것이었지만, 생각해보면 벌을 모면한 적이 한두 번이 아니었다. 그 오랜 햇수 동안에도 그는 선생의 누구한테서나 경망하다는 말을 들은 적은 없었다. 그리스도교의 교리를 가르치고 훌륭한 삶을 보내도록 격려해준 것도 그들이요, 그가 대죄에 빠졌을 때 은총으로 다시 돌려준 것도 그들이었다. 클론고즈에서 그가 얼빠진 인간이었을 때 혼자 수줍어하던 것도 이런 선생님들이 있었기 때문이요, 벨베디어에서 이것도 저것도 아닌 상황에 놓여 있을 때 스스로 모자란다고 느끼게 해준 것 역시 이런 선생님들 덕분이었다. 그런 느낌은 그의 학창 생활의 마지막 해까지 항상 남아 있었다. 그는 한 번도 공손하지 않은 일이 없었으며 버릇 없는 학우들 꼬임을 받아 온순한 복종의 습관을 버리려고 들지도 않았다. 선생 말에 간혹 의혹을 느낄 때도 공공연하게 의문을 표시하는 일은 도무지 없었다. 다만 근래에 와서 그들의 판단에 듣기 약간 유치한 대목도 생겨, 어쩐지 그는 이 눈 익고 귀 익은 세계에서 서서히 빠져나가고 있는 것 같았고, 그 세계의 말도 이것이 마지막이로구나 하는 생각에 유감과 미련의 감정을 느끼게 되었다. 어느 날 성당 곁 판잣집 안에서 한 사람의 사제를 둘러싸고 학생들이 몇 모여 있었을 때 사제가 이런 말을 하는 것을 들었다.

"머콜리 경은 아마 평생에 한 번도 대죄, 즉 고의로 대죄를 지은 일이 없었던 사람이야."

그러니까 학생 가운데 누군가가 빅토르 위고는 프랑스의 가장 위대한 작가가 아닌가 하고 물었다. 사제는 거기 대답하기를 위고는 교회에 반역한 뒤로는 가톨릭 신자 때의 반쯤도 좋은 것을 쓰지 못했다고 했다.

사제는 말했다.

"그러나 프랑스의 유명한 비평가로서, 빅토르 위고도 확실히 위대하지만 루이 뵈이요(1813~1883, 열렬한 가톨릭 작가)만큼 순수한 프랑스 문체는 못 갖고 있다고 말하는 사람이 많아."

사제의 넌지시 던진 그 말에 스티븐의 뺨엔 조그만 불꽃이 피었다가 다시 사그라지고 잔잔한 눈동자는 창백한 하늘 가를 떠나지 않았다. 그러나 어쩐지 불안스런 의혹이 그의 마음을 흔들어놓았다. 가면 속에 감춰진 추억들이 마음을 스쳐갔다. 장면이나 인물은 알 수 있는데 그 가운데 무슨 중요한 사실을 빠뜨리고 있는 것처럼 느껴졌다. 클론고즈의 교정을 돌아다니면서 운동 구경을 하고 크리켓 모자 안에서 과자를 꺼내 먹던 자기 모습이 눈앞에 떠올랐다. 예수회 회원 몇 사람이 부인네들과 같이 자전거 길을 거닐고 있었다. 클론고즈에서 사용하던 몇 개의 말투가 메아리치면서 그의 마음속 깊은 동굴 안으로 울려왔다.

응접실의 정적 가운데서 이 머나먼 메아리에 귀를 기울이고 있는데 그는 사제가 어조를 달리해서 그에게 말을 걸고 있는 것을 알아차렸다.

"오늘 군을 부르게 한 것은, 스티븐, 매우 중대한 문제로 군에게 얘기할 것이 있었기 때문이네."

"네."

"군은 자기에게 하느님의 소명(召命)이 있다고 생각해본 적이 있나?"

스티븐은 입을 열고서 "있습니다" 하고 대답하려다 갑자기 입을 다물었다. 사제는 대답을 기다리다가 다시 말을 이었다.

"다시 말해서 군의 마음속에, 군의 영혼 가운데, 수도회에 가입하고 싶다는 생각을 가져본 적이 있느냐 말일세. 생각해보아."

"간혹 그런 생각을 가진 적은 있습니다."

스티븐은 말했다.

사제는 차양 발의 끈을 놓아버리고 양손을 맞잡더니 그 위에다 무겁게 턱을 괴어 혼자 생각에 잠겼다.

그는 이윽고 말했다.

"이런 학교에선 하느님께서 성직으로 부르시는 학생이 하나나 혹은 두세 명은 있는 법이네. 그런 학생은 신앙심에 있어 다른 학생들에게 보여주는 훌륭한 본보기로, 다른 사람들과는 뚜렷하게 구별되게 돼. 다른 학생이 우러러 보고 같은 신앙회 사람들에게서 지도자로 선출되거든. 군은, 스티븐, 이 학교에서 그런 학생이고 성모 마리아 신앙회 대표 노릇을 해왔어. 아마 이 학교에서 천주님께서 부르시고자 하는 그런 학생일세."

장중한 사제의 음성을 북돋아주는 자부심과 근엄한 어조에 따르듯 스티븐의 가슴도 고동이 빨라졌다.

사제는 말했다.

"그 부르심을 받는 것은, 스티븐, 전능하신 천주께서 인간에 내리시는 최대의 영예이네. 이 지상의 어느 국왕이나 황제도 천주님의 사제가 갖는 힘은 없어. 천국의 천사고 대천사고 성자고, 아니 성모 마리아께서도 천주님의 사제가 갖는 힘은 없네. 열쇠의 권능 (마태오복음 16:19), 죄를 묶고 또 풀어주는 힘, 악마를 쫓는 힘, 천주가 만드신 것에서 그들 위에 권세를 부리려드는 마귀를 쫓아내는 힘, 하늘의 위대하신 천주님을 성단에 내려오시게 하여 빵과 포도주의 형태를 취하게 하는 힘, 권능. 이 얼마나 놀라운 힘인가, 스티븐."

그 의기양양한 말 가운데 스스로 자랑스런 감회가 메아리쳐옴을 느꼈을 때 스티븐의 뺨에는 다시금 불꽃이 튀었다. 천사나 성자도 공경하여 한 걸음 물러선다는 그 무서운 힘을 침착하게 겸허하게 행사하는 사제, 그 사제가 된 자신의 모습을 얼마나 자주 마음에 그려보았던가. 그의 영혼은 남몰래 이 소망을 마음속에 품기 좋아했다. 젊고 태도가 침착한 사제로서 빠른 걸음걸이로 고해소에 들어가고 성단 계단을 올라가고 향을 피우고 무릎을 꿇고 하는, 그러한 사제로서의 어렴풋한 소임을 해치우는 자신의 모습을 마음속에 그려보고, 그것이 현실을 닮은 듯하면서 다른 한편으로는 현실에서 멀리 떨어져 있는 것이 마음에 들었다. 이러한 생활을 어슴푸레하게 상상 속에 그리면서 그는 여러 사제들 가운데 특히 눈여겨본 적이 있는 목소리며 몸짓을 혼자서 본뜨기도 했다. 어떤 사제같이 무릎을 옆으로 굽힌다, 또 어떤 사제같이 향로를 조금만 흔든다, 또는 사람들을 축복하고 난 다음 제단에 향할 때 어떤 사제가 하듯이 제의(祭衣)의 단을 확 열어 젖힌다든가 하는 짓도 해보았다. 그리고 무엇보다도 그의 마음에 든 것은 상상의 장면에서 보좌역을 맡아 하는 일이었다. 그가 미사 집전자의 위엄에서 몸을 사리게 되는 것은 그 막연한 위엄이 모조리 자기 혼자에게로 돌아와, 의식에서 뚜렷하고 결정적인 역할을 떠맡게 되는 것을 상상하니 마음이 내키지 않았기 때문이다. 그는 눈에 별로 튀지 않는 성무(聖務)를 동경했다. 장엄 미사에서 보좌 사제의 가벼운 제의를 걸치고 사람들 눈에 띄지 않게 제단에서 떨어져 서서 어깨옷을 걸치고 그 접은 주름 사이에 성반을 받들고 있다든가 또는 희생 제사가 끝난 다음 보좌역의 금빛 제의를 걸치고 미사 집전자의 아래쪽 단에 서서 두 손을 모아 회중을 향해 "Ite missa est(미사가 끝났습니다)" 하고 말하는 그런 일이었다. 어쩌다 자기가 미사 집전자가 되어 있는 광경을 상상한다면, 그것은 아이들 미사 책 안에 있는 그림같이, 희생의 천사 이외는 참석자가 없는 성당에서 아무 장식도 없는 제단을 앞에 하고 비슷한 연배의 시종직에게 부축을 받고 있는 광경이었다. 막연한 희생 또는 비적의 의식에서만 그의 의지는 현실에 부딪치려고 하는 듯이 보였다. 그가 울화나 오만을 침묵 속에 삼켜버린다든가, 주고 싶은 포옹을 오직 받는 것만으로 참는다든가 하는, 언제나 자신을 무행동 속에 가둬두고자 하는 원인의 일부는 어느 특정한 의식이 거기 없다는 사실에 있었다.

그는 공손하게 입을 다물고 사제의 권유에 귀를 기울이고 있는데, 다시금 뚜렷하게 가까이 오라고 권하고 유현(幽玄)의 지식과 유현의 힘을 베풀겠노라는 소리가 들려왔다. 그렇게 되면 마술사 시몬(사도행전 8:9~24)의 죄가 어떤 것이며, 또 절대로 용서될 수 없는 성령에 대한 죄가 무엇인가를 그 역시 알게 될 것이다. 남들의 눈에서, 진노로 해서 잉태되고 탄생한 자식들의 눈에서 감춰진 심원한 사실도 알게 될 것이다. 컴컴한 성당 안 수치로움에 싸인 고해소 안에서 아낙네와 소녀들 입에서 그의 귓속에 속삭이는 말을 듣고 남들이 가진 죄, 죄 많은 동경과 죄 많은 생각과 죄 많은 행동을 알게 될 것이다. 그러나 그의 영혼은 서품식 때 안수례(按手禮)로 말미암아 비적으로써 죄에 빠지는 일이 없도록 되어 있는 까닭에, 더러움에 젖는 일 없이 다시금 제단의 새하얀 평안함으로 돌아가는 것이다. 면병을 받들고 그것을 찢는 자기 손은 어떠한 죄도 감히 닿지 못할 것이며, 주의 옥체도 분간하지 못하는 타지옥의 저주를 먹고 마시게끔 당하는 죄도, 기도하는 그의 입술에 떠도는 일은 없을 것이다. 그는 갓난아기처럼 죄 없는 존재가 되어 유현의 지식, 유현의 힘을 얻게 될 것이다. 그리하여 '멜기세덱의 법통을 이은 영원한 사제'(시편 110:4)가 될 것이다.

교장은 말했다.

"내일 아침, 전능하신 천주께서 당신의 거룩하신 뜻을 군에게 보여주시게끔 미사를 올릴 작정이네. 스티븐, 군도 하느님께서 군의 마음을 깨우치실 수 있게끔 하느님께 유력한 최초의 순교자인 군의 수호 성자〔성 스테파노를 말함. 스티븐과 동명〕에게 9일 기도를 올려주게. 그러나 스티븐, 자네는 자네에게 소명이 있음을 확신해야 해. 만약 그런 확신이 없다면 뒤에 가서 두려운 결과가 생기게 될 거야. 일단 사제가 되면 언제까지나 사제라는 것을 알아야 해. 교리문답이 말씀하듯이, 성품성사란 절대로 지울 수 없는 신앙의 표시를 영혼 위에다 아로새기는 것이니만큼 단 한 번밖에는 받을 수 없는 성사의 하나네. 그러니까 미리 잘 생각해보도록 해. 이것은 엄숙한 문제야, 스티븐. 군의 영원한 구제는 여기 달려 있을는지 몰라. 여하튼 다같이 하느님께 기도나 드리세."

교장 선생은 육중한 복도의 문을 열고 벌써 신앙 생활에 들어간 동료에 대하듯 손을 내어 밀었다. 스티븐은 계단 위의 널찍한 층계참 있는 데까지 오자 부드러운 저녁 공기가 자기를 감싸주는 것을 느꼈다. 핀들레이터 교회 쪽으로 젊은이 넷이 팔을 서로 끼고 머리를 흔들면서, 선두의 손풍금의 경쾌한 멜로디에 발을 맞춰 네 활개를 치며 걸어가고 있었다. 갑작스레 들려오는 그 음악의 처음 몇 소절이 늘 그렇듯이, 순식간에 그의 마음이 엮어놓은 환상의 무늬를 스쳐가 갑작스런 파도가 아이들이 만든 모래 위의 누각을 허물어뜨리듯, 소리 없이 그 환상을 깨뜨려버렸다. 평범한 그 곡조에 미소를 지으며 그는 눈을 들고 사제의 얼굴을 보았다. 그리고 거기에서 저문 해가 남긴 음울한 잔영을 느끼자, 그는 지금까지 동료 취급을 해준 데 대해 어렴풋하게나마 응한 자기의 손을 슬그머니 빼버렸다.

계단을 내려가면서 그의 갈피 잃은 마음의 동요를 깨끗이 씻어준 것은, 학교 현관에서 흘러들어온 그 일몰의 잔영에 비춰진 음울한 사제의 모습이었다. 그러자 학교 생활의 어두운 그림자가 무겁게 그의 의식을 짓눌렀다. 그를 기다리고 있는 것, 그것은 엄숙하고 질서 정연하지만 정열 없는 생활, 물질적인 번거로움이 없는 생활이었다. 수사가 된 첫날 밤을 자기는 어떻게 보낼 것인가, 기숙사에서의 첫 아침을 어떻게 허둥대며 맞이할 것인가 하고 그는 생각했다. 클론고즈의 긴 복도의 달갑지 않은 냄새가 되살아나고 가스등 불꽃의 나직한 속삭임 소리가 들려왔다. 그러자 불현듯 그의 전신에서 불안감이 솟아올랐다. 그러고는 열병을 치를 때처럼 맥박이 뛰고, 의미 없는 말들이 그의 조리 있는 생각을 몰아쳐 혼란에 빠뜨렸다. 허파가 텁텁한 몸에 해로운 공기를 빨아들인 듯 부풀다 오물다 했다. 클론고즈의 목욕탕 한 구석에 괴어 토탄 빛깔을 띤 물위에 서려 있던 텁텁한 냄새가 다시금 코를 찔렀다.

이러한 기억에 잠겨들라치면, 교육이나 신앙보다 강한 어떤 본능이 종교 생활에 접근할 적마다 그의 마음속에서 고개를 쳐들었다. 그것은 미묘한 적개심에 찬 본능이랄까, 그러한 생활에 순종하지 못하게끔 그를 무장시키는 것이었다. 그 생활의 싸늘함과 질서에 대해 그는 반발했다. 추운 아침에 일어나 남들과 나란히 아침 미사에 나가 정신이 아찔하는 속쓰림의 느낌과 헛된 싸움을 기도로 대항해보려고 드는 자신의 모습이 떠올랐다. 학교 동료와 더불어 식탁에 앉아 있는 자신의 모습이 눈앞에 떠올랐다. 그렇다면 남의 집에서 먹고 마시고 하는 것을 싫어하던, 자기의 그 뿌리 깊은 수줍음은 대체 어떻게 됐단 말인가. 어떤 사회에 있어서도 자기는 남과 다르다고 언제나 생각했던, 그 정신의 자랑스러움은 어떻게 됐단 말인가.

예수회 회원 스티븐 디달러스.

그 새로운 생활 속의 자기의 이름이 글자가 되어 눈앞에 떠올랐다. 거기 뒤따라 분간하기 어려운 얼굴과 얼굴빛이 마음속에 나타나는 것을 느꼈다. 그 빛깔은 퇴색하자마자 핏기 없는 붉은 벽돌색의 시시각각으로 변하는 홍조(紅潮)와도 같이 진해져갔다. 그것은 겨울날 아침 사제들의 면도질한 턱에서 곧잘 보던 번들번들 빛나던 붉은 빛깔인가. 그 얼굴은 눈을 감고 언짢은 표정을 지으면서 경건하고 노여움을 억누른 연분홍 빛을 띠고 있었다. 그것은 일부의 학생들이 '초롱 턱'이니 '여우의 캠벨'이니 하고 부르던 예수회 회원 가운데 그 어느 사람의 환영이 아니었던가.

때마침 가디너 거리의 예수회 기숙사 앞을 지나고 있어 만약 자기가 이 교단에 들어간다면, 어떤 것이 자기 방 유리창이 될 것인가 하고 그는 막연히 생각해보았다. 그러자 자신의 그 생각의 막연함에 대해, 여태껏 영혼의 지성처(至聖處)라고 생각해보던 곳과는 자신의 영혼이 얼마나 멀리 떨어져 있는가에 대해 그는 새삼 놀랐다. 뚜렷하고 다시 돌이킬 수 없는 행동으로 말미암아 현세고 내세고 영원히 이 몸의 자유가 없어지게끔 위협을 당할 때, 오랜 세월을 두고 그를 지배해온 질서며 복종이며 하는 것의 힘이 의외로 약한 데 그는 놀랐던 것이다. 교회의 자랑스러운 특권과 사제의 직책이 갖는 신비와 권능에 대해 설왕설래하던, 교장의 목소리가 그의 기억에 부질없이 되풀이되었다. 그의 영혼은 그것에 귀를 기울이고 그것을 환영하려 들지 않았다. 그리고 여태까지 귀담아 듣고 있었던 교장의 권유가 한낱 부질없는 형식에 흐른 설교에 지나지 않음을 지금의 그는 알았다. 나는 사제로서 감실 앞에서 향로를 흔드는 짓은 절대 않겠다. 나의 운명은 속세건 종교계건 거기서 빠져나오는 데 있다. 교장의 현명한 권고도 나의 마음의 급소를 찌르지 못했다. 나는 남과 떨어져 나만의 지혜를 배우든가, 그렇지 않으면 속세의 오만가지 함정 사이를 헤매면서 스스로 남의 지혜를 배우거나 하는 운명에 처해 있는 것이다.

   속세의 함정은 죄의 길이다. 나도 빠져보자꾸나. 아직은 빠져본 적이 없지만 소리 없이 삽시간에 빠져버릴 것이다. 빠지지 않고 있다는 것은 힘들어, 너무나 힘드는 노릇이다. 언제나 와야 할 순간에는 빠지고 또 빠질 것인데 아직도 빠지지 않고 있는, 여태 빠지진 않고 있지만 곧 빠지게끔 되어 있는, 그러한 자신의 영혼이 소리 없이 타락하고 있음을 그는 느끼는 것이었다.

   그는 톨카 강에 걸려 있는 다리를 지나 싸늘한 시선을 힐끔 푸른빛이 퇴색한 성모 마리아 사당 쪽으로 던졌다. 그것은 햄 같은 모양으로 진치고 있는 보잘것없는 오두막집들 한가운데 기둥 위 한 마리 새처럼 얹혀 있었다. 거기서 왼편으로 굽어 집으로 통해 있는 오솔길을 따라갔다. 강 위의 솟아오른 땅에 있는 채전에서 썩은 캬베쓰의 약간 시큼한 냄새가 풍겨왔다. 그렇다, 아버지의 집의 무질서, 이 난맥과 혼란, 그리고 썩은 식물의 생명이 결국은 나의 영혼 가운데서 승리를 거두고 말 것이다. 그런 생각이 들자 그는 미소가 떠올랐다. 그리고 자기 집 뒤안에 살던, 집에서 '벙거지 아저씨'라고 별명을 붙인, 그 외로운 머슴 생각이 나서 그만 웃음이 터져 나왔다. 이 벙거지 아저씨가 하늘의 사방을 번갈아 쳐다보고 무엇이 서운한 듯 땅에다 삽을 넣는 모양을 생각하니, 앞의 웃음에 뒤이어 두 번째 웃음이 저절로 터져 나왔다.

   그는 현관의 걸쇠 없는 문을 밀고 텅 빈 마룻간을 지나 부엌으로 갔다. 동생과 누이들이 떼를 지어 식탁 앞에 앉아 있었다. 차 마시는 시간은 지나 두 번이나 물을 간 멀건 홍차가 찻종 대신으로 쓰고 있는 조그만 유리 항아리랑 잼 단지 바닥에 남아 있었다. 사탕빵의 먹다 남은 찌꺼기와 부스러기가 그 위에 흘린 홍차 탓으로 고동색이 되어 식탁 위에 흩어져 있었다. 식탁 여기저기에는 홍차가 조금씩 괴어 있고 상아 손잡이가 부러진 나이프가 함부로 먹다 남겨둔 파이 한가운데 꽂혀 있었다.

   막 떨어지려는 해의 슬픈 듯 고요하고 창백한 광채가 창이며 열려 있는 문으로 찾아 들어와, 스티븐의 가슴에 스며드는 회한의 본능을 감싸고 가라앉혀주었다. 다른 아이들에게는 용서되지 않는 일이 무엇이든 장남인 그에게는 허용되었다. 하지만 저녁 나절의 고요한 햇볕 속에서 누구 하나 미안하다는 표시는 나타내지 않았다.

그는 아이들 가까이 식탁에 앉아 아버지와 어머니는 어딜 갔느냐고 물었다. 하나가 대답했다.

"지비 보보 러버 가바 써버 요보."

또 이사냐! 벨베디어에 다닐 때 팔론이란 아이가 히죽히죽 웃으면서 왜 그렇게 자주 집을 옮기느냐고 곧잘 물어본 적이 있었지. 그 질문을 하던 녀석의 히죽거림이 다시금 귓전에 울리자 자조의 찌푸린 그의 표정이 이마를 당장에 흐리게 했다.

그는 물었다.

"하긴 물을 것도 없겠지만 왜 또 이사를 간다니?"

"지비 주부 이비 니비 내배 쪼보 츠브 니비 까바 요보."

난로 건너편에 있던 막내 동생이 '고요한 밤이면 몇 번이던가'〔아일랜드 시인 토머스 무어의 시〕의 곡을 부르기 시작했다. 다른 아이들도 하나씩 그 곡에 맞춰 마침내 합창이 시작됐다. 그들은 이렇게 해서 이 곡에서 저 곡으로 합창에서 합창으로, 창백한 마지막 광선이 지평선 위에 떨어지고 최초의 밤 구름이 나타나 밤이 닥쳐 올 때까지 몇 시간이고 노래를 계속할 것이다.

그는 잠깐 귀를 기울인 채 기다리고 있다가 결국 자기도 같이 노래를 부르기 시작했다. 그들의 가냘프고 깨끗하고 죄 없는 목소리, 그 뒤에 숨은 지친 듯한 화음을 그는 가슴 아프게 듣고 있었다. 인생 행로를 떠나기도 전에 벌써 그들은 나그네 길에 지친 듯이 보였다.

부엌 안의 합창 소리는 울리고 또 몇 곱이 되어 끝 없는 세대의 아이들 합창의 끝 없는 반향으로 퍼져가는 듯했다. 그리고 그 모든 울림 소리 가운데 권태와 고통의 되풀이해서 마지않는 울림 소리를 그는 듣는 듯했다. 삶의 길에 나서기 전에 다들 벌써 지친 듯했다. 그러자 그는 뉴먼 역시 베르길리우스〔기원전 로마의 시인〕의 다음과 같은 애절한 시구 가운데 같은 울림 소리를 들은 바 있음이 생각났다. '자연 그 자체의 소리와 같이, 모든 세상의 자연의 아이들이 경험한 바 그 고통과 권태와, 그러면서 보다 나은 것에의 희망을 노래하노라'

* * *

그는 더 기다리고 있을 수 없었다.

바이런 주점 입구에서 클론타프 성당의 문간까지, 클론타프 성당 문에서 바이런 주점 입구까지 거기서 또 성당까지, 성당에서 다시 주점까지, 그는 처음에는 천천히 보도에 깔린 돌을 하나 하나 조심스레 밟아가며 걷고 있었으나 나중에는 노래의 구절에 맞춰 발을 내디뎠다. 지도 교수인 댄 크로스비와 같이 아버지가 대학 일로 자기 때문에 알아볼 일이 있다고 안으로 들어간 지 한 시간은 착실히 되었다. 한 시간 내내 그는 서성거리면서 기다리고 있었던 것이다. 그러나 이젠 더 기다릴 수 없다.

그는 부리나케 불〔더블린 만을 향해 있는 해안의 사구(砂丘)〕쪽을 향해 발걸음을 옮기면서 아버지의 날카로운 휘파람 소리에 다시 불려 가지 않을까 하고 걸음을 재촉했다. 얼마 가지 않아 경찰서 모퉁이를 돌자 겨우 마음이 놓였다.

그렇다. 맥풀린 듯 잠자코 있는 것을 보니 어머니도 이 생각에는 반대이구나. 아버지의 자랑스런 얼굴보다도 어머니의 불신이 그의 마음을 더욱 날카롭게 건드렸다. 자기 영혼 속에서 줄어드는 그 신앙심을 어머니는 숙성하고 강해지고 있는 것으로 보고 있지 않았던가 하고 그는 냉정히 생각해보았다. 막연한 반항심이 마음속에서 기운을 얻어 어머니의 배반을 탓하는 검은 구름같이 그의 마음을 어둡게 했다. 그러나 이제는 그것도 구름처럼 사라져버리고, 마음이 다시금 맑아져 어머니에게 순순하게 대하자, 그는 어렴풋이 그러나 아무런 회한 없이 둘 사이의 삶이 처음으로 소리 없이 갈라져 나감을 알게 되었다.

대학! 그렇다, 소년기의 보호자연하게 버티고 서서 자기를 그들 속에 끌어넣고 복종시켜 그들 목적에 도움이 되도록 하려던, 그 파수꾼들의 제지가 이제는 자라지 않는 곳까지 온 것이다. 만족 뒤에 오는 의기양양한 기분이 천천히 밀려오는 긴 파도처럼 그를 들어 올렸다. 거기 이바지하기 위해 태어났지만 아직은 보지 못하고 있는 목표가 그로 하여금 보이지 않은 옆길로 빠져나가게 해주었는데, 이제 다시 한 번 그에게 손짓하면서 새로운 모험이 눈앞에 나타나려 하고 있었다. 그는 느닷없이 마치 한 곡조가 한꺼번에 전음정을 올라갔다가 감4도 내려오고, 또 전음정 올라갔다가 장3도 내려오는 것을 듣는 듯했고, 아닌 밤중의 숲속에서 세 갈래 난 불꽃이 발작적으로 하나 하나 타오르는 것처럼 느껴졌다. 그것은 끝도 없고 형식도 없는 요정의 서곡, 박자가 맞지 않게 튀는 불꽃에다 나뭇가지며 풀 밑에서 들짐승들이 나뭇잎을 치는 가벼운 빗소리 모양 우수수 뛰쳐나가는 것을 듣는 듯했다. 그 들짐승의 발은 그의 마음 위를 소리치고 지나갔다. 들토끼며 집토끼의 발, 수놈과 암놈 사슴이며 영양(羚羊)의 발들이었다. 이윽고 아무것도 들리지 않게 되자 오직 생각나는 것은 뉴먼의 고양된 한 구절이었다.

'그 발은 수사슴의 발과 같이 영원한 팔 밑에 있나니라'[저서《대학의 이념》서문에서]

그 어슴푸레한 모습의 고양감이 그가 거부한 성직의 존엄함을 상기시켰다. 소년 시절 내내 자신의 운명이라고 그렇게도 자주 생각하고 마음을 가다듬어왔던 것인데, 정작 소명에 따를 순간이 오자 변덕스런 본능을 따라 피하고 말았다. 이제 때는 지나가버렸다. 서품식의 성유를 이 몸에 바르는 일은 결코 없을 것이다. 나는 거부해버렸다. 왜?

그는 돌리마운트에서 바다 쪽으로 길을 돌았다. 얇은 판자를 깐 다리를 건널 때 무거운 구둣발에 널빤지가 흔들리는 것을 느꼈다. 그리스도 형제 수도회의 일단이 불에서 돌아오는 길에 두 줄로 다리를 건너오기 시작했다. 다리 전체가 떨리고 울렸다. 무뚝뚝한 얼굴들이 둘씩 그의 곁을 지나갔다. 바닷물에 더러워진 노랑, 붉음, 잿빛의 얼굴들이었다. 무심하게 그냥 그들을 보려고 애쓰는 데 창피함과 처량한 생각에 그의 얼굴은 보일락 말락한 홍조를 띠었다. 그러한 자신에 화가 나서 그는 그들의 시선에서 얼굴을 돌리고 다리 밑에 소용돌이치는 얕은 물결을 곁눈질하고 있었다. 그러나 그 물에도 그들의 멋없이 큰 실크해트며 노끈 비슷한 소박한 칼라며

헐겁게 몸에 걸친 법의가 비치는 것이 보였다.

수사 히키

수사 퀘이드

수사 머카들

수사 키오

저들의 신앙심도 이 이름 같고 이 얼굴 같고 이 복장 같으리라. 죄를 회개하는 저들의 겸허한 마음이, 내가 공들인 예배보다 열 배 더 훌륭한 선물을 바쳤을 것이라고 새삼스레 타일러본들 이제 무슨 소용이랴. 저들에 대해 관대해보고자 한들 무슨 소용이며, 자존심을 빼앗기고 패배를 당하고 거지의 넝마 같은 복장으로 저들 문전에 찾아들면 저들은 자기에게 관대할 것이요, 자신을 사랑하듯이 나를 사랑해줄 것이라고 스스로 타일러본들 무슨 소용이랴. 또 사랑의 계명은 이 몸과 다름없이 이웃을 사랑하는데, 같은 양 같은 깊이의 사랑으로써가 아니라 같은 질의 사랑으로써 이 몸과 다름없이 사랑해야 한다고, 나의 이 냉정한 확신에 거역해서 따져본들 부질없는 노릇이요 쓰라릴 따름이 아닌가.

그는 가슴에 간직해둔 구절 하나를 꺼내어 혼자 가만히 중얼거렸다.

'바다에서 태어난 얼룩진 구름의 하루.'

글귀와 날짜 그리고 장면이 하나로 조화되어 심금에 울려왔다.

말. 그것은 말의 색채인가. 그는 말의 하나 하나가 빛깔을 발하면서 불타오르다 사라지는 대로 내버려두었다. 해질 무렵의 금빛 사과밭의 빨강과 초록, 파도의 감청색, 솜털 같은 구름 언저리의 회색. 아니 그것은 말의 색채가 아니다. 문장 전체의 균형인 것이다. 그렇다면 나는 말이 갖는 전설과 색채의 연상보다도 그 리듬의 억양을 더 좋아하는 것인가. 아니면 수줍은 성미에 시력까지 약하니까, 나에게는 다채롭고 풍부하게 이야기에 차 있는 말의 프리즘을 통해 반사하는 타오르는 듯한 감성의 세계, 거기서 얻어 오는 즐거움이 아니라, 오히려 투명하고 유력한 산문 문장에 완벽하게 반영된, 개성적인 정서의 내면을 관조하는 데서 얻는 즐거움이 크단 말인가.

그는 울렁이는 다리를 지나 다시 탄탄한 지면에 발을 디뎠다. 그 순간 공기는 싸늘해지는 듯하고, 물 있는 쪽을 곁눈질해 보니까 몰아치는 한 줄기 광풍에 바다는 갑자기 어둡고 파도가 일었다. 심장이 약하게 뛰고 목이 힘없이 헐떡이면서, 그는 차갑고 비인간적인 바다의 냄새를 그의 육체가 얼마나 두려워하는가 새삼스레 느낄 수 있었다. 그럼에도 그는 왼편 모래 언덕 쪽으로 가지 않고 강 어귀에 튀어나와 있는 바위 등을 타고 곧장 걸어갔다.

엷은 구름을 덮어쓴 햇볕이 강이 만으로 흘러내리는 근처의 회색 해면을 힘없이 비추고 있었다. 멀리 유유히 흐르는 리피 강의 흐름을 따라 날씬한 돛대들이 하늘에 점점이 박히고 더 멀리 더블린 시의 그림자가 어렴풋이 안개 속에 엎드리고 있었다. 인간의 권태와도 같이 오랜, 어떤 분명치 않은 애러스 천〔색실로 무늬를 짜 넣은 천〕의 꽃무늬 같은 기독교 제7의 성도(聖都)의 모습이 영원무궁한 하늘 저쪽에 내다보였다. 그것은 옛 북유럽인 시대만큼 낡지도 않고 지치지도 않은 채 눈앞에 나타나 있었다.

풀이 죽은 채 그는 유유히 흐르는 구름 쪽으로 눈을 들었다. 바다에서 태어난 얼룩진 구름이었다. 그것은 광야와 같은 하늘을 건너오고 있었다. 아일랜드의 하늘 높이 서쪽으로 향해서 행진하는 유목민의 무리 같았다. 그것이 건너온 유럽 대륙은 아이리시 해(海) 건너편에 있다. 색다른 언어를 갖고 계곡이 있고 산림에 둘러싸이고 성채를 세우고 참호를 파고 병비를 갖춘 민족들의 유럽. 가까스로 의식에 떠오르면서 다만 한순간도 포착할 수 없는 여러 가지 기억과 이름들, 마치 그런 뒤죽박죽의 음악이 그의 마음속에 울려왔다. 그러고는 그 음악은 자꾸자꾸 물러가는 듯 보였다. 성운(星雲)처럼 꼬리를 물면서 하나씩 멀리 사라지는 그 음악 속에서 별처럼 침묵의 황혼을 뚫고 길게 여운을 남기는 부르짖음이 언제나 들려왔다. 또 들린다. 다시 또다시! 세계의 건너편에서 소리는 부르고 있었다.

"야, 스테파노스〔스티븐을 그리스 식으로 부른 이름〕."

"다에달러스가 온다〔디달러스를 역시 그리스 식으로 부른 이름. 그는 그리스 신화에 나오는 이카로스의 아버지〕."

"어이! ……야 집어치워, 드와이어, 집어치우라니까. 안 들으면 입을 한 대 갈길 테다. ……어이!"

"잘 한다, 타우서! 물에 잠가버려!"

"일루 와, 디달러스, 보우스 스테파노우메노스! 보우스 스테파네포로스!"

"잠가버려! 물먹여버리라고, 타우서!"

"사람 살려! 살려줘! ……어이!"

얼굴을 분간하기도 전에 목소리가 덩어리 되어 들려왔다. 그 가지각색의 물에 젖은 벌거숭이들은 보기만 해도 뼈골에 소름이 끼쳤다. 시체처럼 창백한 것, 파리한 금빛 광선을 담뿍 받고 있는 것, 벌겋게 볕에 탄 것, 그런 몸뚱이들이 바닷물에 젖어 번들거렸다. 울퉁불퉁해서 뛰어 들어갈 때마다 마구 흔들리는 받침대 대신에 야단법석을 치면서 기어 올라가는 경사진 방파제의 거칠게 다듬은 돌들, 모든 게 싸늘하게 젖어 번들거렸다. 몸뚱이를 마구 치는 타월도 싸늘한 바닷물에 무겁게 젖고, 아이들의 헝클어진 머리털도 싸늘한 조수로 함빡 젖어 있었다.

그들이 부르는 소리에 그는 그냥 선 채 그 조롱 소리를 가볍게 넘겼다. 다들 왜 이리도 개성 없이 보일까. 슐리는 단추를 푼 채 깃을 세우고, 에니스는 뱀 모양의 조임쇠가 달린 붉은 허리띠를 풀어 놓고, 코널리는 덮개 없는 옆주머니가 달린 노포크 상의를 벗고 있다. 그들을 보고 있다는 것은 고통이다. 그 역겹고 꼴사나운 알몸뚱이가 나타내 보이는 사춘기의 표시는 칼로 저미는 듯한 고통을 준다. 아마 이 녀석들도 자기네 영혼 속에 숨어 있는 은밀한 두려움, 그 두려움으로부터의 피신처를 여럿이 떠들썩하게 구는 가운데서 찾고 있었던 것일 게다. 그러나 그는 저들과 떨어져 가만히 있으면서 자기 육신의 신비를 얼마나 두려워하고 있는가 하고 생각해보았다.

"스테파노스 다에달루스! 보우스 스테파노우메노스! 보우스 스테파네포로스!"

그들의 조롱은 별반 새로운 것이 아니었지만, 그것이 지금은 그의 얼마간의 우월감을 우쭐한 것으로 만들어주었다. 난생 처음으로 그의 이 신기한 이름이 하나의 예언처럼 생각된 것이다. 회색의 따스한 공기는 이처럼 영원무궁하고 그 자신의 기분도 한곳에 머물지 않고 유동적이며 그를 떠나 있다. 그래서 모든 시대가 그에게는 하나로 생각되는 것이다. 조금 전만 해도 먼 옛적의 덴마크 왕국의 망령이 안개에 둘러싸인 도시의 너울 너머로 이쪽을 보고 있었다. 그러나 이제 전설의 명장(名匠)〔그리스 신화의 다이달로스를 말함〕의 이름이 들리자 그에게는 어렴풋한 파도 소리가 들리고, 날개 달린 그림자가 파도 위를 날아 유유히 하늘을 향해 달리고 있는 것이 보이는 듯했다. 이것은 대체 무엇을 뜻하는가? 매같이 생긴 사나이가 태양을 향해 바다 위를 난다. 그것은 어떤 중세의 예언이며 상징에 관한 책의 제일 첫 장에서 보던 신기한 도안이었던가. 그것에 이바지하기 위해 태어나고 유년기와 소년기의 안개 속을 그것만 좇아왔던, 어떤 목표를 예언하는 것일까. 예술가가 그의 골방에서 거친 흙 덩어리를 빚어 새로운 하늘을 달리는 불가사의한 불멸의 것을 만들어낸다는 것의. 이것은 상징인가.

    가슴이 뛰고 숨은 가빠지고 미칠 듯한 기운이 태양을 향해 솟아오르는 듯 그의 사지를 스쳐갔다. 마음은 공포의 황홀감에 떨고 영혼은 하늘을 날았다. 그의 영혼은 이 세상을 넘어 높이 솟아오르고, 그가 알고 있는 육신은 단숨에 정화되어 한 점 의심도 없이 찬란한 것이 되어, 정신의 원소와 합체해버렸다. 비상(飛翔)의 황홀감에 눈은 빛나고 숨은 벅차고 바람에 부딪치는 사지는 떨고 사납고 빛났다.

"하낫! 둘! ……정신 차려!"

"앗, 크라이프스, 물에 빠져!"

"하낫! 둘! 셋! 자!"

"다음! 다음!"

"하낫! ……이크!"

"스테파네포로스."

고함을 지르고 싶은 충동에 그의 목이 쑤셨다. 하늘 높이 나는 매나 독수리의 외침을, 자신의 해방을 바람을 향해 사무치게 외치고 싶었다. 이것은 자신의 영혼에 호소하는 생명의 외침. 의무와 절망의 세계가 가진 지루하고 무딘 음성은 아니다. 제단의 창백한 봉사로 자기를 부르던 저 비인간적 소리도 아니다. 미칠 듯한 비상의 일순은 그를 해방시켰다. 그리고 그의 입술이 억눌리고 있던 승리의 외침 소리가 그의 뇌수를 찢었다.

"스테파네포로스!"

저것은 시체에서 벗겨온 수의가 아니고 무엇인가―밤낮을 가리지 않고 붙어 다니던 공포, 자신을 둘러싼 의심암귀(疑心暗鬼), 안팎으로 자기를 비굴하게 만들었던 수치심―이런 것들은 수의요 무덤의 의복이 아니고 무엇인가.

이제 그의 영혼은 소년기의 무덤에서 그 죽음의 옷을 벗어 던지고 일어섰다. 그렇다! 그렇다! 나는 같은 이름의 저 위대한 명장처럼 나의 영혼의 자유와 힘으로써 새롭고 하늘을 나는 아름답고 정묘한 것, 불멸의 살아 있는 것을 자랑스러이 창조해야겠다.

그는 흥분하여 석축에서 벌떡 일어났다. 이제 혈관에 타는 불길은 끌 수 없게 되었다. 뺨은 타오르고 목은 노래 부르려는 듯 떨리고 있음을 느꼈다. 양발은 지구의 끝까지 향하고자 불타는 방랑의 열망에 차 있었다. 전진! 전진! 하고 그의 마음은 부르짖는 것 같았다. 이제 바다에는 황혼이 짙어가고 들에는 밤이 찾아오고 방랑의 나그네 앞에 먼동이 터올 것이다. 그러면 낯선 들과 언덕과 사람의 얼굴이 보인다. 어딘가?

그는 북쪽 하우스 쪽을 바라보았다. 방파제 얕은 물 쪽으론 기슭에 떠내려온 해초가 깔린 한 줄기 선에서, 바닷물은 물러나고 조수는 부리나케 빠지고 있었다. 길쭉한 타원형 모래벌이 벌써 잔잔한 파도 사이에 따스하게 건조되어 나타났다. 여기저기 따스한 듯한 조그만 모래섬들이 얕은 물 사이사이에서 번쩍이고, 그러한 섬이며 긴 사주며 바닷가 얕은 흐름 근처에서는 가벼운 복장의 사람들이 건너가거나 모래를 파거나 하고 있었다.

잠시 후 그도 발을 벗었다. 양말은 접어 호주머니에 넣고 운동화 끈은 한데 묶어 어깨에 걸치고는 바위 사이 표류물 속에서 소금물에 절인 뾰족한 막대기를 주워 경사진 면을 짚고 내려갔다.

해변에는 긴 여울이 있어 그 속을 슬금슬금 따라 올라가다가, 그는 떠내려오는 해초가 끝이 없는 것에 놀랐다. 에메랄드빛, 검정색, 적갈색, 올리브빛, 가지가지 색깔의 해초가 물 속에서 흔들리며 맴돌고 있었다. 여울물은 끊임없이 떠내려오는 해초로 말미암아 거무스레하고 거기 높이 흐르는 구름이 비쳤다. 구름은 머리 위를 소리 없이 떠가고 아래서는 소리 없이 해초가 흘러 내려갔다. 회색의 따스한 대기도 말이 없다. 그리고 그의 혈관 속에서는 새로운 미칠 듯한 생명이 노래하고 있었다.

　나의 소년 시절은 어디로 가버리고 말았는가. 받은 상처의 창피로움에 혼자 애태우고, 오욕과 허위의 처소에서 빛바랜 수의를 몸에 감고, 건드리면 시들어버릴 화관을 쓰고도 여왕연하게 행세하기 위해 자신의 운명을 회피한 그 영혼은 어디로 갔단 말인가. 아니 나는 어디로 갔단 말인가.

　그는 홀로 있었다. 아무도 개의치 않고 삶의 격정에 가까이 있어서 즐겁다. 혼자서 젊고 멋대로 약동하는 기분이다. 사나운 대기의 황량한 천지와 소금기 있는 흐름, 조개와 해초 등 바다의 소출, 너울을 쓴 듯한 회색의 햇볕, 화사로운 복장과 경쾌한 복장의 소년 소녀들, 주위 일대에 울려 퍼지는 그 앳된 소리들, 이런 가운데서 그는 홀로 서 있다.

　그의 눈앞 흐름 한가운데 소녀가 하나 혼자서 가만히 바다 쪽을 내다보고 있었다. 마치 마법사가 들어서 그를 신기하고 아름다운 해초로 화신시킨 것 같았다. 그 길고 날씬하게 노출된 다리는 학의 다리같이 가냘프고, 에메랄드빛 해초가 육체에 찍어놓은 무슨 각인같이 들러붙은 곳을 빼고는 티끌 한 점 없었다. 상아처럼 연한 빛깔의 부드러운 허벅다리는 거의 엉덩이 근처까지 노출돼 있어 드로즈의 하얀 가장자리가 부드럽고 흰 새털같이 보송보송했다. 청사색 스커트는 대담하게 허리까지 걷어 올려 뒤가 비둘기 꼬리처럼 늘어져 있었다. 그 가슴도 새 같아 연하고 가냘프고, 검은 새털의 비둘기 가슴같이 가냘프고 연했다. 그러나 그 기다란 금발은 소녀 같고 얼굴은 천진난만하여 어딘지 모르게 지상의 아름다움의 경의로움을 지니고 있었다.

소녀는 혼자서 가만히 바다 쪽을 내다보고 있었다. 그러다가 그가 서 있는 것을 알고 우러러보는 그의 눈동자를 느끼자, 그에게 시선을 돌리고 조용히 그의 응시에 몸을 내맡겼다. 수치스런 빛도 방자한 태도도 없었다. 오랫동안 그의 응시에 견디고 난 다음, 이윽고 소녀는 조용하게 그에게서 눈을 돌려 흐름 쪽으로 시선을 모아 한쪽 발로 부드럽게 물을 휘저었다. 부드러이 움직이는 물의 어렴풋한 소리가 처음으로 침묵을 깨뜨렸다. 나지막이 어렴풋하게 속삭이는 듯한 소리, 마치 잠든 종에서 울려 나오는 듯 어렴풋했다. 이리저리 이리저리 휘젓는다. 희미한 불꽃이 소녀의 뺨 위에서 떨렸다.

"오, 천상의 신이여!"

스티븐의 영혼은 불경스런 환희에 벅차서 외쳤다.

갑자기 그는 소녀에게서 몸을 돌려 해변 너머로 걸어 나갔다. 뺨은 타오르고 몸은 달아오르고 사지는 떨렸다. 앞으로 앞으로 곧장 걸어 나갔다. 모래밭을 가맣게 넘어서 바다를 향해 미친 듯 노래를 부르면서 그에게 외치는 생명의 도래를 기꺼이 맞이하고자 소리쳤다.

소녀의 그림자는 영원히 그의 영혼 안에 들어와, 어떠한 말도 그의 황홀감에 젖은 거룩한 정적을 깨뜨리는 일이 없었다. 소녀의 눈은 그를 불렀고 영혼은 그 부르짖음을 기꺼이 받아들였다. 이 세상에 나와 살고 실수하고 타락하고 승리하고, 삶에서 다시금 삶을 창조한다. 분방한 천사가 그 앞에 나타난 것이다. 속세의 청춘과 미의 천사, 현세의 아름다운 정원에서 온 사신이 일순의 황홀 속에 허물과 영광의 모든 길로 통하는 문을 그의 눈앞에 열어 젖혀준 것이다. 앞으로! 앞으로! 나아가라!

그는 갑자기 걸음을 멈추고 정적 속에서 자신의 심장의 고동 소리를 들었다. 얼마나 걸어왔을까. 몇 시나 되었을까. 근처에는 사람의 그림자 하나 없고 대기를 타고 건너오는 소리 하나 없었다. 그러나 조수는 바뀔 때가 가까워오고 해는 이미 기울고 있었다. 그는 육지로 발을 돌려 기슭을 향해 달렸다. 뾰족한 자갈쯤 개의치도 않고 비스듬한 모래사장을 달리다가 풀이 우거진 둥그레한 모래 언덕 가운데 움푹한 모래밭을 찾아내자, 그는 황혼의 평온과 정적 속에서 미친 듯 뛰노는 자신의 피를 진정시키기 위해 벌떡 누웠다.

머리 위에 그는 광막하고 무관심한 천체와 숙연히 운행하는 성신(星辰)을 느끼고 아래에는 대지, 그를 낳아준 대지가 품안에다 그를 안아주는 것이었다.

그는 나른한 졸음을 느끼면서 눈을 감았다. 지구와 그것을 주시하는 성령의 광대한 회전 운동을 느끼는 듯 그의 눈은 떨었다. 영혼은 실신하여 어느 새로운 세계에 잠겨 들어갔다. 바다 속같이 기기괴괴하고 몽롱하고 걷잡을 수 없는 세계이며, 구름 같은 형체와 생물이 횡행하고 있었다. 그것은 하나의 세계인가, 명멸하는 한 가닥 빛인가 또는 한 포기 꽃인가. 명멸하면서 떨고 떨면서 개화하는 삭렬하는 빛, 피어나는 꽃. 제대로 무한히 퍼지고 진분홍으로 터지며 개화하고, 꽃의 한 잎 한 잎, 광선의 파도 하나 하나가 더할 나위 없이 창백한 장밋빛으로 변하고, 그 부드러운 불그레함이 하늘 전체에 넘쳐 빛깔은 다만 짙어가기만 한다.

잠에서 깨어나자 해는 이미 저물었다. 잠자리로 했던 모래도 마른 풀잎도 이젠 달아오르지 않았다. 그는 천천히 일어나 황홀했던 꿈을 돌이켜 생각하면서 즐거움에 한숨을 지었다.

모래 언덕 봉우리에 기어올라 그는 사방을 내다보았다. 해는 이미 저물고 말았다. 초승달의 언저리가 창백한 수평선에 걸려 있어 그 은빛 테두리가 회색 모래 속에 깊숙이 파묻혀 있었다. 나지막이 속삭이는 듯한 파도 소리를 내면서 밀물은 세차게 육지로 흘러들어오고 있었다. 그리고 멀리 웅덩이에는 마지막 남은 두서너 명이 섬같이 띄엄띄엄 떨어져 있었다.

5장

그는 석 잔째 멀건 홍차를 찌꺼기까지 마셔버리고 주위에 흩어져 있는 거무스름한 즙을 들여다보았다. 노란 기름기를 늪 구렁처럼 건져내고 난 다음 밑에 괴어 있는 즙이 클론고즈 목욕탕의 거무스름한 토탄빛 물을 생각나게 했다. 팔꿈치 가까이 있는 전당표 상자는 이제 막 휘저어놓은 것을, 그는 기름기 묻은 손으로 그 푸르고 흰 전당표를 멍하니 한 장 한 장 주웠다. 마구 갈겨놓고 모래가 묻어 꾸겨진데다 댈리니 매케보이니 하는 전당 잡힐 때 쓴 이름이 적혀 있는 것들이었다.

반장화 1족
흑색 상의 1착
잡품 3개 및 백포 1매
남자 바지 1점

그리고 그는 그것을 치우고 벌레 먹은 자국이 여기저기 나 있는 상자의 뚜껑을 유심히 들여다보면서 건성으로 물었다.

"시계는 얼마나 빠르게 해놓았어요?"

어머니는 벽로 선반 한가운데 비스듬히 눕혀놓은 찌그러진 자명종을 문자판의 12시 15분 전이라는 것이 알 수 있는 정도로 세웠다가는 다시 눕혔다.

"한 시간하고 25분이다."

어머니는 말했다.

"지금 정말 시간은 10시 20분이다. 강의 시간에 늦지 않도록 할 수 없니."

"세수할 테니 물 좀 떠주세요."

스티븐은 말했다.

"케이티, 스티븐의 세숫물을 갖다줘라."

"부디, 오빠 세숫물을 갖다줘."

"안 돼. 지금 난 무척 바빠. 매기, 네가 가져와."

에나멜 대야를 세면대 위에 놓고 낡은 세탁 장갑을 그 곁에 던져주는 것을 보고 나서, 그는 어머니가 목덜미를 북북 문지르고 귀 안이며 코 양 곁의 갈라진 틈바구니까지 속속들이 씻어주는 대로 가만히 있었다.

"이게 무슨 꼴이람. 대학생이 이렇게 더러워서 어미가 씻겨줘야 하다니."

어머니는 말했다.

"그래도 어머닌 즐겁죠."

스티븐은 시치미를 뗐다.

귀가 찢어지는 듯한 휘파람 소리가 2층에서 났다. 어머니는 추진 겉옷을 그의 손에다 안겨주면서 말했다.

"닦고 제발 좀 빨리 나가거라."

두 번째 휘파람 소리가 성난 듯이 길고 날카롭게 울리자 계집애들 중 하나가 계단 밑까지 갔다.

"네, 아버지."

"게으름뱅이 암캐 같은 네 오라비 녀석은 벌써 나갔니?"

"네."

"정말이냐?"

"네."

그 딸아이는 돌아오더니 빨리 뒷문으로 살짝 나가라고 손짓했다. 스티븐은 웃으면서 말했다.

"암캐가 남성이라니 아버지 성의 관념은 이상한데."

"아이구 너도 그게 무슨 창피냐."

어머니는 말했다.

"그런 곳에 발을 들이밀다니. 어디 보렴 후회하지 않는가. 그게 탈이 돼서 넌 영 변했어."

"그럼 다녀오겠습니다."

스티븐은 싱글벙글 손끝으로 작별의 키스를 던졌다.

축대 뒤편 골목길은 물이 지벅지벅했다. 죽죽한 쓰레기 더미 사이로 디딜 곳을 찾아가면서 천천히 내려가고 있으니까 담 너머 수녀들 정신 병원에서 미친 수녀의 외마디 소리가 들려왔다.

"예수님! 오 예수님! 예수님!"

그는 화나는 듯 머리를 저으면서 그 외마디 소리를 귀에서 뿌리치듯 했다. 썩어 무너진 쓰레기 더미 사이에서 비틀거리며 걸음을 재촉하자, 그의 마음은 벌써 혐오와 쓰라림에 떨고 있었다. 아버지의 휘파람, 어머니의 투정, 눈에 보이지 않은 미친 사람의 외마디 소리, 이런 것들이 이제는 그에게 청춘의 긍지를 꺾기 위해 거슬리고 위협하는 오만가지 소리로 들리는 것이다. 그러한 목소리의 메아리를 그는 저주의 말로써 자기 마음속으로부터 몰아냈다. 그러면서도 가로수 길을 걸어 회색 아침 햇빛이 이슬이 촉촉한 나무 사이를 뚫고 사방에 새어 나오는 것을 느끼고, 또 추진 나뭇잎이며 나무껍질의 야릇한 야생의 냄새를 맡게 되자, 그의 영혼은 비로소 비참함에서 해방되는 느낌이었다.

가로수 길의 비에 젖은 나무들은 언제나 한결같이 게르하르트 하우프트만의 극에 나오는 소녀며 여성들의 추억을 새롭게 해주었다. 그들의 파리한 슬픔과 젖은 나뭇가지에서 떨어지는 향기는 잔잔한 즐거움 속에 한데 섞였다. 시내에서의 그의 아침 걷기가 벌써 시작된 것이다. 그는 이미 앞으로 하는 일이 짐작이 갔다. 페어뷰의 늪지대를 지나칠 때면 수도원처럼 은색 찬연한 저 뉴먼의 산문이 생각날 것이고, 노스 스트랜드 거리를 거닐면서 식료품 가게의 진열창을 힐긋 쳐다볼라치면 기도 카발란티(1250?~1300, 이탈리아의 시인, 철학자)의 음울한 해학이 떠올라 미소를 지을 것이고, 톨보트 플레이스에 있는 베어드 석물 제작소를 지나갈 때는 입센의 정신이 모진 바람 일 듯 마음속을 스쳐갈 것이다. 그것은 어린아이 고집 같은 미의 정신이다. 그리고 리피 강 너머 있는 우중충한 선원 용품점 앞을 지날 때면 벤 존슨(1573~1637, 영국 시인, 극작가)의 노래를 되풀이할 것이다. 그것은 이렇게 시작된다.

몸져누웠으나 갑갑함이 없었노라.

아리스토텔레스나 아퀴나스의 현묘한 말 가운데 미의 본질을 찾기에 지칠 때, 그의 마음은 자주 엘리자베스 시대 시인 묵객의 우아한 노래에서 즐거움을 찾았다. 그의 상념은 회의적인 수도사의 의상을 걸치고 종종 그 시대의 창가 그늘진 곳에 서성대면서, 류트 연주자의 장중한 듯 조롱조의 음악이라든가, 창녀의 노골적인 웃음소리에 귀를 기울였다. 그러나 결국 그 너무나도 야비한 웃음과 시간과 더불어 퇴색해버린 방탕이며 허례의 입치레에 수도사다운 긍지가 깎여버릴 때, 그는 다시금 그 은둔처에서 달아나버리는 것이었다.

청춘의 사귐조차 버리고 말 정도로 마음을 빼앗겨 사색에 나날을 보내고 있는 양 믿고 있던 그의 학문도, 실은 아리스토텔레스의 시학과 심리학에서 뽑아온 한 묶음의 문집과 《성 토마스의 사상에 의한 스콜라 철학 요강》에 지나지 않았다. 그의 사색은 회의와 자기불신의 어스름함이요 어쩌다 번개처럼 직관이 찾아올 뿐이었다. 그러나 그 번갯불이 눈이 부실 듯 휘황하기에 그 순간은 온 세계가 불꽃에 타버리듯 하면서 그의 발밑으로 사라져버리고 만다. 그런 다음이면 입은 무거워지고 남의 눈에 마주쳐도 그는 반응 없는 시선으로 응수할 따름이다. 그것도 미의 정신이 소매 없는 외투처럼 그를 감싸고, 오직 꿈속에서만이라도 고귀한 것과 사귀게 된 것처럼 느꼈기 때문이다. 그러나 이런 잠시 동안의 침묵의 긍지도 이제 더는 자신을 지탱하지 못하자, 역시 범속의 인간 속에 섞여 도시의 혼탁과 잡음과 나태 가운데, 거침 없이 가벼운 기분으로 활보하는 자신을 발견하고 오히려 안도하게 되었다.

운하를 낀 판자 울타리 근처에서 인형 같은 얼굴에 무테 모자를 쓴 폐병앓이 사나이가 다리의 사면을 총총걸음으로 오는 것을 만났다. 초콜릿색 오버의 단추를 꼭 끼우고 접어놓은 양산을 점치는 막대(땅속의 물질이나 광석을 찾아낼 수 있다고 해서 사용된 것)처럼 약간 앞으로 내밀고 있었다. 11시경이 틀림없을 것이라 생각하면서 그는 시간을 보려고 우유 가게 안을 들여다보았다. 그 가게의 시계는 5시 5분 전을 가리키고 있었으나, 막 돌아서려고 하는데 어딘지 보이지 않는 가까운 곳에서 시계가 빠르고 정확하게 11시를 치는 소리가 들렸다. 그것을 들으니까 저절로 머캔 생각이 떠올라 웃음이 나왔다. 사냥꾼 저고리에 반바지를 입고 금빛 염소 수염을 기른 땅딸막한 몸뚱이가 홉킨스 가게 모퉁이에서 바람을 맞고 서 있는 꼴이 눈앞에 떠오르고, 이렇게 말하는 소리까지 들렸다.

"디달러스, 너는 자기 속에만 갇혀 있는 반사회적인 인간이야. 나는 그렇지 않아. 나는 민주주의자고 미래의 '유럽 연방국'의 모든 계급 및 남녀 사이에 사회적 자유와 평등을 이룩하기 위해 일하고 활동할 테야."

11시라. 그 강의에도 늦었군. 오늘이 무슨 요일이지? 그는 신문 판매점 앞에서 걸려 있는 광고의 표제를 읽었다. 목요일이로군. 10시에서 11시까지 영문학, 11시에서 12시까지 프랑스어, 12시에서 1시까지는 물리. 영문학 강의를 생각하니 이렇게 멀리 떨어져 있으면서도 초조함과 지겨움을 느끼지 않을 수 없었다. 요점을 받아 쓰라는 선생의 말에 따라 순순히 고개를 숙이고 노트에 적고 있는 급우들의 모습이 눈에 선했다. 명칭상 정의, 본질적 정의, 범례(範例) 또는 출생 및 사망년, 주요 작품, 호의적 평과 불리한 비평의 비교 등등이 바로 그런 것이다. 자기는 머리를 숙이지 않았다. 생각이 이리저리 떠돌기 때문이다. 몇 안 되는 자기 반 학생들을 한바퀴 돌아보거나, 창 너머 황량한 성 스티븐 잔디밭 정원을 보거나 하고 있으면 음침한 지하실 습기와도 같은 썩은 냄새가 코를 찔렀다. 그의 바로 앞 일렬째 자리에 또 하나의 머리가 다들 숙이고 있는 머리들 위에 우뚝 솟아 있었다. 그것은 주위의 공손한 예배군들을 위해 감실(龕室)을 향해 기도하는, 머리를 쳐들고 있는 사제의 모습을 닮았다. 크랜리 생각이 날 때면 몸 전체가 아니라 그 머리와 얼굴 모습만이 떠오르는 까닭은 대체 무엇일까? 지금도 아침의 회색 장막을 배경으로 마치 꿈속의 환영같이 그 모습이 눈앞에 떠오른다. 흡사 무쇠의 관이라도 쓴 것처럼 검고, 억세게 솟은 머리털이 이마 위까지 덮인, 잘라놓은 데스마스크 같다. 사제의 얼굴 같다. 빛깔이 창백한 것이며 두툼한 코며 눈 언저리와 턱 모양이 그렇고, 길고 핏기 가신, 약간 웃음을 머금은 듯한 입술 또한 그렇다. 그가 낮밤 가릴 것 없이 자신의 영혼의 동요와 불안과 갈망을 크랜리에게 털어놓아도, 상대방은 그저 묵묵히 귀를 기울이는 일 밖에는 반응을 보여주지 않았던 일이 불현듯 생각났다. 그게 바로 죄를 사할 힘이 없으면서 남의 고해를 듣는 죄 많은 사제의 얼굴이거니 하고 스스로 타일러보는 것이었지만, 그 어둡고 여성적인 눈동자의 응시가 다시금 기억에 떠올랐다.

    그 모습을 통해서 스티븐은 일종 야릇하고 어두운 사색의 동굴을 한순간 들여다본 듯했으나, 아직 거기 들어갈 때가 아님을 느끼고 곧장 눈을 돌렸다. 그러나 어둠과도 같은 그 친구의 무관심함이 주위의 공기에 알 듯 모를 듯 독소를 뿜어내는 것 같았고, 우연히 눈에 띈 좌우의 글자를 한 자 한 자 보고 있노라면, 그 글자들이 소리 없이 곧장 의미를 상실하고, 결국 가서는 보잘것없는 가게 간판까지도 주문처럼 그의 마음을 구속하였다. 그러한 죽은 글자 더미에 싸여 골목길을 걷고 있노라면, 자신의 영혼이 나이 먹어감의 탄식과 더불어 마냥 위축해가기만 하는 듯 느껴져 오직 망연자실할 뿐이었다. 언어에 대한 자신의 의식은 썰물같이 머릿속에서 물러나고, 그것이 방울방울 말이 되어 떨어지면서 변덕스런 리듬을 이룬 채 합치고 떨어지고 했다.

    담쟁이는 담에서 흐느끼더라
    담에서 흐느끼고 휘어감더라.
    담 위를 휘어감는 노란 담쟁이
    담 위를 흐느끼는 담쟁이여, 담쟁이.

    이런 헛소리를 들어본 사람이 있을까? 어처구니없는 노릇이다. 담쟁이가 담에서 흐느끼는 것을 들어본 사람이 대체 있겠느냐 말이다. 노란 담쟁이, 이건 좋아. 노란 상아(담쟁이는 ivy, 상아는 ivory)도 좋을걸. 그렇다면 상아의 담쟁이는 어떨까?

그러자 그 글자가 코끼리의 그 얼룩진 송곳니에서 잘라내온 상아보다도 더 선명하게 머릿속에 떠올랐다. '아이보리' '이브와르' '아보리오' '에부르'〔영어, 프랑스어, 이탈리아어, 라틴어의 순서로 상아라는 뜻〕. 라틴어를 배운 맨 처음 예문의 하나가 India mittit ebur(인도는 상아를 생산한다)라는 것이었다. 오비디우스의 《변신이야기》를 아치 있는 영어로 번역하는 법을 가르쳐준 그 교장 선생의 북유럽인다운 빈틈 없는 얼굴이 식용 돼지나 질그릇 조각, 돼지고기의 등심 같은 말을 할 때 장난꾸러기같이 변하던 생각이 났다. 그가 얼마간 알고 있는 라틴어 음문의 법칙도 어느 포르투갈인 사제가 쓴 낡은 책에서 얻어온 것이었다.

Contrahit orator, variant in carmine vates.
(웅변가는 말을 줄이고 시인은 노래로써 치장한다)

로마 역사상의 여러 가지 위기며 승리며 분열도 in tanto discrimine(이러한 위기에)라는 진부한 말로써 그에게 전해졌고, 또 implere ollam denariorum이란 말을 교장 선생은 낭랑한 목소리로 '데나리 은화로 항아리를 채우다' 하고 번역하였는데 그 말로써 그는 도시 중의 도시인 로마의 사회 생활을 짐작하려고 했다. 그의 손때 묻은 호라티우스의 시집은 만지는 자신의 손가락이 아무리 싸늘할 적이라도 따뜻한 감촉을 느끼지 않은 적이 없었다. 그 책장은 인간의 피가 통한 것이요, 반세기 전에 존 던컨 인버래리티와 그의 동생 윌리엄 멀컴 인버래리티의 따뜻한 손이 넘긴 책장이었다. 그렇다, 이러한 이름은 거무스레한 책 면지 안에 써놓은 고귀한 이름들이요, 자기와 같은 라틴어의 일개 초보자에게도 그 어렴풋한 시 구절이 마치 오랜 세월을 도금양(桃金孃)이며 라벤더며 마편초 등의 화초 속에 묻혀 있었던 것같이 향기를 내뿜고 있었다. 그러나 세계 문화의 향연에 참석할 때 자기는 한갓 수줍은 과객에 지나지 않을 것이고, 또 학식을 통해 심미(審美) 철학을 세우고자 하는 수도사의 학문[스콜라 철학을 말함]이 그가 사는 지금 시대에 있어서는 겨우 문장학(紋章學)이나 매 사냥술의 다만 번거롭고 신기한 진담 기설 정도로밖에는 간주되어 있지 않음을 생각할 때 그는 가슴이 쓰라렸다.

왼쪽 트리니티대학의 회색 건물이 마치 거추장스런 반지 속에 끼워놓은 빛바랜 보석처럼 이 도시의 무지함 한가운데 육중하게 자리잡고 있어, 그것이 그의 마음을 무겁게 했다. 그러고는 개전한 양심의 굴레를 벗어나려고 여기저기 헤매다가 어느새 그는 아일랜드 국민 시인[토머스 무어 (1779~1852)를 말함]의 익살맞은 동상 앞에 나왔다.

그것을 쳐다보면서도 화는 나지 않았다. 그 질질 끄는 듯한 발, 외투의 주름, 비굴한 듯한 머리 모양에 육체와 영혼의 게으름이 마치 보이지 않는 기생충처럼 도처에 기어다니고 있었으나, 동상 자체는 겸허하게 자신의 하잘것없음을 깨닫고 있는 듯이 보였기 때문이다. 그것은 흡사 밀레투스[기원전 14세기경 스페인에서 와 아일랜드를 정복했다는 전설의 인물]의 후손의 외투를 빌려입은 퍼볼그[전설상의 아일랜드 선주 민족)인이었다. 그러자 그는 농민 출신의 학생 대이빈이 언뜻 생각났다. 퍼볼그인이란 그들 사이에서 장난으로 붙인 이름이었으나 이 농촌 청년은 그것을 가볍게 받아 넘겼다.

"마음대로 해, 스티비. 난 돌대가리니까. 뭐라 불러도 상관없어."

친구의 입에서 자기 이름이 이렇게 허물없이 불리는 것을 처음 들었을 때 스티븐은 흐뭇한 기분을 느꼈다. 그는 남에게 말을 걸 때 인사를 차렸고 남도 그에게는 깍듯했기 때문이다. 곧잘 그램섬 거리에 있는 대이빈의 하숙집에서 벽에다 몇 켤레고 세워놓은 훌륭한 구두를 보고 감탄하거나, 또는 이 친구의 순진한 귀에다 자기의 동경과 실망을 숨겨 넣은 다른 사람의 시 구절이나 노랫가락을 몇 번이고 되풀이해 들려줄라치면, 상대방의 거친 퍼볼그인 기질에 그는 이끌리기도 하고 반발을 느끼기도 했다. 이끌리는 것은 말없이 귀를 기울이고 있는 그 타고난 예절이라든가, 옛 투의 영어의 좀 이상스런 말버릇이라든가 또는 거친 육체적 단련을 좋아하는 기력—대이빈은 게일인 마이클 커사크에게 배운 적이 있었다—같은 점이며, 어쩌다 갑작스레 반발을 느끼게 되는 것은 거친 지성, 무딘 감정, 또는 그의 눈에 떠오르는 두려움에 찬 흐린 눈초리 같은 것 때문이었는데, 그것은 소등(消燈)을 알리는 저녁 종이 여지껏 밤마다의 공포가 되어 있는 아일랜드의 굶주린 시골 사람들이 갖는 두려움 바로 그것이었다.

운동 선수인 그의 삼촌 매트 대이빈의 출중한 솜씨에 대한 추억과 더불어 이 시골 청년은 아일랜드의 슬픈 전설을 숭상했다. 단조로운 대학 생활을 무슨 대가를 치르더라도 의미 있는 것으로 만들어보겠다는 동료 학생들 사이의 소문으론, 데이빈은 젊은 피니어(아일랜드 독립을 주장하는 비밀 결사) 회원이었다. 그의 유모가 그에게 아일랜드 말을 가르치고 아일랜드 신화의 단편적 지식으로 그 거친 상상력을 길러주었다. 여태껏 누구 하나 거기서 한 행의 아름다운 시도 꺼내보지 못한 신화에 대해, 또 그것이 퍼져 나감으로 해서 마냥 여러 갈래를 이룬, 주체하기 힘든 고담(古譚)에 대해 그는 로마 가톨릭교에 대할 적과 같은 태도, 즉 우둔하고 충실한 농노의 태도로 대했다. 영국 또는 영국 문화를 통해 어떤 사상이며 감정이 찾아와도 그는 한 가지 군호에 따라 마음의 무장을 함으로써 대항했다. 게다가 영국 이외의 세계를 안다는 것은 겨우 자기도 참가해야겠다고 말하는 프랑스의 외인 부대 정도였다.

이러한 야심과 이 젊은이의 우스꽝스러운 점을 결부시켜 스티븐은 그를 곧잘 얼간이 거위라고 불렀다. 사색에 불타는 스티븐의 마음과 은둔적인 아일랜드의 생활 태도 사이를 곧잘 가로막고 있는 듯이 생각되는, 이 친구의 언행의 내키지 않는 듯한 태도를 두고서 붙인 이 별명에는 얼마간 짜증스러움이 섞여 있었다.

어느 날 밤 이 농촌 청년은 스티븐이 지적 반발의 쌀쌀한 침묵에서 빠져나오기 위해 토해버린, 난폭하다기보다 방자한 말에 자극을 받아 스티븐의 마음속에 이상야릇한 환상을 일으켜준 일이 있었다. 두 사람은 어둡고 비좁은 유대인 빈민가를 지나 데이빈의 하숙 쪽으로 천천히 걸음을 옮기고 있었다.

"작년 가을에 말이야, 스티비, 겨울이 닥쳐올 무렵이었는데 나한테 무슨 일이 있었어. 아직 누구에게도 얘기하지 않았으니 이 얘기는 자네에게 제일 먼저 하는 셈이야. 그게 10월인지 11월인지 잊었지만. 아니 10월일걸. 내가 여기 입학하러 오기 전이었으니까."

스티븐은 웃으면서 친구 쪽을 쳐다보았다. 상대방이 비밀을 털어놓는 게 기분이 좋았고, 말하는 사람의 소박한 어조에 호감이 갔다.

"나는 그날 온종일 집을 나와 버트반트에 있었어―자넨 그런 곳을 모르겠지만―크로크 청년단과 무적(無敵) 설즈 사이의 하키 시합이 있었지. 그런데 그게 말이야, 스티비, 굉장한 시합이었네. 내 사촌 폰시 대이빈은 그날 발가벗고 리메리크 팀의 골대를 지키고 있었는데, 시합의 반은 포워드 쪽까지 나가서 미친 듯이 고함을 지르고 있었어. 그날 일은 잊어버리지 않을 거야. 한 번은 크로크 패의 한 녀석이 그에게 죽으라고 스틱을 휘둘러대는 거야. 정말이지 하마터면 관자놀이를 세게 얻어맞을 뻔했지. 아니 정말이라구. 그때 그놈의 갈쿠리로 한 대 맞았더라면 벌써 골로 갔지 뭐야."

"안 맞았으니 다행이로군."

스티븐은 웃으면서 말했다.

"하지만 그게 설마 자네가 당했다는 이상야릇한 사건은 아니겠지?"

"하긴 이런 이야긴 자네에게 재미 없겠지. 아무튼 시합 다음이 큰 난리였어. 집으로 돌아가는 기차를 놓치고 말았지 뭐야. 재수없게 같은 날에 카슬타운로우치에서 대중 집회가 열려 근처의 탈 것이라곤 모조리 그쪽으로 다 가버렸기 때문에, 얻어 타려도 달구지

하나 없어. 그러니 그날은 거기서 새우거나 걸어가거나 하는 수밖에 없게 되지 않았나. 그래서 걷기로 했지. 곧장 걷는데 발리후라 고개까지 오니까 밤이 돼버렸지 뭐야. 킬말로크에서 10마일은 착실히 넘어. 거기서부터는 길기만 하고 인적이라곤 하나도 없어. 길가에 집 한 채 없고 소리 하나 들리지 않아. 캄캄하기란 이루 말할 수 없고. 한두 번은 길바닥 수풀 밑에서 걸음을 멈추고 파이프에 불을 붙였지. 이슬만 심하지 않았어도 아마 거기 누워서 자고 말았을 거야. 이윽고 길을 굽어 도니까 창가에 불빛이 비치는 오두막집이 하나 눈에 띄더군. 그래서 가서 문을 두드렸지. 누구냐고 묻는 소리가 나기에 버트반트의 시합 구경 갔다가 이만저만해서 걸어오는 길인데 물 한잔 주면 고맙겠다고 했지. 그러니까 젊은 아낙네가 문을 열고 큼지막한 컵에 우유를 담아서 갖다 주더군. 내가 문을 두드릴 때 마침 잠자리에 들어가려 했던 모양인지 옷을 벗다 말고 머리가 헝클어져 있지 않겠나. 몸매며 눈의 표정에서 이 여자가 아이를 배고 있음에 틀림없을 거라고 생각했지. 여자는 문간에서 오랫동안 나를 붙잡고 얘기를 꺼낸단 말이야. 가슴팍이며 어깨에 걸친 것이 없어서 이상하다고는 생각이 들었어. 고단하실 테니 오늘 저녁은 여기서 자고 가는 게 어떻냐고 여자가 말하지 않아. 집에는 자기 혼자뿐이고 남편은 누이동생 전송차 퀸즈타운에 가고 없다는 거야. 그렇게 이야기하면서 여자는 말이야, 스티비, 내 얼굴에서 잠시도 눈을 떼지 않고 숨소리가 들릴 정도로 내 곁에 딱 붙어 서 있지 않는가. 내가 잔을 돌려주니까 끝내 내 손목을 잡고 안으로 끌어당기면서 이렇게 말한단 말일세. '들어와요. 이 집에는 다른 이는 아무도 없어요…….' 난 들어가지 않았어, 스티비. 고맙다고 말만 하고는 다시 길을 가는데 어디 정신이 있겠나. 첫 번째 길 모퉁이에서 돌아다보니까 여자는 그냥 문간에 서 있지 뭐야."

대이빈의 이야기의 이 마지막 말들이 그의 기억 속을 휘집고, 그 이야기에 나오는 여성의 모습이 언젠가 학교 차를 타고 클레인을 지나갔을 때 거기 문간에 서 있는 것을 본 적이 있는 시골 아낙네들의 모습과 겹쳐서, 그들의 겨레요 또한 자기의 겨레인 이 나라 사람들의 어떤 유형이 뚜렷하게 드러났다. 그것은 암흑과 비밀과 고독 가운데 스스로의 의식에 깨어나는, 사심없는 여성의 눈매와 음성과 몸짓으로써 낯선 사나이를 잠자리로 이끄는 박쥐와도 같은 영혼이었다.

그의 팔에 손이 얹히면서 앳된 목소리가 울린다.

"아저씨, 단골 아이예요. 오늘 첫 손님이에요. 이 예쁜 꽃 사세요. 네, 사줘요."

소녀가 그의 앞에 쳐든 푸른 꽃과 그 소녀의 앳된 푸른 눈동자가 일순간 천진난만함의 상징같이 보여 그는 발을 멈추었으나, 그 그림자는 어느덧 사라지고 다만 헙수룩한 의복과 물에 젖은 거친 머리털과 말괄량이 같은 얼굴만이 눈에 띄었다.

"네, 아저씨. 단골 아이를 잊지 마세요."

"없어."

스티븐은 말했다.

"이 예쁜 것 어때요, 네. 단돈 1페니예요."

"내가 뭐라고 말했지."

스티븐은 소녀에게 몸을 굽히면서 말했다.

"한푼도 없다고 그랬어. 알았니."

"그럼 좋아요, 다음에 사주세요, 꼭."

소녀는 잠시 뒤에 말했다.

"글쎄, 그렇게 될는지 모르겠다."

스티븐은 말했다.

그는 급히 소녀의 곁을 떠났다. 그 아는 체하는 태도가 혹시나 욕설로 변하지 않을까 두려웠고, 영국인 여행잔지 트리니티대학의 학생인지 모르는 다른 손님에게 그 아이가 꽃다발을 들이밀기 전에 거기서 떠나버리려고 했기 때문이다. 그라프톤 거리〔더블린의 변화가〕를 거닐고 있으면서 주머니에 한푼도 없다는 서글픈 생각이 줄곧 따라다녔다. 그 거리의 끝 차도 위에 울프 톤〔1763~1798, 아일랜드의 애국 지사〕을 기념해서 세운 비가 서 있어, 그는 아버지와 같이 정초식에 참석했던 생각이 떠올랐다. 그 거추장스럽던 봉헌식의 광경을 생각하니 쓰디쓴 기분이 난다. 사륜 마차에 네 사람의 프랑스 대표가 타고 그 중의 하나, 뚱뚱하고 싱글벙글하는 젊은 사나이가 프랑스 말로 '아일랜드 만세'라고 인쇄된 플래카드를 막대 위에 끼워 들고 있었다.

그러나 스티븐즈 그린 공원의 수목은 비를 맞아 향기를 뿜고 비에 젖은 대지는 나뭇잎이 죽은 냄새를 풍기고 있었다. 그 흙더미를 통해 수많은 심장에서 올라오는 희미한 향기다. 일찍이 어른들에게서 들은 바 있는, 이 멋쟁이 퇴폐의 도시의 영혼은 시간과 더불어 위축하여 대지에서 솟아오르는 죽은 냄새로 변하고 만 것이다. 그리고 음침한 대학 안에 들어가는 순간 버크 이건과 번채플 웨일리〔둘 다 국회의원으로서 기행이 많았음〕의 것과 다른 부패를 느끼게 될 것임을 그는 알았다.

2층 프랑스어 강의실에 들어가기에는 너무 늦었다. 그는 홀을 지나 왼편 물리학 계단 교실로 통하는 복도로 나섰다. 복도는 어둡고 잠잠했으나 어쩐지 조심스러웠다. 왜 조심스러운 마음이 날까? 버크 웨일리 시절에 거기 비밀 계단이 있었다는 얘기를 들은 탓일까? 아니면 예수회 건물은 치외법권 지대라서 자기는 이방인 사이를 걷고 있는 탓일까? 톤의 그리고 파넬의 아일랜드는 이제 저 멀리 사라져버린 듯하구나.

그는 계단 교실 문을 열고 먼지투성이의 창을 뚫고서 가까스로 들어오는 싸늘한 회색 광선 속에 걸음을 멈췄다. 큼지막한 난로 쇠살대 앞에 사람 그림자가 웅크리고 있었다. 그 수척한 몸집이며 백발로 보아 학감이 난로에 불을 지피고 있음을 알았다. 스티븐은 조용하게 문을 닫고 난로 쪽 가까이에 갔다.

"선생님, 안녕하세요. 도와드릴까요?"

사제는 고개를 들고 말했다.

"조금만 기다려, 디달러스 군, 그러면 알 테니. 불을 붙이는 데도 기술이 있는 법이야. 교양 학문이 있는 동시에 실용 학문도 있어. 이건 실용 학문의 하나야."

"저도 그것을 배우도록 하겠습니다."

스티븐은 말했다.

"석탄을 너무 많이 넣지 말 것."

학감은 민첩하게 일을 진행시켰다.

"이게 비결의 하나야."

그는 법복 겉 호주머니에 촛동강을 4개 꺼내어 그것을 솜씨 좋게 석탄과 꼬아놓은 종이 사이에 놓았다. 스티븐은 물끄러미 보고 있었다. 불을 붙이고 이렇게 바닥돌 위에 무릎을 꿇고서, 꼬아놓은 종이며 촛동강을 부지런히 배열하고 있는 것을 보고 있노라니까, 여느 때보다도 더하게 그가 사람기 없는 신전에서 제물을 올릴 장소를 채비하는 천한 시승, 주의 레위〔유대 신전에서 사제를 보좌하는 자〕사람같이 보였다. 레위 사람의 수수한 삼베 승복처럼 퇴색하고 해어진 법복이, 고위 성직자의 옷이나 방울 달린 제사장복(祭司長服)으로서 거추장스러울 것 같은 그의 엎드린 모습을 감싸고 있었다. 그의 육체는 주를 향한 천한 봉사—제단의 불을 지키고 몰래 소식을 전하고 속인들을 응대하고 시키면 당장에 종을 치는 따위의—로 말미암아 노쇠했고, 또 성자나 고승 같은 아름다움을 혜택받지 못하고 말았다. 아니, 이 사람의 영혼조차도 이러한 봉사 가운데 늙어버려 광명과 아름다움을 지향해 성장하는 일도, 영혼의 성스러운 방향을 바깥에 내뿜는 일도 없다. 은빛으로 반짝이는 솜털로 백발이 지고, 수척하여 힘줄만 드러난 그 늙은 몸뚱이가 연애니 투쟁이니 하는 것의 자극에 아무런 반응을 보이지 않는 것처럼, 고행을 겪어낸 의지가 그것을 관철시킨 데서 오는 가슴 설렘에 도무지 무반응하게 된 것이다.

학감은 쭈그리고 앉아서 나무토막에 불이 붙는 것을 바라보고 있었다. 스티븐은 침묵을 깰 양으로 말했다.

"저 같으면 도저히 불을 못 붙이겠는데요."

"군은 예술가야, 그렇지, 디달러스."

학감은 힐끔 쳐다보고 그 창백한 두 눈을 껌벅거렸다.

"예술가의 목적은 아름다운 것의 창조에 있어. 아름다운 것이 뭐냐는 것은 별개의 문제지만."

그는 이 난문을 생각하면서 천천히 덤덤하게 두 손을 비볐다.

"군은 지금 이 문제를 풀 수 있겠나?"

그는 물었다.

"아퀴나스가 말하고 있습니다."

스티븐은 대답했다.

"Pulcra sunt quae visa placent(눈에 즐거운 것은 아름다우니라)라고요."

"눈앞에 있는 이 불은 눈에 즐거운 것이다. 그렇다면 이것은 아름다운 것일까?"

학감은 말했다.

"시각, 제가 여기서 의미하는 것은 심미적 지성입니다만, 적어도 시각으로 파악되는 한에 있어서 이것은 아름다운 것일 겁니다. 하나 아퀴나스는 또한 Bonum est in quod tendit appetitus(욕망을 늘이는 것은 선이니라)라고 말하고 있습니다. 따스함을 찾는 동물적 욕망을 만족시키는 한에 있어서 불은 선한 것입니다. 하지만 지옥에서는 이것은 악입니다."

"사실이다. 군은 확실히 요점을 찔렀어."

학감은 말했다. 그는 재빠르게 일어서 문 쪽으로 가더니 그것을 조금 열어 젖히고 나서 말했다.

"이럴 땐 조금 바람이 통하는 게 도움이 된다더라."

그가 약간 발을 절면서, 그럼에도 활발한 걸음걸이로 난롯가로 돌아올 때 스티븐은 예수회 회원의 무언의 영혼이 창백하고 쌀쌀한 눈으로 그를 엿보고 있음을 느꼈다. 이냐시오와 같이 그는 절름발이었으나 그 눈 속에 이냐시오가 갖는 정열의 불꽃은 타지 않았다. 이 교단의 전설적인 교지(巧智), 신비롭고 포착하기 어려운 예지에 찬 교단의 그 우화서보다도 더욱 포착하기 어렵고 신비로운 교지조차도, 그의 영혼으로 하여금 사도의 정열로써 불타게 하지 못하였던 것이다. 그것은 마치 그가 세속의 술책이나 지식 또는 교지를 써서 그것을 만지는 즐거움도, 거기 숨어 있는 사악함에 대한 증오도 느끼지 않은 채, 시키는 대로 하느님의 크나큰 영광을 위하여 오직 굳건한 복종의 몸짓만으로 그것을 풀이한 것같이 보였다. 게다가 이렇게 묵묵히 있으면서 사부(師父)를 사랑하는 것도 아니요, 또 봉사하는 바 목적을 비록 사랑한다고 하더라도 조금밖에는 사랑하고 있지 않은 듯 보였다. Similiter atque senis baculus(늙은이의 지팡이와 같이)라고 교단 창시자가 바라기라도 했듯이 그는 밤길이나 험악한 날씨면 기대는 지팡이, 정원 의자 위면 귀부인의 꽃다발과 나란히 놓이고, 위험할 때는 그것을 쳐드는 늙은이 수중의 지팡이와도 같은 존재였다.

학감은 난롯가로 돌아와 턱을 쓰다듬기 시작했다.

"군에게서 미학 문제에 대해 들을 수 있는 것은 언제쯤 될까?"

그는 물었다.

"저에게서라니오?"

스티븐은 얼떨떨해서 물었다.

"저 같은 거야 2주일에 단 한 번이라도 무슨 생각에 부딪치면 다행인 편입니다."

"이런 문제는 여간 심원한 게 아니지, 디달러스 군."

학감은 말했다.

"모허의 벼랑〔아일랜드 서해안에 있음〕에서 바다 속을 들여다보는 것이나 비슷해. 그 깊은 곳에 뛰어 들어가는 사람은 많지만 떠올라오는 인간은 없어. 다만 경험을 쌓은 잠수부만이 그 깊은 곳에 잠겼다 그것을 탐험하고, 다시 물위에 떠오를 수 있을 뿐이지."

"선생님께서 사색을 두고 말씀하신다면, 자유로운 사고란 도대체 존재하지 않은 것으로 저는 확신합니다. 모든 사고란 그 자체의 법칙에 매여 있게 마련이니까요."

스티븐은 말했다.

"그래!"

"저의 경우 같으면 지금으로선 아리스토텔레스와 아퀴나스의 사상 한두 가지를 지침으로 해나갈 수 있습니다."

"응 그래, 군의 논지는 잘 알겠네."

"그것을 지침으로 저 자신이 무엇을 해낼 때까지는 오직 저 자신의 소용과 지도를 위해 이 두 사람이 필요합니다. 그 지침의 등잔이 그을든가 냄새가 나면 심지를 자르도록 하겠습니다. 충분히 밝지 못하면 그것을 팔고 다른 것을 사겠습니다."

"에픽테투스〔50~125, 그리스 철학자〕도 등잔을 갖고 있었지."

학감은 말했다.

"그가 죽은 뒤 어마어마한 값으로 팔렸지만. 그가 철학 논문을 쓸 때 사용한 등잔이라네. 에픽테투스는 알지?"

"영혼은 한 양동이의 물과 아주 흡사한 것이라고 말한 늙은이죠."

스티븐은 버릇 없이 입을 놀렸다.

"그가 늘 하는 소탈하게 말한 이야기가 있네."

학감은 말을 계속했다.

"하느님 조상 앞에 쇠로 만든 등잔을 놓아두었더니 도둑이 그것을 훔쳐갔다는 거야. 이 철학자는 어떻게 했을 줄 아나? 훔치는 짓은 도둑의 본성이라고 곰곰이 생각한 끝에, 다음 날에는 쇠등잔 대신 오지 등잔을 사려고 결심했다는 거야."

녹은 양초 냄새가 학감의 촛동강에서 올라와 스티븐의 의식 가운데서 양동이와 등잔, 등잔과 양동이라는 말의 금속적인 여운과 한데 합쳤다. 이 사제의 목소리에도 딱딱한 금속적인 여운이 있었다. 스티븐의 의식은 본능적으로 주춤했다. 그 이상한 어조와 양동이니 등잔이니 하는 영상이며, 불이 켜 있지 않은 등잔이나 초점이 빗나간 반사경 같은 사제의 얼굴에 어떤 거리낌을 느꼈던 것이다. 저 얼굴 너머, 아니 저 얼굴 안엔 무엇이 숨어 있을까? 우둔하고 마비된 영혼일까, 아니면 지성을 가득 안고 하느님의 우수(憂愁)를 충분히 느낄 수 있는 천둥 구름의 어둠일까?

"제가 말한 것은 등잔이라도 딴 것인데요."

스티븐은 말했다.

"그야 물론이겠지."

학감은 말했다.

"미학을 논의하는 데 한 가지 곤란한 점은 용어가 문학상의 전통에 따른 것인지, 일반적인 관계를 따른 것인지 밝히는 일입니다. 뉴먼이 성모 마리아에 대해 쓴 문장에 그분께서 성자들 사이에 둘러싸여 있다(detained)고 하는 구절을 기억합니다. 이 말이 일반적으로 쓰일 때는 전혀 다르게 됩니다. '오래 붙들게 해드려서 혹 실례가 아닐는지 모르겠습니다(I hope I am not detaining you).'"

스티븐은 말했다.

"아니 천만에."

학감은 공손하게 말했다.

"아니, 그게 아니라, 제가 말하는 것은……."

스티븐은 웃으면서 말했다.

"아, 그래, 알았네. 군의 논점은 알았어. '디테인(detain)'이란 말이지."

학감은 재빠르게 말했다. 그는 아래턱을 내밀고 짧게 헛기침을 했다.

"등잔 얘기로 돌아가지만, 거기 기름을 치는 것도 역시 까다로운 일이거든. 잡것이 없는 기름을 가려야 될 뿐 아니라 부을 때도 넘쳐서는 안 되니까 퍼늘(깔대기)에 넘치도록 붓지 말아야 해."

"퍼늘(funnel)이라니 뭡입니까?"

스티븐은 물었다.

"등잔에 기름을 넣는 데 쓰는 퍼늘 말이야."

"그것 말씀이에요?"

스티븐은 말했다.

"그걸 퍼늘이라고 합니까? 턴디시(tundish)라 하지 않습니까?"

"턴디시라니 뭐지?"

"그것 말예요. 그…… 퍼늘 말입니다."

"그걸 아일랜드에선 턴디시라고 하나? 들어본 적이 없는데."

학감은 물었다.

"로워 드럼콘드러(더블린의 북부 외곽 지역)에서는 턴디시라고 합니다. 거기 사람들이 제일 훌륭한 영어를 쏜답니다."

스티븐은 웃으면서 말했다.

"턴디시."

학감은 생각에 잠긴 듯 말했다.

"그거 정말 재미있는 말인데. 어디 사전이라도 찾아봐야겠군. 이건 꼭 찾아봐야겠어."

그 은근한 듯한 태도에는 약간 거짓이 들어 있는 듯해서, 스티븐은 이 영국인 개종자(改宗者)를 저 우화(루가복음 11:32 이하)에 나오는 형이 방탕꾼 아우를 보는 듯한 눈초리로 쳐다보았다. 시끄러웠던 개종 소동에 뒤따른 보잘것없는 추종자, 아일랜드에 사는 가난한 영국인, 저 음모와 수난과 질시와 투쟁과 모멸의 괴상망측한 연극이 거의 끝날 무렵에 예수회 역사의 무대 위에 등장한 듯한 인간―지참자, 우물쭈물꾼. 어디서 출발했던 것일까? 아마 진지한 비국교도(非國敎徒) 가정에서 태어나 예수에게만 구원을 보고, 국교의 알맹이 없는 화려함을 싫어했을 것이리라. 뒤죽박죽인 종파 싸움, '육교리(六敎理) 밥티스트 파'니 '특수 교파'니 '시드 앤드 스네이크 밥티스트 파'니 '타죄전(墮罪前) 도그머티스트 파'니 하는 따위의 떠들썩한 교회 분파의 허튼 소리들 가운데 절실하게 신앙의 필요성을 느꼈던 것일까. 입김 뿜는 안수례 또는 의식이나 성령의 발현에 대해, 어쩌면 한 줄기 논리의 실마리라도 뽑아내다가 진정한 교회를 홀연히 찾아냈단 말인가. 그렇지 않으면 세관에 앉아 있던 저 사도(마태오복음 9:9)처럼 어느 양철 지붕 성당 문간에라도 앉아 하품을 지으면서 연보 돈 회계를 하고 있는데, 주 그리스도께서 그에게 손을 얹어 "나를 따라라" 하셨던 것일까.

학감은 그 말을 다시 한 번 되뇌었다.

"턴디시, 거 재미있는데."

"아까 물으신 문제가 저에겐 더 재미있는 것 같은데요. 예술가가 흙 덩어리 속에서 표현하고자 몸부림치는 미라는 게 무엇이냐 하는 것 말입니다."

스티븐은 냉정하게 말했다.

그 대수롭지 않은 한마디가 이 은근하고도 경계를 게을리하지 않는 상대에게 감수성의 예리한 비수를 겨눈 것 같았다. 그는 자기가 이야기하고 있는 상대가 벤 존슨과 같은 나라 사람임을 생각하자 맥이 풀려 가슴이 답답했다. 그는 생각했다.

'우리가 지껄이고 있는 이 언어는 우리 것이기 전에 저들의 것이다. home, Christ, ale, master 등의 말이 그가 입에 담을 때와 내 경우와는 얼마나 다른가. 나는 이 말들을 아무 불안 없이 지껄이거나 쓰질 못한다. 그렇게 익숙한데도 아주 서먹서먹한 저 사람들의 언어는 나에겐 언제나 배워서 얻은 말이다. 나는 그 말을 만든 적도 받아들인 적도 없다. 내 목소리는 그것을 멀리하고 있다. 저 사람의 언어의 그늘 속에서 나의 영혼은 조바심을 낼 뿐이다.'

"그리고 아름다운 것과 숭고한 것을 구별할 것."

학감은 덧붙였다.

"윤리적 미와 물질적 미를 구별할 것. 또 어떠한 미가 예술 개개에 적당한가를 찾아보는 것. 이런 것이 우리가 택해도 좋을 만한 흥미 있는 점이 아니겠나."

그 딱딱하고 윤기 없는 학감의 어조에 갑작스레 싫증이 나서 스티븐은 입을 다물었다. 그때 고요함을 뚫고 많은 구두 소리와 난잡한 목소리가 멀찌막이 계단에서 울려왔다.

학감은 결론을 내리듯 말했다.

"그러나 이러한 사색을 추구해가다간 영양 실조로 몸을 망칠 우려가 있어. 첫째 군은 학위를 따야만 해. 그것을 군의 첫째 목표로 세울 것. 그렇게 되면 군의 전도가 조금씩 보이게 될 것일세. 이것은 모든 의미로 말하는 것이야. 인생의 길이건 사색의 길이건 간에 말이야. 처음에는 자전거를 밟고 오르막길을 가는 것 같은 일일지도 몰라. 무넌 군을 보라구. 꼭대기에 올라서기까지는 오래 걸렸지. 하지만 결국 올라섰거든."

"저에겐 그런 재주가 없는지 모르죠."

스티븐은 조용히 말했다.

"그걸 어떻게 아나."

학감은 쾌활하게 말했다.

"자기 속에 뭣이 있는지는 아무도 몰라. 나 같으면 절대로 실망하는 일은 없을 걸세. Per aspera ad astra(고난을 겪어 별을 따다)."

그는 급히 난롯가를 떠나 문과 1학년 반의 도착을 감독하기 위해 층계참 쪽으로 갔다.

난로에 기대고 서서 그가 이 학생들에게 두루 쾌활하게 인사하는 소리를 듣고 있으니까, 스티븐은 그 우악스런 학생들의 껄껄대고 웃는 얼굴들이 눈앞에 떠오르는 듯했다. 기사다운 로욜라의 충실한 하인, 말하는 것이 일반 성직자보다 더 타산적이요, 그들보다 영혼은 굳건하지만 자기의 청죄 신부로는 결코 삼고 싶지 않은, 이 성직자의 이복 형제를 생각할 때 스티븐의 상처받기 쉬운 심정에는 우수에 싸인 가엾음이 이슬처럼 흘러내렸다. 그리고 이 사람이나 그의 동료가 평생을 두고 하느님의 재판정에서 방종한 자, 열성 없는 자, 타산적인 자들의 뭇 영혼을 위해 변호해주었기 때문에, 속인 아닌 성직자는 물론 속인들에게서까지 속물이란 칭호를 얻게 된 연유를 생각해보았다.

음침한 계단 교실 맨 윗줄의 거미줄 친 회색 창 밑에 앉아 있는 학생들이 육중한 구두를 시끄럽게 몇 번인가 쿵쿵거리고 와 하는 소리를 냄으로써, 교수의 입실을 알려주었다. 출석 점호가 시작되고 거기 대답하는 소리가 여러 가락으로 울리고 난 다음, 피터 번의 차례가 왔다.

"네!"

굵직한 저음의 대답이 윗단에서 울려오고 거기 따라 다른 좌석에서 항의의 기침 소리가 났다.

교수는 호명을 잠시 멈추고 난 다음 호명을 계속했다.

"크랜리!"

대답이 없다.

"크랜리 군!"

미소가 스티븐의 얼굴을 스쳤다. 이 친구의 공부가 생각났기 때문이다.

"레퍼즈타운[더블린 시 남쪽의 경마장]에서 알아보시죠."

뒤편에서 소리가 들렸다. 스티븐은 힐끗 쳐다보았다. 그러나 어슴푸레한 광선 속에 드러나 보이는 모이니언의 코만 튀어나온 얼굴은 태연했다. 방정식이 출제됐다. 공책 소리가 바삭거리는 가운데 스티븐은 다시 뒤를 돌아다보고 말했다.

"종이 좀 줄 수 없니."

"너 형편없구나."

모이니언이 싱글벙글하면서 물었다.

그는 자기의 공책을 한 장 찢어 그것을 스티븐에게 넘겨주면서 속삭였다.

"필요한 경우라면 어느 속인 남녀라도 할 수 있어."

종이 조각 위에다 꼬박꼬박 적어놓은 방정식, 꼬였다 풀렸다 하는 교수의 계산, 힘과 속도를 표시하는 도깨비 같은 기호, 이런 것들이 스티븐의 마음을 사로잡고 또 지치게 만들었다. 이 노교수가 무신론의 프리메이슨 회원이라고 누가 말하는 것을 들은 적이 있었다. 아, 회색의 지루한 하루. 고통이라고는 전혀 모르는 끈기 찬 의식의 림보[지옥의 변방]와도 같다. 거기 수학자의 영혼이 헤매어 시시각각으로 희박함과 창백함의 도수를 더하는, 황홀의 평면에서 평면으로 갸름한 구도를 투영시켜 끊임없이 광대무변해지고, 더욱더 포착하기 힘들어가는 우주의 마지막 주변까지, 그것은 쏜살같은 소용돌이를 그려 나가고 있는 것이었다.

"그러니까 우리는 타원형과 타원체를 구별하지 않으면 안 됩니다. 아마 여러분 가운데도 W. S. 길버트(1836~1911, 유명한 영국의 희가극 작가) 씨의 작품을 잘 아는 분이 있을 것이오. 그의 작사 가운데 타고난 당구치기의 사기꾼을 노래한 것이 있습니다."

가짜 나사 천 위로
비뚤어진 큐 채로
게다가 당구공은 타원형이고.

"그가 말하는 것이 바로 방금 내가 설명한 주축이 타원체 형태를 한 공입니다."

모니이언은 스티븐의 귓가에다 몸을 기울이고 속삭였다.

"타원체의 공이 어쨌다는 거야! 자, 따라오세요, 숙녀들, 이 몸은 기병대 근무 올시다!"

이 동급생의 야비한 익살은 스티븐의 마음속 수도원을 질풍처럼 스쳐갔다. 그리고 사방 벽에 걸린 축 늘어진 법복을 뒤흔들어, 활기를 북돋아 놀고 뛰고 멋대로 즐기게끔 해주었다. 그 질풍에 휘날리는 법복 안에서 교단 사람들의 모습이 여럿 나타났다. 학감, 백발을 머리에 얹고 당당한 풍채의 혈색 좋은 경리 과장, 총장, 경건한 시를 쓰는 새털 머리의 몸집이 작은 사제, 경제학 교수의 농부같이 땅딸막한 모습, 마치 영양(羚羊) 떼에 둘러싸여 높은 곳에 있는 나뭇잎을 뜯어먹고 있는 기린처럼, 층계참에서 학생 상대로 양심의 문제를 논하는 젊은 심리학 교수의 키 큰 모습, 엄숙하고 고민하는 듯한 신앙회 대표, 악당 비슷한 눈초리에 통통하고 동글동글한 얼굴을 가진 이탈리아어 교수 등등이다. 그들은 어슬렁거리면서 나타나 비트적거리고, 뒹굴고, 뛰어다니고, 가운을 걷어 올리고는 개구리 뜀뛰기를 하고, 서로들 뒤로 당기고, 뱃가죽을 비틀면서 너털웃음을 꾸며보고, 서로들 엉덩이를 소리 내어 두들기고는, 그런 야비한 장난을 웃고 서로들 흉 허물 없는 별명으로 불러대고, 갑작스레 점잔을 꾸미면서 난폭한 태도를 꾸짖고, 입에다 손을 대고 두 사람씩 귀띔을 하고, 하는 것이었다.

교수는 벽 가에 있는 유리 케이스 쪽으로 가서 그 선반에서 코일 한 다발을 꺼내더니 여기저기 먼지를 훅 불어버린 다음 조심스레 교탁 위로 가져와 거기에 손가락 하나를 얹고 강의를 계속했다. 신식 코일의 선은 F. W. 말티노가 최근 발명한 플라티노이드란 백금 합금으로 되어 있다고 설명했다.

그는 발명자의 이름 첫 글자와 성을 똑똑하게 발음했다. 모이니언이 뒤에서 속삭였다.

"프레시 워터 마아틴 녀석[이름 첫 글자의 F. W.를 희롱조로 말함]!"

"어디 물어봐."

스티븐은 귀찮다는 듯 농조로 속삭여주었다.

"전기 사형(電氣死刑)의 재료는 필요치 않는가 말이야. 뭣하면 나를 재료로 해도 좋다고 해."

　모이니언은 교수가 코일 위에 몸을 구부리고 있는 것을 보자, 걸상에서 일어나 소리는 내지 않고 바른편 손가락을 딸각 하는 시늉을 하면서, 장난꾸러기 어린애같이 응석받이 소리를 내기 시작했다.

　"저 선생님! 이 아이가요 지금 나쁜 말을 했어요."

　교수는 점잖게 말을 이었다.

　"플라티노이드는 온도의 변화에 따른 저항 계수가 적기 때문에 니켈보다도 더 낮습니다. 플라티노이드 선은 절연되어 있고 그것을 절연하는 명주실 피복(被覆)은 내가 손을 대고 있는 바로 여기 에보나이트 제 보빈에 감겨 있습니다. 만약 이것이 한 번만 감긴 것이라면 남은 전류는 코일 안에 유도될 것입니다. 보빈은 가열한 파라핀 납에 적셔서……."

　스티븐 앞 자리 걸상에서 날카로운 얼스터 사투리가 들렸다.

　"응용 과학의 문제도 나올 건가요?"

　교수는 자못 점잔을 빼면서 순수 과학과 응용 과학의 두 용어를 적당하게 넘겨치기 시작했다. 금테 안경을 쓰고 튼튼하게 생긴 학생이 약간 어처구니 없다는 듯 질문한 학생을 빤히 보고 있다. 모이니언은 뒤에서 이번에는 제 소리로 속삭였다.

　"머켈리스터란 놈 제 살점을 한 폰드 바라는 악마(《베니스의 상인》의 샤일로크를 말함)가 아니야?"

　스티븐은 삼실 같은 빛깔의 헝클어진 머리털이 숭숭 자란 그 갸름한 머리를 냉정하게 내려다보았다. 이 질문한 학생의 목소리며 사투리며 마음씨 할 것 없이 그는 화가 났고 화가 난 나머지 공연히 헤살궂은 마음이 들어, 이 녀석의 아버지가 차라리 이 녀석을 벨패스트에라도 공부시키러 보내 기차삯이라도 조금 절약하는 게 낫지 않겠느냐는 생각까지 들었다.

아래쪽이 갸름한 대가리는 이쪽을 돌아보지 않아 그 화살은 오히려 이쪽으로 돌아오고 말았다. 왜냐하면 그 학생의 찌꺼기를 뺀 우유처럼 파리한 얼굴이 일순 그의 눈에 떠올랐기 때문이다.

'지금 생각은 내 생각이 아니야.'

스티븐은 마음속으로 말했다.

'이건 저 뒤의 걸상에 있는 익살꾼 아일랜드인에서 온 거다. 진정해. 어느 쪽에 의해서 너의 민족이 거래되고, 거기서 선택된 자가 배반을 당했다고 너는 확신 있게 말할 수 있어? 질문한 쪽인가 조롱한 쪽인가, 어느 쪽이야. 진정해. 에픽테투스를 잊지 말아. 이럴 때 이런 말투로 이런 질문을 한다든가, science란 말을 단음절로 발음한다는 게 아마 이 사람 성격에 어울릴걸.'

교수의 나지막한 목소리가 그가 설명하고 있는 코일의 주위를 천천히 감돌면서, 코일이 저항의 도수를 더해감에 따라 졸음을 청하는 힘도 2배 3배 4배로 늘어났다.

먼 곳에서 울리는 종소리에 맞추듯 모이니언의 목소리가 뒤에서 났다.

"여러분, 수업 마감이오."

입구 홀은 법석대고 이야기 소리로 떠들썩했다. 문간 탁자 위에는 틀에 넣은 사진이 두 장〔빅토리아 여왕과 러시아의 니콜라스 2세의 사진〕놓여 있고, 그 사이로 줄이 고르지 않게 서명들이 적혀 있는 긴 두루 마리가 있었다. 머캔이 학생들 사이를 쫓아다니면서 뭐라고 다급하게 지껄이다. 거절당하면 반박하면서 그들을 차례차례 탁자 앞으로 데리고 왔다. 홀 안 쪽에서는 학감이 젊은 교수와 선 채로 이야기하면서 점잖게 턱을 만지다, 고개를 끄덕이다 하고 있었다.

스티븐은 문 앞의 혼잡에 막혀서 망설이고 있었다. 중절모의 넓게 늘어진 차양 밑으로 크랜리의 어두운 눈동자가 그를 주시하고 있었다.

"너 서명했니?"

스티븐은 물었다.

크랜리는 길게 찢어진 엷은 입술을 다물고 잠시 생각에 잠기더니 대답했다.

"Ego habeo(이 몸은 서명했노라)."

"뭣 땜에?"

"Quod(왜냐고)?"

"뭣 때문이냐 말이야?"

크랜리는 창백한 얼굴을 스티븐에게로 돌리면서 부드러우나 쓰디쓴 어조로 말했다.

"Per pax universalis(세계 평화를 위해서)."

스티븐은 러시아 황제의 사진을 가리키며 말했다.

"이건 정신없이 술 취한 그리스도 비슷한 얼굴을 하고 있어."

그 말소리에 담겨 있는 조소와 노여움으로 해서 조용하게 사방 벽을 살펴보고 있던 크랜리가 이쪽으로 눈을 돌렸다.

"너 화났니?"

그는 물었다.

"아니야."

스티븐은 대답했다.

"거 기분 나빠?"

"아아니."

"Credo ut vos sanguinarius mendax estis(그대는 엉터리 없는 거짓말쟁이라 나는 생각하노라)."

크랜리는 말했다.

"quia facies vostra monstrat ut vos in damno malo humore estis(왜냐면 심한 불쾌감이 그대 얼굴에 나타나 있기 때문이니라)."

모이니언은 탁자 쪽으로 가는 길에 스티븐의 귀에다 속삭였다.

"머캔이란 놈 기고만장인데. 최후의 일각까지 피를 흘릴 각오야. 아주 멀쩡한 신세계라는 거지. 계집년에겐 일체 자극제도 선거권도 없어."

스티븐은 이렇게 비밀을 털어놓은 데 대해 미소를 짓다가 모이니언이 가버리자 다시 몸을 돌려 크랜리의 시선을 맞이했다.

"아마 넌 알 거야."

그는 말했다.

"저 녀석이 왜 저렇게 마음속의 것을 마구 내 귀에다 쏟아 붓는가를. 알지?"

크랜리의 이마에 음울한 주름살이 잡혔다. 그는 모이니언이 몸을 꾸부리고 두루마리에다 서명을 하고 있는 탁자를 노려본 다음

뱉듯이 말했다.

"아첨이야!"

"Quis est in malo humore(불쾌한 것은 어느 쪽이냐)."

스티븐은 말했다.

"ego aut vos(나냐 그대냐)?"

크랜리는 이 조롱에 응하지 않았다. 그는 무뚝뚝하게 자기 판단에 잠겨 있다가 꼭 같은 뱉는 듯한 어조로 되풀이했다.

"오라질 놈의 되지 못한 아첨꾼이란 바루 저놈을 두고 하는 말이야."

이 말은 모든 죽은 우정을 위한 그의 묘비명이었다. 스티븐은 자기에 관한 추억에 대해서도 언젠가는 같은 조로 이 말이 나오지 않을까 생각했다. 이 무거운 덩어리 같은 말은 진창 속으로 가라앉는 돌처럼 차츰 소리가 멀어졌다. 스티븐은 여태까지도 몇 번이고 그랬듯이, 그것이 가라앉는 것을 알고 마음이 한결 무겁게 느껴졌다. 크랜리의 말에는 대이빈의 경우와 달리 엘리자베스 시대 영어의 진지한 어구도 없고, 아일랜드 관용구가 갖는 괴상한 사투리식 표현도 없었다. 말끝이 늘어지는 그 어투에는 쓸쓸하게 허물어져가는 항구가 울려주는 더블린 부두의 울림이 있고, 그 힘찬 맛에는 위클로의 설교단이 단조롭게만 울려주는 저 더블린의 제단 위 웅변의 울림이 있었다.

홀 건너편에서 머캔이 힘차게 걸어오자 크랜리의 얼굴에서는 음울한 주름살이 사라졌다.

"너 왔구나!"

머캔은 쾌활하게 말했다.
"암, 왔지!"
스티븐은 말했다.
"여전히 지각이로군. 너의 그 진보적 성향을 시간 엄수와 양립시킬 수 없나."
"그런 질문은 순서가 틀렸어. 다음 문제."
스티븐은 말했다.
그의 미소를 지은 두 눈은 이 선전꾼의 가슴 호주머니에서 내다보이는 은종이로 싼 초콜릿 조각에 쏠렸다. 이 재치 다툼을 듣겠다고 학생들이 조그맣게 주위를 둘러쌌다. 올리브빛 살결에 검고 곧은 머리결의, 한 수척한 학생이 두 사람 사이에 얼굴을 내밀고 두 사람의 얼굴을 번갈아 보면서, 침이 괸 입을 벌리고 날쌔게 오가는 말마디를 하나라도 놓칠세라 듣고 있었다. 크랜리는 호주머니에서 조그만 회색 공을 꺼내더니 그것을 굴리면서 자세하게 따져보기 시작했다.
"다음 문제라구? 흥!"
머캔은 말했다.
그는 한 번 크게 기침 섞인 웃음 소리를 내고는 싱글벙글하면서 그 툭 불거진 턱에 달려 있는 밀짚빛 염소 수염을 두 번 쓰다듬었다.
"다음 문제는 보증서에 서명하는 거야."
"서명하면 값을 쳐줄 테냐?"
스티븐이 물었다.

"자네는 이상주의자라고 생각하고 있었는데."

머캔이 말했다.

집시 비슷하게 생긴 학생이 주위를 돌아다니보면서 염소 울음 비슷한 소리로 구경꾼 학생들에게 말했다.

"이건 정 괴상한 생각인데. 금전만 따지자는 생각이 아닌가."

그의 목소리는 어물어물 사라졌다. 누구 하나 그의 말에 귀를 기울여주지 않았다. 그는 말처럼 표정을 지은 올리브빛 얼굴을 스티븐에게 돌리고 더 이야기를 해보라는 듯 재촉하는 눈치였다.

머캔은 도도한 변설로 러시아 황제의 소칙(詔勅) 이야기, 스테드〔윌리엄 토머스 스테드(1849~1912), 영국의 평화 운동가〕이야기, 전면적 군축, 국제 분쟁 사건의 중재, 시대의 징후 등 이야기와, 최대 다수의 최대 행복을 가능한 한 싸게 확보함을 사회의 맡은 바 임무로 하는, 새로운 인간성과 새로운 인생의 복음에 대한 이야기 등을 늘어놓기 시작했다.

집시 학생은 이 장광설(長廣舌)이 끝나자 거기 호응하듯 외쳤다.

"사해동포를 위해 만세 만세 만만세!"

"계속해, 템플. 뒤에 한턱 낸다."

곁에 있던 건장한 혈색 좋은 학생이 말했다.

"나는 사해동포의 신자다. 마르크스 같은 건 바보 따라지야."

템플은 어두운 타원형 눈으로 주위를 휙 돌아보면서 말했다.

크랜리는 어색한 웃음을 지으면서 그의 입을 막으려고 팔을 꽉 잡고는 되풀이해 말했다.

"조용, 조용, 조용해!"

템플은 팔을 뿌리치려고 애쓰면서도 입가에 거품을 튀기면서 말을 이었다.

"사회주의는 말이야 아일랜드 사람이 처음 시작했어. 유럽에서 최초로 사상의 자유를 창도한 사람이 콜린즈야. 2백 년 전의 일이다. 이 미들섹스의 철학자는 교회의 모략을 규탄했거든. 존 앤터니 콜린즈(1676~1729)를 위해 만세 만세 만만세."

둘러싼 학생들 언저리에서 들릴락 말락하게 대꾸하는 소리가 났다.

"삐이! 삐이!"

모이니언이 스티븐의 귓전에다 속삭였다.

"존 앤터니의 불쌍한 누이동생 노래는 어떠니."

로티 콜린즈가 드로즈를 잃었소.
당신 것을 빌려주실 수 없소.

스티븐은 껄껄대고 웃었다. 그 소리에 기운이 나서 모이니언은 다시 속삭였다.

"존 앤터니 콜린즈에 각자 5실링씩 걸어볼까."

"나는 자네 대답을 기다리고 있는 거야."

머캔이 한마디했다.

"이 문제는 나에겐 조금도 흥미 없네. 자네도 잘 알고 있지 않나. 왜 그리 떠들어대."

스티븐은 탐탁잖게 말했다.

"좋아. 그럼 자네는 반동이로군."

머캔은 혀를 차면서 말했다.

"내가 자네한테 예예 할 줄 알았나. 나무칼이나 휘두를 줄 알았어."

스티븐은 말했다.

"비유인가. 사실을 말해야지."

머캔은 퉁명스럽게 말했다.

스티븐은 낯을 붉히고 외면했다. 머캔은 양보하는 기색 없이 적의에 차서 빈정댔다.

"시인 나부랭이란 세계 평화니 하는 쓸데없는 문제쯤은 초월하시는 모양이지."

크랜리가 고개를 들고 중재하듯 두 학생 사이에다 공을 내밀고는 말했다.

"Pax super totum sanguinarium globum(이 피비린내 나는 지구 위에 평화가 있어라)."

스티븐은 구경꾼을 헤치고 러시아 황제 초상화 쪽으로 화난 듯 어깨를 내밀면서 말했다.

"자기 우상이나 잘 간수해. 예수 같은 사람이 필요하다면 진짜 예수를 갖도록 하잔 말이야."

"야, 이건 멋진데. 거 근사한 표현이야. 내 마음에 아주 쏙 드는군."

집시 학생이 주위를 돌아보고 말했다.

그는 방금 들은 말을 집어삼키듯 침을 꿀꺽 삼켰다. 그러고는 트위드 천 둥글모자의 꼭지를 만지적거리면서 스티븐을 돌아보고 말했다.

"실례지만 군이 지금 말한 표현의 뜻은 뭣이오?"

곁에 있는 학생들에게 떠밀리듯 하자 그는 그들에게 말했다.

"왜 그런 표현을 썼는지 알고 싶어서 그랬어."

그는 다시 스티븐 쪽을 보고 속삭이듯 말했다.

"군은 예수를 믿소? 나는 인간을 믿어요. 물론 군이 인간을 믿는지 어쩐지 나는 모르지만, 난 군에 대해 감탄하오. 모든 종교에서 자유로운 인간의 정신을 감탄하오. 예수의 정신에 대한 군의 의견도 그렇소?"

"잘한다, 템플. 약속한 한턱이 기다리고 있어."

건장한 혈색 좋은 학생이 버릇이듯 처음 생각을 되풀이하면서 말했다.

"저 녀석은 나를 바본 줄 알고 있어요."

템플은 스티븐에게 설명했다.

"내가 정신의 힘을 믿고 있는 사람이라고 해서 말이오."

크랜리는 자기 팔로 스티븐과 그의 숭배자 양쪽의 팔을 끼면서 말했다.

"Nos ad manum ballum jocabimus(우리 공으로써 놀지어다)."

스티븐은 붙들려가면서 머캔의 상기된 무뚝뚝한 얼굴이 눈에 띄었다.

"내 서명 쯤 뭐 대수로울 것 있나. 자네는 자네 길을 가는 게 옳

아. 나도 내 길로 가게 해주게나."

그는 점잖게 말을 건넸다.

"디달러스, 자네가 좋은 인간인 줄은 알아. 하지만 애타주의의 거룩함과 인간 개개의 책임은 앞으로 배워야 해."

머캔은 딱 부러지게 말했다.

누군가의 목소리가 들렸다.

"머리 좋은 괴짜 녀석은 아예 이런 운동에 들어오지 않는 게 좋을걸."

스티븐은 머켈리스터의 가시돋친 어조를 알아챘으나, 그쪽을 돌아다보지는 않았다. 크랜리는 스티븐과 템플을 양팔로 끼고, 모여 서 있는 학생들 사이를 밀치고 나갔다. 그 엄숙한 모양이 마치 시자의 부축을 받고 제단에 향하는 미사 집전자와 같았다.

템플은 크랜리 가슴팍으로 마구 몸을 들이밀고서 말했다.

"머켈리스터가 말한 것 들었소? 그 녀석은 군을 시기하고 있어. 알았어요? 크랜리는 몰랐을 거요. 난 말이야 당장에 눈치챘소."

그들이 안쪽 홀로 건너가니까 마침 학감이 같이 이야기하고 있던 학생들로부터 뺑소니를 치려고 하는 판이었다. 그는 계단 아래서 한쪽 발을 맨 밑 층계에 걸치고 닳아빠진 법복을 여자처럼 조심스레 걷어 올려, 올라갈 차비를 하면서 몇 번이고 고개를 끄덕이며 말을 거듭했다.

"틀림없네, 해키트 군. 잘했어! 틀림없다니까."

홀 한가운데서 대학 신앙회 대표가 나지막이 투덜대는 소리로 기숙사 학생 한 사람과 열심히 이야기하고 있었다. 그는 이야기를 하면서 주근깨투성이의 이맛살을 약간 찌푸리고 말하는 사이사이로 뼈로 만든 조그만 연필을 깨물고 있었다.

"신입생은 전부 와주겠지. 문과 3학년은 대개 틀림없고. 2학년도 마찬가지야. 신입생만 틀림없이 해놓으면 돼."

템플은 문간을 지나갈 때 또 한 번 크랜리 옆으로 몸을 내밀고 빠른 소리로 소곤거렸다.

"저 녀석 결혼하고 있는 것 알우. 개종하기 전에 결혼했다는 거요. 어디다 마누라와 아이를 뒤두었다는군. 원 세상에 괴상한 얘기도 다 있지. 그렇잖소?"

그의 소곤거림은 차츰 능글맞은 킥킥거림으로 꼬리를 이었다. 문간을 지나 서자마자 크랜리는 템플의 목덜미를 덥석 잡고 쥐어흔들면서 말했다.

"이 오라질 놈의 천하 바보 같은 녀석아! 제기랄 이 오라질 세상에 너같이 돼먹지 못한 바보가 또 있을 줄 알아."

잡혀서 몸부림치면서도 템플은 만족스러운 듯 능글맞은 웃음을 여전히 띠고 있다. 크랜리는 그를 마구 쥐어 흔들면서 내뱉는 듯 말을 거듭했다.

"이 오라질 놈의 돼먹지 못한 바보새끼!"

그들은 잡초가 우거진 정원을 건너갔다. 묵직하고 헐거운 외투를 걸친 총장이 일과의 기도서를 읽으면서 산책로를 따라 되돌아서기 전에 그는 눈을 쳐들었다. 그들은 인사를 했다. 템플은 앞서와 같이 둥글모자의 꼭지를 만지작거렸다. 다들 입을 다물고 곧장 걸었다. 구기장(球技場)이 가까워지자 운동하고 있던 사람들이 손으로 공을 두드리는 탁 하는 소리며, 거기 부딪치는 습기찬 공의 소리, 칠 때마다 정신없이 고함을 지르는 대이빈의 음성이 스티븐에게 들려왔다.

세 사람의 학생은 대이빈이 걸터앉아 경기를 보고 있는 궤짝 옆에 섰다. 조금 있으니까 템플이 스티븐 곁으로 슬그머니 다가와서 말을 걸었다.

"실례지만 한 가지 물어볼 게 있는데, 군은 장 자크 루소를 진지한 인간이라고 생각하오?"

스티븐은 그만 웃음이 터졌다. 크랜리는 발밑 풀밭에 서서 부서진 통 판자의 조각을 주워서 날쌔게 돌아다보더니 단호하게 말했다.

"템플, 똑똑하게 말해두지만 어느 누구한테든지 무슨 일이라도, 알겠어, 한마디만 더 건네보라구. 죽여줄 테니, Super spottum (그 자리에서)."

"루소도 아마 군 비슷했을걸. 감정가야."

스티븐은 말했다.

"제기랄 뒈져버려!"

크랜리는 욕설을 늘어놓았다.

"저 인간과는 얘기하지 말라니까. 템플보고 얘기하려면 차라리 녀석의 요강보고 얘기하는 게 나을걸. 돌아가, 템플. 제발 돌아가달라고."

"네 놈은 조금도 문제 아니야, 크랜리."

템플은 쳐든 판자 조각이 닿지 않는 곳까지 물러서면서 대꾸하고는 스티븐을 가리켜 말했다.

"이 친구만이 우리 대학에서 독자적 생각을 갖고 있는 유일한 인간이야."

"대학! 독자적!"

크랜리는 소리를 버럭 질렀다.

"이 자식아 돌아가. 할 수 없는 엉터리 녀석이로군."

"난 감정가야. 정말 적절한 평이지. 난 감정가임을 자랑삼고 있어."

템플은 말했다.

그는 능글맞은 웃음을 지으면서 구기장 바깥으로 슬금슬금 나가버렸다. 크랜리는 멍하니 무표정한 얼굴로 보고 있었다.

"저놈을 보라구. 저 따위 쥐새끼 같은 녀석을 본 적이 있나."

그는 말했다.

이 말을 받아서 둥글모자를 깊숙이 눌러 쓰고 벽에 기대고 있던 학생이 이상야릇한 웃음소리를 냈다. 아주 건장한 체격에서 어떻게 그런 웃음소리가 나오는지 마치 코끼리의 웃음소리 같았다. 그 학생은 온몸을 흔들면서 웃다가, 그것을 참느라고 양쪽 손으로 사타구니를 문질러댔다.

"린치가 잠이 깼구나!"

크랜리가 말했다.

린치는 대답 대신 기지개를 켜고 가슴을 폈다.

"린치가 가슴을 폈다. 인생 비판을 하기 위해서."

스티븐이 말했다.

린치는 자기 가슴팍을 멋있게 탁 치면서 말했다.

"이 가슴 둘레에 말썽이 있는 놈은 누구야?"

크랜리가 그 말을 받아 두 사람은 씨름판이 벌어졌다. 맞붙어 싸우다 얼굴이 시뻘겋게 되니까, 둘은 씨근덕거리면서 헤어졌다. 경기에 정신이 팔려 다른 친구들 이야기에는 귀도 기울이지 않고 있던 대이빈 쪽으로 스티븐은 몸을 내밀었다.

"이 거위 바보 친구, 재미가 어떠냐? 자네도 서명했나?"

그는 물었다.

대이빈은 고개를 끄덕이고 말했다.

"자넨, 스티비?"

스티븐은 고개를 저었다.

"자넨 아무튼 지독해. 독불장군이거든."

대이빈은 물고 있던 짤막한 파이프를 입에서 떼면서 말했다.

"자네도 이젠 세계 평화 청원서에 서명했으니, 자네 방에 있던 수첩은 태워버려야겠군."

스티븐은 말했다.

대이빈이 대꾸를 하지 않으니까 스티븐은 그 수첩의 문구를 늘어놓기 시작했다.

"앞으로 갓, 피니어 당원! 바른편으로 돌앗, 피니어 당원! 피니어 당원, 번호 순으로 경렛 하낫 둘!"

"그건 별 문제야. 난 뭣보다도 아일랜드 민족주의자야. 그런데 이건 정말 자네답군. 역시 타고난 냉소가라구."

대이빈은 말했다.

305

"이 다음에 허리〔아일랜드식 하키 경기〕 막대로 폭동을 일으킬 때, 스파이가 필요하거들랑 나한테 얘기해줘라. 그럼 이 대학 안에서 두어 사람은 구해줄 테니까."

스티븐은 말했다.

"자네란 인간은 잘 모르겠단 말이야. 언젠가는 영국 문학의 욕을 하더니 이번엔 아일랜드 스파이 욕이란 말인가. 자네의 그 이름하며 사상하며…… 도대체 자네는 아일랜드 사람인가?"

대이빈은 말했다.

"지금이라도 같이 호적계에 가보세. 우리 집 족보를 보여줄 테니."

스티븐은 말했다.

"그럼 우리 측에 끼어. 자넨 왜 아일랜드 말을 배우지 않나? 게일릭어 강습회도 왜 처음 한 번만 나오고 치웠느냐 말이야."

대이빈이 말했다.

"한 가지 이유는 알고 있을걸."

스티븐은 대답했다.

대이빈은 고개를 뒤로 젖히고 껄껄 웃었다.

"아니 왜 이래. 그 숙녀와 모런 신부 때문이란 말이지. 스티비, 그건 말이야 전부 자네 곡핼세. 두 사람은 얘기하고 웃고 한 것뿐이라네."

그는 말했다.

스티븐은 가만히 있다가 대이빈의 어깨 위에 다정스레 손을 얹었다.

"지금도 기억하나. 우리가 처음 알게 됐을 때를. 그날 아침 자네는 나에게 물었지, 신입생 클래스로 가자면 어디로 가야 되느냐고. 첫째 음절에다 마구 힘을 주었지. 기억하나? 그리고 자네는 예수회 사람을 보면 죄다 신부님이야. 이것도 기억하나? 난 혼자 생각했지, '이 친군 정말 그 말투만큼 순진할까' 하고."
그는 말했다.
"난 인간이 단순해. 자네도 알지. 그날 저녁 하코트 거리에서 자네 사생활에 대해 얘기를 해줬을 때 솔직한 말로 난 저녁을 먹을 수 없었다네. 아주 기분이 나빴어. 그날 밤 오랫동안 잠이 오지 않았어. 그런 얘길 왜 했나?"
대이빈은 말했다.
"이건 곤란한데. 내가 지독한 놈이란 말이지."
스티븐은 말했다.
"아니. 그런 것은 아니지만 그런 얘긴 안 해주는 게 좋았어."
대이빈은 말했다.
스티븐의 우정의 잔잔한 표면 아래에서 파도가 굽이치기 시작했다.
"이 민족 이 나라 이 생활이 나를 낳아주었어. 나는 있는 그대로의 나를 나타낼 작정이야."
그는 말했다.
"우리 측에 끼이도록 해봐. 마음속으론 자네도 아일랜드 사람이지. 그런데 자넨 자존심이 너무 강해."
대이빈은 되풀이했다.

"우리네 조상이 자기 말을 버리고 남의 말을 취했어. 그들은 한 줌의 외국인에게 순순히 굴복했다. 그들이 저지른 빚을 자네는 내가 목숨 바쳐서 갚을 줄 생각하나. 뭣 때문에?"

스티븐은 말했다.

"우리의 자유를 위해서지."

대이빈은 말했다.

"톤의 시대에서 파넬의 시대에 이르도록, 지조 있고 성실한 사람들이 생명과 청춘과 애정을 자네들을 위해 아낌없이 바쳤어. 그런데 자네들은 그 사람들을 원수에게 팔아 넘기고, 급할 땐 배반하고 욕하고 아니면 딴 놈에게 돌아눕지 않았어. 그러고도 나보고 거기 한몫 끼이라고 붙잡을 생각인가. 그런 자네들부터 먼저 지옥에 떨어져야 해."

스티븐은 말했다.

"모두 다 이상을 위해서 목숨을 바쳤어, 스티비. 우리의 시대가 올 거야, 틀림없어."

대이빈은 말했다.

스티븐은 자기 생각을 더듬어가면서 잠시 말이 없었다.

"영혼이란 처음 생기는 것은 내가 언젠가 말한 그런 순간이야. 그것은 육체의 탄생보다 불가사의하고 완만한 어두운 탄생이지. 그런데 이 나라에선 사람의 영혼이 탄생하자마자 날지 못하게 그물을 덮어씌워버려. 자네는 국적이니 국어니 종교니 하고 나에게 얘기하지만, 나는 그런 그물을 뚫고 날아가버릴 작정이야."

그는 무심결에 입을 열었다.

대이빈은 파이프의 재를 떨었다.

"너무 심원한 얘기라서 잘 몰라, 스티비. 하지만 조국이 제일이라네. 아일랜드가 제일이야. 그런 다음에 시인이건 신비가건 마음대로 될 수 있잖아."

"아일랜드가 어떤 건지 자네는 아나."

스티븐은 쌀쌀하게 격해서 물었다.

"아일랜드란 말이야 제 새끼를 처먹는 어미 돼지야."

대이빈은 궤짝에서 일어나더니 안타까운 듯 머리를 흔들면서 경기자들 쪽으로 갔다. 그러나 안타까움은 금방에 사라지고, 그는 크랜리와 또 두 사람 경기를 마친 학생을 상대로 무엇인가 말다툼에 열을 올리고 있었다. 4인조의 시합을 하기로 되었으나 크랜리는 자기 공을 쓰자고 우기고 있었다. 그는 공을 한두 번 손 위에서 굴려보고는 구기장 바닥에다 기운껏 세차게 던지면서 턱 하는 소리를 받아 외쳤다.

"제길!"

스티븐은 득점이 오르기 시작할 때까지 린치와 같이 서 있다가 자리를 뜨자고 린치의 소매를 잡아당겼다. 그는 따라오면서 말했다.

"크랜리 말투는 아니지만 우리 또한 행(行)하자꾸나."

스티븐은 이 우스개에 빙긋이 웃었다.

두 사람은 정원을 다시 지나 현관을 빠져나갔다. 비틀거리는 늙은 수위가 게시판에 핀으로 게시물을 꽂고 있었다. 계단 밑에서 둘은 발을 멈추고 스티븐은 호주머니에서 담뱃갑을 꺼내어 친구에게 내밀었다.

"자넨 빈털터리 아닌가."

그는 말했다.

"제기랄, 돼먹지 못하게 건방지기는."

린치는 대답했다.

린치의 교양을 말해주는 이 둘째 증거에 스티븐은 다시금 미소를 지었다.

"자네가 건방지다는 그런 말을 쓸 결심을 한 오늘이야말로 유럽 문화의 위대한 날일세."

그는 말했다.

그들은 담뱃불을 붙이고 바른편으로 돌았다. 잠시 후에 스티븐은 입을 열었다.

"아리스토텔레스는 연민과 공포의 정의는 하지 않았지만 난 했어. 난 말이야……."

린치는 발을 멈추고 무뚝뚝하게 말했다.

"집어치워! 난 듣기 싫다! 난 지금 기분이 나빠. 간밤에 호란과 고긴즈랑 같이 마구 마시고 돌아다녔어."

스티븐은 계속했다.

"연민이란 인간의 고민에 있어 엄숙하고 불변하는 일체의 것을 앞에 두고 정신을 평정시켜, 그것을 고민하는 인간과 결부시키는 감정이야. 그리고 공포란 인간의 고민에 있어 엄숙하고 불변하는 일체의 것을 앞에 두고 정신을 평정시켜, 그것을 감춰진 원인과 결부시키는 감정이야."

"한 번 더 말해주라."

린치는 말했다.

스티븐은 그의 정의를 천천히 되풀이했다.

"며칠 전에 어느 소녀가 런던에서 마차에 탔다."

그는 계속했다.

"소녀는 오랫동안 보지 못한 자기 어머니를 만나러 가는 길이었다. 길 모퉁이에서 어느 짐마차의 끌채가 이 마차에 부딪쳐 유리창을 별 모양으로 부쉈다. 그 부서진 유리의 바늘같이 길고 가는 조각이 소녀의 심장을 찔렀다. 소녀는 즉사했다. 신문 기자는 이것을 비극적 죽음이라고 불렀다. 그러나 그것은 그렇지 않아. 내 정의에 따른다면 그것은 연민과 공포에서 먼 것이네.

비극적 정서란 실상 공포와 연민이라는 두 가지 방향을 향해 있는 한 개의 얼굴이야. 그 두 개는 다 같이 이 정서의 일면에 지나지 않아. 내가 아까 '평정'이라는 말을 썼지. 내가 말하는 바는 비극적 정서란 정적이란 것일세. 아니 차라리 극적 정서가 그렇다고 해두지. 잡스런 예술에서 자극되는 감정은 욕망이건 혐오건 동적이야. 욕망은 우리로 하여금 소유할 것을, 무엇인가에 향할 것을 충동질하고, 혐오는 포기를, 무엇에선가 떨어질 것을 충동질하는 것이야. 이런 감정을 흥분시키는 예술은 호색이건 교훈이건 잡스런 예술이란 말이야. 그러니까 심미적 정서는 (나는 일반적인 용어를 쓰지만) 정적이다. 정신은 평정되고 욕망과 혐오를 초월해서 고양되는 것이네."

"예술은 욕망을 자극시켜서는 안 된다고 말하는 거지. 언젠가 나는 박물관의 프락시텔레스(그리스 변성기의 유명한 조각가)의 비너스 상 엉덩이에다 연필로 내 이름을 썼다는 얘기를 한 일이 있지. 그것은 욕망이 아니었던가?"

린치는 말했다.

"나는 정상적인 인간을 두고 얘기하고 있어. 자네는 그 매력적인 카르멜 수도회 학교 시절에 마른 쇠똥을 먹었다는 얘기도 하지 않았나."

스티븐은 말했다.

린치는 또다시 말 울음 소리 같은 웃음을 터뜨리고는 다시 한 번 호주머니에 넣은 채 양손으로 사타구니를 문질렀다.

"아, 그랬지! 그랬어!"

그는 외쳤다.

스티븐은 친구를 돌아보고 잠시 그 눈을 똑바로 쳐다보았다. 린치는 웃음을 거두고 겸양해하는 듯한 눈으로 그의 시선에 답했다. 길쭉하고 끝이 뾰족한 모자 밑 갸름하고 납작한 머리가 흡사 두건 쓴 파충류의 모습을 상기시켰다. 번들거리면서 응시하는 눈매 역시 파충류를 닮았다. 그러나 그런 순간에도 겸양하고 민첩한 눈초리에는 한 줄기 인간적 광채가 빛났다. 그것은 곧 매섭고 자조적인 움츠러든 영혼의 창이었다.

"그런 점에 있어서야 우리는 다 동물이지. 나 역시 동물이야."

스티븐은 점잖게 한마디 덧붙였다.

"아무렴."

린치는 말했다.

"그러나 우리는 지금 정신의 세계에 있는 것이네."

스티븐이 계속했다.

"잡스런 미적 수단으로서 자극되는 욕망과 혐오의 정은 실상 미적 정서가 아니야. 왠고 하니 그 성격이 동적일 뿐 아니라, 기껏해야 육체적인 것에 지나지 못하기 때문이네. 우리의 육체는 신경계통의 순수한 반사 작용으로서 공포의 대상에서 움츠러들고 욕망의 대상이 주는 자극에 응할 뿐이야. 눈까풀은 파리가 눈에 날아오면 자기도 모르게 닫혀버리는 것이지."

"반드시 그렇지는 않아."

린치는 비판적으로 말했다.

"그와 마찬가지로, 자네 육체는 나상의 자극에 응하지만 그것은 단순히 신경의 반사 작용에 불과한 뿐이지. 예술가가 표현하는 미는 우리 가운데 동적인 정서나 또는 순전히 육체적인 감각을 일으킬 수는 없는 것이네. 그것은 미적 정지 상태, 즉 이상적 공포와 이상적 연민, 다시 말하자면 나의 이른바 미의 리듬으로서 생겨나고 지속되고 이윽고 해소되는, 하나의 정지 상태를 일으키고 또는 일으켜주어야 되는 것, 유발하고 또 유발해야 하는 것이네."

스티븐은 말했다.

"그 리듬이란 정확하게 말해서 뭐지?"

린치는 물었다.

"리듬이란, 미적인 전체 가운데 부분과 부분, 그 미적 전체와 부분 또는 각 부분, 혹은 어느 부분과 그 부분의 총합인 미적 전체, 이러한 것 사이의 제일차적인 형식의 미적 관계를 말하네."

스티븐은 말했다.

"그게 리듬이라면, 자네가 말하는 미가 뭣인가 말해주게. 그리고 비록 쇠똥의 덩어리를 먹은 적이 있다고 하지만 내가 찬미하는 것이 미뿐임을 잊지 말아주게."

린치가 말했다.

스티븐은 의례적으로 모자를 들었다. 그러고는 약간 얼굴을 붉히면서 자기 손을 린치의 두꺼운 트위드 천 소매에다 얹었다.

"우리는 옳아."

그는 말했다.

"다른 녀석들이 틀린 거야. 이런 것에 대해 말하고 그 본질을 이해하고자 노력하고, 이해한 다음에는 그 조잡한 대지 혹은 거기서 생겨나는 것, 즉 우리 영혼의 옥문(獄門)인 음과 형태와 색채에서 우리가 이해하기에 이른 미의 형상을 서서히 겸허하게 부단히 표현하고 작성해내고자 노력하는 것, 그것이 예술인 것이네."

두 사람은 운하 다릿목까지 왔다. 거기서 길을 바꾸어 가로수 길로 걸어갔다. 느린 흐름 위에 비치는 무딘 회색 광선과 머리 위 비에 젖은 나뭇가지 냄새가 스티븐의 사색의 흐름을 거역하는 듯 보였다.

"하지만 자네, 내 질문에는 대답하지 않았어. 예술이란 뭐냐? 그것이 표현하는 미란 뭐냐는 거야."

린치가 말했다.

"그것은 제일 먼저 정의하지 않았나, 이 졸음뱅이 친구야. 나대로 머리를 짜면서 그 문제를 생각하기 시작했을 때 말이야. 자넨 그

날 밤 생각이 안 나? 크랜리가 화를 내면서 위클로 베이컨 이야기를 시작했을 때 말이야."

스티븐은 말했다.

"생각나지 그럼. 그 녀석 지랄맞게 살이 진 돼지 얘기를 해줬겠다."

린치는 말했다.

"예술이란, 미의 목적을 위해 감각적 또는 지적 소재를 인간이 처리하는 일이네. 자네는 돼지 일은 기억하고 이것은 잊었어. 자네와 크랜리는 다 같이 할 수 없는 녀석들이야."

스티븐은 말했다.

린치는 쌀쌀한 회색 하늘을 쳐다보고 상을 찌푸리며 말했다.

"자네 미학을 경청해야 한다면 적어도 담배 하나는 더 줘야 해. 미학이구 뭐구 난 아랑곳 없어. 여자조차도 귀찮단 말이야. 자네고 뭐고 다 빌어먹어. 내가 바라는 건 연 5백 파운드의 일자리야. 자넨 그것을 못 구해줄걸."

스티븐은 그에게 담뱃갑을 꺼내주었다. 린치는 마지막 남은 한 개비를 빼더니 아무렇지도 않게 말했다.

"계속해!"

"아퀴나스는 말하고 있다."

스티븐은 말했다.

"그것을 인식하면 즐거운 것, 그것이 바로 미라고."

린치는 고개를 끄덕였다.

"그건 기억하고 있지. Pulcra sunt quae visa placent(눈을 즐겁게

하는 것은 아름다우니라)."

그는 말했다.

"그는 visa(눈)란 말을 쓰고 있으나, 그것은 시각, 청각, 기타 어떠한 인식의 방법을 통했건 모든 종류의 미적 인식을 포함하고 있어. 이 말은 모호하긴 하지만 욕망과 혐오를 자극하는 선과 악을 배제하고 있는 것까지는 틀림없어. 그것은 확실히 정지 상태를 의미하고 있지 동적 상태는 아니야. 그럼 진이란 뭐냐? 그것 역시 정신의 정지 상태를 나타내는 거야. 자네는 설마 직각삼각형의 4변에다 연필로 이름을 쓰는 짓은 않겠지?"

스티븐은 말했다.

"천만에. 프락시텔레스의 비너스의 4변이라면 몰라."

린치는 말했다.

"그러니까 정적이라는 거야."

스티븐은 말했다.

"확실히 플라톤이 말하기를 미는 진리의 광휘라고 했어. 이것이야말로 진실한 것과 아름다운 것이 가깝다는 사실을 의미하는 것이라 생각하네. 진실이란 지적인 것의 가장 만족스런 관계로 말미암아 충족되는 지성으로서 관조되는 것이요, 미란 감각적인 것의 가장 만족스런 관계로 말미암아 충족되는 상상력으로서 관조되는 것이야. 진실에 향하는 첫 걸음은 지성 자체의 구조와 영역을 이해하고, 지적 작용 그 자체를 터득하는 일이다. 아리스토텔레스의 철학 체계 전체는 그의 심리학 책에 기초를 두고 있으며, 그 심리학은 내가 생각하기에 동일의 속성은 동시에 동일한 관계에 있어서 동일한 실체에 속해 있으면서, 또한 속하고 있지 않다는 일은 있을 수 없다는 그의 설에 기초를 두고 있어. 미를 향하는 제일보는 상상력의 구조와 영역을 이해하고, 미적 인식 작용 그 자체를 터득하는 데 있지. 어때 알겠나?"

"하지만 미란 뭐야? 다른 정의를 해줘. 보아서 좋아지는 게 좋다. 자네와 아퀴나스가 한다는 게 겨우 그뿐인가?"

린치는 안타까운 듯 물었다.

"그럼 여성을 예로 들자."

스티븐은 말했다.

"그래, 그게 좋겠군!"

린치는 열을 올렸다.

"그리스 사람, 터키 사람, 중국 사람, 이집트 토인, 호텐토트 사람은 각기 서로 다른 타입의 여성미를 찬미한다. 이 사실은 도저히 빠져나갈 수 없는 미궁같이 보인다. 그러나 여기 두 가지 나갈 길이 있다고 나는 생각해. 하나는 이런 가설이야. 즉 남자가 여성 가운데 찬미하는 모든 육체적 특질은 종(種)의 번식을 위해 여성이 갖고 있는 여러 가지 기능과 직접 관련되어 있다는 것이네. 사실 그럴 수 있지. 이 세상이란, 린치, 자네가 생각하는 것보다 더 무미건조한 곳인 것 같아. 그러나 나로서는 그 길은 달갑지 않아. 그것은 미학에 통하는 길이 아니라 우생학(優生學)으로 통하고 있거든. 그것은 미궁에서 건져주기는 하겠지만 대신 겉만 화려한 강의실로 이끌고 가게 마련이네. 거기서는 한쪽에 《종의 기원》을, 다른 한쪽에 신약성경을 든 머캔 녀석에게서나 이 따위 설교를 듣게 마련이란 말이

317

야. 즉 자네가 비너스의 큼지막한 엉덩이를 찬미하는 것은 튼튼한 자손을 낳아줄 것이요. 그 거대한 젖통을 찬미하는 것은 그 여자와 자네 사이의 아이들에게 훌륭한 젖을 제공해줄 것이라고 생각하기 때문이라고."

스티븐은 말했다.

"그럼 머캔이란 녀석 지독한 거짓말쟁이로군."

린치는 열을 올려서 말했다.

"빠져나올 길은 하나 남아 있지."

스티븐은 웃으면서 말했다.

"있다니 뭐야?"

린치는 말했다.

"이 가정이" 하고 스티븐은 시작했다.

고철을 실은 기다란 짐마차가 써 패트리크 던 병원 모퉁이를 돌아왔다. 그 땡그렁 덜커덕 하는 금속의 소음으로 스티븐의 말끝이 흐려졌다. 린치는 짐마차가 지나갈 때까지 귀를 막고 욕설을 연거푸 퍼부었다. 그러고는 난폭하게 몸을 돌렸다. 스티븐도 몸을 돌려 상대방의 기분이 가라앉을 때까지 잠깐 기다렸다.

"이 가정이."

스티븐은 되풀이했다.

"하나의 빠져나오는 길이야. 즉, 동일한 대상이 모든 사람에게 반드시 아름답게 보이진 않을는지 몰라도, 아름다운 것을 찬미하는 사람은 모두 다 그 가운데 모든 미적 인식의 각 단계를 만족시키고, 또 그것에 부합하는 일정한 관계를 찾아내고 있다. 이렇게 자네에겐 갑의 형식을 통해, 나에겐 을의 형식을 통해 보이는 이런 감각적인 것의 관계가, 그러니까 미의 필수적 특질임에 틀림없다. 그럼 여기서 우리의 오랜 친구인 성 토마스(아퀴나스)로 돌아가 조금만 지혜를 빌려오세."

린치는 껄껄 웃었다.

"이것 정말 재미있군 그래. 자네가 쾌활한 뚱뚱보 수도승같이 툭하면 토마스 인용을 하는 것을 들으면 말이야, 자네도 속으론 우스워 못 견딜걸."

그는 말했다.

"머켈리스터 같으면, 내 미학을 응용 아퀴나스라 할 거야. 미학의 이쪽 면에 관한 한 아퀴나스가 언제나 나를 이끌어줄 것이네. 예술의 수태(受胎), 예술의 포태(胞胎), 예술의 재생이란 현상에 이르게 되면 새로운 술어, 새로운 개인적 체험이 필요하게 돼."

스티븐은 대답했다.

"아무렴, 아무리 머리가 좋았댔자 따지고 보면 아퀴나스는 고작 선량한 뚱뚱보 수도승밖에 안 되잖나. 아무튼 그 새로운 개인적 체험이며 새로운 술어는 나중에 듣기로 하고 첫 부분이나 빨리 해치워주게."

린치는 말했다.

"자, 어떨까."

스티븐은 빙긋이 웃으면서 말했다.

"뭣하면 아퀴나스가 자네보담은 내 얘기를 잘 이해해줄걸세. 그는 시인이기도 했으니까. 그가 세족(洗足) 목요일 날을 위해 쓴

찬사가 있어. Pang lingua gloriosi(이제 말로써 찬양하리)라는 말로 시작돼. 이것이 찬가 가운데서도 가장 영광스러운 것이라네. 복잡하고도 마음 가라앉게 하는 찬가야. 나는 좋아하지. 하지만 베난티우스 포르투나투스(535~600, 이탈리아 시인)의 〈왕의 깃발〉이란 침통하고도 장엄한 행렬 성가에 비할 만한 성가는 없지."

린치는 깊은 저음으로 부드럽고 엄숙하게 부르기 시작했다.

다비드 왕 깊은 신앙의 노래는
모두 다 성취되었도다.
그는 만민에게 고했나니
'천주는 나무(십자가)로써 왕이 되리라'고.

"근사하구나."
그는 아주 기분이 좋아서 말했다.
"위대한 곡조야."
두 사람은 로워 마운트 거리로 굽어 들었다. 모퉁이에서 서너 발자국 가니까 비단 목도리를 감은 뚱뚱한 청년이 그들을 보고 인사하면서 발을 멈추었다.
"시험 결과 들었소?"
그는 물었다.
"그리핀은 낙제구요. 핼핀과 오플린은 국내 문관 고시에 됐대. 무넌은 인도 문관 고시에 다섯째 했구요. 오쇼네시는 열네 번째구요. 클라크네 단골 가게에서 아일랜드 출신자들이 어제 저녁에 축하회를 해줬어요. 다들 카레라이스를 먹었어요."

그의 창백하게 부어오른 얼굴에는 남을 위하는 척하면서 악의가 풍기고 있었다. 합격의 결과를 알려주고 나자 그의 조그만 기름기투성이의 두 눈은 사라지고 힘없이 씨근거리던 소리도 잠잠해졌다.

그러나 스티븐이 물으니까 그의 눈과 목소리가 다시 그 숨은 곳에서 튀쳐나왔다.

"그럼요, 머컬리와 나와는요, 머컬리는 순수 수학을 택하고 난 헌법사를 택합니다. 스무 과목이죠. 난 식물학도 치구요. 난 야외 클럽 회원이거든요."

그는 말했다.

그는 점잖을 빼는 듯이 두 사람에게서 뒤로 물러나 털실 장갑을 낀 통통한 한쪽 손을 가슴에 댔다. 그러니까 중얼거리는 듯 씨근씨근하는 웃음 소리가 당장에 거기서 터져 나왔다.

"다음 번 나갈 때는 무와 양파를 조금 부탁하네. 스튜를 만들 테니까."

스티븐은 냉담하게 말했다.

뚱뚱보 학생은 깔깔대고 웃으면서 말했다.

"우리 야외 클럽 친구들은 모두 퍽 점잖은 사람들이죠. 지난 주일 토요일에는 우리 일곱이 글렌말류어까지 갔다 왔지요."

"여자들도 같이 갔나, 도노번."

린치는 말했다.

도노번은 다시 한쪽 손을 가슴 위에 놓고 말했다.

"우리 목적은 지식을 얻는 데 있습니다."

그러고는 급하게 말했다.

"형은 무슨 미학 논문을 쓰고 있다죠."

스티븐은 어물어물 부정하는 듯한 몸짓을 했다.

"괴테와 레싱은 그 문제에 대해 많이 쓰고 있어요. 고전파니 낭만파니 뭐니 하고.《라오콘》(레싱의 유명한 예술론)을 읽어봤지만 대단히 재미있었어요. 하긴 관념적이고 독일적이고 지나치게 심각하지만요."

도노번은 말했다.

다른 두 사람은 아무도 입을 열지 않았다. 도노번은 미끈하게 작별 인사를 했다.

"그럼 실례합니다. 오늘은 어쩐지 누이가 도노번 가족의 만찬을 위해서 팬케이크를 만들어줄 것 같은 예감이 드는군요. 확신에 가깝다고 해도 좋지요."

그는 부드럽고 정답게 말했다.

"그럼 다음에 또 나와 친구를 위해서 무를 잊지 말아줘."

스티븐은 곧 이어서 말했다.

린치는 그의 뒷모양을 뚫어지게 보았다. 입술이 천천히 조소하듯 비뚤어지면서 그의 얼굴이 악마의 탈같이 변했다.

이윽고 그는 입을 열었다.

"저 팬케이크 먹는 개똥 같은 녀석은 좋은 일터를 얻고 나 같은 인간은 싸구려 담배를 피워야만 하다니 제기랄!"

두 사람은 메리온 광장 쪽을 향하여 잠시 말없이 걸었다.

스티븐은 말했다.

"미에 대해서 내가 얘기하던 것을 결론 짓자면, 감각적인 것의 가장 만족스러운 관계는, 그러니까 예술적 인식의 필요한 제 단계와 대응하지 않으면 안 된다. 이것을 찾아내면 보편적 미의 특질을 알 수 있어. 아퀴나스가 말하기를 Ad pulcritudinem tria requiruntur integritas, consonantia, claritas라고 했다. 이것을 번역하자면 '미에는 세 가지 것이 필요하다. 전일성(全一性), 조화, 광휘(光輝)', 이 세 가지는 인식의 각 단계에 대응하고 있을까? 듣고 있나?"

"암, 듣고 있구말구."

린치는 말했다.

"만약 내가 개똥 같은 머리밖에 없다고 생각하거든 도노번의 뒤나 쫓아가서 그 녀석에게 들어봐달라고 해."

스티븐은 푸줏간 심부름꾼 아이가 광주리를 거꾸로 해서 머리에 걸치고 있는 것을 가리켰다.

"저 광주리를 보라구."

그는 말했다.

"보고 있어."

린치는 말했다.

"저 광주리를 보기 위해서 자네 정신은 무엇보다도 먼저 저 광주리를 우리 눈에 보이는 우주의 광주리 이외의 부분에서 분리한다. 인식의 제일 단계는 인식되는 대상의 주위에다 한계선을 긋는 일이다. 미적 형상은 공간 또는 시간에 있어 우리에게 제시된다. 귀로 듣는 것은 시간 속에서 제시되고, 눈에 보이는 것은 공간 속에서 제시된다. 그러나 시간적이건 공간적이건 미적 형상은 우선 미적 형상이 아닌 공간 혹은 시간의 무한한 배경에 대해 자체를 한계 짓고, 자체의 내용을 갖는 것으로 명확하게 인식된다. 그것을 '하나의' 것으로 인식한다. 그것을 하나의 전체로 본다. 즉 그 전일성을 인식하는 것이다. 이것이 곧 integritas다."

스티븐은 말했다.

"옳지! 그래서?"

린치는 웃으면서 말했다.

"그리고 자네는 점에서 점으로 그 형식의 선을 따라간다. 자네는 그것을 그 한계 안에서 부분과 부분이 균형을 이루고 있는 것으로서 인식한다. 즉 구조의 리듬을 느끼는 것이다. 다시 말하자면 직관의 종합에 이어서 인식의 분석이 오는 것이다. 처음에는 그것을 '하나'의 사물이라고 느끼고 난 다음, 이제는 그것이 어떤 '사물'임을 느낀다. 자네는 그것을 복합, 다양, 분할 가능, 분리 가능하며 부분으로 이루어지고 그 부분과 총화와의 결과가 조화적인 것이라고 인식한다. 이것이 곧 consonantia다."

스티븐은 말했다.

"옳거니! 이제 claritas가 뭣인지 말해준다면 여송연 한 대 주지."

린치는 재치 있게 응했다.

스티븐은 말했다.

"이 말의 내용은 약간 모호해. 아퀴나스는 부정확하다고 생각되는 말을 사용하고 있어. 그것은 오랫동안 나를 괴롭혀왔네. 혹 그가 상징주의나 관념론을 염두에 두고 있지 않았나 하는 생각이 들게 되지. 미의 최고의 성질은 무슨 별세계에서 오는 광명, 즉 물질은 다만 그 그림자에 지나지 않고, 실재(實在)는 오직 그 상징에 지나지 않는 광명이라고 생각될 거란 말이야. 그는 혹시 claritas를 어디든 들어 있는 신의 의사를 예술적으로 발견하고 표현하는 것이거나, 또는 미적 형상을 보편적인 것으로 하여, 그것을 본래의 상태보다 한층 빛나는 것으로 만드는 보편화의 힘을 가리켜 말하지 않았나 하고 나는 생각해봤지. 그러나 그것은 문학적 표현이야. 나는 그렇게 해석해. 자네가 저 광주리를 하나의 사물로 인식하고 그 형식에 따라 그것을 분석해서 어떤 사물임을 인식할 때, 자네는 논리적으로나 미적으로 허용할 수 있는 유일한 종합을 한 것일세. 그것이 있는 그대로요, 또 그 이외의 어떤 것도 아니라는 것을 알게 되는 거야. 다시 말하면 아퀴나스가 스콜라 철학의 quidditas, 즉 사물의 본체라는 말로써 규정하는 광휘가 바로 그것이지. 이 최고의 성질은 미적 형상이 예술가의 상상력 가운데 처음 구상될 때, 예술가가 느끼는 것이야. 이러한 신비적 순간의 정신 상태를 시인 셸리는 아름답게도 '꺼져가는 숯불'에 비했어. 미의 이러한 최고의 성질, 미적 형상의 선명한 광휘가 그 전일성에 사로잡히고, 그 조화에 매혹된 정신으로 말미암아 명료하게 인식되는 순간이야말로 미적 희열의 찬란한 침묵과 정지의 상태인 것이야. 즉 이탈리아의 생리학자 루이기 갈바니(1737~1798. 생리학자이자 물리학자)가 셸리에 거의 못지않게 아름다운 말을 사용하여 '심장의 황홀 상태'라고 말한 저 심장의 상태와 흡사한 것이야."

스티븐은 입을 다물었다. 상대방이 입을 열지 않았지만 자기의 말이 두 사람 주변에 사색에 홀린 침묵을 자아내게 했음을 느꼈다.

그는 다시 이어갔다.

"내가 말한 것은 넓은 의미, 즉 문학적 전통의 의미에 있어서의 미를 두고 한 말이야. 상식적으로는 그것은 다른 의미를 지니고 있지. 후자의 의미의 미를 말할 때 우리의 판단은 첫째 예술가 자체로, 그리고 예술의 형식에 의해 영향을 받게 돼. 미적 형상이란 물론 예술가 자신의 사고 혹은 감각과, 다른 사람들의 사고 혹은 감각 사이에 놓이지 않으면 안 된다. 이 점을 유의한다면 예술이란 하나의 것에서 다음 것으로 진전해가는 세 가지 형식으로 나누어지지 않을 수 없음을 알게 될 것이야. 이 세 개의 형식이 곧 첫째가 서정적 형식으로서, 예술가가 그 형상을 자신과 직접 관련 있는 것으로 나타내는 형식이고, 둘째가 서사적 형식으로 예술가가 그 형상을 자신뿐만 아니라 타인과 직접 관계 있는 것으로 나타내는 형식이고, 셋째가 극적 형식으로서, 예술가가 그 형상을 타인과 직접 관계 있는 것으로 나타내는 형식이다."

"그건 요전날 밤에 자네가 얘기했지. 그래서 격론이 벌어지지 않았나."

린치는 말했다.

"집에다 노트를 두어뒀지만, 그 안에 자네 것보다 더 재미있는 질문이 적혀 있어. 거기 답을 찾다가 내가 지금 설명하려고 드는 그런 미학 이론을 찾아낸 거야. 내가 던져본 질문을 몇 개 추려보면 이런 거야. '훌륭하게 만든 의자는 비극적인가 희극적인가?' '모나리자의 초상은 만약 내가 그것을 보고 싶다면 훌륭한 초상화인가?' '필립 크램프턴 경(1777~1858. 아일랜드의 외과 의사)의 흉상(胸像)은 서정적인가 서사적인가 또는 극적인가?' '그렇지 않다면 그 이유는?'"

스티븐은 말했다.

"아닌 게 아니라 그 이유는?"

린치가 웃으면서 말했다.

"만약 누군가 홧김에 나무토막을 도끼질해서 소의 목상이 이루어졌다면 그것은 예술품이겠는가? 그렇지 않다면 그 이유는?"

스티븐은 말했다.

"그거 재미있군. 이건 진짜 스콜라 철학 냄새가 나는데."

린치는 또다시 웃으면서 말했다.

"레싱은 군상(群像)을 들어 논하지 않았어야 해. 조각 예술은 한층 못한 예술이니까, 내가 말한 세 가지 형식을 뚜렷하게 구별해 보여주지 못해. 최고의, 가장 정신적인 예술인 문학에서조차 형식은 왕왕 혼동되고 있어. 서정적 형식은 감동의 순간에 있어 가장 소박한 언어의 의상이요, 오랜 옛적에 노를 젓거나 비탈길로 돌을 끌어올리는 사람을 격려하는 리드미컬한 외침 소리였다. 그 외침 소리를 내는 사람은 감동하는 자신을 의식하기보다 오히려 그 감동하는 순간을 더 의식하고 있다. 서사적 형식의 가장 단순한 것은 예술가가 감동을 지속해서 서사적 사건의 중심으로서의 자신 가운데 침잠하기에 이를 때, 서정 문학의 영역에서 생겨 나오는 것을 볼 수 있다. 그리고 이 형식은 감동의 중심이 예술가 자신과 그 밖의 사람, 그 어느 쪽에서도 같은 거리가 될 때까지 전개하는 것이다. 이 때 서사적 서술은 이미 순수하게 개인적인 것이 아니고 만다. 예술가의 개성은 서술 자체 속에 들어가버려, 인물과 행동의 주위를 살아 있는 바다와도 같이 둘러싸고 흐르는 것이다. 이러한 전개는 일인칭으로 시작하여 삼인칭으로 끝나는, 저 영국의 옛 민요〈영웅 터핀〉에서 쉽사리 찾아볼 수 있을 것이다. 극적 형식은 인물의 주위를 감싸고 흐르며, 소용돌이치는 생명력이 개개의 인물마다 생기를 북돋아 누구를 막론하고 고유의 감촉키 어려운 미적 생명을 갖게 될 때 비로소 달성된다. 예술가의 개성은 처음에는 외침 소리나 억양 또는 기분에 지나지 않지만, 다음에는 흐르는 듯 부드러이 빛나는 서술이 되었다가 이윽고 자기 세련을 다하여 존재에서 사라져버리는, 이를테면 자체를 비개성화시켜버리고 마는 것이다. 극적 형식에 있어서의 미적 형상이란 인간의 상상력 가운데 정화되어 거기서 다시 반사되는 생명이다. 미의 신비는 물질 창조의 신비처럼 이룩된다. 예술가란 창조의 신처럼 자기 작품의 내부나 배후 또는 저편이나 또는 작품을 넘어서 언제나 자취를 감추고 세련을 다하여 존재에서 사라지고 무관심하게 손톱을 깎고 있는 존재인 것이다."

스티븐은 말했다.

"손톱까지 깎아서 존재에서 사라지게 한단 말이지."

린치는 말했다.

가랑비가 구름이 희부옇게 낀 높은 하늘에서 내리기 시작했다. 두 사람은 소낙비를 만나기 전에 국립 도서관까지 가려고 듀크스 론 쪽으로 돌았다.

"대체 어쩌자는 거지."

린치는 퉁명스럽게 물었다.

"이 하느님에게 버림받은 가엾은 섬나라에서 미니 상상력이니 하고 떠들어대니. 그러니까 예술가가 이 나라에 대해 죄를 저지르고 난 다음 슬그머니 자기 작품 속이나 뒤로 숨어버리는 것도 이상할 게 없지."

비가 심해졌다. 킬데어 하우스 곁 통로를 빠져나오니까 도서관 아케이드 밑에 학생이 여럿 비를 피하고 있는 것이 눈에 띄었다. 크랜리가 기둥에 몸을 기대고 끝을 뾰족하게 한 성냥개비로 이를 쑤시면서 친구 이야기를 듣고 있었다. 입구 근처에 여학생들이 몇 명 서 있었다. 린치는 스티븐에게 속삭였다.

"자네 애인이 저기 있다."

스티븐은 학생들이 떼를 지어서 있는 아래 계단에 가만히 서서 심해진 비도 아랑곳없이 이따금씩 여자 쪽으로 시선을 돌렸다. 여자 역시 친구들 사이에서 가만히 서 있었다. 희롱할 상대의 성직자도 없는 모양이로군 하고, 그는 전에 보았을 때의 광경을 상기하면서 심술궂은 생각을 했다. 린치의 말이 옳았다. 그의 마음은 이제 이론도 용기도 사라져버려 나른한 평상으로 젖어들었다.

학생들이 왁자지껄 떠들고 있는 것이 들렸다. 의과의 최종 시험에 합격한 두 사람의 친구 이야기니 대양 항로의 선의(船醫) 자리가 있을 것 같다느니 개업해서 돈을 버느니 못 버느니 하는 이야기들이었다.

"죄다 허튼소리야. 아일랜드의 시골서 개업하는 것이 나아요."

"하인즈도 리버풀에 2년이나 있었지만 같은 얘기하더라. 지독하게 고생만 했대. 산파 노릇밖에 못했다니까."

"그런 대도시보다 이런 시골에서 일자리를 갖는 게 낫단 말이니? 내가 알고 있는 어느 친구는……."

"하인즈는 멍청이야. 그 녀석은 죽어라고 공부만 했지. 그것뿐이거든."

"그 친구 얘기는 들을 것 없어. 큰 상업 도시가 돼봐, 돈을 얼마든지 벌걸."

"개업의 솜씨 나름이지."

"Ego credo ut vita pauperum est simpliciter atrox, simpliciter sanguinarius atrox, in Liverpoolio(나는 믿노니 리버풀의 빈곤 생활은 가공한 것, 더할 나위 없이 가공한 것이니라)."

그들의 말소리는 들리다가 곧잘 끊어지는 고동 소리처럼 먼 곳에서 스티븐의 귀에 울렸다. 여자는 친구들과 같이 떠나려 하고 있었다.

가벼운 소낙비가 씻은 듯 가시고 나자 거무스레한 대지에서 김이 무럭무럭 올라오는 안뜰 관목 사이로 금강석 같은 물방울이 여기저기 남아 있었다. 소녀들은 깔끔한 부츠를 흔들면서 주랑(柱廊) 계단에서 하늘을 쳐다보며 조금 남아 있는 마지막 빗방울을 받느라고 솜씨 좋게 양산을 기울여보거나 의젓하게 보이도록 스커트를 잡아당겨보기도 했다.

행여나 내가 저 소녀를 가혹하게 판단한 것은 아닐까? 저 소녀의 생활은 오직 일과인 묵주기도처럼, 새들의 생활처럼, 단순하고 신기한 것, 아침에는 쾌활하고 진종일 들떠 있다 해질 무렵이 되면 지치고 마는 그런 것이 아닐까? 저 소녀의 마음은 새들의 마음같이 순진하고 제멋대로인 것이 아닐까?

* * *

새벽녘에 그는 잠이 깼다. 아, 얼마나 감미로운 곡조였던가! 그의 영혼은 이슬에 촉촉하게 젖어 있었다. 잠들고 있는 그의 사지 위로 창백하고 서늘한 빛이 파도처럼 스쳐갔다. 그의 영혼은 가만히 누운 채 차가운 물 속에 잠겨 있는 듯 희미하게 감미로운 곡조를 의식하고 있었다. 그는 마음이 떨리는 듯한 아침의 의식, 아침의 영감으로 서서히 깨어나고 있었다. 맑디맑은 물과도 같이 청순하고, 이슬과도 같이 감미롭고, 음악과도 같이 감동적인 정기가 온몸에 넘쳤다. 천사들이 그에게 숨결을 불어넣는 듯, 얼마만큼 가냘프게 얼마만큼 고요하게 그 정기는 빨려들어가고 있는 것일까. 그의 영혼은 완전히 잠에서 깨어나는 것을 두려워하면서 서서히 눈을 뜨고 있었다. 그것은 광기가 잠에서 깨고, 신기한 화초가 빛을 향해 피고, 나방이 소리 없이 날아다니는 저 새벽녘의 잔잔한 시간이었다.

심장의 황홀경! 매혹당한 밤은 지나갔다. 꿈인지 환상인지 그 속에서 그는 천사의 생활의 환희를 맛보았다. 그것은 황홀의 다만 일순간이었던가 아니면 오랜 시간, 오랜 세월, 오랜 세대의 일이었던가?

영감의 순간은 이제 사방에서 한꺼번에 반사되어오는 듯 보였다. 그것은 일찍 일어난 일, 일어났을지도 모르는 일들의 구름과도 같은 무수한 사실에서 비쳐오는 것이었다. 그 순간은 한 점 불빛처럼 번쩍이고 뭉게 구름처럼 피어 오르는 막막한 상태 속에서 분간 못할 모습이 나타나, 이제 그 잔광(殘光)을 부드러이 감싸주고 있었다. 오, 상상력이라는 처녀의 태중에서 말은 살이 되었구나. 천사 가브리엘은 처녀의 침실로 찾아왔다[루가복음 1:26~38]. 잔광은 그의 정신 가운데 짙어가고, 거기서 하얀 불꽃이 스치면서 장밋빛 강한 빛깔을 더해갔다. 그 장밋빛 강한 빛깔은 소녀의 신기한 멋대로의 마음이었다. 일찍이 어느 사나이도 몰랐고 앞으로도 모를 낯섦이요, 창세기 이전부터 내려온 그것은 멋대로의 마음이었다. 그리고 이 타오르는 장밋빛 광채에 이끌려 천사의 무리는 천상에서 타락하고 있는 것이다.

타오르는 정열이야 역겨웁지 않으랴,
타천사(墮天使)의 유혹자여
매혹의 나날일랑 다시 말 말아다오.

시의 구절이 그의 마음에서 입술로 옮아와 그것을 중얼중얼 되풀이하고 있으니까 빌라넬[19행 2운의 프랑스 시형]의 리듬을 따라 움직이고 있는 듯이 느껴졌다. 장밋빛 광채가 압운(押韻)의 광선을 쏟아낸다. ways, days, blaze, praise, raise. 그 광선은 이 세상을 불태워버리고 남성과 천사의 마음을 탕진해버렸다. 그것은 소녀의 멋대로의 마음인 장미꽃에서 피어 오르는 광선이다.

그대의 눈동자는 사내 가슴 태우고
사내를 마음대로 움직였노라.
타오르는 정열이야 역겨웁지 않으랴?

그리고? 리듬은 사라져서 끊어지고 다시 박자를 맞추면서 움직이기 시작했다. 다음은? 연기. 이 세상의 제단에서 솟아오르는 향연.

불붙은 정열 위에 찬미의 향연 올라
대양의 이 끝 저 끝에서 솟아 오누나.
매혹의 나날일랑 다시 말 말아다오.

연기는 온 지상에서, 김 서린 대양에서 솟아올랐다. 여인을 찬미하는 향연이다. 지구는 마치 흔들리는 향로, 향연의 둥근 덩어리, 타원체의 둥근 덩어리 같았다. 리듬은 곧 사라지고 그의 마음의 외침은 단절되었다. 입술은 다시금 맨 첫 시 구절을 몇 번이고 중얼거리기 시작했다. 반쯤까지는 더듬거리면서 갔지만 어리둥절한 채 거기서 멈춰버렸다. 마음의 외침은 단절되었다. 안개에 싸인 잠잠한 시각은 지나고 벌거숭이 유리창 너머로 아침 햇살이 차츰 또렷해졌다. 아주 먼 곳에서 희미하게 종소리가 울렸다. 새가 한 마리 지저귀었다. 그러고는 두 마리, 세 마리. 종과 새 소리는 멈췄다. 희뿌연 햇볕이 동서로 확 퍼지면서 세계를 뒤덮고 그의 마음속 장밋빛 광선을 뒤덮어버렸다.

모두 놓쳐버릴세라 그는 한쪽 팔꿈치로 급히 몸을 일으켜 세워 종이와 연필을 찾았다. 책상 위에는 어느 것도 없었다. 다만 저녁에 먹은 식사를 담은 수프 쟁반과, 초가 흘려내려 그 마지막 불꽃에 그슬린 종이 받침이 달린 촛대가 있을 뿐이다. 그는 지친 듯 침대 발목 아래로 팔을 뻗쳐 거기 걸려 있는 윗저고리 호주머니를 뒤졌다. 손끝에 연필과 담뱃갑이 잡혔다. 그는 반듯이 누운 채 담뱃갑을 뜯어 마지막 남은 담배 한 개비를 창 위에 놓았다. 그러고는 거친 마분지 위에 조그맣고 깔끔한 글씨로 빌라넬의 각 구절을 쓰기 시작했다.

다 쓰고 난 뒤 그는 울퉁불퉁한 베개에다 머리를 얹고, 다시 그것을 중얼거려보았다. 머리 밑의 울퉁불퉁한 양털 덩어리가 여자의 방에 있던 소파의 울퉁불퉁한 말털 덩어리를 연상시켰다. 거기 앉아서 그는 곧잘 미소를 짓거나 정색을 하면서, 여인과 자기 자신에게 다 같이 염증이나, 텅 빈 찬장 위에 있는 주의 성심(聖心)을 기린 판화에 어리둥절해 왜 여기 왔는가 하고 스스로 묻기도 했다. 이야기가 중단되면 여자가 그의 곁으로 와서 무슨 신기한 노래라도 불러달라고 하던 모습이 눈에 떠올랐다. 그럴 때면 낡은 피아노 앞에 앉아 칠이 벗겨진 건반을 부드럽게 울리면서 다시금 방 안의 이야기 소리가 커지는 속에, 벽로 가에 기대어 있는 여자를 향해 엘리자베스 시대의 감미로운 노랫가락이며, 슬프고 달콤한 이별의 곡조, 아쟁쿠르의 승리의 노래며, 〈푸른 옷 소매〉의 쾌활한 곡조 등을 노래해주던 자기 모습이 눈에 떠올랐다. 그가 노래를 부르고 여자가 귀를 기울이거나, 기울이는 척하고 있는 동안 그의 마음은 가라앉았으나, 신기한 옛날 노래가 끝나고 다시금 방 안에서 말소리가 들려오자 그는 자조의 기분을 느끼곤 했다. 젊은이들의 이름을 좀 지나치다 싶게 마구 부르는 그런 집이었다.

때로 여자의 눈동자가 그를 신뢰할 것 같은 표정을 보이는 수도 있었지만, 대개 허사로 돌아갔다. 그 여인이 지금 그의 기억 속을 가벼이 춤추면서 스쳐간다. 사육제 무도회 날 밤같이 흰 드레스를 약간 쳐들고, 머리에는 흰 잔가지가 흔들거리고 있다. 여자는 경쾌하게 론도를 추었다. 추면서 그에게 다가왔다. 곁에 오자 여자는 눈을 약간 옆으로 돌리고 보일락 말락 볼을 붉힌다. 손에 손을 잡고 돌면서 추는 그 춤 사이에 여자의 손은 부드러운 물건인 양 잠시 그의 손 위에 얹힌다.

"요즘 통 못 뵙겠어요."

"아무렴요, 난 수도사로 태어났으니까."

"혹 이단자는 아니세요?"

"그게 걱정입니까?"

대답 대신에 여자는 잡힌 손을 따라 춤추면서 그를 떠나간다. 가볍고 조심성 있게 춤추면서 아무에게도 몸을 맡기는 일은 없다. 춤추는 데 따라 흰 가지가 흔들리고 그늘진 곳으로 들어가자 그 볼의 붉은빛은 더욱 짙어졌다.

수도사! 자신의 모습이 수도회의 모독자, 프란시스코 회의 이단자로 나타난 봉사를 바라든 말든, 게라르디노 다 보르고 산 도니

노〔13세기 이탈리아 신학자〕처럼 궤변의 부드러운 거미줄을 치면서 여자의 귓전에 속삭이는 것이다.

아니, 이것은 내 모습이 아니야. 지난번 그 여자와 같이 있던 그 젊은 사제의 모습과 비슷하구나. 비둘기 같은 눈으로 나를 쳐다보면서, 여자의 것인 아일랜드 숙어집을 만지작거리고 있었지.

"네, 네, 여성분들도 우리 편으로 돌아오고 있습니다. 매일 같이 그게 눈에 띌 정도죠. 여성들은 우리 편이죠. 우리 국어를 위한 최대의 옹호자입니다."

"그럼 교회는 어때요, 모런 신부님."

"교회도 같습니다. 우리 편으로 돌고 있지요. 거기서도 이 사업은 잘 진행되고 있습니다. 교회 일은 걱정 마십쇼."

흥! 그 강습회는 멸시하고 치우길 잘했지. 도서관 계단에서 그 여자에게 인사 않길 잘했어. 흥, 저따위 여자, 사제와 붙어 다니면서 그리스도교국의 부엌데기인 교회를 장난감으로 삼도록 내버려두기를 정말 잘했지.

거칠고 사나운 노여움이 마지막 어정대던 황홀의 순간마저 그의 영혼에서 무자비하게 몰아냈다. 그것은 여자의 아름다운 모습을 산산이 부숴서, 그 조각 조각을 사방에 흩어져버렸다. 사방에서 여자의 모습이, 그 비뚤어진 영상이 그의 기억 속에 떠올랐다. 비에 젖은 거친 머리털에 말괄량이 같은 얼굴을 하고 낡아빠진 의복을 걸친 채 단골 아녜요, 마수걸이해주세요 하고 들러붙던 꽃장수 소녀, 마구 쟁반을 덜거덕거리면서 촌뜨기 가수같이 길게 늘인 가락으로 〈킬라니 호수와 언덕 가에서〉의 첫 소절을 노래하던 이웃집 식모아이, 코크힐 근처의 보도에서 그의 구두의 부서진 뒤축이 쇠살대에 걸려 엎어졌을 때 그것을 보고 깔깔대던 소녀, 재콥 비스킷 공장을 나오는 것을 그 빨갛게 익은 조그만 입 모습에 이끌려 힐끔 보니까 어깨 너머로 이쪽을 보고 "어디가 마음에 들었수, 곧은 머리에요, 곱슬곱슬한 눈썹이야?" 하고 큰 소리로 말하던 소녀.

그러나 아무리 그 여인의 모습을 욕하고 조롱한대도 이 노여움이 결국 일종의 찬미임을 그는 느끼고 있었다. 기다란 속눈썹이 힐끔 그림자를 던지는 그 검은 눈동자 너머에는, 아마도 그 여인의 민족의 비밀이 숨어 있을 것이라고 느끼면서, 별로 진지하지도 못한 경멸감으로 강습회를 떠나버린 것이 아니었던가. 거리를 걸어가면서 그는 자신을 보고 쓰디쓰게 말해주었던 것이다. 저 여자야말로 아일랜드 여성의 모습이 아닌가 하고. 어둠과 비밀과 고독 가운데서 자신의 의식에 눈뜨고, 잠시 동안을 사랑도 없고 죄악도 없이 유순한 애인과 더불어 있다가, 그를 버리고 나면 다음에는 창살을 사이에 두고 사제의 귓전에다 악의 없는 파계(破戒)를 속삭여주는 박쥐와도 같은 그런 영혼이 아닌가 하고. 그 여인에 대한 그의 노여움은 여자의 애인에 대한 더러운 욕설로서 터져 나왔다. 그 사나이의 이름이며 음성이며 모습이 모두 그의 짓밟힌 자존심을 거슬렸다. 동생 한 놈은 더블린에서 순경 노릇을 하고, 또 한 녀석은 모이컬렌에서 목로집 접시닦기 노릇을 하고 있다는, 기껏해야 시골뜨기 사제가 아닌가 말이다. 이 사나이에게 여자는 그 수줍은 벌거숭이 영혼을 드러내 보이는 것이다. 나날의 경험의 양식을 불후의 생명의 찬란한 육체로 바꾸는 영원한 상상력의 사제인 자기가 아니라, 판에 박은 의식의 수행밖에는 배운 게 없는 실없는 그 인간에게 보여준 것이다.

성찬의 화려한 영상이 삽시간에 다시금 쓰디쓴 절망의 생각과 합쳐지고, 거기서 우러나는 외침 소리는 감사에 바치는 찬가가 되어 끊길 줄 몰랐다.

우리 단장(斷腸)의 외침 소리 슬픈 노래
성찬의 찬가되어 일어나다.
타오르는 정열이야 역겨웁지 않으랴.

성찬을 올리는 손 드높이 쳐들고서
성배 잔 남실남실 넘쳐 흐르네.
매혹의 나날일랑 다시 말 말아다오.

그는 이 시구를 처음부터 소리내어 불러보았다. 그러니까 곡조와 리듬이 마음속에 스며들면서 느긋한 관용의 기분으로 바뀌어갔다. 그러자 그는 글씨로 써서 더 잘 맛보고 싶어 힘들게 그것을 베꼈다. 그러고는 베개를 베고 반듯이 누웠다.

환한 아침 햇볕이 쏟아지고 있었다. 소리 하나 들리지 않는다. 그럼에도 그는 자기 주위에서 일상의 소음과 목쉰 소리와 졸리는 듯한 기도 소리 가운데 삶이 잠을 깨려고 하고 있음을 알았다. 그러한 삶에서 등지고 그는 벽 쪽으로 돌아눕자 머리까지 담요를 덮어쓰고는, 찢어진 벽지에 그려진 이제는 시들기 시작한 진분홍 꽃송이를 빤히 쳐다보았다. 그는 자기가 누워 있는 곳에서 진분홍 꽃으로 덮인 천국으로 향하는 장미의 길을 머릿속에 그리고, 그 활활 타오르는 진분홍 가운데 사라지는 즐거움을 따뜻하게 안아주고자 했다. 지쳤다! 지쳤어! 나 또한 타오르는 정열에 지쳐버렸구나.

머리까지 푹 덮어쓴 담요에서 따뜻한 기운이, 나른한 피로감이 차츰 그의 등골을 따라 아래로 내려와 온몸에 퍼졌다. 그것이 전신에 전해내려오는 것을 알 수 있고 누워 있는 자신을 느끼면서 그는 빙긋이 웃었다. 곧 잠들 것이다.

10년 만에 다시금 그 여인을 위해 시를 썼던 것이다. 10년 전이라면 그 소녀는 숄을 두건처럼 머리에 덮어쓰고, 밤 공기 속에 따스한 입김을 뿜으면서 거울같이 미끄러운 길을 자박자박 걷고 있었다. 그것은 마지막 철도 마차였다. 깡마른 갈색 말들도 마지막임을 아는지 경고하듯 갠 밤하늘에 방울을 흔들고 있었다. 차장은 운전수와 이야기하면서 연둣빛 램프의 광선 속에서 곧잘 고개를 끄덕였다. 우리 두 사람은 마차 층계에 서 있었다. 나는 위 계단에, 소녀는 아래 계단에. 이야기 사이사이 소녀는 그의 계단에 몇 번이고 올라왔다 내려가곤 했다. 한두 번인가는 내려가기를 잊고, 내 곁에 서성대다가는 결국 내려가기도 했지. 집어치워! 치우라니까!

그 어릴 적 지혜에서 이 어리석음에 이르기까지 10년. 만약 그녀에게 이 시를 보낸다면? 아침상 앞에서 계란을 깨면서 읽을 것이다. 어리석은 노릇! 그의 형제들이 깔깔거리면서 억센 손가락으로 서로들 빼앗으려고 들 것이다. 그리고 안락의자에 걸터앉은 그녀의 삼촌인 상냥한 사제는 팔을 뻗쳐 이 종이 조각을 들고 미소를 지으면서 그것을 읽고는, 문체 하나는 좋군 하고 말할 것이다.

아니야, 이건 어리석은 생각이다. 시를 보낸다 한들 그것을 남에게 보일 그런 인간은 아닐 것이다. 그렇다, 그런 짓은 할 수 없는 사람이다. 내가 그를 오해하고 있구나 하고 그는 느끼기 시작했다. 그녀가 순진하다는 생각에 어쩐지 가련한 느낌마저 들었다. 그 순진함이란 죄를 저지를 때까지는 스스로 깨닫지 못한 것이요, 그녀 역시 순진한 동안은, 다시 말해서 여성이 갖는 일종의 수치심이 처음 찾아오기까지는 자기도 깨닫지 못하였던 순진성이리라. 그리하여 그가 처음 죄를 지었을 적 그의 영혼이 그랬듯이, 그녀의 영혼 역시 여성다운 어두운 수치심으로 얼굴을 들지 못한 채 슬픔에 빠져 있을 그 가냘픈 창백함과 눈동자를 생각할 때, 그의 마음은 측은함에 가득 찼다.

내 영혼이 황홀감에서 권태로 옮아갈 때 그녀는 어디에 있었던가? 행여나 영적인 삶의 신비로운 작용으로 말미암아, 같은 순간에 그녀의 영혼은 나의 숭앙을 느끼고 있었던 것이나 아닐까? 있음직한 일이다.

다시금 타오르는 욕망이 그의 영혼을 불질러 전신에 퍼졌다. 그의 욕망을 의식하자 저 빌라넬 시의 요부인 그 여인은 향기로운 잠에서 깨어나고 있었다. 나른한 표정의 검은 눈동자가 그를 향해 열리고 있었다. 찬란하고 따스하고 향기를 내뿜고 방자한 사지를 가진 여자의 나신은, 그에게 굴복하고 번쩍이는 구름같이 그를 감싸고 유동하는 생명을 지닌 물처럼 그를 감쌌다. 자욱하게 서린 김 모양, 허공을 돌고 도는 물 모양, 신비의 요소를 상징하며 맑은 글씨의 흐름을 이루어 그의 머리에 넘쳐 흘렀다.

타오르는 정열이야 역겨웁지 않으랴
타천사의 유혹자여.
매혹의 나날일랑 다시 말 말아다오.

그대의 눈동자는 사내 가슴 태우고
사내를 마음대로 움직였노라.
타오르는 정열이야 역겨웁지 않으랴.
불붙은 정열 위에 찬미의 향연 올라
대양의 이 끝 저 끝에서 솟아 오누나.
매혹의 나날일랑 다시 말 말아다오.

우리 단장의 외침 소리, 슬픈 노래
성찬의 찬가되어 일어나다.
타오르는 정열이야 역겨웁지 않으랴.

성찬을 올리는 손 드높이 쳐들고서
성배 잔 남실남실 넘져 흐르네.
매혹의 나날일랑 다시 말 말아다오.

그래도 그대 잡네 나의 이 열망의 눈을
나른한 눈맵시와 방자로운 사지로써,

타오르는 정열이야 억겨웁지 않으랴.

매혹의 나날일랑 다시 말 말아다오.

* * *

저것은 무슨 새일까? 그는 도서관 앞 계단에 서서 물푸레나무 단장에 나른한 듯 몸을 의지하고 그것을 바라보았다. 새는 몰스워스로 어느 건물의 튀어나온 모서리를 빙빙 돌고 있었다. 3월 하순의 저녁 녘 대기는 그 나는 모습을 또렷이 보여주고, 새들의 쏜살같이 몸뚱이를 떨면서 날아가는 검은 그림자가, 마치 흐린 듯 연한 옥색 포장을 펴놓은 듯한 하늘을 배경으로 또렷이 떠올랐다.

그는 새들의 비상을 보고 있었다. 한 마리 또 한 마리 검은 그림자가 번뜩이면서 휙 하고 날갯짓한다. 몸을 떨면서 쏜살같이 날아가는 그 새들이 다 날아가버리기 전에 수를 세어보려고 했다. 여섯, 열, 열하나. 홀수일까 짝수일까. 열둘, 열셋. 이것은 위의 하늘에서 두 마리가 날아내렸기 때문이다. 새들은 높고 낮게 날면서 언제나 직선 또는 곡선을 그어 빙빙 돌고, 언제나 왼편에서 바른편으로 날아 공중 누각의 주위를 맴돌고 있었다.

그는 그 울음소리에 귀를 기울였다. 판자 벽 뒤에서 들리는 생쥐의 찍찍거림처럼 찢는 듯한 이중음이다. 그러나 그 음색은 길고 날카롭고 휙 하는 소리라, 쥐의 울음소리와 달리 3, 4도 낮고, 나는 주둥이가 바람을 가르고 나갈 때는 떨림 소리를 냈다. 그 우는 소리는 윙윙거리는 실꾸리대에서 풀려 나온 반짝이는 명주실같이 찢는 듯 또렷하고 가늘고, 그러다가 차츰 낮아지는 것이었다.

이 인간이 아닌 것의 외침 소리는 어머니의 하소연과 힐난이 끈질기게 괴롭히는 그의 귀를 달래주었다. 옅은 빛 하늘, 허망의 누각 주위를 돌고 날개치고 방향을 바꾸는 검고 가냘픈, 떨고 있는 그 그림자가 여지껏 어머니의 모습에 시달린 그의 두 눈을 위로해주었다.

왜 나는 현관 계단에서 하늘을 쳐다보면서 새들의 찢는 듯한 이 중음을 듣고 그 비상을 눈여겨보고 있는 것일까? 길흉을 점치기 위해서인가? 코르넬리우스 아그리파〔1486~1535, 프러시아의 철학자, 연금술사〕의 말이 그의 마음을 스쳐갔다. 그러고는 스베덴보리〔1688~1772, 스웨덴의 철학자, 과학자〕의 사상이 그의 머리를 오갔다. 그에 따르면 지적인 사물에 대해 새는 감응력이 있고, 하늘의 생물은 인간과 달리 자기 생명의 질서를 지키니까, 이성의 힘으로 그 질서를 전도시키는 짓을 하지 않기 때문에, 그들은 지혜를 얻고 자신의 때와 계절을 잘 알게 된다는 것이다.

이렇게 그가 나는 새를 쳐다보고 있듯이 오랜 시일을 두고 인간은 하늘을 쳐다봐왔지 않는가. 그의 머리 위 주랑은 어쩐지 고대 신전을 연상시키고, 고단한 듯 몸을 의지하고 있는 물푸레나무 단장은 점복사(占卜師)의 굽어진 지팡이를 연상시켰다. 미지의 것에 대한 공포감, 상징과 예조에 대한 공포가 나른한 그의 마음속에 스며들었다. 버들가지로 엮은 날개를 타고 유폐의 몸에서 벗어났다는 자기와 같은 성의 매같이 생긴 사나이며, 또 갈대로 점토판(粘土板)에 글씨를 쓰는 뾰족한 따오기〔옛 이집트의 영조(靈鳥)〕. 이마에 초승달을 얹은 문자의 신 소스)에 대한, 그것은 일종의 공포감이었다.

그는 이 신의 모습을 생각하면서 미소를 지었다. 가발을 덮어쓴 주먹코의 재판관이 팔을 뻗어 손에 든 서류에다 구두점을 찍고 있는 모양이 생각났기 때문이다. 그 신의 이름이 아일랜드 말의 어느 욕설과 비슷하지 않았던들 아마 생각나지 않았을 것이다. 이런 생각을 한다는 것은 어리석은 짓이다. 하지만 이 어리석음이 있기에 그는 자기가 타고난 저 기도와 몸조심의 집을, 거기서 익혀온 삶의 질서를 영영 버리려고 드는 것이 아닌가.

새들은 찢는 듯 날카로운 소리를 내면서 건물의 튀어나온 모서리로 다시 돌아와 저물어가는 저녁 하늘에 검은 점점이 되어 날았다. 무슨 새일까? 남쪽에서 돌아온 제비임에 틀림없을 것이라고 그는 생각했다. 그렇다면 나도 여기를 떠나야만 되겠구나. 저것은 언제나 왔다갔다하는 새, 사람들 처마 끝을 빌려 잠시 둥지를 틀고, 그러고 나서는 다시 방랑의 길을 떠나는 새가 아닌가.

    고개를 숙여주오, 오우나와 알리일.
    나는 그대들 얼굴을 보노니
    제비가 소란스런 바다로 떠나기 전
    처마 밑 보금자리를 보듯 하오이다.
        〔예이츠의 시극 《캐슬린 백작 부인》 중〕

망망대해의 울림과도 같이 부드러운 즐거움이 그의 기억에 흘러 넘쳤다. 바다 위 빛을 잃어가는 부드러운 저녁 하늘의 말 없는 공간이며 대양의 정적이며 흐르는 조류 위 바다의 황혼을 뚫고 날아다니는 제비며, 이 모든 것들의 부드러운 평온을 그는 마음속에 느꼈다.

부드러운 즐거움이 흐르듯 말 속으로 흘러들고, 부드럽고 긴 모음이 소리 없이 부딪쳤다 흩어지고 밀려왔다 돌아서고, 흰 파도의 방울을 끊임없이 흔들면서 소리 없는 곡조, 소리 없는 울림이 되어 이윽고는 부드럽고 낮은 기어들어갈 듯한 외침으로 변한다. 그러자 원을 그리면서 쏜살같이 날아다니는 새와 머리 위 창백한 허공 속에 그가 찾던 무슨 예조가 성탑(城塔)에서 튀어나오는 새처럼 소리 없이 날쌔게 그의 마음에 나타나는 것을 느꼈다.

출발의 상징인가 고독의 상징인가? 기억의 귓전에서 나지막이 울려오는 이 시가 국민극장 개장 날 밤(1899년 아일랜드 연극부흥운동의 첫 공연)의 장내 광경의 기억을 일깨워주었다. 그는 외로이 2층 한구석에서 아래층 특별석에 있는 더블린 문화인들이며, 번지르르한 배경막 무대의 휘황한 조명으로 틀에 박힌 인형 같이 생긴 인간들을 지칠 대로 지친 눈으로 내려다보고 있었다. 건장한 경관이 한 사람 그의 뒤에서 땀에 젖은 채, 당장에라도 실력 행사를 할 것 같은 기세였다. 야유와 노성과 조롱의 외침 소리가 여기저기 깔려 있는 그의 동료 학생들 입에서 보신 회오리 바람처럼 장내를 휩쓸었다.

"아일랜드의 모욕이다!"

"독일제 물건이야!"

"하느님의 모독이다!"

"우린 신앙을 팔아먹은 적 없어!"

"아일랜드 여성이 누가 그따위 짓을 했단 말이야!"

"풋나기 무신론자는 필요 없어!"

"설익은 불교도는 필요 없다니까!"

머리 위 유리창에서 별안간 휙 하는 소리가 나는 바람에 열람실에 전기가 들어온 것을 알았다. 그는 방금 불이 켜진 기둥 있는 홀을 지나서 계단을 올라가 삐걱거리는 회전문을 통해 안으로 들어갔다.

크랜리는 사전류 서가 곁에 앉아 있었다. 두꺼운 책이 하나, 책머리 그림을 그려놓는 곳이 펴진 채 그의 앞 열람대 위에 놓여 있었다. 그는 의자에 기대어 신문의 체스 장기 문제를 읽어주고 있는 의과 학생 얼굴에다 고해 신부처럼 귀를 기울이고 있었다. 스티븐은 그의 오른쪽에 앉았다. 책상 맞은편에 있던 사제는 성난 듯《타블렛》지를 철썩 덮어버리고는 일어섰다.

크랜리는 그 뒷모양을 무관심하게 멍한 시선으로 바라보았다. 의과 학생은 더욱 나지막한 소리로 읽어갔다.

"왕에서 넷째 앞에 있는 졸."

"나가는 게 좋겠어, 딕슨. 저 친구 툴툴대고 나갔어."

스티븐은 주의를 주듯 말했다.

딕슨은 신문을 접더니 점잖을 빼고 일어나면서 말했다.

"아군은 질서 정연하게 철수하노라."

"총기와 가축과 더불어."

스티븐은 말하면서 '소의 질병'이라고 인쇄되어 있는 크랜리의 책 겉장을 가리켰다.

둘이 열람대 사이 통로를 빠져나가면서 스티븐은 말했다.

"크랜리. 자네에게 할 얘기가 있네."

크랜리는 대꾸도 않고 돌아보지도 않았다. 그는 책을 접수에게 돌려주고는 멀쩡한 구둣발로 마구 밑바닥을 구르면서 나가버렸다. 그러고는 계단 있는 데서 잠시 발을 멈추더니 멍하니 딕슨을 바라보면서 앞의 말을 되풀이했다.

"왕이란 자에서 넷째 앞에 졸이라."

"좋도록 말해두렴."

딕슨은 말했다.

그는 조용하고 억양 없는 말버릇에 거동이 세련되어 있었다. 그리고 포동포동하게 깨끗한 그 손에 끼워놓은, 인형(印形)을 아로새긴 반지를 이따금씩 자랑해 보였다.

그들이 홀을 지나가자 난쟁이 같은 몸집의 사나이가 다가왔다. 둥그렇게 솟아오른 조그만 모자 아래로 면도질하지 않은 얼굴이 싱글벙글 웃음을 띠고서 뭔가 중얼대는 것이 들렸다. 두 눈은 원숭이처럼 우울해 보였다.

"여러분 안녕하시오."

수염투성이의 원숭이 얼굴이 말했다.

"3월 치고는 따뜻한 날씨로군."

크랜리는 말했다.

"2층엔 다들 창을 열어놓았어."

딕슨은 미소를 지으면서 반지를 만지작거렸다. 원숭이 같은 주름살이 잡힌 검은 얼굴이 은근히 즐거운 듯 입을 오므리고 고양이 목구멍 울리는 소리를 냈다.

"3월로는 유쾌한 날씬데요. 정말 유쾌해."

"2층에서 멋진 아가씨 두 분이 잔뜩 기다리고 있던데, 대장."

딕슨은 말했다.

크랜리는 빙긋이 웃으며 상냥하게 말했다.

"대장은 애인이 한 분밖엔 없어. 월터 스코트 경 말이야. 그렇지, 대장?"

"지금 뭘 읽고 있지, 대장? 《람머무어의 새색시》〔1819년, 스코트의 소설〕야?"

딕슨은 물었다.

"난 스코트를 정말 좋아하죠."

그 날씬한 입술이 말했다.

"그가 쓴 것은 좋지요. 월터 스코트 경을 당할 만한 작가가 있나요."

그는 가늘고 오그라든 갈색 손을 이 예찬의 말에 맞추어 천천히 공중에 흔들었다. 그리고 가늘고 민첩한 눈까풀이 슬픈 눈동자 위로 곧잘 껌벅였다.

스티븐의 귀에는 그 말투가 더욱 슬프게 들렸다. 낮고 촉촉하고 실수는 있어도 의젓한 악센트의 그의 말을 귀담아듣고 있노라면 그 소문이 정말이고, 이 오므라든 체구에 흐르는 묽은 피가 귀족의 피요 근친상간의 사랑에서 생겨났다는 말이 사실이 아닐까 하고 생각되는 것이었다.

공원의 나무들은 비를 머금어 무겁고, 비는 방패처럼 회색으로 빛나는 호수 위에 끊임없이 내리고 있었다. 백조의 무리가 날고 아래 수면과 기슭은 하얀 오물로 더러워져 있었다. 사랑하는 두 사람은 회색 비의 광선, 젖은 말 없는 수목, 방패처럼 눈앞에서 응시하고 있는 호수, 백조, 이런 것들에 이끌려 조용히 포옹했다. 오빠의 팔은 누이의 목을 감고 두 사람은 환희도 근심도 없이 서로 껴안았다. 회색 털코트가 누이의 어깨에서 허리로 비스듬히 감기고, 누이의 금발 머리는 즐거운 듯 부끄러워하면서 흘러내리고 있었다. 오빠는 헝클어진 다갈색 머리에다 가냘프고 모양 좋고 튼튼한 주근깨 있는 손을 하고 있었다. 얼굴은? 얼굴은 보이지 않는다. 오빠의 얼굴은 누이의 비에 젖은 향긋한 금발 머리 위에 숙이고 있다. 주근깨가 있고 튼튼하고 모양 좋고 애무하는 그 손, 그것은 대이빈의 손이었다.

그는 자기에게 이런 생각과 그런 영상을 자아내게 한 이 주름살 투성이의 난쟁이에 화나는 듯 상을 찌푸렸다. 밴트리단(團)〔밴트리는 코크 군의 해항. 18세기 말 프랑스 정부에서 군대를 보내 아일랜드 독립을 원조했으나 실패로 돌아갔음〕에 대한 아버지의 욕설이 불현듯 기억에 떠올랐다. 그는 그 욕설을 밀어 젖히고 불안한 마음으로 다시금 자기 생각에 젖었다. 왜 그것이 크랜리의 손이 아니었던가? 대이빈의 단순함과 순진함이 내 마음속 더욱 깊이 가시를 돋게 하고 있다는 말인가?

난쟁이와의 공들인 작별 인사는 크랜리에게 맡기고, 그와 딕슨은 같이 홀을 지나 걸어갔다.

주랑 아래에 템플이 몇 사람의 학생에 둘러싸여 서 있었다. 그 가운데 하나가 외쳤다.

"딕슨, 이리 와서 들어봐. 템플이 기염을 토하고 있다."

템플은 검은 집시 같은 눈동자를 그에게 돌렸다.

"넌 위선자야, 오키프."

그는 말했다.

"그리고 딕슨은 싱글 대장이고. 이거 아주 근사한 문학적 표현이지."

그는 능글맞게 웃고는 스티븐의 얼굴을 보면서 되풀이 말했다.

"이거 정말 마음에 드는데. 싱글 대장이라."

아래쪽 계단에 서 있던 건장한 체격의 학생이 말했다.

"아까 색시 얘기나 해봐, 템플. 그거 듣고 싶다."

"정말 그 녀석 갖고 있었다니까. 마누라도 있는데 말이야. 사제들도 모두 거기서 식사를 했댔어. 녀석들 정말 모두 이상하지."

템플은 말했다.

"그런 것을 두고 말이야, 사냥 말이 아까워서 노새 탄다고 하는 거야."

딕슨이 말했다.

"이봐, 템플, 너 맥주 몇 병이나 뱃속에 넣고 왔니?"

오키프가 말했다.

"그 따위 말로는 오키프 네 지능 정도밖에 드러날 게 없어."

템플은 멸시를 드러내 보이면서 말했다.

그는 휘청거리는 걸음걸이로 모두의 주위를 한 바퀴 돌고는 스티븐에게 말을 걸었다.

"포스터 일족이 벨기에 왕가라는 것 알고 있나?"

그는 물었다.

크랜리가 현관 홀에서 나왔다. 모자를 목덜미 있는 데까지 뒤로 젖히고 꼼꼼하게 이를 쑤시고 있었다.

"만물 박사가 듭시는군. 자네 포스터 일족의 그 이야기 알고 있나?"

템플이 말했다.

그는 말을 멈추고 대답을 기다렸다. 크랜리는 무딘 이쑤시개 끝으로 이 속에 끼인 무화과 씨를 하나 꺼내서 그것을 꼼꼼히 들여다보고 있었다.

"포스터 일족은 플란더스 왕 볼드윈 1세에서 유래했어. 그는 포레스터〔숲 사람〕라 불리웠지. 포레스터와 포스터는 같은 이름이야. 볼드윈 1세의 후예 족장 프란시스 포스터가 아일랜드에 이주하여 클랜브라실 족 최후의 족장의 딸과 결혼했다. 그리고 블레이크 포스터 가문이란 게 있지. 이것은 또 다른 계통이야."

템플은 말했다.

"플란더스 왕 볼드헤드〔대머리〕에서 나왔어."

크랜리는 반짝이는 이빨을 드러내고 또다시 공들여 쑤시개질을 했다.

"자넨 그런 역사를 어디서 주워 오나?"

오키프가 말했다.

"난 자네 집 역사도 다 알고 있네."

템플은 스티븐을 돌아보면서 말했다.

"지랄두스 캡브렌시스〔12세기 영국의 역사가〕가 자네 일족에 대해 뭐라고 말했는지 아나?"

"그도 볼드윈에서 나왔나?"

검은 눈에 키가 큰 폐병앓이 같은 학생이 물었다.

"볼드헤드라."

크랜리는 이빨 사이를 쭉 하고 빨아들이면서 되풀이했다.

"Pernobilis et pervetusta familia(명문 고가)지."

템플은 스티븐을 향해 말했다.

아래쪽 계단에 서 있던 건장한 학생이 짤막하게 방귀를 뀌었다. 딕슨은 그를 보고 나지막한 소리로 말했다.

"천사께서 뭐라고 말씀이 있었나?"

크랜리도 그쪽을 향해 성낸 것은 아니지만 야단쳤다.

"고긴즈, 너같이 오라질놈의 더러운 인간은 본 적이 없어, 알았나."

"나도 그렇게 말하려고 하던 참이야."

고긴즈가 딱부러지게 말했다.

"어디 손해본 사람 있어, 어때?"

"그건 말이야, 학술상의 paulo post futurum(미래 완료 시제)이란 것은 아니겠지?"

딕슨이 상냥하게 말했다.

"이러니 이 녀석을 싱글 대장이라고 말하잖았어? 내가 그렇게 별명을 붙여줬지 않아."

템플이 좌우를 돌아보며 말했다.

"그래, 우리는 귀머거리가 아니야."

폐병앓이 같은 키다리가 말했다.

크랜리는 그래도 아래 계단의 그 건장한 학생을 보고 상을 찌푸리고 있었다. 그러다가 견딜 수 없다는 듯 코방귀를 뀌더니 그를 난폭하게 계단 아래로 밀어 젖혔다.

"냉큼 꺼져. 이 똥통 녀석아, 가라니까. 넌 똥통 녀석이야."

그는 괄괄하게 말했다.

고긴즈는 자갈 깔린 길에 뛰어내렸다가 다시 제자리로 기분 좋게 돌아왔다. 템플은 스티븐 쪽을 뒤돌아보면서 물었다.

"군은 유전 법칙을 믿나?"

"이 자식 너 취했어? 어떻게 된 거야? 무슨 말을 하겠다는 거야?"

크랜리는 어처구니 없다는 듯 그를 돌아다보며 물었다.

"고금을 통해서 가장 의미심원한 문장은 동물학 마지막에 나오는 문장이야. 생식은 죽음의 시초라고."

템플은 열중해서 말했다.

그는 머뭇머뭇 스티븐의 팔꿈치를 건드리면서 정색을 하고 말했다.

"군은 시인이니까 이 말이 얼마나 의미심원한가 알겠지."

크랜리는 긴 둘째손가락으로 가리켰다.

"이 자를 보라! 아일랜드 희망을 보라구!"

그는 멸시하듯 다른 사람들에게 말했다.

다들 그의 말과 몸짓에 와 하고 웃어댔다. 템플은 용감하게 그를 향하더니 말했다.

"크랜리, 자넨 날 보고 언제나 비웃지. 다 알아. 그러나 언제나 자네에게 지진 않아. 지금 나 자신과 비교해서 자넬 어떤 인간이라고 생각하는 줄 아나."

"여보시오. 노형은 말이야, 없어, 생각하는 힘이 전혀 없단 말이야."

크랜리는 점잖은 어조로 말했다.

"그렇지만 자네 알겠나. 자네와 나를 비교해서 내가 어떻게 생각하고 있는가 말이야."

템플은 계속했다.

"말해봐 템플!"

계단 아래서 건장한 학생이 버럭 소리를 질렀다.

"조금씩 꺼내보라구!"

템플은 좌우를 돌아보고는 갑작스레 맥빠진 몸짓을 하면서 입을 열었다.

"난 불알녀석이야. 그래 나도 잘 알고 있어, 그런 인간이란 걸 나도 인정해."

그는 절망하듯 고개를 흔들면서 말했다.

딕슨은 그의 어깨를 가볍게 두들기면서 상냥하게 말했다.

"그렇게 인정하는 게 자네의 훌륭한 점이야, 템플."

"하지만 저 녀석도, 저 녀석도 나 같은 불알녀석이야. 제 자신만 모르고 있을 따름이지. 그게 나와는 다른 점이거든."

템플은 크랜리를 가리키면서 말했다.

모두 와 하고 웃어대는 바람에 말끝이 들리지 않았다. 그러나 그는 다시 스티븐을 돌아다보고 정색을 하면서 말했다.

"불알녀석, 정말 재미있는 말이네. 영어에서는 유일한 양수어〔兩數語. 문법에서 두 개 또는 한 쌍을 표시하는 말〕야, 알고 있었나."

"그런가?"

스티븐은 모호하게 말했다.

그는 크랜리의 굳은 표정이 가까스로 참고 있는 것을, 억지로 미소짓고 있는 데서 눈치챘다. 모욕에 견디고 있는 오랜 석상에다 구정물을 끼얹듯, 그의 얼굴 위로 이 야비한 욕설이 흐른 것이다. 보고 있으니까 그가 모자를 들고 인사를 하는데 쇠로 만든 관같이 이마에서 숭숭 솟아오른 검은 머리칼이 내다보였다.

그녀가 도서관 현관에서 나와 스티븐 너머로 크랜리의 인사에 답례하여 고개를 숙였다. 이 친구도 역시? 크랜리의 볼이 약간 홍조를 띠지 않았던가? 아니면 그것은 템플의 말 때문이었던가? 해가 기울어서 그는 미처 분간할 수 없었다.

이 친구의 무관심한 듯한 침묵, 신랄한 비판, 스티븐의 열에 뜬 변덕스런 마음의 고백을 그렇게도 자주 깨뜨리고 마는 그 난폭한 말투, 이런 것들은 모두 그 탓이었던가. 스티븐은 자기에게도 이런 난폭함이 있는 것을 알기 때문에 지금까지 그것을 너그러이 용서해 왔다. 그래서 기억나는 일이 있다. 언젠가 저녁때 빌려온 헌 자진거에서 내려 말라하이드 근처 숲속에서 하느님께 기도드린 적이 있었다. 그는 두 팔을 쳐들고 어두컴컴한 성당 같은 숲을 향하여 황홀에 잠겨 말을 걸었다. 자기가 신성한 시간에 신성한 장소에 서 있는 것임을 알았다. 그러다 컴컴한 길 모퉁이에서 두 사람의 순경이 나타나는 것을 보고서, 그는 기도를 중단하고 최신 유행의 무언극 중의 한 곡을 소리내어 휘파람을 불었다.

그는 물푸레나무 단장의 닳아서 벗겨진 끝으로 기둥의 주춧돌을 두드리기 시작했다. 아까 말한 것을 크랜리는 듣지 못했을까? 아직 기다려줄 수는 있다. 주위의 이야기 소리가 잠시 멎고 위의 창에서 또 한 번 휙 하는 소리가 낮게 들렸다. 그러나 주위에는 소리 하나 없고, 나는 것을 부질없이 쳐다보던 저 제비들도 이미 잠들고 있었다.

그녀는 어둠을 뚫고 지나갔다. 그러니까 휙 하는 소리가 한 번 났을 뿐 주위는 조용해졌다. 주위의 혓바닥들이 종알거림을 그만둔 것이다. 어둠이 내려오고 있었다.

어둠은 하늘에서 내려오도다.〔뒤에 나오는 내시의 구절의 틀린 인용〕

희미한 불빛같이 떨리는 듯 부드러이 빛나는 즐거움이 그의 주위를 요정의 무리처럼 뛰놀았다. 그러나 왜 그럴까? 어둠이 짙어가는 대기 속을 그녀가 지나간 때문일까? 그렇지 않으면 어두운 모음과 풍성한 류트의 음을 닮은 이 시의 첫 구절 탓일까?

그는 천천히 걸음을 옮겨 주랑 끝 그늘이 짙은 쪽으로 갔다. 다른 학생들로부터 자신의 몽상을 감추기 위해 단장으로 주춧돌을 가볍게 두들겼다. 그러고는 다울런드〔16세기 플루트 연주가이자 작곡가〕며 버드〔16세기 음악가〕며 내시〔16세기 영국 극작가〕의 시대로 생각이 흘러가도록 내버려두었다.

욕정의 어둠에서 떠는 눈, 먼동 트는 동녘을 흐리게 하는 눈. 그 눈동자의 나른한 우아함은 규방의 감미로움이 아니고 무엇이랴. 또 그 어른거리는 빛은 방자한 스튜어트 왕조 궁정의 시궁창을 뒤덮고 떠 있는 찌꺼기의 그 빛이 아니고 무엇이랴. 그리하여 그는 기억의 말로 호박(琥珀)빛 술이며 감미로운 가곡의 사라지듯 연연한 곡조며 자랑스런 파반느의 음악을 듣고, 또한 기억의 눈으로는 발코니에서 입을 뾰족하게 내밀면서 사랑을 찾는 코벤트 가든의 숙녀들이며, 선술집의 곰보낯짝 작부며, 오입쟁이 품속에 음탕하게 몸을 맡겨 몇 번이고 포옹하는 젊은 유부녀를 보는 것이었다.

이렇게 불러내본 영상들도 그에게는 아무런 즐거움을 주지 못했다. 그것은 남몰래 정염을 불타오르게는 했지만 거기에 그 여인의 모습이 얽히는 일은 없었다. 이런 따위로 그녀를 생각하는 것은 아니다. 아니 그렇게 생각을 해보기조차도 하지 않는다. 내 마음은 믿을 것이 못 되는가? 그것은 낡아빠진 말귀에 지나지 않는 것, 크랜리가 그 반짝이는 이빨에서 후벼낸 무화과 씨처럼 무덤에서 파낸 것의 감미로움밖에는 되지 못한다.

그 여인의 모습이 지금쯤 거리를 지나 집으로 돌아가고 있으려니 하고 그는 막연히 생각했다. 그러나 그 생각은 사념도 환상도 아니다. 처음에는 막연했지만 차츰 뚜렷하게 그는 여자의 체취를 느꼈다. 의식에 떠오른 불안이 그의 피 속에서 들끓었다. 그렇다, 이 냄새는 여자의 몸 냄새다. 사납고도 나른해지는 냄새, 그의 노래가 욕정을 머금고 그 위를 흘러가는 미끈한 사지, 여자의 육체가 향기와 이슬을 뿌려놓는 부드럽고 남모르는 속옷의 냄새.

이가 한 마리 그의 목덜미를 기었다. 헐거운 칼라 밑에 엄지손가락과 둘째손가락을 넣어서 그는 재빠르게 그놈을 잡았다. 부드럽지만 쌀알같이 부서지기 쉬운 그 몸뚱이를 잠시 손가락 사이로 굴리다가 아래로 떨어뜨리고는 살까 죽을까 하고 그는 생각해보았다. 문득 코르넬리우스 아 라피데(1567~1637, 플랜더스 수도승, 신학자)의 기묘한 말이 떠올랐다. 땀에서 생기는 이는 하느님의 손으로 6일째 뭇짐승들과 같이 창조된 것이 아니라는 것이다. 그러나 목 가죽은 근질근질해서 마음까지도 쑤시고 빨갛게 상처가 난 것 같았다. 넝마를 감고 영양실조에, 게다가 이에 뜯어먹히고 있는 자신의 육체의 생명을 생각하니 별안간 절망의 발작을 느껴 그는 눈을 감았다. 그러자 어둠 속에 이가 몇 마리고 그 부서지기 쉬운 몸뚱이에서 빛을 내면서 하늘에서 떨어지고 떨어지면서 몇 번이고 구르는 것이 보였다. 그렇다, 하늘에서 떨어지는 것은 어둠이 아니라 빛이었던 것이다.

빛은 하늘에서 내려오도다.(내시의 시 〈죽음의 부름〉의 한 행)

내시의 시 한 줄도 옳게 기억하고 있지 않았던 것인가. 그것이 불러낸 이미지도 모두 허망이었구나. 내 마음이 이 더러운 것을 키웠어. 내 생각이란 고작 나태의 땀에서 생긴 이에 지나지 않았구나.

그는 걸음을 재촉하며 주랑을 따라 학생들이 모여 있는 곳으로 돌아왔다. 그까짓 여자, 제기랄 무슨 상관이람. 아침마다 허리까지 몸을 씻고 가슴에 털이 숭숭한 그따위 운동 선수에게 반하면 될 게 아니냐. 상관없어.

크랜리는 호주머니에서 말린 무화과를 또 하나 꺼내서 천천히 소리내며 씹고 있었다. 템플은 졸리는 듯한 눈 언저리까지 모자를 푹 눌러쓰고 원주(圓柱)의 박공 벽에 걸터앉아 몸을 기대고 있었다. 땅딸막한 젊은이가 가죽 손가방을 팔에 끼고 현관에서 나왔다. 그는 구두 뒤꿈치와 육중한 양산 쇠둘레로 바닥돌을 치면서 학생들 쪽으로 왔다. 오면서 양산을 들고 인사조로 모두를 보고 말했다.

"여러분 안녕하시오."

그는 다시 바닥돌을 치고 약간 신경질적으로 머리를 흔들면서 킥킥거렸다. 폐병앓이 키 큰 학생과 딕슨과 오키프는 아일랜드 말로 이야기하고 있어 그에게 대꾸도 하지 않았다. 그러자 그는 크랜리 쪽을 향해 말을 걸었다.

"안녕하시오(굿이브닝), 특히 군에게."

그쪽으로 양산을 돌리면서 그는 또 한번 킥킥거렸다. 여전히 무화과를 씹고 있던 크랜리는 턱에 걸리는 큰 소리로 대답했다.

"안녕이라고? 아무렴. 안녕한 저녁이지."

땅딸보 학생은 정색을 하고 그를 보면서 나무라듯 양산을 약간 흔들었다.

"알았어. 군은 확실한 말을 해두자는 것이겠지."

그는 말했다.

"음."

크랜리는 대답하고 반쯤 씹다 남은 무화과를 내밀고 먹으라는 듯이 그 땅딸보 학생 입가에다 들이댔다.

땅딸보 학생은 그것을 먹지 않고 제 기분에 겨워 여전히 킥킥거리면서 양산 내밀듯 말도 불쑥 내미는 조로 점잔을 빼며 말했다.

"군의 생각은……."

하다가 말을 끊고 씹다 남은 무화과를 퉁명스럽게 가리키면서 큰 소리로 말했다.

"난 저걸 말하고 있네."

"음."

크랜리는 전과 같이 대답했다.

"군의 지금 말은, 사실 그대로인가 아니면 우스개로 한 건가?
〔영어로 무화과란 말에는 경멸의 의미가 포함되어 있음〕"

땅딸보 학생은 말했다.

딕슨은 학생들에게서 빠져나오면서 말했다.

"고긴즈가 자넬 기다리겠다더라, 글린. 자네와 모이니언을 찾으러 아델피 호텔로 갔어. 그 안에 뭐가 들어 있니?"

그는 물어보면서 글린이 팔에 낀 손가방을 두드렸다.

"시험 답안지야. 내 수업으로 얼마나 얻은 바 있는가 알기 위해 매달 시험쳐보는 거지."

글린은 대답했다.

그는 여전히 손가방을 두드리고 점잖게 기침을 하면서 빙긋이 웃었다.

"수업이라고!"

크랜리가 무뚝뚝하게 말했다.

"그리고 보니 너 같은 원숭이 녀석에게 공부를 배우는 맨발의 아이들 말이로군. 쯧, 가엾기도 하지."

그는 무화과 남은 것을 씹어 물고 꼭지는 던졌다.

"아이들이 내게 오는 것을 막지 말고 그대로 두어다오."

글린은 상냥하게 말했다.

"이 원숭이 녀석."

크랜리는 힘을 주어 되풀이했다.

"이 죄받을 원숭이 녀석."

템플이 일어서서 크랜리를 밀쳐내고 글린에게 말을 걸었다.

"지금 군이 한 말은 '아이들이 내게 오기를 막지 말라'(마태오복음 19:14) 하는 신약의 말씀이로군."

그는 말했다.

"넌 자러 가, 템플."

오키프가 말했다.

"그렇다면 말이야, 예수께서 아이들이 오는 것을 버려두셨다면 왜 교회는 세례받지 않고 죽은 아이들은 모조리 지옥으로 떨어뜨리느냐 말이다. 왜지?"

템플은 여전히 글린을 보고 말을 계속했다.

"넌 세례를 받았니, 템플?"

폐병앓이 학생이 물었다.

"아이들은 다 오라고 예수께서 말씀하셨다면 왜 다들 지옥에 보내느냐 말이야."

템플은 말하면서 글린의 눈을 뚫어지게 보았다.

글린은 기침을 해서 신경질적인 킥킥거림을 가까스로 참고는 말끝마다 양산을 흔들면서 천천히 말했다.

"군의 말과 같이 그게 그렇다면 왜 그렇게 되는 것인가 하는 연유를 단호하게 알고 싶군."

"그건 말이야, 교회가 일찍이 죄를 지은 자들 누구 못지않게 잔혹하기 때문이야."

템플은 말했다.

"그 점에 있어서 군은 틀림없이 정통적이로군, 템플?"

딕슨은 넌지시 말했다.

"성 아우구스티누스가 말하기를 세례를 받지 않은 아이는 지옥에 간다고 했어."

템플은 대답했다.

"그분 역시 잔혹한 늙은 죄인이었으니까."

"옳소. 그러나 그럴 경우를 위해서 림보〔지옥의 변토〕가 있는 줄난 알고 있었는데."

딕슨은 말했다.

"저놈하고는 토론할 것 없어, 딕슨."

크랜리가 거칠게 말했다.

"저놈과는 얘기도 말고 보지도 말아. 맹맹거리는 염소 붙들어 가듯이 녀석을 새끼로 묶어 집으로 데리고 가라구."

"림보라고!"

템플은 외쳤다.

"그것 근사한 발명이로군. 지옥 비슷하게 말이야."

"하지만 지옥의 기분 나쁜 점만은 없애버린거야."

딕슨은 말했다.

그는 빙긋이 웃으면서 다른 친구들을 보고 말했다.

"지금까지 말한 것은 여기 있는 제군들 의견을 대변하고 있는 것으로 생각하는데."

"틀림없어. 그 점에 있어 아일랜드는 단결하고 있다."

글린은 단호하게 말했다.

그는 양산 쇠 고리로 주랑의 돌 바닥을 두들겼다.

"지옥 말이지, 사탄의 늙은 여편네의 이 발명만은 경의를 표할 만해. 지옥이라니 정말 로마적이야. 그들의 성벽같이 튼튼하고 추악하단 말이거든. 한데 림보란 도대체 뭐지?"

템플은 말했다.

"저놈을 다시 유모차 안에 가둬버려, 크랜리."

오키프가 소리를 질렀다.

크랜리는 재빠르게 템플 쪽으로 한 걸음 다가서더니 발을 구르면서 닭이라도 쫓듯이 외쳤다.

"쉬잇!"

템플은 날쌔게 물러섰다.

"림보가 뭔지 아나? 로스코먼〔아일랜드 서부 지방의 이름〕에서는 그 따위 생각을 뭐라는지 알고 있어?"

그는 외쳤다.

"쉬잇! 이 자식!"

크랜리는 손을 두드리며 말했다.

"내 엉덩이도 내 팔꿈치도 아니야. 그게 내가 말하는 림보라

거야〔limbo와 limb, 즉 사지를 걸어서 한 말장난〕."

템플은 조롱하듯 소리를 질렀다.

"그 단장 이리 줘."

크랜리는 말했다.

그는 스티븐의 손에서 물푸레나무 단장을 휙 빼앗더니 계단을 뛰어 내려갔다. 템플은 그가 따라오는 발소리를 듣자 어둠 속을 날쌘 짐승같이 달아나버렸다. 크랜리의 무거운 구두 소리가 시끄럽게 안뜰을 질러 뒤쫓아가는 것이 들리고, 조금 있더니 허탕을 치고 발로 자갈을 차면서 돌아오는 가쁜 숨소리가 들려왔다.

그는 화가 나서 발길을 옮기더니 역시 화나는 듯이 단장을 불쑥 스티븐에게 돌려주었다. 그가 성난 것이 다른 이유가 있는 줄 스티븐은 짐작했지만, 모른 척하고 그의 팔을 슬쩍 건드리고는 말을 걸었다.

"크랜리, 내가 이야기할 게 있다고 했지. 저리 가세."

크랜리는 잠깐 그를 보더니 물었다.

"지금?"

"응, 지금. 여기선 이야기할 수 없어. 저리 가세."

스티븐은 말했다.

두 사람은 말없이 안뜰을 질러서 갔다. 〈지그프리트〉〔바그너의 가극〕의 참새의 노래가 휘파람을 타고 현관 계단에서 두 사람 쪽으로 부드럽게 뒤따라왔다. 크랜리가 돌아다보니까 휘파람을 불고 있던 딕슨이 소리를 질렀다.

"자네들 어딜 가니? 저 시합은 어떻게 할 작정이야, 크랜리?"

조용한 주위의 공기를 찢는 듯 큰 소리로, 두 사람은 아델피 호텔에서 하기로 되어 있는 당구 시합 이야기를 주고받았다. 스티븐은 혼자서 먼저 가면서 메이플 호텔 맞은편 킬데어 거리의 고요한 곳까지 나와 참을성 있게 기다렸다. 그 호텔의 이름인 단풍나무〔영어로 메이플〕의 무색의 잘 닦아놓은 재목이며 역시 무색인 건물 전면이, 상냥하면서도 모멸에 찬 눈초리처럼 그의 마음을 자극했다. 그는 은은히 불 켜져 있는 호텔의 응접실을 화나는 듯 흘겨보면서, 저기서는 아일랜드의 귀족들이 태평스런 생활을 유유히 보내고 있거니 하고 상상해보았다. 그들은 군대의 승진이나 토지의 관리쯤 생각하고 있을 것이다. 농민들은 시골 길에서 그들을 만나면 깍듯이 인사한다. 그들은 프랑스 요리의 이름 몇 개쯤은 알고 있고, 고음의 거북스런 악센트가 귀에 거슬리는 촌뜨기 목소리로 이륜 마차 마부에게 분부를 내리는 것이다.

어떻게 하면 이 농민들의 양심을 각성시킬 수 있을까. 지주들이 그 농민들 딸에게 아이를 배게 하기 전에, 지금의 그들보다 무식하지 않은 민족을 낳기 위해서 어떻게 하면 이 딸들의 상상 속에 자기의 그림자를 던져줄 수 있을까. 짙어가는 어둠 아래서 그는 자신이 속해 있는 민족의 생각과 욕망이 박쥐처럼 어두운 시골길을 건너 시냇가 나무 밑이며 웅덩이가 점점이 떠 있는 늪 근처를 훨훨 날아다니고 있는 것을 느꼈다. 대이빈이 밤중에 지나가던 집 문간에서 여인이 기다리고 있다가, 그에게 우유를 먹여주고 자기 침상으로 유인할 것같이 한 적이 있었다지. 그것은 대이빈이 남 모르는 짓을 할 수 있는 부드러운 눈매를 하고 있기 때문이다. 그러나 나에게 유혹의 눈동자를 보내준 여인은 아무도 없었다.
그의 팔이 꽉 쥐어지고 크랜리의 목소리가 들렸다.
"우리 또한 가볼지어다."
두 사람은 말없이 남쪽으로 걸어갔다. 조금 있다 크랜리가 말했다.
"템플의 바보 새끼, 주둥이를 까줄라! 모세에 걸고 맹세하지, 그놈을 언젠가는 죽여줄 테야."
하지만 그는 화가 풀려 있었다. 혹시 현관 아래서 그를 보고 인사하던 그 여인 생각을 지금쯤 하고 있지 않을까 하는 생각이 스티븐을 스쳐갔다.
그들은 왼편으로 돌아 곧장 걸음을 재촉했다. 이렇게 한참 간 다음에 스티븐은 입을 열었다.
"크랜리 난, 오늘 저녁에 달갑잖은 다툼을 했네."
"식구들하고?"
크랜리는 물었다.
"어머니하고야."
"종교 문젠가?"
"그래."
스티븐은 대답했다.
잠시 말이 없다가 크랜리는 물었다.
"어머님 연세가 몇이시지?"
"과히 늙지 않으셨어. 어머닌 나에게 부활절 공경을 드리라는 거야."

스티븐은 말했다.

"그래 드리기로 했나?"

"아니야."

스티븐은 대답했다.

"뭣 땜에?"

크랜리는 물었다.

"난 공경하지 않는다."

스티븐은 대답했다.

"그 말은 전에도 들었지."

크랜리는 찬찬히 말했다.

"전이 아니라 이제부터라는 거야."

스티븐은 격해서 말했다.

크랜리는 스티븐의 팔을 덥석 누르면서 말했다.

"이봐 흥분하지 말아. 자네는 툭하면 버럭 하는 성미가 있어."

이렇게 말하면서 그는 신경질적으로 웃었다. 그러고는 감동어린 우정이 깃든 눈으로 스티븐의 얼굴을 들여다보면서 말했다.

"자넨 곧잘 흥분하는 성미야. 알고 있나?"

"하긴 그럴 거야."

스티븐도 웃으면서 말했다.

근래에 와서 어쩐지 서먹서먹해졌던 두 사람의 마음이 불현듯 가까이 와닿는 듯했다.

"자넨 영성체를 믿나?"

크랜리가 물었다.

"난 안 믿어."

스티븐은 대답했다.

"그럼 거짓이라고 생각하나?"

"난 믿지도 않고 또 거짓이라고 생각지도 않아."

스티븐은 대답했다.

"의심을 품고 있는 사람도 많지. 종교적인 사람들까지도 그렇지. 그러나 그들은 그 회의를 극복하거나 아예 제쳐버려. 그 점에 있어서 자네의 회의는 지나치게 강하단 말인가?"

크랜리는 말했다.

"난 그것을 극복하고 싶지 않아."

스티븐은 대답했다.

크랜리가 잠시 얼떨떨해서 호주머니에서 무화과 열매를 또 하나 꺼내 먹으려 하자 스티븐이 입을 열었다.

"거 좀 치울 수 없나. 무화과를 입 속에 넣고 잔뜩 씹으면서 이런 문제를 논할 수는 없어."

크랜리는 걸음을 멈추고서 불빛으로 무화과를 자세하게 살펴보았다. 그러고는 콧구멍에 갖다 대고 냄새를 맡고 조금 씹어보더니, 뱉어내고서 시궁창에 난폭하게 던져버렸다. 시궁창에 들어박힌 무화과를 보고 그는 말을 걸었다.

"이 저주를 받은 자야, 나를 떠나 영원한 불 속으로 가라!"

스티븐이 팔을 잡자 그는 말을 계속했다.

"이 말이 최후 심판의 날 자네를 향해 나올는지 모른다고 두려워하는 일은 없나?"

"그렇지 않다면 뭣이 내게 주어지지? 학감을 모시고 영복을 얻는단 말인가?"

스티븐은 반문했다.

"잊지 말아. 그런 사람일수록 하느님의 영광을 받게 될 거야."

크랜리는 말했다.

"아무렴, 머리 좋고 민첩하고 여간해 동하는 일이 없고, 게다가 뭐니뭐니해도 교활하니까."

스티븐은 약간 비꼬아서 말했다.

"이상도 하지. 믿지 않겠다는 종교이면서 자네 머리는 그걸로 가득 차 있으니 말이야. 그전 학교 다닐 땐 믿고 있었다지. 틀림없이 믿고 있었지?"

크랜리는 덤덤하게 말했다.

"그야 믿었지."

스티븐은 대답했다.

"그럼 그때는 행복했나? 가령 지금의 자네보다도 행복했어?"

크랜리는 조용하게 물었다.

"행복한 적도 자주 있었고 불행한 일도 자주 있었지. 그때의 나는 딴 사람이었으니까."

스티븐은 대답했다.

"딴 사람이라니? 도대체 무슨 뜻이지?"

"즉 말이야, 현재와 같은 나, 이렇게밖에 되지 않을 수 없었던 내가 아니었다는 거지."

스티븐은 말했다.

"현재와 같은 자네, 이렇게밖에 되지 않을 수 없었던 자네가 아니었다."

크랜리는 되풀이했다.

"그럼 질문을 하나 하겠는데 자넨 어머니를 사랑하고 있나?"

스티븐은 천천히 고개를 흔들었다.

"자네 묻는 뜻을 잘 모르겠어."

그는 말을 잘랐다.

"자넨 누군가 사랑해본 적이 있나?"

크랜리는 물었다.

"여자 말인가?"

"그걸 말하는 게 아니야. 누구든 뭣이든 애정을 느껴본 적이 있었느냔 말이야."

크랜리는 좀 더 냉정하게 말했다.

스티븐은 우울한 표정으로 보도를 내려다보면서 친구와 나란히 걸어갔다.

"나는 하느님을 사랑하려고 해보았지."

이윽고 입을 열었다.

"지금 생각하니 헛수고인 듯해. 대단히 어려운 노릇이야. 나는 매순간마다 하느님의 뜻에 내 뜻을 합쳐보려고 했어, 그 점에 있어선 반드시 실패라고만 할 수 없었지. 아마 지금이라도 안 되지는 않을걸……."

크랜리는 그 말을 막고 물었다.

"자네 어머닌 행복하게 살아오셨나?"

"그걸 내가 어떻게 알아?"

스티븐은 말했다.

"자녀가 몇이지?"

"아홉인가 열이야. 몇은 죽었고."

스티븐은 대답했다.

"자네 아버진……."

크랜리는 잠깐 말을 끊었다가 다시 입을 열었다.

"자네 집안 일에 대해 파고들 생각은 없지만 말이야. 자네 아버지는 그 뭐야, 살림이 넉넉하셨던가? 자네가 클 때 말이네."

"넉넉했지."

스티븐은 말했다.

"아버진 뭣 하셨나?"

크랜리는 잠깐 있다 물었다.

스티븐은 아버지의 이력을 줄줄 늘어놓기 시작했다.

"의과 학생, 보트 선수, 테너 가수, 아마추어 배우, 떠들썩한 정객, 소지주, 소투자가, 모주꾼, 호인, 좌담의 명수, 만년 비서, 양조업도 거들었고, 세리(稅吏)도 해보았고, 파산하고, 지금은 자기 과거의 찬미자지."

크랜리는 껄껄대고 웃으면서 잡고 있던 스티븐의 팔을 꽉 쥐면서 말했다.

"양조업은 걸작인데."

"그 밖에 또 알고 싶은 게 있나?"

스티븐은 물었다.

"현재 사정은 좋은가?"

"좋게 보이나?"

스티븐은 무뚝뚝하게 반문했다.

"그러네. 자네는 오만 사치를 다 타고났구먼."

크랜리는 생각에 잠기면서 말을 이었다.

이 말을 그는 형식적인 표현을 쓸 때 곧잘 하듯, 거리낌없이 큰 소리로 했다. 마치 자기는 큰 자신도 없이 이 말을 쓰고 있다는 것을 상대방이 알아주기라도 해달라는 듯했다.

"자네 어머닌 무척 많은 고생을 하셨겠어."

그는 말을 이었다.

"어떻게 이 이상 고생을 안 시켜드리도록 해볼 생각은 없나. 설사…… 어때?"

"그것이 된다면야, 나도 별로 힘들 것 없겠지만."

스티븐은 말했다.

"그럼 그렇게 해봐. 어머니가 자네에게 바라는 대로 해드려. 그게 어때서. 자넨 그것을 거짓이라 생각하지. 그까짓 하나의 형식이야. 그걸로 어머니 마음을 안심시킬 수 있지 않나."

크랜리는 말했다.

그는 말을 끊고 스티븐의 대답이 없으니까 그냥 입을 다물어버렸다. 조금 있다가 자기 생각의 흐름을 말로써 표현하려는 듯 이렇게 말했다.

"이 더럽고 똥투성이가 같은 세상에 확실한 게 뭐가 있겠나만, 그래도 어머니 사랑만은 예외라고. 자네 어머니는 자네를 이 세상에 내보내주셨어. 먼저 자기 몸속에 잉태하셨지. 그런 어머니가 어떤 생각을 하고 있는지 우리가 뭘 알겠나. 그러나 어떻든 적어도 그것이 진실임엔 틀림없어. 틀림없지. 우리 사상이네 양심이네 하는 게 다 뭐지? 장난이야. 사상! 그래, 그놈의 염소같이 맹맹 우는 템플 녀석도 사상은 갖고 있어. 머캔도 사상은 갖고 있다고. 길 가는 바보 천치들도 모조리 사상을 갖고 있단 말이야."

이 말 뒤에 숨은 무언의 의미에 귀를 가다듬고 있던 스티븐은 되도록 아무렇지도 않게 말했다.

"내 기억이 틀림이 없다면 파스칼은 여성과의 접촉을 두려워한 나머지 자기 어머니에게 키스조차 못 하게 했다대."

"파스칼은 돼지야."

크랜리는 말했다.

"아로이시우스 곤자가〔16세기 이탈리아 귀족. 예수회 회원〕도 아마 같은 생각을 갖고 있었던 모양이네."

스티븐은 말했다.

"그럼 그 녀석도 돼지야."

크랜리는 말했다.

"교회선 그를 성자로 불러."

스티븐은 반박했다.

"어느 놈이 뭐라고 해도 아랑곳 안 해. 난 돼지라고 불러."

크랜리는 단언했다.

스티븐은 마음속으로 말을 가다듬고 계속했다.

"예수 역시 군중 앞에서는 자기 어머니를 약간 예의에 벗어나게 대접했던 모양인데, 예수회의 신학자요 스페인 신사인 수아레즈는 예수의 변명을 하고 있지."

"자넨 이런 생각이 떠오른 적 없나, 예수란 보기보다 다른 사람이었다고."

크랜리는 물었다.

"그 생각을 제일 먼저 떠올린 사람이 바로 예수님 자신이야."

스티븐은 대답했다.

"내 말은 말이야, 예수 스스로가 의식한 위선자, 당시의 유대인들을 보고 '회칠한 무덤'(마태오복음 23:27)이라고 말했는데 자기가 바로 그런 사람이 아니었던가 하는 생각이 떠오른 적이 없느냐 하는 거지. 더 털어놓고 말하자면 그는 불량배가 아니었나 하는 거야."

크랜리는 강한 어조로 말했다.

"그런 생각은 떠오른 적 없어."

스티븐은 대답했다.

"그러나 도대체 자네는 나를 개종시킬 작정인가, 그렇지 않으면 자네 자신이 배교자가 될 작정인가. 그게 알고 싶은데."

그는 친구의 얼굴을 돌아다보았다. 거기에는 무척 애써서 아주 의미있는 지적을 하려 드는 일종 어색한 미소가 떠올라 있었다.

크랜리는 별안간 솔직하고 분별 있는 어조로 물었다.

"솔직히 얘기해줘. 내가 말한 것에 조금이라도 놀랐나 말이야."

"약간은."

스티븐은 말했다.

"그럼 왜 놀랐나? 우리네 종교가 가짜고 예수는 하느님의 아들이 아니라고 확신한다면 말이야."

크랜리는 같은 어조로 따지고 들었다.

"그런 확신은 전혀 없어. 예수는 마리아의 아들이기보담이야 하느님의 아들 같지."

스티븐은 말했다.

"그게 성찬을 받지 않는 이유란 말이지. 즉 거기 대해서도 확신을 못 가지니까, 면병은 단순한 빵 조각이 아니라 성자의 살이며 피일지도 모른다고 생각하니까, 혹 그럴지도 모른다는 두려움이 있으니까, 그렇단 말이지."

크랜리는 물었다.

"그래. 그런 느낌도 들고 또 거기 대한 두려움도 있어."

스티븐은 찬찬히 말했다.

"알겠네."

크랜리는 말했다.

스티븐은 크랜리가 그만 따지려 하는 기색을 느끼고 다시 그 이야기를 꺼내면서 말했다.

"난 두려운 게 많아. 개, 말, 총포, 바다, 뇌우, 기계, 밤의 시골길."

"그렇다면 빵 한 조각이 뭐가 무서워?"

"그건 아마 내가 무서워한다는 그런 것 뒤에 무슨 악의에 찬 진실이 숨어 있는 것 같아서 그럴 거야."

스티븐은 말했다.

"그럼 공경하지 않는 영성체를 받으면 로마 가톨릭의 신이 자네에게 벼락을 내리고 지옥에 떨어뜨리지나 않을까 걱정이란 말이지?"

크랜리는 물었다.

"로마 가톨릭의 신은 지금이라도 그쯤은 할 수 있을 거야. 하지만 오히려 내가 두려워하는 것은 배후에 2천 년의 권위와 숭배를 쌓아올린 상징에 대해 거짓 예배를 함으로써 내 영혼 가운데 일어날 화학 반응이야."

스티븐은 말했다.

"그럼 자네는 극도의 위험을 무릅쓰고라도 지금 말한 그러한 독신 행위를 할 것인가? 가령 그러한 행동이 형벌을 받던 시대에 자네가 살고 있었다면 어떻게 할 거지?"

크랜리는 물었다.

"과거에 대해선 뭐라 말할 수 없어. 아마 않을 거야."

스티븐은 대답했다.

"그럼 자넨 신교도가 될 생각도 없겠구먼."

크랜리는 말했다.

"나는 신앙을 잃어버렸다고 말했지만 자존심까지 버렸다는 말은 안 했어. 논리적이고 전후 일관한 부조리를 버리고 비논리적이고 전후가 일관하지 않은 부조리를 받아들인다면 그게 해방이 될 수 있어?"

스티븐은 말했다.

두 사람은 펨브로크 교구 쪽으로 걸음을 옮겼다. 천천히 가로수를 따라 길을 걷고 있으니까 수목들이며 여기저기 켜져 있는 저택의 등불이 마음을 가라앉혀주었다. 주위 일대에 떠도는 부유로움과 한적한 분위기가 그들의 궁핍을 위로해주는 것 같았다. 월계수 생울타리 너머 부엌 유리창에 등불이 가물거리고, 칼을 갈면서 노래 부르는 하녀의 목소리가 들려왔다. 로지 오그레이디의 소절(小節)을 짧게 끊어가면서 노래하고 있었다.

크랜리는 발을 멈추고 귀를 기울이면서 말했다.

"Mulier cantat(여자가 노래부르고 있노라)."

라틴어의 부드러운 아름다움이 매혹적인 감촉을 지니면서 음악이나 여성의 손길보다 더욱 은근하고 마음에 스며드는 감촉을 갖고서 밤의 어둠을 스쳤다. 두 사람의 마음속 다툼은 진정되었다. 교회 의식에 참여하는 여자의 모습이 소리 없이 어둠 속을 지나갔다. 흰 의상의 그림자가 소년처럼 작고 날씬하고 허리띠가 늘어져 있었다. 소년처럼 가냘프고 드높은 여자 음성이 먼 곳 성가대에서, 그리스도 수난가 첫 구절의 구슬픈 외침 소리를 뚫고 여성(女聲)의 첫번 가사를 영창하는 것이 들려왔다.

"Et tu cum Jesu Galilaeo eras(당신도 갈릴리 사람 예수와 함께 있었지요, 마태오복음 26:69)."

그리하여 모든 마음은 감동해서 샛별처럼 반짝이는 여인의 목소리로 향했다. 그 소리는 프로파록시톤[그리스 문법에서 어미로부터 셋째 음절에 악센트가 있는 말]을 영창할 때 유난히 빛나고, 카덴차가 사라지자 차츰 희미해갔다.

노랫소리는 멈췄다. 두 사람은 걸음을 계속하면서 크랜리는 강한 억양을 붙인 리듬으로 후렴을 되풀이했다.

너와 나와 둘이서 결혼할 때면
얼마나 우리는 즐거우리오.
나는요 사랑하네 예쁜 로지 오그레이디
그리고 로지도 날 사랑해요.

"이게 진짜 시야. 여기 진짜 사랑이 있어."
그는 말했다.
그는 야릇한 미소를 띠고 스티븐을 곁눈질하면서 말했다.
"자넨 이것을 시라고 생각하나? 무슨 의민지 알고 있나?"
"우선 그 로지부터 만나보고 싶은데."
스티븐은 말했다.
"그까짓 뭐 찾아내기 쉽지."
크랜리는 말했다.
그의 모자가 이맛전까지 내려와 있었다. 이것을 그는 뒤로 밀어젖혔다. 나무 그늘에서 스티븐은 어둠 속에 떠오르는 그의 창백한 얼굴과 커다란 검은 눈동자를 보았다. 그렇다. 그 얼굴은 단정하고 체격은 튼튼하고 짜임새가 있다. 이 친구는 모성애에 대해서 말했겠다. 그렇다면 이 친구는 여성의 고민, 여성의 육체와 영혼의 약점을 느꼈을 것이다. 그리고 억세고 꿈쩍도 않는 팔로 여성을 수호하고 그 앞에 온 정성을 갖다 바칠 것이다.

그렇다, 떠나자. 떠나야 할 때가 왔구나. 어느 소리가 있어 스티븐의 고독한 마음에 나직이 일러주고 떠나기를 명하며, 우정도 이제 끝이 되었노라고 일러주었다. 그렇다. 가야겠다. 남과 다툴 수는 없다. 내게는 내 역할이 있으니까.

"아마 난 멀리 떠날 것 같아."

그는 말했다.

"어디로."

크랜리는 물었다.

"어디든 갈 수 있는 곳으로."

스티븐은 말했다.

"그렇지. 지금 자네로서는 여기 사는 게 힘들는지 몰라. 하지만 그 때문에 떠난다는 건 아니겠지?"

크랜리는 말했다.

"아무튼 나는 가야겠어."

스티븐은 대답했다.

"그 이유는 설사 가고 싶지 않은데도 쫓겨났다든가, 이단자라든가, 사회에서 추방된 인간으로서 자기 비하를 하지 않아도 되기 때문이란 말이지. 훌륭한 신자 가운데도 자네와 같은 생각을 갖고 있는 사람이 많아. 어때 놀랄 만하지? 교회라고 하지만 그것은 돌의 건물도 아니고, 성직자도 그 교리도 아니야. 거기서 생겨난 사람의 총체가 교회란 말이네. 자네가 인생에서 뭘 하고 싶은지 나는 몰라. 언젠가 밤에 하코트 거리 정거장 밖에서 나보고 얘기했던 그것 말인가?"

크랜리는 물었다.

"그래."

스티븐은 말하면서 장소와 결부시켜 무언가를 생각해내는 크랜리의 버릇에 저절로 웃음이 떠올랐다.

"샐리갭에서 랄라스까지 가는 제일 가까운 길을 두고 자네와 도티가 반 시간이나 다투었던 날 밤 말일세."

"냄비 뚜껑 같은 녀석 말이군!"

크랜리는 쌀쌀하게 경멸조로 말했다.

"샐리갭에서 랄라스로 가는 길을 그 녀석이 알 게 뭐람. 그런 것은 말이야, 그 녀석 하나도 몰라. 녀석 그 크고 너절하게 떠벌리기나 하는 세숫대야 머리를 하고서라니."

그는 길게 너털웃음을 터뜨렸다.

"그래, 그 밖의 것도 기억하고 있나?"

스티븐은 말했다.

"자네가 말한 것 말이지?"

크랜리는 반문했다.

"그럼 기억하구 말구. 구속 없는 자유 속에서 자신의 정신을 표현시킬 수 있는 생활이나 예술 양식을 찾아낸다는 그것 말이지."

스티븐은 경의를 표해서 모자를 들었다.

"자유!"

크랜리는 되풀이했다.

"하나 자네는 아직 독신의 행위를 저지를 수 있도록 자유롭지는 못해. 어때, 자네는 도둑질을 할 수 있을 것 같은가?"

"우선 구걸을 할걸."

스티븐은 말했다.

"그래도 얻지 못한다면 도둑질을 하겠는가?"

"자네는 나에게 이렇게 말하도록 바라지. 소유권이란 일시적인 것이요, 경우에 따라서는 도둑질도 비합법적이 아니라고. 누구라도 그렇게 믿고서 할걸. 그러니까 난 여기서 자네에게 그런 대답은 하지 않아. 예수회 신학자 후안 마리아나 데 탈라베라〔1536~1624, 스페인 역사가, 신학자〕에게 물어보라구. 어떤 경우에 임금을 살해해서 합법적인가, 아니면 잔에 독을 넣어서 임금에게 주는 편이 좋은가 또는 의복이나 말 안장 앞 테에 칠해놓는 편이 나은가까지 가르쳐줄걸세. 나한테 물어보려거든 차라리 남에게 물건을 빼앗겨도 그냥 두든가, 아니면 도둑을 당했을 때 소위 속권(俗權)의 징벌이란 것을 놈들에게 가하든가 하는 것을 차라리 물어봐주게."

스티븐은 대답했다.

"그래, 자네는 그렇게 하겠나?"

"아마 그따위 짓을 하는 것은 도둑당하는 것만큼이나 나에겐 고통일걸."

스티븐은 말했다.

"알겠어."

크랜리는 말했다.

그는 성냥알을 꺼내서 이 사이를 후벼내기 시작했다. 그러고는 아무렇지도 않게 입을 열었다.

"어디, 처녀를 더럽히고 싶은 생각은 없나?"

"실례지만 그것은 대부분 젊은 신사들의 야심이 아닐까?"

스티븐은 점잖게 말했다.

"그럼, 자네 의견은 어떤가?"

크랜리가 물었다.

이 의견이란 말에 숯이 타오르는 연기같이 고약한 냄새가 나고 기분이 나빠. 스티븐은 골치가 아프고 연기가 그대로 자욱하게 끼어 있는 듯이 느꼈다.

"이것 봐, 크랜리."

그는 말했다.

"자네는 내가 뭣을 하겠느냐, 뭣을 않겠느냐 하고 물었지. 그러면 어디 내가 하고 싶은 것과 하기 싫은 것을 말해주지. 나는 말이야 이제는 내가 믿지 않는 것은 그게 가정이건 조국이건 교회이건, 무엇이든 섬기지 않겠네. 그리고 나는 가능한 한 자유롭게, 가능한 한 전적으로 어떤 생활 혹은 예술의 양식으로 나 자신을 표현하려고 노력할 것이네. 그리고 나 자신을 지키기 위해서 내 스스로 사용하기를 허용한 유일한 무기, 즉 침묵과 추방과 교지(巧智)를 쓸 작정이네."

크랜리는 그의 팔을 잡고 레슨 공원 쪽으로 되돌아가려 했다. 그는 능갈칠 정도로 깔깔대면서 형이 아우 대하듯 다정스레 스티븐의 팔을 눌렀다.

"교지라구! 자네가 말인가? 자네 같은 보잘것없는 시인이!"

그는 말했다.

"그야 자네가 나더러 고백하게 하지 않았나. 전에도 여러 가지 자네에게 고백했듯이 말이야, 그렇지?"

스티븐은 그의 손이 닿자 소름을 느끼면서 말했다.

"아무렴 이 총각아."

크랜리는 여전히 유쾌한 듯 말했다.

"자네가 들어서 내가 두려워하는 것을 고백하게 만들었어. 그러나 내가 두려워하지 않는 것도 가르쳐주겠다. 나는 말이야 고독한 것도, 남을 위해 배척을 받는 것도, 당연히 버려야 할 것을 버리는 것도 두려워하지 않겠어. 그리고 과오를 범하는 것, 아무리 크고 일평생 사라지지 않고, 아니 영원히 사라지지 않는 과오일지라도 범하기를 두려워하지 않겠네."

크랜리는 다시 정색으로 돌아와 걸음걸이를 늦추면서 말했다.

"고독, 진정한 고독. 자네는 그것을 두려워하지 않는다고 한다. 그러나 그게 정말 무슨 의민지 아나? 다른 모든 사람에게서 멀어질 뿐만 아니라 친구 한 사람도 없다는 말이야."

"그래도 난 해."

스티븐은 말했다.

"그리고 단 한 사람도 친구 이상이 될, 아니 일찍이 어느 누구도 가져보지 못한 가장 고귀하고 진실한 친구 이상이 될 그런 사람마저 갖지 않겠디는 말인가."

크랜리는 말했다.

이 말은 그의 본성 깊이 숨어 있던 어떤 마음의 금선(琴線)을 건드린 듯이 느껴졌다. 이 친구는 자기 자신에 대해, 현재의 자기나 장차 되었으면 하는 자기에 대해 말한 것이 아닐까? 스티븐은 잠자코 얼마 동안 그를 물끄러미 쳐다보았다. 싸늘한 슬픔이 거기 고여 있었다. 그는 스스로를 못내 두려워하는 자신의 고독을 말한 것이었다.

"자넨 누구 얘기를 하고 있나?"

스티븐은 이윽고 물었다.

크랜리는 대꾸를 하지 않았다.

* * *

3월 20일. 나의 반역에 대해 크랜리와 장시간 토론함.

그는 여전히 거만한 태도를 보인다. 나는 순순히 상냥하게 대함. 모친에 대한 애정 운운으로 나를 공격한다. 그의 어머니를 상상해보려 했으나 허사로 돌아감. 언젠가 이야기 끝에 자기가 세상에 나왔을 때 아버지 나이 60이라던 이야기. 그 모습이 눈에 선함. 건장한 농사꾼 타입. 군데군데 희끗희끗한 회색의 양복. 억센 다리. 손질하지 않은 반백의 수염. 아마 토끼 사냥 경주에는 빠지지 않을 것이고, 교무금은 많지는 않겠지만 꼬박꼬박 랄라스의 드와이어 신부에게 바친다. 때로는 해가 진 다음 처녀에게 이야기를 건넨다. 그러나 어머니 쪽은? 아주 젊은가, 아주 늙었는가? 전자는 아닐 것이다. 젊다면 크랜리가 저렇게 말할 리 없지. 그렇다면 늙었겠지. 아마 소박당하고 있겠지. 그러니까 크랜리는 영혼의 절망이 생겼다. 축 늘어진 아랫배에서 나온 아이.

3월 21일 아침. 간밤에 이부자리 속에서 이것을 생각했으나, 너무 귀찮고 마음이 느슨해져 더 추가하지 못했음. 그렇다. 느슨해 있었다. 축 늘어진 아랫배라면 엘리사벳과 즈가리아 이야기다(루가복음 1장 참조). 그렇다면 그(세례자 요한을 말함)는 선구자다. 먼저 그의 주식물은 허리통 살코기의 베이컨과 말린 무화과. 이것은 메뚜기와 들꿀로 해석해야겠지(마태오복음 3:4 요한의 주식). 또 그를 생각할 때 잘려 나간 엄한 표정의 목이나(마태오복음 14:1~12. 요한의 참수), 회색 커튼 혹은 베로니카 천(예수가 십자가에 오르기 전에 그 얼굴의 피를 씻었더니 예수의 얼굴이 나타났다는 수건)에 나타난 데스마스크가 연상됨. 교회에서는 이것을 성도 참수라 함. 라틴 문 바깥의 성 요한에 잠시 어리둥절함. 거기 눈에 보이는 것은 무엇인가? 자물쇠를 비틀어 열려고 하는 목 베인 선구자다.

3월 21일 저녁. 자유분방. 자유스런 영혼과 분방한 공상. 죽은 자의 장례는 죽은 자에게 맡기게 하라(마태오복음 8:22). 그렇다, 기왕이면 죽은 자를 죽은 자와 결혼케 하라.

3월 22일. 린치와 같이 몸집 큰 간호부 뒤를 밟다. 린치의 발상. 불쾌하다. 암소 뒤를 좇는 두 마리의 여위고 굶주린 사냥개.

3월 23일. 그날 밤 이후 그를 만나지 못했다. 몸이 불편한가? 엄마 숄을 어깨에 걸치고 난로 앞에 앉아 있겠지. 그러나 심술을 부리는 것은 아님. 맛있는 죽 한 그릇은 어때? 지금은 먹고프지 않어?

3월 24일. 시작이 어머니와의 말다툼. 주제는 동정녀 마리아. 이쪽이 남성이고 젊은 탓으로 형세 불리함. 그것을 피하기 위해 마리아와 그 아들과의 관련에 대항해서 예수와 아버지와의 관련을 내세웠다. 종교는 산부인과 병원이 아니라고 말했다. 어머니의 응석

받아주기. 내가 이상한 생각을 갖고 있고 책을 너무 많이 읽는 탓이라 함. 그리고 어머니 말씀은 현재 내 마음이 들떠 있지만 장차 신앙으로 돌아오게 될 것이라고. 죄악의 뒷문에서 교회를 빠져나갔다가 참회의 좁은 창을 통해 다시 들어온다는 말이겠지. 참회는 못 하겠음. 어머니에게 그렇게 말하고 6펜스를 청구해 3펜스를 얻음.

그리고 학교에 감. 조그만 둥근 얼굴에 악당 같은 눈을 한 게 씨와 또 한바탕 다툼을 벌였다. 이번에는 놀라의 사람 브루노(1548~1600, 지오르다노 브루노, 이탈리아 철학자. 성 변화와 처녀 잉태를 안 믿어 뒤에 처형당함)에 대해서. 이탈리아로 시작하여 피진(중국식 외마디) 영어로 끝나다. 그는 말하기를 브루노는 지독한 이단자라고. 오히려 지독한 화형을 당했다고 대꾸해주었음. 그는 약간 슬픈 듯이 이 말에 동의함. 이어 그의 소위 risotto alla bergamasca(베르가모식 쌀 요리)를 만드는 법을 전수해주었음. 부드러운 o음을 발음할 때 두툼하고 육감적인 입술을 내미는 모양이 마치 모음에 키스하는 듯함. 키스의 경험이 있을까? 그는 회개할 수 있을까? 그렇다, 될 것이다. 둥그런 악당의 눈물을 양쪽 눈에서 한 방울씩 떨어뜨리며 울 것이다.

스티븐즈 공원, 즉 내 공원을 지나다 전날 밤 크랜리가 우리 종교라고 말한 그 가톨릭교를 생각해낸 것은, 내 나라가 아니라 게 씨의 나라 사람임이 생각남. 네 명의 군사, 보병 97연대 병졸이 십자가 아래 앉아 못박혀 처형된 사람의 외투를 가지려고 주사위를 던지고 있었음(요한복음 19:23).

도서관에 가다. 평론지 세 권을 읽으려 했음. 허사. 그는 아직 나타나지 않다. 내가 당황하고 있는가. 뭣 땜에? 그가 다시는 나타나지 않을 것이라는데.

블레이크는 썼다.

윌리엄 본드는 죽는가 보다
틀림없이 병이 중하니 말이다.

아아, 가엾은 윌리엄이여!
언젠가 로턴더 극장에서 디오라마를 본 적이 있다. 끝에 가서 거물급들의 그림이 나왔다. 그 가운데 당시 갓 죽은 윌리엄 이워트 글래드스턴의 것도 있었다. 오케스트라가 〈오, 윌리, 그대 없어 슬프노라〉를 연주했겠다.

꼴불견의 시골뜨기 족속들!

3월 25일 아침. 악몽의 하룻밤. 그런 꿈은 아예 가슴에서 몰아내고 싶음.

길게 구부러진 회랑. 바닥에서 검은 연기의 기둥이 피어 오른다. 돌에다 깎은 전설의 왕의 초상들이 거기 가득 차 있다. 고단한 듯 손을 무릎 위에 모으고 눈은 거무스름하다. 인간들의 과오가 검은 김이 되어, 이들 앞에 영원이 피어 오르고 있기 때문이다.

이상한 그림자가 동굴에서 나오듯 다가온다. 사람만큼 키는 크지 않다. 서로들 완전히 떨어져 있는 것 같지 않다. 얼굴에서는 인광이 서리고 시꺼멓게 줄 무늬가 나 있다. 이것들이 나를 쳐다보면서 그 눈은 무엇인가 묻는 듯하다. 그러나 입은 열지 않음.

3월 30일. 저녁때 크랜리가 도서관 어구에서 딕슨과 그녀의 남

동생에게 문제를 내주고 있다. 어느 어머니가 자기 아들을 나일 강에 떨어뜨렸음. 여전히 어머니 타령만 하고 있군. 악어가 그 아이를 잡았다. 어머니는 돌려달라고 했음. 악어 왈, 좋다 내가 이 아이를 어떻게 할 작정인가, 먹겠는가 안 먹겠는가, 그것만 알아맞히면 돌려주겠다고 했다.

그런 정신 상태는 사실 너의 태양의 작용으로 너의 진창 속에 나온 것이라고, 레피더스 같으면 말할 것이다.〔세익스피어의《앤터니와 클레오파트라》2막 7장 29~31〕

그럼 내 정신 상태는? 역시 진창이지 뭐냐? 그렇다면 그까짓 것 나일 강의 진창 속에 던져버려.

4월 2일. 존스톤즈 무니 앤드 오브라이언즈 가게에서 그녀가 차를 마시고 과자를 먹는 것을 보았음. 아니 우리가 지나가다 눈치 빠른 린치가 보았던 것임. 크랜리가 동생에게 끌려서 거기 갔노라고 그는 가르쳐주다. 그 녀석 악어 이야기를 꺼냈을까? 그는 지금 환하게 타오르는 등불〔요한복음 5:35의 요한을 말함〕일까? 아무튼 그 녀석의 정체를 알았다. 틀림없이 알았어. 위클로 겨 더미 뒤에서 소리 없이 불타고 있겠지.

4월 3일. 핀들레이터 교회 맞은편 담배 가게에서 대이빈을 만났음. 검정빛 스웨터를 입고 허레이 단장을 짚고 있음. 내가 여기를 떠난다는 것이 정말이며 또 그 이유는 뭔지를 묻다. 타라에 가는 가장 첩경은 홀리헤드 경유라고 말해주었음. 마침 그때 아버지가 나타남. 소개해주다. 아버지는 정중하며 관찰적임. 간단한 식사라도 대접할까 하며 대이빈에게 물었다. 대이빈은 회합의 약속이 있어 불가. 헤어진 다음 아버지 왈, 그 꽤 정직한 눈을 하고 있는 청년이 구나. 왜 보트 클럽에 가입하지 않느냐고 아버지가 나에게 묻다. 잘 생각해보겠다는 시늉을 함. 그러니까 아버지는 페니페더 팀의 간담을 서늘케 한 지난날의 이야기를 꺼냈다. 나에게 법률을 공부하길 바람. 그쪽의 소질이 있다고 말씀함. 진창은 더하고 악어도 더하구나.

 4월 5일. 광란의 봄. 구름이 날다. 오, 인생이여! 사과나무의 가련한 꽃이 떨어진 소용돌이치는 늪의 검은 흐름. 나뭇잎 사이의 소녀들 눈동자. 다소곳한 소녀, 말괄량이 소녀. 모두들 금발 아니면 밤색이다. 검은 머리는 없음. 얼굴을 붉히면 더욱 아름다워. 저것 보라구!

 4월 6일. 확실히 그녀는 과거를 잘 기억하고 있음. 여자란 모두 그렇다고 하는 린치의 말. 그러면 그녀는 자기 어릴 적 일을 잘 기억하겠지—그리고 나도. 내게도 어릴 적이 있었다면 말이야. 과거는 현재 가운데 흡수되고, 현재는 오직 미래를 탄생시킨다는 이유만으로서 살아 있음. 린치의 설이 옳다면 여자의 조상(彫像)은 언제나 완전히 의상을 입혀두어야 할 것. 그리고 한쪽 손은 미련 있는 듯 자기 엉덩이를 만지는 자세로.

 4월 6일 늦게. 마이클 로바츠는 잃어버린 아름다움을 기억하고 있음. 그가 양팔로 미인을 감쌀 때, 그는 이 세상에서 사라진 지 이미 오랜 사랑스러움을 팔 속에 부둥켜안고 있는 것이다. 아니다. 전혀 아님. 내가 아직 이 세상에 나타나지 않은 사랑스러움을, 이 팔 속에 부둥켜안고 싶을 뿐.

4월 10일. 무거운 밤 하늘 아래 어렴풋이 어떠한 애무에도 움직일 수 없는 지쳐버린 애인처럼, 꿈에서 꿈 없는 잠으로 옮아간 도시의 정적을 뚫고 거리에 말굽 소리가 난다. 다리 가까이 올 때 소리는 그리 어렴풋하지 않음. 그리하여 어두운 창가를 지나갈 때면, 일순간 정적은 화살처럼 경적 소리에 찢긴다. 무거운 밤 어둠 속을 보석과도 같이 번쩍이는 발굽은 잠든 들판을 줄달음쳐, 어느 나그네 길 끝에―어느 가슴에―어떠한 기별을 갖고 가는 것일까?

4월 12일. 간밤에 적은 것을 읽다. 모호한 정서를 표시하는 모호한 말. 그녀는 좋아할까? 그럴 것 같다. 그렇다면 나도 좋아해야겠다.

4월 13일. 그 tundish(깔때기)란 말이 오랫동안 마음에 걸렸음. 찾아보니까 영어였다. 무척 낡아빠진 멋없는 영어. 되지 못하게 학감은 funnel(이 역시 깔때기)이라고 했지. 가르치겠다는 건가, 우리에게서 배우겠다는 건가. 어느 쪽이든 되지 못한 노릇.

4월 14일. 존 앨폰서스 멀레넌이 아일랜드 서부에서 돌아왔음. 유럽 및 아시아의 신문이여, 이 기사 게재를 요망함. 그는 어느 산가(山家)에서 어느 노인을 만났다고 한다. 노인은 붉은 눈에다 짤막한 파이프를 갖고 있었다고 했다. 노인은 아일랜드 말을 했다. 멀레넌도 아일랜드 말로 했다. 다음에는 노인과 멀레넌은 영어를 썼음. 멀레넌은 노인에게 우주와 별에 대해 이야기해주었다. 노인은 가만히 앉아 귀를 기울이다 담배를 피우며 침을 뱉었다. 그러고는 하는 말이,

"아, 이 세계 저편 끝에는 무섭고 이상한 생물이 틀림없이 많겠

습죠."

나는 이 노인이 무섭다. 가장자리가 붉은 뿔같이 생긴 그 눈이 무섭다. 하룻밤 내 이놈과 싸우지 않으면 안 될 게다. 밤이 샐 때까지, 그 아니면 내가 죽을 때까지, 그 건장한 목덜미를 움켜쥐고 결국…… 결국 어떻게 된다? 결국 그가 내게 굴복할 때까진가? 아니, 내게 악의는 없음.

4월 15일. 오늘 그녀를 그라프튼 거리에서 정면으로 부딪침. 사람들에 밀려서 같이 되어버린 것이다. 양쪽에서 다 같이 발을 멈췄다. 왜 오지 않느냐고 그녀는 물었다. 소문은 익히 듣고 있노라고 했다. 이것은 다만 시간을 끌자는 심사다. 시를 쓰고 있느냐고 묻다. 누구에 대한 시냐고 반문해주었다. 이 말은 그녀를 더욱 어리둥절케 했고 나는 미안한 마음, 비열한 기분이 들었다. 당장에 그 마개는 닫아버리고, 단테 알리게리가 발명한 바 만국에서 특허를 얻은 정신적 영웅적 냉각 장치 마개를 열었다. 나의 일, 나의 계획에 대해 줄곧 떠들어댐. 한참 하는 중 재수 없게도 나는 당돌하게 혁명적 몸짓을 해버리다. 아마 한 줌의 콩을 공중에 뿌리는 인간처럼 보였을 것에 틀림없음. 사람들이 우리 쪽을 보기 시작했다. 그러자 곧 그녀는 악수를 하고 떠나가면서 내가 말한 계획이 이룩되기 바라노라고 했다. 난 이 말을 호의적이라 생각하는데 어떨까?

그렇다, 오늘의 그녀는 마음에 들었다. 조금 많이? 모르겠음. 그가 마음에 들었고, 이것은 나에게는 새로운 감정인 것 같다. 그렇다면 이 경우 다른 일체는, 내가 생각한다고 생각했던 일체, 내가 느낀다고 느꼈던 일체, 지금 이전의 일체는, 실은…… 아아 집어치워, 이놈아! 자고 잊어버려!

4월 16일. 가자! 가자!

팔과 음성의 매혹. 길의 하얀 팔, 그 굳센 포옹의 약속과 팔을 등지고 선 거선(巨船)의 검은 팔, 그것이 말해주는 먼 나라의 이야기. 그 팔은 내밀면서 말하는 듯하다. 우리는 고독하다, 오라고. 그리고 거기 맞춰서 음성은 말한다. 우리는 너의 혈족이라고. 그것이 혈족인 나를 부르며 나아갈 채비를 하고, 격심한 환희에 뛰는 청춘의 날개를 펼 때 하늘은 그들의 일행으로 빽빽하다.

4월 26일. 어머니는 나의 새 중고품 양복을 고쳐주고 있다. 가족과 친구를 멀리 떠나, 자신만의 생활 속에서 내가 사람의 마음이 무엇이며 또 어떤 생각을 가질 것인가, 잘 배워주기를 이제는 빌 따름이라고 어머니는 말함. 아멘. 그렇게 될지어다. 오라 오, 인생이여! 백만 번이고 나아가 경험의 진실에 부닥쳐 내 영혼의 대장간에서 내 민족이 창조한 바 없는 양심을 벼르리라.

4월 27일. 옛 아버지, 옛 공장(工匠)이여, 이제부터 영원히 다름없이 저의 도움이 되소서.

1904년 더블린
1914년 트리에스테

작품 해설

《젊은 예술가의 초상》은 그 맨 끝에 '1904년 더블린/1914년 트리에스테'라고 작품 제작 연대가 적혀 있다. 이 작품을 쓰는 데 10년이란 세월이 걸렸음을 말한다. 여기 붙인 비교적 자세한 연보를 보아도 알 수 있지만, 이 10년은 그가 고향인 더블린을 등지고 이역에 방황하여 호구지책에 분망하던 시절이었다. 이미 탈고된 단편집 《더블린 사람들》의 원고는 출판사 창고에 사장시킨 채 보람 없는 분쟁만 거듭하고, 자신의 예술적 포부와 천재를 세상에 나타내지 못하고 있던 젊은 예술가 시절이다.

어째서 10년이나 걸렸는가 하는 질문은 이 작품의 경우 특히 던질 만하다. 왜냐하면 대개 확실한 일화로서 1908년 천 페이지에 가까운 방대한 원고 뭉치를, 그가 홧김에 불 속에 넣어버렸다는 사실이 있기 때문이다. 이 원고가 곧 《초상》(이하 약칭)의 소고였으며, 그때 잠정적으로 '스티븐 히어로'라는 제목을 갖고 있었다. 다행히 그 가운데 일부가 구출되어 조이스가 죽은 뒤 출판까지 되었지만, 이것과 거기 해당되는 《초상》의 부분(주로 마지막 장에 해당되며 분량에 있어 그 몇 분의 일도 못 되는)을 비교 대조해볼 때, 초고와 완성된 작품, 아니《스티븐 히어로》와《초상》과의 현격한 차이를 알 수 있고, 그 현격한 차이라는 것이 과작가(寡作家)인 조이스의 예술가로서의 성장을 얼마만큼 많이 말해주는가를 알 수 있다. 그런 의미로 본다면 10년이란 세월은 결코 긴 시간은 아니다. 그러나 한편《스티븐 히어로》에서 시작한 그 방대한 (조이스 자신의 예정으로선 63장 30만 단어의 장편이 될 것이었다) 자서전적 시도에서, 압축에 압축을 거듭한 나머지의 과히 길지 않은《초상》에 이르는 도정은 결코 짧은 것이 아니었으리라. 그런 의미에서《초상》말미의 그 연도의 기술에는 작자 자신의 감회가 깃들어 있다 해도 지나친 상상은 아닐 것이다.

방금 자서전적 시도라는 말을 썼다. 왜냐하면《초상》은 조이스의 '자화상'이라 해도 상관없을 만큼 유년기에서 청년기 시초에 걸친 그 자신의 여러 가지 사실들이 많이 들어 있기 때문이다. 호기심 많은 어느 연구가의 조사에 의하면, 심지어 클론고즈 학교 시절에 나오는 주인공 스티븐의 친구들은 작품에 나오는 이름 그대로 조이스가 다니던 시절의 학생 명부에 있다고 한다. 그보다 더 중요한 사실들, 가령 스티븐의 아버지와 어머니, 댄티 아주머니 등에 관한 기술은 물론, 선생에게 부당한 벌을 받고 그것을 항의하기 위해 교장에게 찾아갔다는 일화도 사실 그대로 조이스 자신의 것이었음은, 연보를 보아 쉽사리 알 수 있다. 그러니 만큼 약간 성급한 독자라면《초상》을 조이스의 '젊은 시절의 자화상'이라 단정하기에 주저치 않을 것이다. 그러나 문제는 여기에 있다.《초상》배후에 있는 방대한 소재가 거의 조이스 자신의 경험과 생활과 사색에서 온 것이라손 치더라도, 전후 일관된 예술 작품으로서의《초상》은 작자 조이스가 아니라 스티븐 디달러스를 주인공으로 한 완전히 객관적인 소설이라는 것이다. 다시 말하자면 주관적 소재의 객관화가 여기 완벽하게 이뤄졌다는 것이다. 이 객관화란 말을 바꿔 하면 비개성화의 과정일 것이고, 그런 의미에서 스티븐은 조이스가 아니라도 조금도 상관없으며, 그만큼 심미적 거리(審美的距離)가 있고 예술적 통일이 이루어져 있다는 말이다.

《초상》의 예술적 완성을 대강이라도 짐작하기 위해서 이것과 《스티븐 히어로》를 비교해보자면, 《히어로》의 현존하는 부분은 《초상》의 5장 이하, 즉 전체의 3할 가량에 해당되는데 이 양자를 비교해볼 때 차이점은 매우 뚜렷하다. 전자가 자서전적 소재를 갖고 그 많은 인물과 사건을 빠짐없이, 그러나 평범하게 기록해놓은 데 반하여 완성고인 후자는 대담한 생략과 정리와 상징화로서 극도의 압축과 집약을 이룩하고 있는 것이다. 전자가 자연주의적 디테일의 묘사에 시종하였다면, 후자는 인상파적 농밀감(濃密感)이 뚜렷한, 그리고 주인공을 중심으로 그가 예술가로서의 자각에 이르는 과정에 일체의 초점이 모이게끔 통일된 작품으로 만들어져 있다. 이 수법과 거기 따른 문체의 차이가 곧 양자 간의 예술적 완성 여부를 말하는 척도가 되는 것이다. 그러기에 겉핥기 식으로 읽는 《초상》의 독자라면 작품의 세부에 부닥칠 때 얼마간의 어리둥절함을 면치 못하리라. 그만큼 인물이나 사건 연월일 따위의 외면적 설명은 생략되고, 독자를 위한 친절한 고려는 베풀어지는 일이 없다. 가령 스티븐의 형제자매의 수가 몇인지 우리는 확실히 알지 못한다. 그리고 《초상》에 나오는 주인공의 연인 E. C., 즉 에머 클레리도 다만 어렴풋한 그림자로밖에는 비치는 일이 없다. 《히어로》에서는 그러나 이런 것들이 자세하게 골고루 설명되어 있는 것이다. 이것은 곧 모든 것이 주인공의 영혼의 성장을 그리기 위해, 그의 예술가적 천직의 자각 과정을 보다 더 뚜렷하게 하기 위해 희생되었다는 말이다. 그럴 때의 주인공은 조이스 자신이지만, 동시에 조이스를 떠난 하나의 객체를 무시하고 《초상》을 말함은 의미 없다는 이야기가 될 것이다.

이 소설에 상징화의 의도가 있다고 했다. 조이스의 경우 그의 대작인 《율리시즈 Ulysses》나 《피네건의 경야(經夜) Finnegans Wake》의 겹겹이 싸인 상징의 토대 위에 구축되어 있음을 여기 새삼스레 지적할 필요조차 없거니와, 이 작품에 있어서도 그것을 간과할 수 없다. 이 책 첫머리에 오비디우스의 《변신이야기》 제8권에서 얻어 온 아래와 같은 인용이 있다.

그리하여 그는 생각을 미지의 예술에 돌리다.

크레타 섬의 미궁에 갇힌 그리스 신화의 공장(工匠) 다이달로스는 그곳을 탈출하는 방편으로서 날개를 만들어 그의 아들 이카로스와 더불어 하늘 높이 떠올라 도망쳤다. 이 소설은 또한 아래와 같은 일기의 인용으로서 끝맺고 있다.

4월 27일. 옛 아버지, 옛 공장이여, 이제부터 영원히 다름없이 저의 도움이 되소서.

옛 공장의 이름은 다이달로스다. 상상의 날개를 만들어 하늘 높이 떠오른 바로 그 사람이다. 스티븐 디달러스를 보고 성이 이상하다고 그의 학우가 말한 적이 있지만, 디달러스는 다이달로스에서 얻어온 성이다. 그리하여 이 전설의 명장은 곧 다름 아닌 스티븐의 정신적 아버지가 된다. 스티븐 역시 가정이니 국적이니 종교니 하는 사슬을 벗고 하늘 높이 날아가려 한다. 그리고 이 비상을 감행함에 있어, 그는 자기의 정신적 아버지에게 수호를 간청하는 것이다. 말하자면 이 작품은 다이달로스의 신화를 토대로 하여 구축된 조이스의 정신적 자서전이라 할 수 있다(마치 《율리시즈》가 호메로스의 《오디세이아》라는 신화의 든든한 구성을 빌려 현대의 혼돈에 정신적 질서를 부여했듯이). 상징화의 의도는 이 작품 도처에 역연하다. 그가 소년기를 벗어나 성과 신앙의 고민 속에서 배회하다가 어느 날인가 더블린 바닷가에 나가 이윽고 자신의 천직에 대한 자각에 황홀하던 때도, 이 전설의 명장의 그림자가 하늘 가 멀리 나타난다. 그리고 그것이 계기가 되어 창조자로서의 자랑스런 자각에 눈뜨게 되는 것이다.

《초상》은 아버지가 들려주는 이야기에서 시작하여 그 아버지와 어머니를 등지고 떠나는 데서 끝난다. 어릴 때 스티븐은 지도 책에다 자기 이름에서 시작하여 우주에 이르는 주소를 적어보고 신비로움에 잠긴 적이 있었다. 그것은 곧 자기 발견이요 자기의 장래를 암시한다. 좁은 가정의 테두리를 벗어나 아일랜드란 장벽을 뚫고 유럽으로, 또 넓은 세계로 뻗어가는 영혼의 발전 과정을 암시하는 것이다. 그가 대학을 마칠 무렵 모든 세속의 유혹을 물리치고 예술에 정진하고자 자기 스스로 사용하기를 허용한 유일한 무기, 침묵과 추방과 교지(巧智)만을 써가면서, 자기의 주위, 육친이고 애인이고 우인이고 그리고 고국이고 할 것 없이 모든 것을 저버리고 멀리 떠날 때, 곧 거기에는 스티븐의 정신의 발전사에 한 전기가 이루어지는 것이다. 이 작품 마지막 일기의 부분은 그 행동에 대한 결의를 뚜렷이 나타내고 있다.

스티븐이 정신적으로 독립하기 위해서 필경 결별하지 않을 수 없었던 것들, 종교니 가정이니 조국이니 하는 것들은 그의 어린 자아를 둘러싸고 그의 생리가 되다시피 한 이른바 인간의 굴레였다. 그런 의미에서 이 소설은 그러한 인간의 굴레를 어떠한 계기로 하여 인식하고, 또 어떻게 하여 벗어났는가 하는 데 대한 기록이라고 볼 수 있다. 어린 자아가 환경에 어떻게 민감하게 반응하며, 그것을 어떻게 극복해 나가는가 하는 과정을 그린 소설, 자아 형성의 소설이라고 할 수 있고, 교양 소설이라 할 수 있고, 좀 더 범위를 좁혀 예술가 소설이라고 할 수도 있는 이 계열의 작품은 괴테의《빌헬름 마이스터 Wilhelm Meister》이후 유럽 문학 가운데 하나의 계보를 이루고 있다.《초상》도 이를테면 그 계보 위에 선 작품이라 할 수 있을 것이다.

그러면 스티븐을 둘러싼 종교는 뭣이며 정치는 뭣이었던가? 종교는 가톨릭교였고, 그것의 감화는 어린 스티븐의 생리의 거의 전부라 해도 좋을 만큼 중대한 것이었다. 그러기에 이 작품의 대부분이 스티븐의 종교 의식과 거기 따른 가톨릭적 신앙에서의 탈출 과정을 그리는 데 충당되고 있는 것이다. 지도 책을 보면서 우주와 하느님을 생각하고, 자기 전 기도를 드리지 않으면 지옥에 떨어진다고 믿고 있던 어린 자아가, 성장하여 청춘의 정열에 사로잡혀 동정(童貞)을 버렸을 때 느낀 우심한 죄의식은, 가톨릭적 사고 방식이나 종교 의식 없이는 도저히 이해할 수 없다. 때마침 듣게 된 신부의 설교와 거기 묘사되는 지옥의 처참한 양상은 이 작품 중에서도 압권이지만, 그것이 주는 스티븐의 영혼에 대한 중압감은 기막힐 정도에 다다른다. 그리고 그것에 이은 절박하기 짝이 없는 고해와, 그 고해가 끝난 다음 스스로 과하는 금욕의 고행은 자기의 오감(五感)의 일체의 쾌감을 적극적으로 봉쇄하는 행동으로서 나타나, 스티븐의 지성과 정신에 끼친 가톨릭적 의식이 얼마나 견고한가를 여실히 말해주는 것이다.

그러나 그것도 필경은 벗어야만 할 굴레였다. 그러기에 성직에 대한 간곡한 권유마저 물리치고 나아가야 했다. 타천사 루시퍼가 "나는 섬기지 않겠노라" 하고 생각한 순간 지옥의 영원한 고통이 기다리고 있었듯이 스티븐은 신앙의 길을 떠나 예술의 신에게 봉사하기로 결의했을 때, 벌써 엉원한 겁화(劫火)가 그 앞에 기다리고 있었던 것이다. 창조의 고민이 몰고 오는 겁화라고나 할까. 교지의 소산인 창조의 날개를 달고 태양을 향해 날아간 다이달로스 모양 스티븐은 (그리고 조이스 자신도) 일체의 타협과 세속에 대한 양보를 거부하고, 스스로 추방과 고독을 택하여, 자기가 믿는 예술 창조의 세계로 멀리 날아가버리는 것이다.

자진해서 추방과 고독을 택한 인간에게 가정이 또한 무슨 소용이 있으랴. 스티븐은 신앙을 버리지 말라는 어머니의 간청조차도 물리치고 만다(연보에 언급한 바와 같이 조이스가 그의 어머니의 임종 때 기도를 거부한 사실은 그에게 큰 회한이 되어, 《율리시즈》의 스티븐을 좀먹는 의식의 하나로 나타나 있다). 이렇게 타협을 거부하는 완강한 자세는 역설적이지만 전적으로 가톨릭적이라 할 수 있다. 그만큼 스티븐은 카톨리시즘에 젖어 있었다고 할 수 있다. 스티븐의 예술론도 그 유래가 아퀴나스에서 말미암았다는 사실을 제쳐두고라도, 무척 가톨릭적이라 할 수 있다. 그런 의미에서 이 작품은 카톨리시즘이 무엇인가를 모르고는 완전히 이해하기 힘들 것이다.

종교와 더불어 스티븐이 이탈하지 않을 수 없는 것에 정치가 있었다. 어릴 때 자기 집 크리스마스 식탁에서 목격했던 파넬 파와 반파넬 파의 싸움에서 시작한 정치의 영향은 어린 스티븐의 가슴에 깊이 뿌리를 박는다. 자기의 나라가 아니라는 데서 영어 자체에까지 회의의 눈초리를 돌리는 이 민감한 문학 청년은, 그러나 무조건 선동적인 애국심의 발로에는 반발조차 느끼고, 언제나 정치에 대해 회의적이다. 그러기에 세계 평화 운동에 대한 서명을 거부하고 당시의 독립 운동의 일익이었던 아일랜드 문예부흥운동에도 소극적이었다. 문학이 정치와 뗄 수 없게끔 되어 있던 환경과 시기 속에서 자신의 예술을 수립하기 위하여 그 정치적 분위기를 박차고 나선다는 것은, 여간한 반골의 소유자가 아니고서는 하기 어려운 노릇이다. 조이스는 그만큼 비타협적인 자아의 소유자였다 할 수 있고, 또 그만큼 그의 예술관이 독특했다고 할 수 있다.

사실《초상》에 꽤 자세히 나타난 스티븐의 예술론은 일찍이 조이스 자신이 품었던 예술론의 개략이라 할 수 있는 것인데, 그것은 아리스토텔레스와 아퀴나스에 유래했다는 정도 이상으로 고전적이라 할 수 있을 것 같다. 그가 주장하는 예술의 궁극의 목표가 변화하는 외적 현실의 묘사가 아니라, 그 속에 숨어 있는 불변의 것, 절대의 것을 포착하는 데 있음은 명백하여 그러한 예술의 세계가 전일성, 조화, 광휘의 세 가지 요소 위에 선 질서의 세계요, 그 자체가 하나의 소우주라는 것. 더구나 예술 창조에 있어 예술가란 세련에 세련을 거듭함으로써 존재에서 사라져버리는, 이를테면 창조의 신과 같은 역할을 한다는 주장은 주목할 만하다.

이렇듯 예술의 본질과 방법론에 관심 많았던 조이스가 언어와, 나아가 문체에 대해 관심을 기울였을 것임은 짐작하고도 남음이 있다. 스티븐이 처음으로 예술에 대한 자신의 사명을 자각하기에 이른 것도 그가 자기 성명의 상징적 성질을 이해했을 때였다. 언어에 대한 민감함은 조이스에게 있어 뚜렷하다.《율리시즈》나《피네건의 경야》와 같은 대작에서 볼 수 있는 언어와 문체의 실험은 우선 두고서라도,《초상》에 있어서의 문체의 미묘한 변화 역시 말에 대한 각별한 고려 없이 이룩될 수 없는 성질의 것이다. 그것이 모색하는 청소년기의 지성의 방황을 그 걷잡을 수 없는 마음의 동요와 너불어 정서화(情緖化)시킬 때,《초상》의 문장은 일종 독특한 풍미조차 풍긴다. 압축과 선택과 상징화의 과정을 밟고 평판한 사실을 떠나 있는 인상파적 수법이라고 앞서 말한 바 있었지만, 가령 여기 뚜렷한 일례로서 후기의 조이스의 일대 특색이 된 '의식의 흐름' 수법이 벌써 《초상》 가운데 자주 사용되고 있다는 비교적 알기 쉬운 지적 이상으로, 내용과 불가분하게끔 《초상》의 문체는 미묘하게 변화되고 있다. 번역으로서 그것이 얼마나 나타나 있는지 자신이 없지만 마크 쇼러의 아래와 같은 말은 그 점 참고될 만하다.

어느 젊은 예술가의 자기 환경으로부터의 이탈이라는 《젊은 예술가의 초상》의 테마는, 주인공 스티븐 디달러스가 유년기에서 소년기를 거쳐 성숙기에 이르기까지의 3단계를 통해서 3개의 각기 다른 문체와 방법을 사용함으로써 잘 추구되고 평가되어 있다. 처음 몇 페이지는 환경이 어릴 적 의식에 직선적으로 침투하고, 정신이 회의나 선택 또는 판단의 지배를 아직 받지 않은 일종 색다른 창시기의 세계를 전개시키는, 마치 《율리시즈》식 의식의 흐름 문체 비슷한 것으로 씌어 있다. 그러나 얼마 가지 않아 주인공 소년이 자기 주위를 탐구하기 시작함에 따라 이 문체는 변화한다. 그리하여 세계에 대한 감각적 경험이 확대되어감에 따라 문체는 더욱더 무거운 리듬을 얻고, 더욱 충실한 감각적 세부의 덩어리를 갖게 되는데, 이윽고 스티븐이 자기 나라와 자기의 종교의 제 가치를 배척하기에 이르는 그 감정의 클라이맥스에 다다랐을 때, 문체는 낭만적 풍요로움의 일종 크레센토에까지 이르게 되는 것이다. 거기서 다시 문체는 천천히 가라앉아 마지막 장면들, 즉 자신의 성숙을 장차 앗아가게 될 예술의 과업, 그것의 전모를 주인공이 스스로 규정짓는 대목에 가자, 일체의 장식을 버린 지성 속에 문체는 정착해버리는 것이다.

제임스 조이스 연보

1882년 2월 2일 더블린에서 출생하다. 제임즈 오거스틴 James Augustine 이라 명명.

부친 존 스태니슬러스 조이스 John Stanislaus Joyce(1849~1931)는 그 모습이 대체로 충실하게 《초상》에 나타나 있듯이, 인간 자체는 무척 호인이며 담론을 즐기고 정치를 좋아했으나, 집안 살림에 관한 한 낭비가였으며 자기 일대에 가산을 탕진해버림. 코크 출신으로서 대학에선 의과를 전공했으나 실패. 1880년 메리 제인 머리 Mary Jane Murry(1859~1903)와 결혼. 이 조이스의 모친은 열렬한 가톨릭 신자로서 성질이 극히 온순한 여성이었다. 피아노 실력이 뛰어났으며 부친 존의 미성(美聲)과 더불어 조이스에게 유전되었다. 그의 작품에 나타난 음악성도 이런 곳에 연유했을는지 모른다. 그리고 《초상》을 뚫고 흐르는 두 가지 테마, 정치와 종교도, 이 부모, 이 가정 속에서 조이스에게 영향을 주었음이 명백하다. 모친의 신앙심과 더불어 조이스 자신이 기도를 거절했다는 사실은 《초상》 끝 부분에 가서 약간 암시되어 있으나, 뒤에 그의 대표작 《율리시즈》의 중요한 복선의 하나가 되어 있다.

1883년(3세) 아우 존 스태니슬러스John Stanislaus 출생. 조이스에게는 그 밖의 형제가 있었으나, 어려서 죽음. 존은 조이스 전기 서술에 중요한 공헌을 한다.

1888년(6세) 교외 해수욕장 브레이로 이사. 이때부터 조이스의 근시(近視)가 나타나기 시작함. 그의 가정 교사로 콘웨이 부인이 옴.《초상》에 나타나는 댄티 아주머니(《율리시즈》에서는 리오던 부인)로 그 독특한 성격이 뚜렷하게 그려져 있음.

9월 예수회 학교 클론고즈 우드 칼리지Clongowes Wood College에 입학.《초상》에도 나오는 교장에게 항의한 일건은 유명한 일화가 되었다.

1891년(9세) 가정 사정으로 봄 학기가 끝나자 클론고즈교를 중퇴함. 당시 아일랜드 독립 운동의 거장 파넬이 오쉐이 부인과의 염문으로 말미암아 재판정에서까지 문제가 되고, 그 사건을 계기로 파넬 파와 반 파넬 파의 대립이 격심해졌다.

10월 6일 〈힐리 그대까지!Et Tu, Healy〉라는 파넬 옹호의 글을 써서, 부친이 그것을 격찬하고, 팸플릿으로 만들어 친지들 사이에 돌렸다. 조이스 최초의 저작이나 한 부도 현존해 있지 않음. 당시의 정치 문제를 싸고 돈 흥분 상태도《초상》에 잘 나타나 있다.

그 뒤 2년 간 집에서 놀다. 아버지의 고향 코크에 여행한 것도 이 시기의 일이다. 다시 더블린 시내로 이사.

1893년(11세) 벨베디어 칼리지Belvedere College 3학년에 입학, 16세까지 재학하다. 아우 스태니슬러스도 같이 입학.

이때쯤 아일랜드 문예부흥운동이 시작함. 작문이 우수하여 자주

상을 받았으며 로마 시인 호라티우스의 영역(14세 때)은 현존하는 조이스의 제일 오랜 문장.

1898년(16세) W. B. 예이츠를 중심으로 아일랜드 문예극장이 계획되고, 그것을 계기로 아일랜드 문예부흥운동이 본격화되었다. 조이스 자신은 직접적으로 드러내 보이지 않았다. 당시의 지나치게 편협하고 민족적이었던 이 운동에 대한 조이스의 반응은 끝까지 비판적이었다. 오히려 그의 흥미는 대륙의 문학 및 고전에 향해 있었으며 이때는 입센에 몰두. 사춘기 특유의 육체와 영혼의 투쟁이 시작됨. 우수한 학생으로 지목받아 예수회 교단에 입신하기를 교장에게서 권고받았으나 거부한 것도 이 시기의 일이다.

여름에 벨베디어 칼리지를 졸업. 법률 전공을 원한 아버지의 의향을 어기고 유니버시티 칼리지University College 문과에 입학. 역시 가톨릭 계통의 대학이었다. 고고한 태도를 취하여 학우와의 교섭을 회피하고, 주로 학교 근처의 유명한 국민 도서관에 다녔음. 그는 원래 어학의 천재로서 10여 개 국어에 능통하였으며, 이 배경 없이 《율리시즈》, 《피네건의 경야》 같은 그의 후기 대작의 성립은 상상조차도 어렵다.

1899년(17세) 봄에 예이츠의 극작 〈캐슬린 백작 부인Countess Cathleen〉이 상연되자 과격한 일부 학생들에게 비애국적이라는 비난을 받고, 그로 말미암아 폭동 기세에까지 이르렀다(《초상》에도 그 광경이 그려져 있음). 조이스는 그러나 냉정한 비판적 태도를 견지하여 이것을 탄핵하는 성명서에 서명하기를 거부.

1900년(18세) 4월 〈입센의 새 연극〉이란 글을 당시의 주요 잡지의 하나인

《포트나이트리 리뷰》에 발표하여 이목을 끌었다.

이 시기 두 개의 시집을 습작했으나 현존하지 않음. 또 입센 식의 희곡도 시작했으나 이것도 현존하지 않음.

1901년(19세) 3월 입센에게 편지를 보냈다.

10월 〈소란의 시대〉라는 글을 발표. 원래 대학의 잡지 《센트 스티븐스》에 게재할 예정이었으나, 학교 당국이 거부해서 자비 출판했다. 예술이 대중과 타협함을 배격하고 아일랜드 문예운동이 우중(愚衆)에 굴복하고 있음을 지적했음.

하우프트만의 극을 번역하고, 아리스토텔레스와 아퀴나스에 의거한 예술론의 구상에 전념.

1902년(20세) 〈제임즈 클라랜스 만간〉이란 평론을 교내 잡지에 발표. 페이터Pater풍의 화려한 문체로 씌어 있으며, 그의 고전주의 및 낭만주의에 대한 예술관이 나타나 있다. 예이츠와도 몇 차례 만남.

10월 대학을 졸업하고 문학사의 학위를 얻음. 더블린에 대한 혐오감이 심해져 고국을 등지고 파리로 떠남. 도중 런던에서 예이츠의 도움을 얻어 아서 시먼즈를 소개받았다. 예이츠와 시먼즈 그리고 후년에 알게 된 에즈라 파운드, 이 세 사람은 조이스의 문단 진출의 각 단계에 있어 중요한 역할을 해주었다. 파리에서는 잠시 의과대학에 적을 두었으나 경제적 이유로 곧 그만두었으며, 영어 개인 교수를 함으로써 겨우 생활을 꾸려나갔다.

이때 벤 존슨을 탐독했고 아리스토텔레스를 연구했으며, 단편적인 노트를 써서 그것이 《초상》에서 보는 예술론이 되었다.

1903년(21세) 4월 모친 위독의 전보를 받고 귀국.

8월 모친의 죽음을 당함. 임종 때 기도를 올리라는 어머니의 소원을 거부함으로써 조이스는 회한의 고통을 맛보게 되었다. 이것이 작품《율리시즈》를 흐르는 하나의 테마를 이루게 된다. 이 무렵 더블린의 밤거리를 헤매며《더블린 사람들Dubliners》에 실릴 단편들을 쓰기 시작했다.

1904년(22세) 봄에 돌키의 클립톤 학교 교사 직을 얻었으나, 4개월 후 사임. 시작(詩作)에 몰두하여 그것을 모아 '실내악Chamber Music'이라는 이름 붙임.《더블린 사람들》의 첫머리의 두 편 〈자매〉와 〈이블린〉을 A. E.가 편집한《아이리시 홈스테트Irish Homestead》에 실음.

6월 10일 뒤에 부인이 된 노라 바너클과 알게 되었다.

가을에《실내악》원고를 시먼즈에게 보내 출판 의뢰를 함.

10월 아내 노라와 더불어 아일랜드를 떠났다. 파리를 경유하여 취리히에 도착했으나, 기대한 벌리츠 외국어 학교의 교사 자리가 없어 겨우 트리에스테의 역시 벌리츠 학교의 자리를 찾아 출발. 곧 이어서 포라에 있는 벌리츠 학교로 전임함.《더블린 사람들》의 한편인 〈진흙〉도 이때 완성했다.

1905년(23세) 3월 트리에스데의 벌리츠 학교로 전임.

7월 장남 졸지오 출생.

11월《더블린 사람들》의 단편 12편을 완성하여 런던의 출판사 그란트 리처즈에 보내 출판 의뢰를 함.

1906년(24세) 2월 동 출판사와 계약 성립.

4월《초상》의 전신(前身)《스티븐 히어로Stephen Hero》를 예정의

407

반인 914페이지까지 씀.

7월 리처즈 사에서 《더블린 사람들》의 원고를 반송해오다. 이때부터 이 책의 출판을 에워싼 8년 이상의 분규가 시작되었다. 생활의 곤궁을 덜기 위해 신문 광고를 따라 로마의 은행에 전직, 그러나 여전히 박봉은 면치 못했다.

9월 〈죽은 자〉의 구상을 하고, 《율리시즈》를 처음으로 착상했음.

1907년(25세) 로마를 떠나 다시 트리에스테로 돌아와 주로 개인 교수를 호구지책으로 삼았다.

4월 《실내악》을 출판.

홍채염(虹彩炎)에 걸려 이것이 그 일생의 고질이었던 안질의 시초가 되었다.

1908년(26세) 《스티븐 히어로》의 원고를 불 속에 던져버리고(현재 출판된 일부는 그의 부인이 위험을 무릅쓰고 불 속에서 구해낸 것이라 함), 새로운 구상 아래 다시 쓰게 되었다. 그것이 현재의 《초상》이다.

1909년(27세) 10월 영화 흥행 사업차 다시 더블린으로 감.

12월 영화관 볼타 극장을 시작했으나 5개월 후 매각.

1910년(28세) 1월 트리에스테로 돌아감. 생활이 심히 어려워졌다.

1911년(29세) 《초상》 원고 제목을 현재의 이름으로 결정하여 집필 계속.

1912년(30세) 7월 출판사와의 분쟁 해결차 솔권하여 더블린에 귀성.

9월 결국 출판은 중지에 이르게 되고 조이스는 더블린을 떠났다. 이것이 그가 고국을 본 마지막이었다.

1912년(31세) 에즈라 파운드가 《이미지스트 시집》에 《실내악》 중 한 편의 전재(轉載) 허가를 청해왔음. 런던의 그란트 리처즈 출판사에서

《더블린 사람들》출판 교섭이 다시 시작되었다.

1914년(32세) 1월 《초상》 드디어 완성. 초고부터 계산하면 11년이 걸렸다.

2월 《에고이스트 Egoist》지에 연재 시작. 다음 해 5월까지 계속됨.

6월 《더블린 사람들》도 원고 그대로 출판되었다. 《초상》 완성 후 곧 《율리시즈》에 착수. 그 도중에 희곡 《추방인 Exiles》을 완성.

8월 1차 세계대전 발발. 조이스는 적국인으로서 연금 상태에 놓이고 생활에 위협을 받았다. 친지의 노력으로 중립국에 옮아갈 허가를 얻었다.

1915년(33세) 6월 스위스 취리히에 이주. 생활은 극도로 곤궁했음. 파운드 등이 이 소식을 듣고 진력한 결과, 영국 국고에서 원조금을 타게 되었다. 오직 《율리시즈》에만 몰두.

1916년(34세) 12월 미국 출판사에서 《더블린 사람들》과 《초상》이 출판되었다. 《초상》의 영국판은 다음 해 2월 간행. 호평을 받았다.

1917년(35세) 인연이 있어 미국 부호 록펠러의 외딸 맥코믹 부인에게서 매월 경제적 원조를 받기로 함(2년 간 계속). 또한 《에고이스트》지의 소유자 해리엇 위버 여사에게서도 원조를 받아, 생계에 걱정 없이 창작에 매진할 수 있게 되었다.

1918년(36세) 3월 뉴욕의 문학지 《리틀 리뷰 Little Review》에 《율리시즈》 연재 시작. 이것은 1920년 2월 발금사건(發禁事件)이 일어날 때까지 계속되었다.

5월 《추방인》 영미에서 동시 출간. 11월 1차대전 종결.

1919년(37세)   다시 트리에스테로 이주.《율리시즈》집필은 진척됨. 그는 새로운 문단의 영도자로서 젊은 문학자들 사이에 명성이 높았다.

1920년(38세)   6월 문학 운동의 중심지 파리로 이주. 파운드의 소개로 T. S. 엘리엇을 포함한 많은 문인을 만났다.

10월《리틀 리뷰》지의 편집자가《율리시즈》외설의 건으로 고발 당했다.

1921년(39세)   2월《율리시즈》재판에서 유죄 판결을 받음. 미국에서의 출판을 단념. 실비어 비치 여사와 알게 되어 그가 경영하는 파리의 셰익스피어 출판사에서 출판이 결정되었다. 안질을 무릅쓰고 교정에 종사.

1922년(40세)   2월 2일 조이스 탄생일에《율리시즈》초판본이 나옴. 8년간의 노력의 결실이었다. 초판 1,000부의 출판과 더불어 찬부 양론이 전 유럽 문단을 휩쓸어, 문자 그대로 '세기의 소설'이 됨.

10월 재판 2,000부를 찍었다. 그 중 500부는 미국 정부 당국에 압수되어 소각당하는 소동까지 벌어졌다. 왼편 눈이 녹내장에 걸려 실명 직전에까지 이르렀으나, 그 뒤 8년 간 전후 10회의 수술을 받아 가까스로 실명만은 면했다. 여름에 영국 서섹스에 휴양차 여행하여《피네건의 경야 Finnegan's Wake》의 첫 구상을 얻고 가을에 니스에서 집필에 착수.

1923년(41세)   1월《율리시즈》3판 500부를 출판했으나, 그 중 499부는 영국 세관에 몰수당했다.

1927년(45세)   4월 파리의《트란지시온 Transition》지에《피네건의 경야》를 'Work in Progress'란 제목으로 연재 시작.

7월 시집 *Pomes Pennyeach* 출판. 13편의 소 시집.

1931년(49세)   12월 부친 숙환으로 더블린에서 사망함.

1932년(50세)   손자 스테판 출생함.

1933년(51세)   12월   미국 법정에서 《율리시즈》는 외설 문서가 아니라는 판결이 내려 미국에서의 출판이 인정됨.

1934년(52세)   미국에서 《율리시즈》 출간. 영국에서의 출판은 1936년.

1936년(54세)   12월 *Collected Poems* 출판.

1938년(56세)   11월 《피네건의 경야》 완성.

1939년(57세)   2월 2일 탄생일에 《피네건의 경야》 초판이 출간되었다.

9월   2차 세계대전 발발.

1940년(58세)   프랑스 패전 후 취리히로 이사.

1941년(59세)   복막염으로 장 수술 후 1월 13일에 영면.

1944년 《스티븐 히어로》 출간.

옮긴이의 말

역자가 《젊은 예술가의 초상》을 처음 번역한 것은 1958년의 일이다. 지금 여럿 나와 있는 번역본 가운데 제일 먼저 번역된 것이다. 따라서 일부 오역이나 어색한 우리말 표현 말고도, 문체에 있어서 전혀 지금의 독자에게는 통용될 수 없는 부분이 허다하다. 그 점을 잘 알고 있기 때문에 역자는 일찌감치 개역을 염두에 두고 있었으나, 일부 수정을 하고 난 뒤 오랫동안 그냥 내버려두었다.

그것이 이번에 문예출판사의 도움을 얻어 나머지 부분까지 전부 손을 보아, 신역에 가까운 개정본으로 햇빛을 보게 된 것이 이 책이다. 그런 의미에서 이것은 1958년 동아출판사에서 나온 것과는 다른, 또 하나의 여석기 번역본이라고 생각한다. 물론 46년 전의 그 책은 절판이 되어버렸다. 그 뒤 1972년에 다른 출판사에서 문고본으로 펴낸 같은 번역본도 지금은 유통되지 않는 것으로 알고 있다.

최근의 통계에 의하면 《초상》의 번역본은 10종을 헤아린다고 한다. 거기에 역자의 이 개정 신역을 보태는 데는 두 가지 이유가 있다. 하나는 번역, 특히 문학 번역은 역자의 의도와 표현의 방식에 따라 얼마든지 달라질 수 있고, 그것이 나름대로(우열을 따지기에 앞서) 읽힐 만하다면 독자에게 도움이 될 것이라는 것이고, 또 하나는, 극히 개인적인 사정이지만, 당시는 꼼꼼하게 한다고 노력했지만 지금 보기에 극히 불만족스러운 필자의 초역을 이번에 대신할 수 있을 것이라는 보상 심리의 작용이다.

역자는 지금도 이 작품의 누구 못지않은 애독자이기 때문에 한 사람이라도 더 많은 독자가 생기기를, 제임스 조이스의 애호가가 늘기를 바라고 있다. 그런 점에서 역자는 이 책 출판의 기회를 제공해주신 문예출판사 전병석 사장에게 각별한 사의를 표하지 않을 수 없다. 그리고 기획 담당 김일수 씨와 그 밖에 까다로운 편집 일을 맡아준 여러분에게도 감사한다.

끝으로 이 책에 숱하게 나오는 천주교 관계 전문 용어에 관해서 역자의 번거로운 질의를 마다 않고 소상히 설명해주신 대전 부교구장 유흥식 주교님에게 이 자리를 빌어 깊은 사의를 표하고자 한다. 그리고 여기 인용된 성서의 우리말 번역은 대체로《공동번역 성서(가톨릭용)》(대한성서공회 발행)를 따랐음을 밝혀둔다.

여석기

옮긴이 **여석기**

경북 김천 출생으로 일본 동경대학교 영문학과를 거쳐 경성대학교를 졸업했다. 1987년 고려대학교 영문학과 교수를 정년 퇴직했으며 한국영어영문학회 회장, 한국셰익스피어학회 회장 등을 역임했다. 저서로는 《동서연극의 비교연구》, 《여석기 영문학 논집: 햄릿과의 여행, 리어와의 만남》 등이 있으며, 《햄릿》 등 다수의 번역서와 논문이 있다.

젊은 예술가의 초상

1판 1쇄 발행 2004년 6월 30일
3판 1쇄 발행 2025년 6월 16일

지은이 제임스 조이스 | 옮긴이 여석기
펴낸곳 (주)문예출판사 | 펴낸이 전준배
출판등록 2004. 02. 11. 제 2013-000357호 (1966. 12. 2. 제 1-134호)
주소 04001 서울시 마포구 월드컵북로 21
전화 02-393-5681 | 팩스 02-393-5685
홈페이지 www.moonye.com | 블로그 blog.naver.com/imoonye
페이스북 www.facebook.com/moonyepublishing | 이메일 info@moonye.com

ISBN 978-89-310-2524-8 04800
ISBN 978-89-310-2365-7 (세트)

• 잘못 만든 책은 구입하신 서점에서 바꿔드립니다.

🎋문예출판사® 상표등록 제 40-0833187호, 제 41-0200044호

■ 문예세계문학선

★ 서울대, 연세대, 고려대 필독 권장 도서　▲ 미국대학위원회 추천 도서
● 《타임》 선정 현대 100대 영문 소설　▽ 《뉴스위크》 선정 세계 100대 명저

	1 젊은 베르테르의 슬픔 괴테 / 송영택 옮김
▲▽	2 멋진 신세계 올더스 헉슬리 / 이덕형 옮김
▲●▽	3 호밀밭의 파수꾼 J. D. 샐린저 / 이덕형 옮김
	4 데미안 헤르만 헤세 / 구기성 옮김
	5 생의 한가운데 루이제 린저 / 전혜린 옮김
	6 대지 펄 S. 벅 / 안정효 옮김
●▽	7 1984 조지 오웰 / 김승욱 옮김
▲●▽	8 위대한 개츠비 F. 스콧 피츠제럴드 / 송무 옮김
▲●▽	9 파리대왕 윌리엄 골딩 / 이덕형 옮김
	10 삼십세 잉게보르크 바흐만 / 차경아 옮김
★▲	11 오이디푸스왕 · 안티고네 소포클레스 · 아이스킬로스 / 천병희 옮김
★▲	12 주홍글씨 너새니얼 호손 / 조승국 옮김
▲●▽	13 동물농장 조지 오웰 / 김승욱 옮김
★	14 마음 나쓰메 소세키 / 오유리 옮김
★	15 아Q정전 · 광인일기 루쉰 / 정석원 옮김
	16 개선문 레마르크 / 송영택 옮김
★	17 구토 장 폴 사르트르 / 방곤 옮김
	18 노인과 바다 어니스트 헤밍웨이 / 이경식 옮김
	19 좁은 문 앙드레 지드 / 오현우 옮김
★▲	20 변신 · 시골 의사 프란츠 카프카 / 이덕형 옮김
★▲	21 이방인 알베르 카뮈 / 이휘영 옮김
	22 지하생활자의 수기 도스토옙스키 / 이동현 옮김
★	23 설국 가와바타 야스나리 / 장경룡 옮김
★▲	24 이반 데니소비치의 하루 A. 솔제니친 / 이동현 옮김
	25 더블린 사람들 제임스 조이스 / 김병철 옮김
★	26 여자의 일생 기 드 모파상 / 신인영 옮김
	27 달과 6펜스 서머싯 몸 / 안흥규 옮김
	28 지옥 앙리 바르뷔스 / 오현우 옮김
★▲	29 젊은 예술가의 초상 제임스 조이스 / 여석기 옮김
▲	30 검은 고양이 애드거 앨런 포 / 김기철 옮김
	31 도련님 나쓰메 소세키 / 오유리 옮김
	32 우리 시대의 아이 외된 폰 호르바트 / 조경아 옮김
	33 잃어버린 지평선 제임스 힐턴 / 이경식 옮김

	34 지상의 양식 앙드레 지드 / 김붕구 옮김
	35 체호프 단편선 안톤 체호프 / 김학수 옮김
	36 인간 실격 다자이 오사무 / 오유리 옮김
	37 위기의 여자 시몬 드 보부아르 / 손장순 옮김
●▽	38 댈러웨이 부인 버지니아 울프 / 나영균 옮김
	39 인간희극 윌리엄 사로얀 / 안정효 옮김
	40 오 헨리 단편선 O. 헨리 / 이성호 옮김
★	41 말테의 수기 R. M. 릴케 / 박환덕 옮김
	42 파비안 에리히 케스트너 / 전혜린 옮김
★▲▽	43 햄릿 윌리엄 셰익스피어 / 여석기 옮김
	44 바라바 페르 라게르크비스트 / 한영환 옮김
	45 토니오 크뢰거 토마스 만 / 강두식 옮김
	46 첫사랑 이반 투르게네프 / 김학수 옮김
	47 제3의 사나이 그레이엄 그린 / 안흥규 옮김
★▲▽	48 어둠의 속 조셉 콘래드 / 이덕형 옮김
	49 싯다르타 헤르만 헤세 / 차경아 옮김
	50 모파상 단편선 기 드 모파상 / 김동현 · 김사행 옮김
	51 찰스 램 수필선 찰스 램 / 김기철 옮김
★▲▽	52 보바리 부인 귀스타브 플로베르 / 민희식 옮김
	53 페터 카멘친트 헤르만 헤세 / 박종서 옮김
★	54 몽테뉴 수상록 몽테뉴 / 손우성 옮김
	55 알퐁스 도데 단편선 알퐁스 도데 / 김사행 옮김
	56 베이컨 수필집 프랜시스 베이컨 / 김길중 옮김
★▲	57 인형의 집 헨리크 입센 / 안동민 옮김
★	58 소송 프란츠 카프카 / 김현성 옮김
★▲	59 테스 토마스 하디 / 이종구 옮김
★▽	60 리어왕 윌리엄 셰익스피어 / 이종구 옮김
	61 라쇼몽 아쿠타가와 류노스케 / 김영식 옮김
▲▽	62 프랑켄슈타인 메리 셸리 / 임종기 옮김
▲●▽	63 등대로 버지니아 울프 / 이숙자 옮김
	64 명상록 마르쿠스 아우렐리우스 / 이덕형 옮김
	65 가든 파티 캐서린 맨스필드 / 이덕형 옮김
	66 투명인간 H. G. 웰스 / 임종기 옮김
	67 게르트루트 헤르만 헤세 / 송영택 옮김
	68 피가로의 결혼 보마르셰 / 민희식 옮김

(뒷면 계속)

★	69 팡세 블레즈 파스칼 / 하동훈 옮김	●	104 보이지 않는 인간 2 랠프 엘리슨 / 송무 옮김
	70 한국 단편 소설선 김동인 외	▲	105 훌륭한 군인 포드 매덕스 포드 / 손영미 옮김
	71 지킬 박사와 하이드 로버트 L. 스티븐슨 / 김세미 옮김		106 수레바퀴 아래서 헤르만 헤세 / 송영택 옮김
▲	72 밤으로의 긴 여로 유진 오닐 / 박윤정 옮김	▲	107 죄와 벌 1 표도르 도스토옙스키 / 김학수 옮김
★▲▽	73 허클베리 핀의 모험 마크 트웨인 / 이덕형 옮김	▲	108 죄와 벌 2 표도르 도스토옙스키 / 김학수 옮김
	74 이선 프롬 이디스 워튼 / 손영미 옮김		109 밤의 노예 미셸 오스트 / 이재형 옮김
	75 크리스마스 캐럴 찰스 디킨스 / 김세미 옮김		110 바다여 바다여 1 아이리스 머독 / 안정효 옮김
★▲	76 파우스트 요한 볼프강 폰 괴테 / 정경석 옮김		111 바다여 바다여 2 아이리스 머독 / 안정효 옮김
▲	77 야성의 부름 잭 런던 / 임종기 옮김		112 부활 1 레프 톨스토이 / 김학수 옮김
★▲	78 고도를 기다리며 사뮈엘 베케트 / 홍복유 옮김		113 부활 2 레프 톨스토이 / 김학수 옮김
★▲▽	79 걸리버 여행기 조너선 스위프트 / 박용수 옮김	▲●	114 그들의 눈은 신을 보고 있었다
	80 톰 소여의 모험 마크 트웨인 / 이덕형 옮김		조라 닐 허스턴 / 이미선 옮김
★▲▽	81 오만과 편견 제인 오스틴 / 박용수 옮김		115 약속 프리드리히 뒤렌마트 / 차경아 옮김
★▽	82 오셀로 · 템페스트 윌리엄 셰익스피어 / 오화섭 옮김		116 제니의 초상 로버트 네이선 / 이덕희 옮김
★	83 맥베스 윌리엄 셰익스피어 / 이종구 옮김		117 트로일러스와 크리세이드
▽	84 순수의 시대 이디스 워튼 / 이미선 옮김		제프리 초서 / 김영남 옮김
★	85 차라투스트라는 이렇게 말했다 니체 / 황문수 옮김		118 사람은 무엇으로 사는가
★	86 그리스 로마 신화 에디스 해밀턴 / 장왕록 옮김		레프 톨스토이 / 이순영 옮김
	87 모로 박사의 섬 H. G. 웰스 / 한동훈 옮김		119 전락 알베르 카뮈 / 이휘영 옮김
	88 유토피아 토머스 모어 / 김남우 옮김		120 독일인의 사랑 막스 뮐러 / 차경아 옮김
★▲	89 로빈슨 크루소 대니얼 디포 / 이덕형 옮김		121 릴케 단편선 R. M. 릴케 / 송영택 옮김
	90 자기만의 방 버지니아 울프 / 정윤조 옮김		122 이반 일리치의 죽음 레프 톨스토이 / 이순영 옮김
▲	91 월든 헨리 D. 소로 / 이덕형 옮김		123 판사와 형리 F. 뒤렌마트 / 차경아 옮김
	92 나는 고양이로소이다 나쓰메 소세키 / 김영식 옮김		124 보트 위의 세 남자 제롬 K. 제롬 / 김이선 옮김
★	93 폭풍의 언덕 에밀리 브론테 / 이덕형 옮김		125 자전거를 탄 세 남자 제롬 K. 제롬 / 김이선 옮김
★▲	94 스완네 쪽으로 마르셀 프루스트 / 김인환 옮김		126 사랑하는 하느님 이야기 R. M. 릴케 / 송영택 옮김
	95 이솝 우화 이솝 / 이덕형 옮김		127 그리스인 조르바 니코스 카잔차키스 / 이재형 옮김
★	96 페스트 알베르 카뮈 / 이휘영 옮김		128 여자 없는 남자들 어니스트 헤밍웨이 / 이종인 옮김
▲	97 도리언 그레이의 초상 오스카 와일드 / 임종기 옮김		129 사양 다자이 오사무 / 오유리 옮김
	98 기러기 모리 오가이 / 김영식 옮김		130 슌킨 이야기 다니자키 준이치로 / 김영식 옮김
★▲	99 제인 에어 1 샬럿 브론테 / 이덕형 옮김		131 실종자 프란츠 카프카 / 송경은 옮김
★▲	100 제인 에어 2 샬럿 브론테 / 이덕형 옮김		132 시지프 신화 알베르 카뮈 / 이가림 옮김
	101 방황 루쉰 / 정석원 옮김		133 장미의 기적 장 주네 / 박형섭 옮김
	102 타임머신 H. G. 웰스 / 임종기 옮김		134 진주 존 스타인벡 / 김승욱 옮김
●	103 보이지 않는 인간 1 랠프 엘리슨 / 송무 옮김		135 황야의 이리 헤르만 헤세 / 장혜경 옮김